시드니!

Sydney!

by Haruki Murakami

시드니!

무라카미 하루키

권남희 옮김

비채

차례

시드니 일지

애틀랜타

아리모리 유코

1996년 7월 28일　반환점에서 머리를 희한한 색으로 물들인 훤칠한 아프리카 선수와 스쳤다. 벌어진 간격을 눈으로 가늠했을 때 이건 쫓아가기 어렵겠다고 생각했다. 선두를 달리는 그 선수와 내가 속한 그룹 사이에는 1분 혹은 2분 가까운 시간 차가 있다. 그녀의 달리기에는 타의 추종을 불허하는 강점이 있었다. 다리의 움직임이 헌걸차고 거침없으며, 자신에 차 있는 모습이다. 그 속도는 쉽게 떨어지지 않을 것이다. 그만한 거리를 좁히는 것은 현실적으로 불가능할지도 모른다.

　이렇게 되면 선두 선수는 잊을 수밖에 없다. 아리모리 유코는 그렇게 생각했다. 상대가 앞쪽에서 지쳐서 낙오된다면 물론 오케이, 하지만 낙오하지 않고 그대로 선두를 치달린다 해도 어쩔 수 없다. 내가 할 수 있는 것은 나의 레이스를 이끌어가는 것뿐이다.

　그런데 저 아프리카 선수는 대체 누굴까? 나는 이 사람의 이름조차 모른다(그녀가 파투마 로바라는 이름의 에티오피아 선수라는 것을 레이스가 끝난 뒤에야 알았다).

파투마 로바가 18킬로미터 지점에 이르러 선두 그룹에서 슬슬 이탈했을 때, 선두 그룹을 형성하고 있던 나머지 선수들은 딱히 신경 쓰지 않았다. 저 아프리카 선수는 대체 누구지? 다들 그렇게 말하고 싶은 것 같았다. 어쨌든 저런 빠르기로 이렇게 미리부터 치고 나간다면 결국 머지않아 낙오될 터이다.

주위 선수들이 머릿속으로 무슨 생각을 하는지, 그룹을 이뤄 페이스를 맞춰 달리다 보면 대충 알 수 있다. 다들 낯익은 얼굴이다. 에고 로바, 시몬, 마샤두. 각자의 전략도 알고 있다. 서로의 발소리를 듣고, 호흡에 귀를 기울이고, 마음을 읽으면서 어깨를 나란히 하고 달린다.

로바는 전적이 알려지지 않은 무명 선수다. **우리 클럽** 멤버가 아니다. 어차피 나중에 따라잡혀서 뒤처지게 될 것이다. 그것이 엘리트 선수들의 공통 인식이었다. 그녀들에게는 실적과 자부심이 있었다. 누구도 로바를 뒤쫓지 않았다. 뛰고 싶은 대로 뛰게 내버려두자. 진짜 레이스는 우리가 만들어갈 테니까.

그러나 오글소프 대학 옆의 반환점에서 모두의 낯빛이 조금씩 달라졌다. 로바는 이대로 1등을 해버릴지도 모른다. 어깨를 나란히 하고 뒤따라 달리면서 네 명이면 네 명 다 본능적으로 같은 생각을 한 것 같았다. 완전히 새로운 일이 진행되고 있는 듯했다. 그런데 그 시점에서(아니, 어느 시점에서도) 그녀들이 할 수 있는 일은 거의 없었다. 만약 누군가 그 18킬로미터 지점에서 로바를 따라 앞으로 나갔더라면 그 선수는 아마 쓰러져버렸을 것이다. 그런 식의 레이스는 엘리트 선수들에게 애초에 프로그래밍돼 있지 않았다. 마라톤 선수들은 정밀하게 조정된 기계다. 설정이 조금만 어긋나도 모든 메커니즘이 엉망이 돼버릴 가능성이 있다.

로바의 존재는 잊자, 그녀는 생각했다. 그리고 잊었다.

그러자 다음에는 다른 일본인 선수 두 명이 의식되었다. 하지만 반환점을 지날 때 두 명의 얼굴은 보이지 않았다. 거리가 꽤 벌어진 것이다. 요컨대 우승권 안에 있는 일본인 선수는 나뿐이라는 것. 이걸로 됐어, 라고 그녀는 생각했다. 두 명에게 개인적인 적개심이 있는 건 아니다. 건투를 빈다. 그러나 그것은 내가 싸우고 있는 **상대**에게 보내는 일종의 **징표**이다. 나는 이겨야만 한다. 다른 일본인 선수에게 뒤질 수는 없다.

애틀랜타 경기장의 출발점에 섰을 때, 나는 무언가 할 수 있다는 확신이 있었다. 출발점에 섰을 때는 이미 승부가 정해진 것이나 다름없다. 그것이 마라톤이라는 스포츠다. 어떤 식으로 출발점까지 왔는지, 그것이 전부다. 나머지는 42.195킬로미터를 달리며 실제로 확인할 뿐이다. **할 수 있는 건 다 했다**, 그렇게 생각했다. 그녀는 다리와 근육과 피 속에 흐르는 조용한 확신 같은 것을 느꼈다.

시원하지만, 흐린 아침이었다. 기온은 20도, 습도는 80퍼센트. 이른 아침에 비가 세차게 내렸다가 그쳤다. 길에는 아직 물웅덩이가 남아 있었다. 이따금 생각난 듯이 가랑비가 흩뿌렸다. 여름에 하는 마라톤 경주로는 이상적인 날씨다. 더 더워도 괜찮을 텐데, 하고 그녀는 내심 생각했다. 무더위 속에서라면 더욱 승산이 있다. 그런 혹독한 경주에 자신 있었다. 조건이 힘들어질수록 타고난 강인함이 발휘된다. 반대로 시원한 날씨라는 호조건 속에서 다들 완벽한 컨디션으로 달리기 시작하면 페이스를 따라가기가 적잖이 힘들지도 모른다.

그러나 예상 밖의 시원한 날씨에도 경기는 침착한 페이스로 진행됐다. 선수들은 서로를 견제했다. 어쨌든 큰 경기이다. 무모한 모험은 할 수 없다. 코스의 심한 고저차도 불안 요인이다. 엘리트 선수들은 주위를 흘끗흘끗 보며, 서로의 페이스를 주의 깊게 관찰하면서 대개 예상한 정도의 속도로 달렸다. 괜찮아, 이 정도면 충분히 따라갈 수 있어. 기술을 걸 수도 있어. 나쁘지 않은 전개야. 이대로 30킬로미터 지점까지 가준다면, 하고 그녀는 생각한다.

먼저 치고 나간 이는 독일의 에이스, 피피히였다. 날이 뜨거워지기 전에 독주해서 최대한 차이를 벌리겠다는 작전이겠지만, 달리는 모습에 여느 때의 강철 같은 탄탄함이 없었다. 17킬로미터 지점에서 그녀는 후발 그룹 속에 묻혀 사라졌다. 도로도 견디기 힘들었는지 뒤로 물러났다. 남은 사람은 시몬, 마샤두, 에고로바, 이름을 모르는 키 큰 아프리카 선수, 그리고 그녀까지 총 다섯 명.

18킬로미터 지점에서 아프리카 선수가 쓰윽 앞으로 나왔다. 이런 한가로운 페이스에 도저히 더 어울려줄 수 없다는 듯이, 아주 자연스럽게. 당연한 것처럼. 큰 보폭 때문에 눈 깜짝할 사이에 거리가 벌어졌다.

저 선수는 잊어야겠다. 그리고 잊었다.

아, 좋은 일이 한 가지 있었다.

이 42킬로미터 코스 중에서 딱 한 군데 힘겨운 지점이 있었다. 몇 번이나 뛰었지만, 그때마다 힘들어했던 지점이다. 어째서인지 잘 올라가기 힘든 오르막. 그곳을 생각하면 주눅이 들었다. 그런데 경기 당일은 그 지점을 통과했다는 사실조차 깨닫지 못했다. 해바라기가 보였기 때문이다.

커다란 해바라기 간판이 보였다. 선명한 노란색 간판. 워낙 커서 한참 멀리서도 보였다. 해바라기는 그녀가 아주 좋아하는 꽃이다. 올림픽 출장이 결정된 홋카이도 마라톤에서도 해바라기는 그녀에게 용기를 주었다. 사람들도 그걸 알고 곧잘 해바라기를 선물한다. 아마 누군가가 자신을 응원하기 위해 가도에 해바라기 간판을 만들었나 보다. 아무리 그래도 이렇게 대단한 크기라니!

하지만 가까이 가서 보니 마가린 광고 간판이었다. 자신의 착각이 었음을 깨닫고, 그녀는 엉겁결에 웃음이 터졌다. 그래, 아무리 그래도 나 한 사람을 위해 저렇게 거대한 것을 만들 리 없지. 놀라는 사이에 이미 언덕은 끝나 있었다. 음, 이걸로 됐어, 할 수 있어, 하고 그녀는 새삼스럽게 고개를 끄덕였다. 이곳은 자신을 위한 코스다. 두려운 것은 아무것도 없다.

반환점에서 조금 더 나아가자 몸이 지치기 시작했다. 다리가 무거워졌다. 아직 대단한 피로는 아니다. 주위 선수들도 이 정도의 피로는 느끼기 시작했을 것이다. 그녀는 한 번 더 신중히 귀를 기울였다. 경쟁자들의 흐트러진 호흡을 들으려고 했다. 간격이 넓어졌다 좁아졌다 할 때 얼마나 부드럽게 속도를 바꾸는지 주의를 기울였다. 누구에게 여유가 있고, 누구에게 여유가 없는지를 탐색한다. 부엉이가 어둠 속에서 음파를 쏘아 그 반향을 계산하듯이, 상대의 반응을 느끼고자 애쓴다. 그렇게 가만히 관찰하고 있으면 이제부터 누가 떨어져나갈지, 대충 가늠할 수 있다. 다음은 그녀들을 **어디서 어떻게** 떨쳐내는가이다. 떨쳐내서 포기하게 한다.

결론. 요주의 인물은 에고로바, 그다음은 그럭저럭 무난하다. 약간 뒤에 처진 도로도 신경 쓰였다. 도로는 시크한 선수로 정평이 나 있다. 그러니 마지막까지 방심할 수 없다.

그러나 뭐니 뭐니 해도 에고로바다. 체력도 있고 머리도 좋다. '아, 또 에고로바라니' 하고 그녀는 달리면서 생각한다. 하지만 숙적이라는 마음은 거의 없다. 묘한 연대감마저 느낀다. 그리고 긍지 같은 것. 여기서 또 함께 달린다는 기쁨. 일종의 재미. 그것을 실현했다는 달성감.

에고로바의 달리기는 여전히 안정되고 확실했다. 빈틈없고 힘찬 자세. 그런데 옆에서 달릴 때나 뒤에 달리며 가만히 관찰해보니 에고로바의 달리기에는 무언가 한 장의 얇은 막이 씌워진 듯한 위화감이 있었다. 은근한 피로 같은 것이 느껴졌다. 평소와는 무언가가 다르다. 바르셀로나 올림픽 때 그 말도 안 될 정도의 강함은 느낄 수 없었다. 성큼성큼 앞으로 나아가는 박력이 없다. 이 사람, 바르셀로나 때는 정말 대단했는데, 하고 그녀는 생각한다. 그러나 컨디션이 좋건 좋지 않건 에고로바가 가장 벅찬 상대라는 사실에는 변함이 없다.

승부는 30킬로미터 지점이다. 처음부터 그렇게 마음먹고 있었다. 그곳에서 시작되는 긴 내리막에서 승부를 걸자. 그것이 유일한 작전다운 작전이었다.

이야기는 단순하다. 그녀는 내리막이 특기다. 오르막에는 좀 약하다. 만약 40킬로미터 바로 앞의 오르막에서 승부를 건다면 에고로바를 이길 수 없을지도 모른다. 그러니까 이 내리막이 보이면 힘껏 달리자. 다른 선수들을 떨쳐내자. 되도록 차이를 크게 벌리자. 약 2킬로미터의 내리막은 끝나자마자 바로 오르막이 시작됐다. 급격히 기어를 변속해야 한다. 내리막에서 힘껏 내달린 뒤의 오르막은 **엄청나게** 힘들다. 이것만큼 힘든 게 없다. 그러나 견딜 수밖에 없다. 견디고 견뎌서 오르막을 다 올라갔다. 순조로우면 그대로 골까지 갈 수 있다. **순조로우면**.

순조롭지 않을 경우의 일은 생각하지 않도록 하자. 순조로울 때만 생각하자. 뭐니 뭐니 해도 내게는 견뎌낼 능력이 있다. 그녀는 그렇게 생각했다. 신체적으로 보면 나보다 뛰어난 선수가 많을 것이다. 그러나 나만큼 고통을 잘 견디는 선수는 별로 없다.

30킬로미터부터 시작된 내리막길, 그것이 그녀에게 레이스의 포인트였다. 무슨 일이 있어도, 어떤 상황에 있어도 이 내리막길은 전력으로 달리자. 그녀는 마음먹었다. 누구보다 빨리 달리고 조금이라도 앞으로 나아가자.

사람들은 30킬로미터는 승부를 걸기에 너무 이른 지점이라고 말할지도 모른다. 그러나 그런 건 문제가 아니다. 35킬로미터에서 걸든 38킬로미터에서 걸든 이길 때는 이기고 질 때는 진다. 그런 문제가 아니다.

예정대로 30킬로미터에서 앞으로 치고 나왔다. 30킬로미터의 구간 기록을 손목시계로 확인한 뒤, 기어를 재빨리 톱으로 바꾸었다. 한동안은 아무도 따라오지 못할 것이다. 뒤는 거의 돌아보지 않았다. 돌아볼 여유가 없다. 여기밖에 없어, 하고 힘껏 달렸다. 이 속도에 따라올 수 있는 선수가 있어봐야 아마 한 명 정도일 것이다. 그 한 명은 아마 **그 사람**이리라.

불안하지 않다고 하면 거짓말이다. 내리막을 다 내려가서 오르막

그렇다.
나는 죽어서도
뛸 수 있다.

을 올라갈 때 잠시 서늘한 불안이 덮쳤다. 어쩌면 해내지 못할지도 모른다는 오싹한 의심이었다. 하지만 어디까지나 한순간이었다. 그 것은 찾아왔고, 그리고 사라졌다.

오르막은 예상보다 훨씬 가혹했다. 달리는 도중에 내가 조금씩 죽 어가는 걸 느꼈다. 다리가 올라가지 않았다. 앞으로 뻗어지질 않는 다. 다리의 에너지가 시시각각으로 고갈되어가는 게 느껴진다. 체감 으로 **느껴진다**.

33킬로미터를 지나 스펀지 테이블에서 누군가가 쫓아오는 낌새 가 있었다. 발소리가 타닥타닥 들렸다. 등뒤의 선수에게 보내는 응원 의 박수와 환호성이 서서히 가까워졌다. 반사적으로 뒤를 돌아보자 에고로바가 보였다. **역시** 에고로바다. 다른 사람은 아무도 없다. 그녀 한 사람뿐. 생각한 대로다. 그렇게 간단히 이기게 둘 수는 없지. 에고 로바는 오르막을 이용해서 확실하게 거리를 좁혀왔다. 이윽고 옆에 나란히 서서 한 호흡을 둔 뒤 먼저 치고 나갔다.

이래서야 바르셀로나와 같은 전개가 아닌가. 하지만 동시에 그 사 실을 기쁘게도 생각했다. 한 번 더 되풀이할 수 있다. 한 번 더 **그것**이 찾아온 것이다. 그러나 바르셀로나 때와 같지는 않았다. 추월당한 뒤 로 그대로 멀어져갔다.

죽었다.

에고로바에 추월당한 시점에서 다리가 멈추었다. 그것은 이미 죽 어버렸다. 어떡하든 에고로바를 따라붙겠다는 적극적인 의지는 더 는 쥐어짜낼 수 없었다. 아무리 찾아도 그럴 여유는 없다. 그만큼 힘 껏 달려왔기 때문에 소모는 이미 한계를 넘었다.

이렇게 된 바에는 작전이고 뭐고 없다. 그다음은 끈기를 가지고 버틸 수밖에 없다. 앞 선수를 추월하지 못한다면 따라간다. 따라가지 못한다면 적어도 거리를 벌리지 않는다. 자세고 뭐고 아무래도 좋다, 메달이고 뭐고 상관없다. 머릿속에 있는 것은 '끈질기게 버티기'라는 것뿐이다.

좀처럼 칭찬을 하지 않는 감독이 딱 한 가지 늘 칭찬해주는 것이 있다.

"너는 죽어도 속도가 떨어지지 않는구나. 다리를 못쓰게 돼도 아주 못쓰게 되진 않는 거지. 그것만큼은 긍지를 가져라."

그렇다, 나는 죽어도 달릴 수 있다.

에고로바에게 추월당해도 따라붙지 못해도 좋다고 생각했다. 무슨 상관이람. 이것은 나만의 일이다. 나와 나 사이의 교환이고 거래다. 내가 죽었다는 걸 안다. 점점 죽어가는 걸 안다. 다리는 내 다리가 아닌 것처럼 느껴졌다. 그래도 나는 달린다. 이 오르막은 약 5킬로미터가량 죽 이어진다. 높낮이 차는 65미터.

결승점? 결승점 같은 건 도저히 생각할 수 없다. 그런 것이 어디에 있는지 짐작도 할 수 없다. 아마 어딘가에는 있을 것이다. 구체적으로 생각할 수 있는 것은 다음 급수뿐이다. 다음 급수 지점에서 음료를 마시자. 목을 축이면 조금은 다시 살아날 수 있다. 그녀는 머릿속으로 목을 넘어가는 음료를 상상한다. 혀끝으로 맛을 음미한다. 그것은 세계에서 가장 빛나는 물질처럼 느껴진다. 나중 일은 그다음에 생각하자. 일단 다음 급수다. 어떡하든 그곳까지 달리자. 도로 위에 그려진 파란 선을 계속 따라가자.

에고로바의 모습은 계속 보였다. 어느 정도의 거리는 있었지만, 더는 벌어지지 않았다. 에고로바의 등은 거의 같은 크기로 시야에 들어왔다. 에고로바도 아마 죽어가고 있을 테지, 이렇게 죽어버린 나를 결정적으로 떼어놓지 못하는 걸 보면 그녀 역시 죽어가고 있는 것이다.

(에고로바는 훗날 그녀에게 이렇게 털어놓았다. 나는 태어나서 처음으로 레이스 도중에 달리기를 포기하려고 했어요. 그때, 애틀랜타의 40킬로미터 지점 바로 앞에서. 그만큼 힘들었어요. 그런데 경기장 바로 앞에서 나를 응원하면서 길가를 달리고 있는 남편이 보이더라고요. 그래서 다시 살아났어요. 만약 그 모습을 보지 못했더라면 나는 중도에 포기했을지도 몰라요.)

그러나 그녀는 에고로바와는 달리 포기하겠다는 생각은 눈곱만치도 하지 않았다. 한번 시작한 일은 끝까지 해내는 것이 그녀가 살아가는 방식이었다. 그것이 없는 나는 내가 아니다. 어떻게든 해내면 반드시 무언가가 이루어진다. 해내지 못하면 아무것도 이루어내지 못한다. 제로다. 뼈를 깎아서라도 몸을 잘라서라도 앞 선수를 추월할 것이다. 근성? 아니, 그것은 근성이 아니다. 나는 나 자신을 위해 달리고 있다. 내가 나 자신을 달래면서 달리고 있다.

메달은 생각하지 않았다. 물론 메달을 갖고 싶다. 당연하다. 올림픽에 와서 메달 따위 중요하지 않다고 말하는 사람이 있다면 만나보고 싶다. 그리고 내가 살고 있는 곳은 메달을 따야 알아주는 냉엄한 곳이다. 만약 메달을 따지 못하고 돌아가면 그 누구도 내가 하는 말에 귀를 기울이지 않는다. 결과를 내야 비로소 큰 소리로 말할 수 있다. 그리고 나는 하고 싶은 말이 있다. 그러기 위해서도 메달을 **따야만 한다.** 그들을 이해시킬 수 있는 것은 형태가 있는 것뿐이다. 손으로 만질 수 있는 것뿐이다.

그러나 동시에 메달 따위 아무래도 좋다는 마음도 있었다. 나는 두 번에 걸쳐 올림픽이라는 이 거대하고 잔혹한 고기 가는 기계에 던져졌고, 그때마다 나의 존엄을 걸고 끝까지 달렸다. 귀중한 달성이었다. 고작 한 개의 메달로 나의 가치를 평가받다니. 국기 게양대에 올라가는 한 장의 국기로 평가받다니. 마음 깊은 곳에는 일관되게 그런 분노와 비슷한 마음이 있었다.

어떻게든 이 언덕을 넘으면 경기장에 들어간다. 이대로 가면 나는 아마 3위가 될 것이다. 앞에 있는 사람은 로바, 그리고 에고로바, 두 명뿐이다. 틀림없다. 두 명뿐이다. 몹시 괴롭다. 그러나 괴로운 것은 내 불행이 아니다. 반대로 편한 것이 내 행복도 아니다. 가장 중요한 것은 내가 그곳에 있으면 느낄 수 있는 것, 정말로 진심으로 느낄 수 있는 것, 중요한 것은 그것이다.

생각해보면 선수로서의 인생에서 지금까지 달리기를 즐겁다고 느낀 적은 한 번도 없다. 단 한 번도 없다. 달리는 것은 항상 고통이고, 앞을 가로막고 선 단단한 벽이었다. 고통은 항상 그곳에 있었다. 고통은 조수의 간만이나 계절의 변화와 마찬가지로 예외 없이 그곳에 있었다. 그녀에게 달리기는 두 종류밖에 없었다. **점점** 괴롭거나 **몹시** 괴롭거나 둘 중 하나다. 다른 선택의 여지가 없다. 철이 든 뒤로 줄곧 그렇게 살아왔다. 그리고 나는 지금 이곳에 있다. 애틀랜타를 달리고 있다. TV카메라가 나를 잡고 있다. 몇백만의 사람들이 나를 보고 있을 것이다. 아무리 그래도 너무 가파른 오르막이다. 언제까지고 오르막이 이어진다. 누가 무엇 때문에 이런 쓸데없는 언덕길을 만들었을까?

그래도 간신히 오르막의 끝이 보이기 시작했다. 애틀랜타의 42킬로미터는 이제 조금만 더 가면 끝난다.

그런데 한편으로는 무엇 하나 끝나지 않았다. 그녀는 그것을 알고 있다. 바르셀로나 때는 몰랐다. 그래서 그다음 몇 년 동안 몹시 괴로워했다. 그러나 지금은 안다. 이것이 끝이 아니다. 무언가 다른 곳의 새로운 시작이다. 여기서도 저기서도 나는 이기고 동시에 진다. 그 세계에서는 누구나 무섭도록 고독하다. 그리고 고통은 언제나 그곳에 있을 것이다. **점점** 괴롭거나, 혹은 **몹시** 괴롭거나. 그러나 나는 고통을 두려워하지 않는다. 그런 걸 두려워할 수는 없다.

그녀는 귀를 기울였다. 경기장을 메운 사람들의 환호성이 들렸다. 대지를 흔드는 듯한 술렁거림이었다. 그런데 실제로 듣고 있는 것은 내면의 조용한 소리였다. 내가 나를 칭찬할 게 있다면 그것은 무언가를 두려워하지 않는 것이었다. 올림픽이라는 거대한 소용돌이 속에 던져졌지만, 아무것도 두려워하지 않았다. 아니, 그렇지 않다. 정확히 말하면 이렇다. **나는 마지막에는 아무것도 두려워하지 않았다.** 시선을 돌리지 않고 맞서서 이겼고, 그리고 동시에 졌다. 나는 빛나는 꿈을 꾸었고 동시에 꿈을 깼다. 버거운 적들과 죽을힘을 다해 싸웠고, 동시에 그녀들을 사랑했다. 노상에서 조용히 죽었고, 동시에 그 죽음을 구석구석까지 살았다. 나는 스물아홉 살 먹은 한 여성으로서 이곳에 있다. 내 두 다리로 땅을 차고 있다. 마지막 오르막을 다 넘고, 마지막 내리막을 내려간다.

애틀랜타는 드디어 끝나가고 있다.

히로시마-올림픽 개막식까지 앞으로 89일

이누부시 다카유키

이누부시 다카유키

<u>2000년 6월 18일</u>　6월 18일은 아침부터 화창했다. 일기예보는 날씨가 흐릴 거라고 예측했지만, 날이 새고 보니 산간 지방에는 햇볕이 아낌없이 쏟아지고 있었다. 초록색 언덕배기는 아침 안개가 끼어서 신화 같은 황금색으로 빛나고 있었다. 하늘에는 투명하리만치 옅은 구름 몇 조각이 무심히 떠 있을 뿐이다. 주고쿠 지방에 전날까지 폭우를 내리게 했던 장마전선-우리는 하네다 공항에서 '호우로 인해 비행기가 오카야마 공항에 착륙할 수 없을지도 모릅니다' 하는 안내를 들었다-은 변덕스러운 자연의 힘으로 어딘가 멀리 밀려나버렸다.

인정사정없는 더위다. 크로스컨트리 코스 근처에 설치된 관측함 속의 온도계 바늘은 오전 중에 이미 28도를 가리켰다. 양지에서라면 가볍게 30도를 넘을 것이다. 습도는 59퍼센트. 습하다. 고원의 상쾌함 같은 건 어디에서도 느낄 수 없다.

오늘은 주로 36킬로미터 달리기를 연습할 것이다. 한 바퀴 3킬로미터로 기복이 심한 잔디밭 코스를 열두 바퀴 돈다. 페이스는 1킬로미터당 3분 45초에서 50초. 종합 타임은 약 2시간 10분이 된다.

　"실제 마라톤 경주에서는 대체로 2시간 10분 이내에 달리니, 어쨌든 2시간 10분을 달리는 감각을 익히는 겁니다." 가와노 다다스 감독이 말했다. (참고로 이누부시가 베를린 마라톤에서 낸 기록은 2시간 6분 57초로, 이것은 1년하고도 몇 개월 동안 일본 최고기록이 됐다.) 가와노 감독은 오쓰카 제약 육상팀 감독이다. 두 개의 스톱워치를 목에 걸고 있다. 건강해 보이는 얼굴색과 바른 자세, 약간 나오기 시작한 배가 현역에서 물러난 선수임을 말해주고 있다. 대부분의 좋은 지도자들이 그러하듯이 목소리가 시원스럽고 어미가 정확하다.

　"실제 경주에서는 킬로미터당 3분이 적당한 페이스입니다만, 지금 단계에서는 이 정도 속도도 충분합니다. 선수들은 더 빠른 페이스로 달리고 싶어합니다. 빨리 달리고 빨리 연습을 마치고 싶은 거죠. 그러나 빨리 달리게 할 수 없습니다. 지금 단계에서는 이 속도로 가면 적당하다는 수준에서 시킵니다. 본격적인 하계 훈련으로 넘어갈 수 있는 토대가 만들어졌는가를 확인하는 거죠."

　그러나 실제 연습은 '이 정도면 됐어' 하는 여유로운 게 아니다. 10시 45분에 연습을 시작했고, 햇볕은 점점 기세를 더해갔다. 고지대인 탓에 자외선이 강해서, 코스 옆에 서서 구경만 하는 데도 살갗이 제대로 탄다. 주위에는 햇볕을 가릴 만한 나무도 건물도 전혀 없다. 그저 잔디밭만 끝없이 펼쳐져 있을 뿐이다. 가만히 있어도 목이 탄다. 그런 가운데 선수들은 묵묵히—뭐, 새삼스럽게 말해봐야 소용없겠지만— 계속 달렸다.

　바퀴 수가 늘어날 때마다 선수들이 소모되어가는 모습이 보였다.

그들은 인간이 자신을 닮게 하려면 어떻게 해야 좋은지 가장 쉽고 빠르고 유효한 방법을 그룹으로 탐구하고 있는 것 같아 보이기도 했다. 심한 운동으로 열이 나는 피부를 식히기 위해 연신 땀을 분출한다. 땀이 나면 체내 수분은 감소된다. 너무 감소하면 이윽고 탈수증상이 온다. 탈수증상이 오면 끝이다. 그들은 3킬로미터마다 테이블 위에 준비된 급수병을 든다. 속도도 떨어뜨리지 않고 자세도 흩뜨리지 않고 묵묵히 마신 뒤, 다음 바퀴를 돈다. 수분 보급이 생명선이다. 그렇다고 수분을 과도하게 섭취하면 몸이 무거워져서 위에 부담이 가기에, 계속 달리기가 힘들어진다. 익숙하지 않은 선수일수록 수분 보급이 느리다. 가와노 감독은 장거리를 달리는 데 익숙하지 않은 선수에게 큰 소리로 말한다.

"갈증이 나기 전에 물을 마셔!"

같은 말을 몇 번이고 되풀이했다. 선수에 따라서는 의식이 몽롱해서 말을 제대로 듣지 못하는 일이 있기 때문이다.

"구급차는 부르고 싶지 않으니까." 그는 내치듯이 말했다.

여섯 명의 선수들은 달리기 전부터 노골적으로 피폐해 있었다. 그들은 말이 없었다. 히로시마 현 도고 산에 있는 크로스컨트리 코스에서의 합숙이 끝나가자, 선수들 몸에는 피로가 진흙처럼 쌓이고 범벅이 됐다. 그들은 정해진 프로그램을 할당받아 이른 아침, 오전, 초저녁 세 차례의 연습을 소화해왔다. 피로가 절정에 이르렀을 때, 감독은 이 36킬로미터 달리기를 시켰다. 물론 계산한 일이다. 수학적으로 보면 이 정도 페이스의 달리기는 그리 가혹한 것이 아닐지도 모른다. 그러나 그것을 언제, 어디서 시작하는가에 따라 이야기는 달라진다. 신체 피로가 쌓여 있을 때, 선수들이 얼마나 따라올 수 있는지, 감독은 그것이 알고 싶은 것이다. 따라오지 못하는 선수는 내칠 것이다. 홋카이도 여름 합숙에서도 제외될지 모른다. 선수도 그런 사정은 알고 있다. 그래서 죽을힘을 다해 달린다. 달리는 것이 문자 그대로 그들의 **직업**이다. 실업 육상팀이란 게 그리 만만한 세계가 아니다. 최선을 다했다가 떨어져도 누구 하나 동정하지 않는다.

이날 이누부시 다카유키와 함께 뛴 사람은 오쓰카 제약의 동료인 하시모토 다다유키와 시라이시 마코토라는 두 명의 선수(그들은 둘 다 풀 마라톤을 2시간 14분에 달린다)와 세 명의 중거리 선수들이다. 중거리 선수들은 시험 삼아, 하여간 달릴 수 있는 데까지 달리라는 지시를 받았다.

이누부시와 하시모토가 둘이서 번갈아가며 선두에 서서 잰걸음으로 달린다. 놀랍도록 정확한 페이스다. 가와노 감독은, 그들에게는 몸속에 시계가 장치되기라도 한 것 같다고 말한다. 시계를 볼 것도 없이 자신이 지금 어느 정도의 페이스로 달리는지를 안다. 이따금 깜박하고 스톱워치를 누르는 것을 잊어서, 대충 적당한 스플릿타임마라톤 등에서 도중 일정 거리마다의 소요 시간을 말하면 이내 선수들이 몇 초의 차이를 지적한다.

중거리 선수와 장거리 선수의 달리기를 비교해보면, 장거리 선수가 얼마나 군더더기 없는 움직임으로 달리는가를 잘 알 수 있다. 2시간 10분 동안, 그들은 절대 지치지 않고 달린다. 반복 속에 일종의 패턴을 숙지한 것 같아 보인다. 망설임도 없고 오차도 없다. 다리는 언제나 같은 타이밍, 같은 자세로 오가고, 고개는 똑바로 어깨 위에 고정돼 있고, 시선은 한곳에 집중하며 팔은 기계적으로 같은 궤도를 그린다. 음료를 마실 때도 자세가 흐트러지는 것을 최소화한다.

거기에 비하면 중거리 선수들의 달리기는 안정성이 부족하다. 그들은 머잖아 달리는 것에 싫증을 내며 손은 불필요한 짓을 한다. 땀을 닦고, 러닝셔츠를 입은 가슴을 만지고, 얼굴 여기저기를 만진다. 장시간에 걸쳐 같은 동작을 유지하는 데 신경이 견디지 못하는 것이다. 그걸 보면, 장거리 선수들의 멘탈이 다른 사람들과는 전혀 다르다는 것을 시각적으로 이해할 수 있다. 그들은 **예사롭지 않은** 서킷에 들어가버린 사람들이다.

선수가 아닐 때의 이누부시는 아직 소년티가 남은 얼굴에 호리호리하고 몸집이 작은 청년이다. 볕에 그을리긴 했지만, 윤기가 나고 원래는 피부가 흰 듯했다. 입술 위에 살짝 수염이 나 있다. 이따금 그 수염을 만진다. 아직 거기에 수염이 있는지 확인하는 것처럼. 시선은 날카롭지만, 수줍은 미소를 지으면 순진함이 자연스레 묻어난다.

순간 당혹스러웠다. 그때까지 TV 마라톤 중계로 이누부시의 모습을 몇 번이나 보았고, 기시 기념 체육관에서 열린 올림픽 마라톤 대표 선수의 합동 기자회견에서도 조금 떨어진 곳이긴 했지만, 직접 얼굴을 보기도 했다. 그러나 그때, 합숙소 로비에서 내 앞에 서 있는 사람은(이누부시입니다, 하고 소개를 받았지만) 전혀 낯선 젊은이였기 때문이다. 이누부시는 저녁 7시에 하루의 연습을 마치고 목욕한 뒤 저녁식사를 먹었다. 맥주도 한 병 마셨을 것이다. 릴랙스하며 선수라는 갑옷을 어딘가에 벗어던졌다. 지금까지 여러 명의 일류 선수를 만나왔지만, 선수일 때와 아닐 때, 이렇게 인상이 다른 이도 드물었다. 아마 기분전환을 잘한다는 얘기이겠지만, 그것만은 아닐 것 같다. 뭔지 모르게 직감적으로.

맨 얼굴의 이누부시는 직업 마라톤 선수로 보이지 않는다. 이른바 '스포츠파' 분위기도 아니다. 어떻게 보이느냐 하면, 쿨하고 개인적이고 독립심 강한 특수기술 전문가처럼 보인다. 그 기술은 너무나도 특수한 종류의 것이어서 일반인에게 일일이 설명할 마음이 들지 않는다고 말하고 싶어하는 느낌이다. 내가 타인에게 충분히 이해받기를 애초에 기대하지 않는다. 설명할 수 없는 일이니 이해받지 못해도 어쩔 수 없다고 생각한다. 그런 인상이었다. 교만하다는 게 아니다. 그저 상대와의 사이에 어디까지나 현실적으로 적당한 거리를 두고 있을 뿐이다.

성격은 어딘지 모르게 차가운 부분이 있을 것이다. 얇은 입술의 미묘한 각도로 알 수 있다. 여기까지는 타인을 받아들이지만, 더는 들여보내지 않겠다는 경계가 확실할지도 모른다. 아마 지기 싫어하는 타입으로 고집스러우며 일종의 직관력도 갖고 있다. 그것이 내가 받은 첫인상이었다. 말할 것도 없지만, 장거리 선수에게 어울리는 자질이다.

그는 또 수염에 손을 가져갔다. 그러나 얘기하는 동안, 내 눈을 피하는 일은 없다. 별로 도전적인 눈은 아니다. 적의도 악의도 아니다. 상대를 냉정하게 관찰하고, 온화하게 분석하는 눈이다. 자연스러운 호기심이 있다. 그가 자신의 분석 능력에 자신을 갖고 있다는 것은 잘 알겠다. 그렇다고 해서 쉽게 결론을 내리지는 않는다. 형태가 된 결론보다는 오히려 분석이라는 행위 자체를 중요하게 생각하는 면이 있다. 그런 머릿속의 조용하고 자연스러운 생각이 내게 전해진다.

그것이 선수가 아닐 때의 이누부시이다.

그런데 선수가 됐을 때의 이누부시는 인상이 확 바뀐다. 먼저 왠지 '노숙해' 보인다. 더 솔직히 말하면 늙어 보인다. 스물일곱 살의 이누부시는 맨 얼굴일 때는 스물두 살 정도로 보이지만, 선수가 됐을 때는 서른 살 정도로 보인다. 인상이 전체적으로 묵직해진다. 몸집도 평소보다 커 보인다. 머리 색조차 짙어진다. 그것이 우리가 평소 보는 이누부시이다. 한마디로 말하면 **아주** 수수해 보인다. 맨 얼굴의 이누부시가 갖고 있는 그 반항적이고 날카로운 이미지도 보이지 않는다. 소년처럼 신선하고 호기심 어린 시선도 사라진다. 러닝화를 신고, 러닝웨어로 갈아입는 순간, 그는 완전히 '무색'으로 변모한다. 마치 작업복으로 갈아입은 사람처럼. 마치 그 역할에만 충실하기로 결심한 것처럼.

어째서 그런 일이 일어나는지 나는 도통 알 수가 없다.

"이누부시는 달릴 때 **엄청나게** 집중하죠." 가와노 감독은 얘기했다. "특히 집중력은 다른 어떤 일본 선수에게도 지지 않을 겁니다. 그 집중의 밀도가 보통이 아니랍니다."

이누부시는 야심적인 청년이다. 그는 야심적인 소년에서 야심적인 청년이 됐다. 그리고 이제 야심적인 어엿한 어른이 되려 하고 있다. 차분하고, 호언장담을 하지 않는다. 목소리도 작다. 그러나 야심적인 것은 변함없다. 그리고 자신이 야심적이란 것을 딱히 감추려고도 하지 않는다. 자랑도 하지 않지만, 그렇다고 겸손하지도 않다.

고등학교에 진학하여 육상을 꿈꾸었을 때부터 이누부시는 이미 올림픽 출전을 인생의 목표로 삼았다. 올림픽, 그것이 그의 야심의 축이 됐다. 그러기 위해서 그는 축구를 그만두고, 육상을 선택했다. 그편이 빨리 목표에 도달할 수 있을 것 같았기 때문이다.

"종목은 뭐라도 좋았어요. 어쨌든 올림픽에 나가자고 생각했습니다."

둘이 나란히 조깅을 하면서 그는 내게 그렇게 말했다. **어쨌든 올림픽에 나가자고 생각했습니다.**

"마라톤이 아니어도?"

"아무거나 상관없었습니다." 그는 말했다, 지극히 당연한 것처럼.

올림픽.

이누부시가 진학한 도쿠시마 현립 시로노우치 고등학교는 장거리 명문이 아니었다. 육상부가 있긴 했지만, 단거리 달리기와 멀리뛰기가 메인으로 장거리 선수는 별로 없었다. 물론 역전마라톤 복수의 사람이 하나의 팀을 이루어, 여러 구간으로 나눈 전체 거리를 각각 한 구간씩 맡아 이어달리는 육상 경기팀도 없었다. 2학년 때까지는 전문적인 지도자도 없었다. 하지만 그는 자신의 페이스로 꾸준히 혼자서 달렸다. 스스로 연습 프로그램을 작성하고 그것을 날마다 지켰다. 반 친구들이 즐겁게 놀고 있을 때도 묵묵히 달렸다. 누군가에게 야단맞는 일도, 누군가에게 격려받는 일도 없었다. 이누부시 스스로 달리기를 희망했고, 이누부시 스스로 그것을 실행했다. 그의 머릿속에는 언제나 올림픽 광경이 있었다.

고등학교를 졸업하기 전에는 많은 대학에서 스카우트 제의를 받았다. 하코네 역전마라톤에 참가하는 대학 대부분이 입단을 제안해 왔다. 강호 실업선수단에서도 얘기가 들어왔다. 그러나 모두 거절하고, 지역에 있는 도쿠시마 현 오쓰카 제약에 들어갔다. 이제 갓 창립한, 무명의 시골팀이다.

"대학 진학에는 흥미가 없었어요. 그런데 나는 강해지고 싶었습니다. 그리고 그러기 위해서는 실업단에 들어가는 것이 지름길이라고 생각했죠. 하코네 역전마라톤보다는 올림픽입니다."

어쨌든 올림픽에 나가자고 생각했습니다.

"성적으로 보면 이누부시보다 뛰어난 선수가 몇 명이나 있었어요." 가와노 감독은 얘기했다. "그러나 소질을 간파할 줄 아는 사람에게 이누부시는 정말 매력적인 선수였습니다. 달리기 자세를 보자마자 '훌륭하네, 예사롭지 않은걸' 하고 감탄하게 하는 천재적인 선수는 아닙니다. 그러나 반대로 말하면 이 정도의 폼으로 이 정도의 성적을 내는 데는 무언가 특별한 것이 있는 게 분명하다는 확신이 들게 하는 부분이 있었죠."

가와노 감독과 이누부시는 대조적인 성격을 가진 콤비이다. 가와노 감독은 이론파이다. 동시에 열의가 있는 사람이기도 하다.

"나만큼 선수에 관해, 연습에 관해, 세세하게 데이터를 수집하고, 그걸 실제로 활용하는 감독은 아마 없을 겁니다. 다른 건 몰라도 이것만은 자신 있습니다."

달리기 이론이 나오면 얘기가 끝이 없다. 학설과 숫자가 줄줄이 쏟아진다. 또 그 얘기들에는 설득력이 있다.

가와노 감독은 마라톤을 완주한 경험이 없다. 쓰쿠바 대학 4학년 때 아시아 대회의 3000미터 장애물 경기에서 우승했지만, 그 직후에 하코네 역전마라톤에서 아킬레스건을 다쳐, 올림픽 대표는 되지 못했다. 그래서 마라톤 선수를 설득하는 데 자신의 경험을 얘기하지는 못한다. 이론과 열의를 무기로 지도할 수밖에 없다. 말을 조리 있게 잘한다. 그렇다고 해서 사람이 차갑지는 않다. 한참 얘기하다 보면 기본적으로는 인정파라는 생각이 든다. 인간관계에 과도하게 빠져들면 힘드니까 오히려 이론을 앞세우는지도 모른다.

무조건 선수에게 명령하는 일은 없다. 정신론도 내세우지 않는다. 카리스마 넘치는 지도자가 되려고 하지 않는다. 선수가 이따금 밤늦게까지 술을 마셔도 아침 연습에 제대로 나오기만 하면 잔소리 한 번 하지 않는다. 대신 그는 선수를 설득하여 상대가 받아들일 때까지 서로 이야기한다. 결론을 강요하지 않고, 선수에게 자신의 머리로 생각하게 한다.

이누부시는 반대다. 그는 많은 얘기를 하지 않는다. 얘기하는 것이 서투른 것도 아니고, 말이 없는 것도 아니다. 친한 사람에게는 아마 말을 잘할 거라고 생각한다. 그러나 평소 생활에서는 필요 이상의 얘기를 하지 않는다. 변명을 늘어놓는 것은 이 사람이 바라는 바가 아니다. 그보다는 묵묵히 혼자 해버리는 게 편하다. 남과 자신을 비교하는 일은 거의 없다. 자신이 할 수 있는 일과 할 수 없는 일을 구별하여 자신이 할 수 있는 일만 확실하게 한다. 스스로 이해가 가지 않는 일은 하지 않는다. 억지로 떠맡기면 아마 홱 외면해버릴 것이다. 마치 까다로운 고양이처럼. (참고로 이누부시는 이름에 어울리지 않는 특징을 몇 가지 갖고 있다. 이를 테면 고양이 등에 고양이 혀이다 이누부시는 '개가 엎드리다'라는 뜻인데, 일본어로 고양이 등은 새우등. 고양이 혀는 뜨거운 음식을 잘 못 먹는다는 뜻) 원래의 성격인지, 이누부시에게는 어딘지 권위에 반항하는 면이 있다. 그러나 약한 사람에게는 부드러워지는 타입이다.

"무슨 말을 하면 바로 대답하고, 바로 반응하는 그런 사람이 편합니다. 성격적으로." 가와노 감독은 말했다. "그래서 이누부시처럼 뭘

시키면 일단 자기 속에 넣었다가 생각해보고 시간을 들여 그걸 꺼내는 타입에 당황했죠. 무언가 던져도 좀처럼 돌아오지 않더라고요. 익숙해지기 전에는 여러모로 생각이 많았습니다. 그러나 한 가지는 확실했어요. 이누부시는 무슨 일이 있어도 세상에 나가야만 하는 사람이며, 나는 그것을 도와야만 하는 사람이란 사실이죠."

이누부시와 가와노 감독은 이상적인 조합일지도 모른다. 그들은 현재 서로 편안한 공생 관계를 유지하는 것으로(본인들이 어떻게 느낄지는 모르지만) 보인다. 이누부시는 쿨하게 자신의 페이스를 지키며, 감독이 짠 프로그램을 착착 소화해간다. 의문이 있으면 물어보고 답을 듣는다. 정말로 곤란할 때는 의논하러 간다. 가와노 감독은 '자신의 머리로 생각할 줄 아는' 이누부시를 신뢰하고, 연습 프로그램을 짠다. 가와노 감독은 이론을 쌓고, 이누부시는 자신의 스타일을 지켜간다. 바로 반응하진 않는다. 그러나 언젠가는 확실하게 돌아온다. 둘 사이에는 그런 암묵의 이해가 있는 것 같다.

이누부시와 가와노 감독, 둘의 공통점은 **야심적이라는 것**이다. 혹은 야심적인 꿈을 꾸는 것이다. 그들은 각자 야심을 안고 있다. 가와노 감독의 야심은 도쿠시마에 있는 오쓰카 제약 육상팀을 아사히화성에 대항할 수 있는 강호로 키우는 것이다. 그러나 그는 다른 실업팀과 달리 역전마라톤에 이겨서 기업 이미지를 높이는 것을 지상 목표로 하지 않았다. 육상부 지도자로서 그의 머릿속에는 올림픽이 가장 큰 위치를 차지했다. 역전마라톤은 올림픽 종목에 들어가지 않는다. 강한 선수를 한 명 한 명 소중히 키워서 그들을 최상의 컨디션으로 올림픽에 내보내는 것, 일장기를 달고 레이스를 달리게 하는 것, 가능하면 메달을 따게 하는 것. 그것이 그의 꿈이고, 목표였다. 아주 확실했다.

이누부시의 야심도 물론 시드니다. 우선은 시드니이다. 그곳에서 메달을 따서 영웅이 되는 것. 지금 머릿속에 있는 것은 단지 그것뿐이다. 그리고 이누부시는 실제로 그것을 이룰 계획이다. 어쩌면 영웅이 되는 것은 그의 직접적인 목적이 아닐지도 모른다. 무엇보다 메달을 따는 것. 자신이 누구인가를 증명하는 것. 그러나 동시에 영웅이 되는 것도 나쁘지는 않다고 생각한다. 전혀 나쁘지 않다.

메달을 따는 것은 불가능하지 않다. 충분히 있을 수 있는 일이다. 아니, 따지 못하는 게 이상할 정도다. 가와노 감독도 내심으로는 그렇게 생각하고 있다. 그러나 말할 것도 없는 일이지만, 이 세계에 확실한 것은 아무것도 없다.

이누부시는 몇 년 전에 가와노 감독에게 개인적인 고민을 털어놓았다. 결혼을 생각하는 상대가 있는데, 시드니 올림픽이 끝날 때까지 결혼을 연기하고 싶습니다, 라고. 이누부시가 풀 마라톤을 하던 도중 기권을 되풀이하며 슬럼프의 바닥에 있을 때 일이었다. 이 시점에서 이누부시의 풀 마라톤 최고기록은 2시간 25분, 올림픽 대표가 되기에는 부족한 기록이다(여자 마라톤 대표 선수라면 몰라도). 그러나 **그때조차** 이누부시라는 남자는 자신이 마라톤 대표 선수가 되어 시드니에 갈 생각이었던 것이다!

가와노 감독은 결혼을 연기하는 건 반대했다. "이봐, 이누부시. 생각해봐. 너의 성적은 지금이 가장 바닥이야. 더 나빠질 일은 없을 거야. 결혼한 뒤에 지금보다 성적이 올라가겠지. 그러면 다들 '부인이 있으니 이누부시 성적이 올라가네'라고 할 거야. 아내도 분명 그런

말을 들으면 기쁘겠지. 그러나 만약 시드니에서 메달을 딴 뒤에 결혼해봐. 그 이상, 위로 가는 일은 없을 거야. 그러면 '부인을 잘못 얻어서 성적이 떨어졌다'라고 할 게 뻔하지. 그러니까 결혼부터 하고, 그리고 시드니에서 기분 좋게 메달을 따면 돼. 그야말로 누이 좋고 매부 좋고. 더할 나위 없지 않은가."

잠시 생각하고 나서 "알겠습니다"라고만 대답하고 이누부시는 돌아갔다. 그리고 몇 개월 뒤 결혼해서 아이를 낳았다. 딸이었다. 가와노 감독은 결혼을 권한 이상, '책임지고' 나코도결혼의 중매인이자 증인으로 결혼식을 이끌어나가며 주로 직장상사가 맡음를 맡았다. 물론 '더 나빠질 일은 없을 거야'라고 한 가와노 감독의 예언은 보기 좋게 빗나갔다. 결혼해서 처음 달린 후쿠오카 마라톤에서 이누부시는 도중에 기권해버렸다. 30킬로미터를 달리고, 나머지는 걸었다. 이런 얘기가 나오면 가와노 감독도 웃는다. 이누부시도 웃는다. 그러나 현실은 웃을 분위기가 아니었을 것이다. 실제로 마라톤 선수로서 살아남을 수 있을지 어떨지, 이누부시는 한계점에 서 있었으니.

결혼한 뒤, 이누부시의 책임감이 강해졌습니까?

그렇게 질문하니 가와노 감독이 쓴웃음을 지었다. 말을 흐렸다. 무슨 일이 있다고 이내 사람이 바뀔 만큼 단순한 상대가 아니다, 그렇게 말하고 싶은 듯한 힘없는 웃음이었다. 어떤 느낌인지는 상상이 간다. 설령 바뀌었다 하더라도 그것을 주위에서 간단히 알아차릴 수 있도록 하는 일은 없다.

"그러나 결혼하길 잘했다고 생각합니다. 독신 시절에는 하여간 방이 엄청나게 더러웠으니까요. 그 녀석에게는 돌봐줄 사람이 필요합니다. 그리고 가족을 소중히 여길 녀석이죠. 아이도 좋아하고." 거기서 말을 끊고 잠시 생각하다가 한마디 덧붙였다. "좋아한다기보다 아이를 **못살게 군다**는 편에 가까우려나."

못살게 굴어요?

"우리 집에도 애가 있지만, 이누부시는 하여간 **못살게 굴어요**. 아이를 좋아하는 건 확실하지만, 귀여워하는 것과는 좀 다르더군요. 못살게 굴어요."

이누부시는 몹시 무더운 여름에 3킬로미터 코스를 묵묵히 달렸다. 2시간 15분의 기록뿐이었지만 자신은 시드니에 갈 수 있다고 믿었던 남자. 그것이 이누부시라는 선수이고 인간이다. 흔들림 없는 이미지, 그 이미지를 지탱하는 강한 자부심, 이해가 갈 때까지 스스로를 쥐어짜는 집중력, 꼿꼿한 자립심, 그리고 쿨한 태도 속에 감춰진 소년의 마음. 오랜 동안 같은 꿈을 꿀 수 있었던 힘. 예민한 신경. 어떤 부분에서는, 어떤 의미에서는 그 자신이 아직 아이infant이다. 그러니 다른 아이들을 **못살게 굴지 않고는** 못 배기는 것이다.

시드니 올림픽 마지막 날, 그는 어디에 서 있게 될까. 그는 과연 길고 오랜 꿈의 핵심에 다다를 수 있을까? 결과는 문제가 아니다. 그것은 어느 시점에서 사람의 손을 떠난 문제이니까. 그러나 동시에 결과는 큰 문제이다. 왜냐하면 그것은 **형태**가 되어 영원히 남아 경우에 따라서는 그후의 세월을 크게 좌우하게 되기 때문이다.

모든 것은 시드니의 10월 1일 저녁에 명확해진다. 그때까지 앞으로 고작 105일이 남았다. 이누부시에게 아마 그것은 인생에서 가장 농밀한 105일이 될 것이다.

ㅅ ㅡㄴㅣ 일지

시드니 도착

요미우리 대 야쿠르트전을 7회 말까지 응원하고(이 시점에서 야쿠르트가 2점 앞서고 있었음), 찜찜한 기분으로(라는 것은 좀 오버다, 요미우리의 우승이 이미 확정된 거나 마찬가지여서), JAL771편을 탔다. 올림픽 개최지인 시드니행으로 당연히 만석. 기내는 선수단과 임원들로 붐볐다. 이미 올림픽 분위기이다. 열기마저 감돈다. 기내 방송도 "저희 비행기에 타신 선수 여러분의 활약을……" 하는 인사가 흘러나왔다.

자리에 앉자마자 졸음이 쏟아졌다. 저녁식사가 나왔다. 배는 별로 고프지 않아서 반만 먹고 반은 남겼다. 식사 도중에 너무 졸려서 나이프와 포크를 든 채 잠들어버렸다. 눈을 떴을 때는 쟁반이 치워져 있었다. 커피도 못 마셨다. 그 정도로 졸렸다. 누워서 새벽 4시까지 숙면했다. 도쿄에 있는 동안, 피로가 상당히 쌓였던 모양이다.

이상한 호주의 하루키

처음 간 다운언더

눈을 뜨고 비행기 창밖을 보니 오스트레일리아(호주) 땅이 펼쳐졌다. 구름 한 점 없는 하늘에는 갓 떠오른 해가 빛나고 있었다. 1만 미터 아래에는 비행기 그림자가 선명하게 비쳤다.

노골적으로 드러난 자아처럼 지금까지 보아온 어느 토지의 풍경과도 달랐다. 어디가 어떻게 다른지 잘 표현할 수 없지만, 무언가 완전히 다르다. 미처 다 만들지 못한 풍경 같기도 하고, 꿈속에 나오는, 의식 아래의 일그러진 풍경 같기도 하다.

어젯밤에 시드니행 비행기를 탔으니 '이것은 오스트레일리아 풍경이구나' 하는 걸 인식할 수 있었지만, 만약 그렇지 않고 아무런 맥락 없이 이 풍경을 도려내어 눈앞에 들이댄다면, 내가 대체 지금 어디에 있는지 아마 짐작도 못 했을 것이다. 한참 망설이고 고민했을 테고, 불안하기도 했을 것이다. 혹시 다른 행성에 끌려온 게 아닐까 하고.

비행기에서 내려다본 시베리아 툰드라 풍경이라든가, 아라비아 사막 풍경에도 꽤 거칠고 초현실적인 부분이 있었지만, 오랜 시간 주의 깊게 보다 보면 나름대로 이해가 갔다. '이곳은 이런 풍토여서 이렇게 됐구나' 하고. 그러나 오스트레일리아 풍경은 다르다. 기본적으로 **기묘**하다. 한눈에 봐도 기묘하다는 것을 알 수 있다. 그런데도 기묘하다는 것의 **개연성**을 찾기가 힘들다. 집중해서 보고 있으면 내가 점점 다른(잘못된) 차원으로 이끌려가는 듯한 기묘하고 초라한 느낌이 든다. 팀 버튼 영화의 한 장면처럼.

오스트레일리아는 깊은 고립 속에 오랜 시간을 보내온 특수한 대륙이다. 세계에서 가장 오래되고, 가장 평평하고, 가장 더운 나라다. 가장 비가 적고, 큰 강도 적어서 침식의 흔적을 거의 볼 수 없다. 이렇다 할 화산도 없고 산맥도 없다. 그리고 전세계에서 가장 많은 독성 동물이 '영업 활동'을 하고 있다. 이를테면 가장 강력한 독을 가진 독사 10위까지 거의가 오스트레일리아에 서식하는 뱀으로 채워졌다.

오스트레일리아에는 약 230종류의 포유류가 생식하고 있지만, 그들은 자신들이 살기에는(특히 새끼들에게) 오스트레일리아 대륙이 너무나도 가혹한 환경이라는 것을 인식하고, 절반은 진화 과정에서 유대류가 되기를 선택했다. 그렇게 해서 이 대륙은 다른 토지와 거의 교류하지 않고 6만 년을 바싹 마른 고독 속에 지내왔다.˙

그런 땅이다. 그 '기묘함strangeness' 같은 것은 비행기 위에서 내려다보기만 해도 절실히 피부에 와 닿는다.

그러나 아름다운 것은 확실하다. 사막처럼 거친 토지가 있고, 주위에 완만한 구릉이 이어지고, 순결한 아트처럼 선명한 음영이 끝없이 이어진다. 고대와 무엇 하나 달라지지 않은 평온한 시간의 이동 같은 것이 그곳에는 있다. 아무리 보고 있어도 질리지 않는다.

하지만 아무리 그래도 기묘한 광경이다.

호텔로, 그리고 주변 산책

비행기가 드디어 바다를 지나 크게 한 바퀴 돌아서 시드니 국제공항에 착륙했다. 공항에 설치된 특설 데스크에서 사진이 들어간 취재증을 받았다. 플라스틱 케이스에 든 것을 목에 건다. 이것이 없으면 경기장에 들어갈 수 없다. 흰색과 파란색의 유니폼을 똑같이 입은 발그스레한 얼굴의 선남선녀(모두 자원봉사자)가 공항에서 대기하다가, 도착한 관계자를 안내해주었다. "굿다이(안녕하세요)." 어찌된 건지 오스트레일리아의 선남선녀는 모두 얼굴이 발그레하다.

택시를 타고 호텔로 갔다. 로열가든 호텔이라는 곳. 큰 호텔은 아니다. 특별히 훌륭한 호텔도 아니다. 지나치거나 부족함 없이 그날

그전에 오스트레일리아 대륙은 남극 대륙과 뉴질랜드와 뉴기니와 인도네시아에 이어져 있었다. 더 추웠고, 초록색 삼림으로 덮여 있었다. 아시아에서 원주민이 온 것도 이 시기라고 생각된다. 그러나 빙하가 녹기 시작하고 해수면이 상승하면서 오스트레일리아 대륙은 고립됐다. 기온이 오르고, 내륙은 거친 사막지대가 됐다.

맡은 바 임무를 다하면서 중년 후반에 들어선 사람을 연상케 하는 호텔이다. 그런데 그만큼 편안할 것 같긴 하다. 누군가와 눈을 마주칠 때마다 팁을 주는 호텔이 아니어서.

햇살이 잘 들어오는 방이었다. 목욕을 하고 나와서(고맙게도 뜨거운 물이 확실하게 나왔다), 테이블에 컴퓨터를 설치했다. 전화선을 연결했다. 이제 인터넷도 이메일도 쓸 수 있다. 됐다. 이것으로 일단 작업실을 확보했다. 뜨거운 물이 나오는 욕조와 일을 할 수 있는 테이블이 있으면 나머지는 어떻게든 된다(그런 평온함은 길게 이어지지 않았지만, 그것은 훗날의 이야기).

올림픽 공원행 전철이 다니는 센트럴 역에 가까워서 편리한 입지이긴 했지만, 주위는 상당히 복작거렸다. 지역적으로는 차이나타운에 가까웠다. 식료품점 같은 것도 중국과 관련된 곳이 압도적으로 많았다. 걸어가는 사람 대부분은 중국인. 베트남인도 있었다. 거리에는 성인용품점이나 할인점도 곳곳에 보였다. 아마 얼마 전까지는 좀 어두운 분위기의 지역이었을 것이다. 그런데 호놀룰루의 다운타운과 마찬가지로 재개발이 진행되어서 새롭고 현대적인 건물이 섞이기 시작한 것 같았다. 절대 패셔너블한 구역이 아니지만, 특별히 이상한 느낌은 들지 않았다. 다만 제대로 된 옷이나 책을 사려면 좀더 중심지로 나가야 할 듯했다.

근처를 산책했다. 날씨는 덥지도 춥지도 않았다. 긴팔 셔츠를 입고 걷기 딱 좋을 정도. 근처 은행에 가서 일본 엔을 한꺼번에 환전했다. 오스트레일리아 달러는 최근에 급하락을 계속해서 1달러가 60엔이었다. 몇 년 전에는 100엔 가까웠던 걸로 기억하지만(이하, 본문에 나오는 금액은 모두 오스트레일리아 달러이다).

두 블록쯤 떨어진 곳에서 할인 서점을 찾아서, 오스트레일리아 작가의 소설을 한꺼번에 샀다. 오스트레일리아 작가의 책은 일본에서는(혹은 미국에서도) 좀처럼 살 수 없어서, 이곳에 있는 동안 좀 사기로 마음먹었다. 재미있는지 어떤지는 모르겠지만, 적당히 골라서 사야지. 할인 서점이어서 가격은 엄청나게 싸다. 세 권에 10달러. 그러나 1오스트레일리아 달러가 60엔이라는 것은 너무 저평가된 것 같았다. 80엔 정도가 적정 환율이지 않을까. 물론 낮은 편이 우리 여행자에게는 고맙지만.

앞서 현지로 날아간 〈스포츠 그래픽 넘버〉 편집부의 야 군(가명)과 가와타 씨(여성)와 함께 근처에 점심을 먹으러 갔다. 대회 기간에 사용할 임대전화를 받았다. 대회 본부에서 빌린 삼성의 작은 휴대전화. 삼성이 이번 대회의 공식 후원사이다. 전용회선을 사용하고 있어서 여타의 휴대전화보다 연결이 잘 된다고 한다. (나는 휴대전화를 별로 좋아하지 않지만, 만약 이게 없었더라면 이번 취재는 포기해야 했을 것이다. 회장이 넓어서 여기 갔다 저기 갔다, 연락을 취할 수가 없었다.) 삼성은 이번 시드니 올림픽에 상당히 힘을 쏟은 것 같았다. 돈도 꽤 들였다. 아니, 아주 엄청난 돈을 들였다. 홍보를 위해 삼성 사장이 직접 시드니에 왔다는 뉴스가 신문에 실렸다.

차이나타운에 있는 쇼핑센터의 이탈리안 레스토랑에서 맥주와 피자를 먹으면서 취재에 대해 논의했다. 막 도착해서 뭐가 어떻게 돌아가는지 잘 몰랐지만, 개막식까지는 아직 며칠 남아서 그때까지 태세를 정비하기로 했다. 나는 기본적으로 혼자서 자유롭게 돌아다닌다. 가고 싶은 곳에 가고, 하고 싶은 것을 한다. 언제나처럼.

수족관의 솔티 군과 프레시 군

그들과 헤어진 뒤 혼자 달링하버까지 산책하고, 유명한 시드니 수족관에 갔다. 올림픽 경기가 시작되면, 분명 날마다 바쁠 테니 그러기 전에 혼자 여러 곳에 가서 보고 싶은 것을 봐야지. 아주 넓은 수족관에서 관람 코스를 한 바퀴 도는 데 2시간 가까이 걸렸다. 그런데 정말로 재미있었다. 만약 '수족관 미슐랭' 같은 게 있다면 틀림없이 만점을 받을 것이다. 나는 여러 나라의 수족관에 갔지만, 이곳은 오스트레일리아에만 있는 물고기와 해양생물이 중심이어서 아주 독자적인 내용으로 꾸며졌다.

먼저 오리너구리가 있었다. 오스트레일리아에 있는 다른 포유류와 마찬가지로 어딘지 모르게 멍청하고 의욕이 없어 보인다. 아직 졸린데 마지못해 깬 사람 같다. 취향에 맞지 않는 옷을 입혀서 밖으로 끌려나온 사람 같아 보이기도 한다.

오리너구리는 수줍음이 많은 동물로 대부분은 물속에 숨어 있듯 지낸다. 그리 알려지지 않은 사실이지만, 수컷 오리너구리는 뒤 발톱에 독을 품고 있는데 적이 습격해오면 사용한다. 적극적으로 사용하는 법은 없지만, '할 수 없군, 이제' 하는 느낌으로 어쩔 수 없이 사용하는 것 같다. 독은 상당히 강해서 인간은 물론 개 정도는 충분히 죽일 수 있다.

 하지만 오스트레일리아 대륙 동물계에 육식동물(개 '딩고')이 등장한 것은 겨우 9000년 정도 전의 일이다. 그전에는 오리너구리를 덮치는 동물이 존재하지 않았다. 그런데 오리너구리는 그 이전부터 독을 갖고 있었다. 대체 무엇 때문에? 누구도 모른다. 수수께끼다.

오리너구리는 물속에서는 눈과 코와 입을 전부 닫는다. 그러면 부리가 유일한 감각기관이 되어 그것에 의지하여 먹이를 찾는다. 희한한 녀석이다. 알을 낳아 부화시킨 다음 그렇게 나온 아기 오리너구리에게 또 수유를 하다니, 어째서 그런 이중 고생을 하는 걸까? 1798년에 처음으로 오리너구리 박제가 영국 왕립과학원에 도착했을 때, 학자들은 혼란스러워하며 '이것은 분명 장난이거나 속임수가 분명하다'라고 생각해 상대하지 않았다고 한다. 여러 동물에서 한 부분씩 떼어내 적당히 만든 것이라고. 그 기분 잘 알겠다.

그리고 거대한 악어가 있다. 오스트레일리아에는 해수에 사는 '솔트 워터 크로커다일'과 담수에 사는 '프레시 워터 크로커다일'이 있지만, 뭐든 닥치는 대로 생략하는 경향이 있는 오스트레일리아 사람은 전자를 '솔티'라고 부르고, 후자를 '프레시'라고 부른다. 그렇게 부르니 어쩐지 귀엽게 느껴지지만, 사실은 전혀 귀엽지 않다. 솔티는 단독 행동을 하는 일이 많고, 프레시는 무리를 이룬다. 프레시는 물위로 눈만 내놓고 물을 마시러 온 동물을 잡아먹는다. 캥거루도 먹을 수 있다. 사람은 덮치지 않는다.

옛날에 보트의 선외기만 전문적으로 덮치는 유명한 거대 프레시가 있었다고 한다. 이 녀석은 시끄러운 소리를 내는 선외 모터가 너무 싫어서, 아무리 바빠도 그 소리가 들리면 바로 달려가서 보트를 와그작와그작 씹어먹었다고 한다(그 기분도 알 것 같다). 그래도 사람은 덮치지 않았다.

그런데 솔티는 사람을 보면 100퍼센트 반사적으로 덮친다. 이렇게 사람에게 본질적으로 위험하고 치명적인 동물은 전세계를 찾아도 별로 없다. 도발하지 않아도 사람을 덮치는 동물은 이 녀석을 포함해서 지구상에 두 종류밖에 없다는 사실(나머지 하나는 대체 뭘까? 굉장히 알고 싶지만, 책에는 나와 있지 않았다).

꼬리는 납작한 주걱같이 생겨서 그걸 한들한들 위아래로 흔들며 바닷속을 헤엄친다. 몸길이는 3-4미터에 이르고, 나이는 백 살에 이르는 것도 있다. 장수 동물이다. 날카로운 이빨로 사냥물을 꽉 물고 덥석 목 안으로 삼켜버린다. 나중에 차분하게 시간을 들여서 천천히 소화한다. 이빨은 사냥물을 놓치지 않기 위한 것일 뿐, 씹기 위한 것이 아니다. 이런 놈에게 산 채로 삼켜지면 즐겁지는 않겠군. 한번 삼키면 그리 간단히 내주지 않을 테니.•

상어도 우글거린다. 총 길이 3미터나 되는 '그레이너스 샤크'가 유리벽으로 된 회랑 주위를 유유히 돌아다닌다. 보기에는 죠스 그 자체인데, 실은 사람은 덮치지 않는 상어이다. 그러나 생긴 게 무서운 탓에 오스트레일리아에서는 최근까지도 위험하다고 믿었다.

오스트레일리아에서는 그레이너스를 죽이면, 거액의 벌금을 물어야 한다.•• 그러나 이런 무서운 생김새의 상어가 망에 걸리면 죽이고 싶어지는 것이 인지상정 아닌가. 오스트레일리아에서 교통사고로

 물론 솔티는 그렇게 자주 사람을 습격하지 않는다. 1980년부터 1988년 사이에 총 열세 명이 솔티에게 습격을 당해서 죽거나 부상을 입었다. 열 명은 수영을 하다 당했고, 그중 다섯 명은 밤중에 수영했다.

상어는 세계적으로 '멸종 위기에 처한 보호동물'이라고 해서 미국과 오스트레일리아에서는 포획을 금지하고 있지만, 그밖의 나라에서는 금지하지 않는다. 그래서 자꾸자꾸 죽어간다. 어망에 걸리면 그대로 죽이는 예가 많다. 중국요리에 쓸 상어 지느러미를 구하기 위해 죽이는 일도 많다.

죽은 사람은 연간 오천 명이지만, 상어에게 습격당해 죽은 사람은 평균 약 한 명. 일반에게 알려진 375종의 상어 가운데 사람을 습격하는 것은 고작 5종뿐. 그러니까 그렇게 무서워할 것 없어, 라고 해도, 거대한 상어가 헤엄치며 다가오면 '괜찮아, 이 녀석은 그 5종에 들어가지 않아' 하고 제대로 구분할 줄 아는 냉정한 사람은 세상에 없을 것이다. 오히려 보통 사람들은 공포에 질린 나머지 심장발작을 일으킬걸.

상어는 사람들이 생각하는 것만큼 식욕이 왕성하지 않다. 이틀에 한 번만 먹이를 줘도 충분하다. 그래서 시드니 수족관에서는 각각의 상어가 밥을 제대로 먹는지 확인하기 위해, 다이버가 매번 손으로 직접 물고기를 먹인다.

상어는 꼬리지느러미 뒤에 생식기가 두 개 나란히 있어서(뒷발처럼 보인다), 교미할 때는 그 둘 중에 하나를 사용한다. (대체 어떤 기분으로 하나를 선택하는 걸까? 오늘은 오른쪽 해야지, 전에는 왼쪽이었으니, 이러려나. 내가 만약 상어라면 요전에 어느 쪽을 썼는지 잊어버릴 것 같지만.)

수족관의 투명한 튜브 복도는 달링하버 해저로 직결된다. 바깥쪽에 있는 바다는 진짜 바다로, 인공이 아니다(물론 격리되어 있지만). 그래서 상당히 생동감 넘치는 박력이 있다.

먹히는 일은 없다고 하지만, 해파리도 무서웠다. 실물은 없었지만, 각각 사람의 피부에 어떤 상처를 주는가 하는 실제 사례가 컬러사진으로 전시되어 있었다. 이것은 참으로 엄청난 녀석이었다. 나도 한 번 아타미의 바다에서 헤엄칠 때 해파리에게 쏘인 적이 있어서, 꽤 아픈 경험을 했지만, 사진의 상처는 일본의 해파리와는 비교가 되지 않을 만큼 엄청났다. 문자 그대로 피부가 변형되었다.

오스트레일리아에는 사람에게 치명상을 입히는 해파리가 4종 있다.

1. 박스 젤리 피시
2. 블래버
3. 헤어젤리
4. 블루보틀

이름만 들으면 별로 나쁜 느낌이 들지 않지만, 실제로는 하나같이 귀엽지 않다. 이런 것들에게 물리고 솔티에게 습격당하면 차마 눈뜨고 볼 수 없을 지경이다.

그리고 오스트레일리아의 성게는 아주 격렬해서 한번 바늘로 찌르면(이것이 또 굵다), 안에서 뚝 부러져 쉽게 빠지지 않는다. 빠진 뒤에도 심한 상처가 남는다고 한다. 무섭다. 게다가 바다에 사는 흉포한 독사도 꽤 있다.

무섭지 않은 걸로는 개구리가 흥미로웠다. 아주 귀여운 초록색 개구리였다.

하여간 수족관이 넓어서 한 바퀴만 돌아도 녹초가 됐다. 이틀에 걸쳐 천천히 둘러보고 싶은 곳이었다.

돌아오는 길에는 모노레일을 타고 호텔 근처까지 왔다. 모노레일은 빌딩 이층 높이 정도를 달려서 빌딩 상층의 방을 창밖으로 들여다볼 수 있었다. 펍도 있고, 미용실도 있고, 평범한 사무실도 있었다.

이게 아주 흥미로웠다. 도로를 걷는 것과는 다른 거리의 풍경이 그곳에 있었다. 모노레일은 승차 요금이 다른 탈것에 비해 조금 비싸지만, 〈블레이드 러너〉가 연상되기도 하고 그만큼 재미있었다.

저녁에는 야 군과 함께 택시를 타고 시내의 '무슨 클럽'이라는 이름의 가게에 일본 음식을 먹으러 갔다. 오스트레일리아에 온 첫날부터 일본 음식이라는 것도 이상하지만, 뭐 어때. 지인의 지인이 하는 가게라고 했다. 나는 초밥을 먹었다. 파친코가 있는 일본 식당. 오스트레일리아에서 '무슨 클럽'이라는 이름이 붙은 가게에는 대체로 도박 기계가 놓여 있다. 법률로 그렇게 된 것 같다. 사실은 회원제라는 명목이지만, 실제로는 유명무실하다는 것. 모두 '게스트'에 들어간다.

오스트레일리아 와인을 주문해서 마셨다. 빨간 카베르네 소비뇽. 울프 블라스 1997년산. 꽤 맛있어서 나중에 그 와인을 사러 갔다. 20달러였지만, 한 단계 위인 카베르네 소비뇽(1996년 그레이 라벨)이 40달러여서, 시험 삼아 이쪽을 사보았다. 일본에 갖고 가야지(도중에 마시지 않는다면).

호텔 방에 돌아와서는 바로 침대에 들어가 누웠다. 그러나 에어컨이 너무 세서 추웠다. 이불을 둘둘 감고 밤새 떨면서 잤다. 실내 어디를 찾아도 에어컨 온도 설정 스위치가 보이지 않았다. 내일 항의해야겠다. 오늘은 만사가 귀찮다.

파라마타의 성화 릴레이

2000년 9월 12일 화요일 아침 7시에 일어났다. 졸린다.

8시가 지나 호텔 안의 말레이시아 식당(그것이 호텔에 있는 유일한 레스토랑이다)에서 아침을 먹었다. 뷔페식이지만, 볶음국수라든가 고기야채볶음이라든가, '이런 걸 아침부터 어떻게 먹나' 하는 것들만 널려 있다. 엘리베이터 문이 열리자, 음식 냄새가 화악 돌았다. 가격은 18달러. 토스트와 달걀프라이와 시리얼, 토마토와 콩을 먹었다.

손님은 우리 말고 두 명뿐. 모두 무뚝뚝한, 젖은 신문지 같은 표정으로 접시의 음식을 쿡쿡 찌르듯이 먹고 있다. 식사의 기쁨은 찾아볼 수 없다. 검은 옷을 입은 땅딸막한 체구의 매니저가 와서, "아침에 손님 몇 명 왔어?" 하고 계산대에 있는 인도인 아가씨에게 물었다. 그녀가 "음, 일곱 명인가" 하고 대답하자, 어두운 얼굴을 했다. 이래 가지고야 당연히 손님이 안 오지. 어둡고, 서비스 나쁘고, 맛도 없고.

퍼스트 플리트 마을

10시에 혼자 호텔을 나왔다. 센트럴 역에 가서 적당히 교외행 차표를 샀다. 파라마타라는 이름의 마을. 이름의 느낌이 좋아서 그곳에 가보기로 했다. 왕복 2달러. 18번 플랫폼에서 전철을 탄다. 열차는 10분 간격으로 온다. 이층짜리 스테인리스 차량. 비어 있다. 낙서도 없다. 생각해보니 오스트레일리아에는 예의 그라피티벽이나 화면에 낙서처럼 긁어서 그리거나 스프레이 페인트로 그리는 그림가 전혀 보이지 않았다. 어째서일까? 시드니의 젊은이는 세계를 뒤덮은 그 '그라피티 병'에 감염되지 않은 걸까. 아니면 올림픽을 앞두고 시드니 시가 나서서 낙서를 지운 걸까.

열차에서 보는 정경은 지극히 지루했다. 건물에는 상상력이라는 것이 부족하고, 나무들은 부스스하니 개성이 없다.

역 근처에 즐비한 가게는 모두 망해가는 것 같아 보인다. 보고 있으면 마음이 온화해지는 것이 하나도 없다. 간판도 모두 부옇게 색이 바랬다. 도시 근교에서 작은 집을 갖고 산다는 것의 지루함이 구석구석에까지 참으로 잘(어떤 의미에서는 생생하고 선명하게) 드러났다.

도중에 역에서 받은 시간표와 열차 운행 시간이 맞지 않는다는 사실을 깨달았다. 자세히 보니 내일부터의 시간표였다. 올림픽 특별 시간표. 시내에서 올림픽 공원까지 대량의 승객을 수송해야 하니 전철 시간표를 완전히 바꾸어버렸다. 통근 전철을 대폭 줄이고, 올림픽 공원행 전용 열차를 만들었다. 그래서 그동안 학교는 쉬게 된다. 일반 회사야 완전히 쉬지는 않더라도, 영업 규모는 축소된다. 대부분 근무자들은 특별 휴가를 받는다. 여러 의미에서 일이 되지 않으니까.

열차 내에서는 휴대전화 벨이 자주 울렸다. 모두 휴대전화로 통화를 하지만, 일본과 달리 차내가 한산한 탓인지 그다지 신경 쓰이지 않는다. 착신음 중 하나는 웬걸 왕년의 그리운 로즈마리 클루니의 〈맘보 이탈리아노Mambo Italiano〉였다. 웃겨서 뒤집어질 것 같았다. 대체 어떤 노인인가 하고 보니, 휴대전화의 주인은 예쁘고 젊은 여성이었다. 희한한 나라이다. 어째서 요즘 세상에 〈맘보 이탈리아노〉인가.•

리드콤이라는 역 근처에는 거대한 이슬람 사원이 있었다. 높은 첨탑도 두 개 서 있었다. 오스트레일리아에 이슬람 사원? 그렇게 생각하고 주의 깊게 보니, 아랍어 간판을 내건 건물도 간간이 보인다. 이란 영화에서 흔히 보는, 머리에 검은 천을 두른 여자들의 모습도 언뜻 보인다. 나중에 오스트레일리아 사람에게 물어보니, 중동에서 온 이민자가 상당히 많다고 했다.

"이슬람 사원? 그런 건 곳곳에 있어요."

파라마타 역에서 내려 그대로 왼쪽으로 나가니, 큰 차이나타운이 있었다. 주변 가게의 간판은 전부 한자. 걸어가는 사람도 대부분 중국인. 오른쪽으로 나가니 그쪽은 평범한 오스트레일리아의 마을이다. 오래된 마을.

조금의 예비지식도 없이 닥치는 대로 왔지만, 파라마타는 '퍼스트 플리트(최초의 함대)'에서 죄수를 데리고 처음으로 시드니에 이주한

 나중에 안 사실이지만, 오스트레일리아에서 요즘 '맘보'라는 브랜드의 옷이 유행하는데, 그 광고의 테마곡이 〈맘보 이탈리아노〉였다. 그래도 말이지.

총독 아서 필립이 개척한 마을이었다. 시드니의 후미가 그대로 내륙으로 이어져서 여기까지 배로 올 수 있었다. 자급자족을 지상 명령으로 하여 영국에서 머나먼 이곳까지 왔지만, 캡틴 쿡의 얘기와는 달리 시드니의 토양이 농경에 적합하지 않다는 것을 알았기 때문에, 그는 당황하여 시드니 근교에 사람을 보내 토양이 풍요로운 장소를 찾게 했다. 그렇게 해서 개척한 것이 파라마타였다. 1788년의 일이다.

이곳의 토양은 비옥해서 농경에도 낙농에도 적합했다. 물론 원주민이 먼저 살고 있었지만, 사람들은 별로 개의치 않고, 자기들 멋대로 영국 국기를 달고 농경을 시작했다. 원주민들은 어딘가 다른 곳으로 옮겨갔다. 유럽인이 올 때까지 오스트레일리아에는 유랑하는 종족밖에 살지 않았다. 6달 이상 한 곳에 머무는 사람은 어디에도 없었다. 그러나 유럽인은 한 군데에 정착하면, 뿌리를 내리고 그곳에서 움직이지 않았다. 원주민들은 튕겨나가듯이 점점 오지 쪽으로 쫓겨갔다.

어쨌든 만약 이 비옥한 토지를 발견하지 못했더라면, 시드니에 이주한 천 명 넘는 사람들은 대부분 굶어죽었을지도 모른다. 정확히 2년분의 식량밖에 갖고 오지 않았으니(그리고 추가분 식량을 싣고 본국에서 떠난 배는 도중에 조난을 당했고, 본국 사람들은 그 사실을 몰랐다).

19세기 중반에 파라마타는 상업의 중심지로서 눈부시게 발전했다. 오스트레일리아에서 처음으로 과수원, 그리고 포도밭과 와인 양조장과 맥주 양조장이 만들어졌다. 여자아이 전용의 보육원까지 있었다. 마을에는 오래된 건물이 수없이 남아 있었다. 지사 관저도 그대로 남아 있어서 지금은 세련된 레스토랑이 되어, 예약하면 식사도

중고 성인 잡지

할 수 있다.

참고로 파라마타는 '장어가 있는 강'이라는 뜻이다. 원주민은 이 강에서 장어를 잡아먹었을 것이다. 지금도 장어가 있는가 하고 강을 보았지만, 물론 보이지 않았다. 초록색으로 탁하고, 흐름이 없다.

레스토랑 메뉴에도 장어는 없었다. 강을 따라 길게 산책길이 이어 졌다. 산책길 위에는 원주민풍으로 그림이 그려져 있었다. 이 마을은 원주민 문화를 강하게 의식하는 것 같다. 그렇지만 원주민의 모습을 거리에서 보는 일은 없었다. 듣기로는 원주민 커뮤니티는 시드니 시 내에 모여 있으며, 대부분은 '오스트레일리아 시민'화했다는 것. 평 범한 마을의 길모퉁이에서는 그들의 모습을 거의 볼 수 없다.

처치 거리의 북적거리는 쇼핑가 한복판에서 '어덜트 북 익스체인 지'라는, 딱 봐도 어둠침침한 서점을 발견했다. 'Buy, Sell and Exchange'라고 되어 있었지만, 사는 건 몰라도, 그런 걸 다른 사람과 교환하면 찜찜하지 않을까 하는 생각이 들었다. 야 군에게 나중에 그 얘기를 했더니, "그건 좀 그렇네요, 뭐가 묻어 있을지도 모르는데"라고 했다.

그 근처에 중고 레코드 가게도 있었다. "어디, 어디?" 하고 들어가보았지만, 재즈 LP 몇 장 있는 정도로, 모두 미국의 옛날 컨트리음악뿐. 나는 마을의 문화적 수준을 중고 레코드 가게 물건의 질로 판단하는데, 그렇게 보자면 이 파라마타 마을은 '논외'가 된다. 물론 시드니 시내에서 발견한 몇 개의 중고 레코드 가게 역시 대체로 별 볼일 없는 물건만 있었지만.

제대로 된 서점(나는 줄곧 이것을 찾았으나)도 보이지 않았다. 그 대신 마을에는 상당히 근성 있는 '모델 카' 전문점이 두 군데나 있었다. 오래된 모형 자동차 컬렉션을 진열장 가득 늘어놓고 팔고 있다. 그런 특수한 가게가 한 마을에 두 군데나 있어서 장사가 될까 싶다. 전쟁물 전문의 큰 서점도 있었다. 간판에 전차戰車 실루엣을 커다랗게 그려놓았다. 그런데 보통 서점은 보이지 않는다. 신기한 마을이다. 아니면 오스트레일리아 교외의 마을은 대체로 이런 구조인 걸까.

리버사이드 극장 옆에 있는 '앙코르'라는 조금 세련된 카페 레스토랑에 들어가서 점심을 먹었다. 투히즈 엑스트라 드라이 맥주와 오늘의 스페셜인 '소고기와 버섯과 감자 파이'. 이건 아주 맛있었다. 비프 파이는 오스트레일리아 사람이 아주 좋아하는 메뉴라고 한다. 둘 다 20달러. 음식이 나올 때까지 인포메이션 센터에서 산 관광 안내 책자를 읽어보니 마침 오늘 성화 봉송이 이 마을을 지나간다고 했다. 이건 정말 우연이다. 치열교정기를 하고 있는 젊은 웨이터(고등학생 같았다)에게 어디서 성화 봉송을 하는지 물어보니, 바로 저기 공원에서 6시 반부터라고 했다. 기왕 왔으니 보고 가기로 했다.

그런데 그때까지는 아직 시간이 있어서 차를 빌려 둔사이드라는 근처 마을에 있는 페더데일 야생 동물원에 가기로 했다. 캥거루며 코알라를 만져볼 수 있는 동물원이다. 에이비스 렌터카에서 빌린 것은 도요타의 에코(일본 이름은 비츠). 수동 기어에 파워스티어링이 없는, 일단 일본에서는 볼 수 없는 모델이다. 하루 58달러. 파워스티어링이 없으니 핸들이 정말 무겁다. '이얍' 하고 힘껏 돌리지 않으면 전혀 움직이지 않는다. 일렬 주차는 엄청난 중노동이다. 오스트레일리아 사람들은 꽤 힘이 남아도는 모양이다. 아참, 방금 맥주를 마셨지. 괜찮으려나? 에이, 모르겠다.

M4 고속도로를 타고 서쪽으로 달려 블랙타운 출구에서 빠져나왔다. 도중에 큰 사고가 있어서 차가 무진장 밀렸지만, 어차피 그리 먼 곳이 아니었다.

동물원 코알라를 살짝 만져보다

페더데일 동물원은 블랙타운 역 근처에 있다. 그러나 렌터카로 가는 쪽이 편리하다. 고맙게도 주차장에는 대형 관광버스가 서 있지 않았다. 입장료는 14달러. 입구로 들어가면 먼저 캥거루 방사 구역이 나온다. 하지만 캥거루는 거의 사람이 갈 수 없는 '대피 지역'에 쏙 들어가 있어서, 쉽게 만질 수 없다. 사람에게 질린 것 같아 보인다. '정말 귀찮은 녀석들이네, 빨리 해가 저물어서 폐장 시간이 되면 좋겠구먼' 하는 분위기. 서비스업을 자각하고 있는 캥거루는 한 마리도 없다. 몇 안 되는 아기 캥거루만이 철조망 밖으로 나와서 걸어다닌다.

입장객은 그리 많지 않았다. 참고로 일본인은 한 사람도 보이지 않았다. 백인뿐이다. 캥거루용 스페셜 먹이를 판매했지만, "자" 하고 내밀어도 '흥' 하고 심드렁하게 반응할 뿐, 쳐다보지도 않는다. 그런데 아기 캥거루는 정말 귀엽다. 몸집이 너무 자란 성격 좋은 쥐 같다. 멍하니 걷다가 캥거루 똥을 밟았다. 상당한 양의 '방금 싼' 똥이었다. 신발 바닥에서 떼어내느라 애를 먹었다. 통나무에 대고 신발 바닥을 탁탁 털고 있는데, 철책 안에 있던 웜뱃이 '뭐야 뭐야, 먹을거리야?' 하는 얼굴로 기세 좋게 이쪽으로 달려왔다. "아무것도 아냐, 그냥 캥거루 똥을 밟아서 그래"라고 했지만, 통하지 않았다 (통할 리 없지).

이 동물원에는 참으로 종류도 다양하고 기묘하게 생긴 동물이 많다. 놀랍다. 어째서 또 이런 것이, 싶은 희한하고 낯선 동물뿐이다. 오스트레일리아에 오래 살면 다들 점점 기묘해지는 걸까?

플라잉폭스(큰박쥐)라는 동물은 이름 그대로 그야말로 박쥐다. 그런데 자세히 보면 확실히 몸은 여우 같다. 여우 몸에 날개가 달렸다. 크고, 갈색이고, 볼록하다. 천장에 거꾸로 매달려서 오물오물 먹이를 먹고 있다. 아직 밝은 대낮인데 일어나서 열심히 식사를 한다. 주눅 든 모습은 전혀 없다. 날개는 얇고 검다. 희한한 녀석들이다. 거꾸로 매달려서 밥을 먹고 어떻게 소화하는 걸까? 루트비히 라이히하르트라는 19세기 중엽의 탐험가가 쓴 책을 읽어보면, 사막지대에 들어가서 식량이 떨어지면 모두 이 플라잉폭스를 잡으러 갔다는

왈라비

기술이 있다. 그리 맛있어 보이진 않지만, 어지간히도 먹을 게 없었나 보다.

왈라비라는 소형 캥거루와 비슷한 동물이 있다. 철조망 옆에서 숙면을 취하고 있다. 망 사이로 비져나온 꼬리 끝을 계속 만지고 잡아당겨보았지만 도통 깨지 않았다. 꼼짝도 하지 않았다. 깊은 잠에 빠져 있다. 아무래도 철저하게 정신줄을 놓고 사는 것 같다. 그대로 철조망에 묶어둘까 생각했지만(마음만 먹으면 할 수 있었다, 주위에 사람은 없었으니), 불쌍해서 그냥 두었다.

코알라를 살짝 만져보았다. 보기에는 정말로 속 편한 동물이다. 무엇을 해도 전혀 무섭지 않고, 저항도 하지 않는다. 패기라곤 없다. 이런 동물이 잘도 혹독한 세상을 살아남았구나. 감탄스럽다. 코알라는 유칼리 잎을 아주 맛있게 오물오물 먹는다. 머릿속에 유칼리 잎을 먹겠다는 생각밖에 없는 것 같다. 그런데 잎에서는 정말 맛있는 냄새가 났다. 나도 먹어보고 싶을 정도였다.

대부분의 코알라는 나무 위에서 욕심도 뭣도 없이 쿨쿨 자고 있다. 어미와 새끼가 서로 엉켜서 곤히 잠든 코알라도 있다. 그러고 있으니 그저 한 뭉치의 잿빛 덩어리, 뭐가 뭔지 잘 구분이 되지 않았다. 천적 같은 건 없는 걸까.

'배가 고프면 코알라는 살짝 손만 뻗쳐서 잎을 따먹기만 하면 됩니다' 하고 책에 쓰여 있었다. 나쁘지 않은 인생 같지만.˙

그레이트 스큐어라는 크고 검은 새가 있었다. 이상하게 생겼다. 축척을 실수한 것처럼 크다. 엄청 크다. 울타리 속에 두 마리 있었다. 암수 한 쌍 같았다. 먹이를 먹을 시간에 사육사가 물고기 한 마리와 병아리 한 마리를 각자에게 주었다. 새들은 아무 말도 하지 않고 물고기를 덥석 받더니 그대로 삼키고, 병아리도 그대로 삼켰다. 씹지도 않는다. 그대로 뱀처럼 목으로 꿀꺽 삼키기만 할 뿐. 나중에 천천히 씹는다. 주위에는 다른 동물도 많아서 한가로이 먹을 여유가 없으니, 그런 특기를 익혔을 것이다. 식사를 즐긴다거나 분위기를 맛본다거나, 맛의 차이를 감상한다거나, 좋아하는 이성을 확인한다거나, 그런 일은 일절 없다. 그저 삼키기만 할 뿐. 삼키고, 소화하고, 똥을 쌀 뿐. 그것이 그레이트 스큐어.

 그렇긴 하지만, 코알라는 코알라 나름의 개인적인 문제를 안고 있다. 그저 귀찮아서 자는 것만은 아니었다. 그러나 이에 대해 쓰면 길어질 테니 다른 데서 한꺼번에 쓰는 걸로.

이와는 대조적으로 부엉이는 먹이를 줘도 높은 나무 위에서 가만히 있다. 철학적으로 일말의 미동도 없다. 그저 굳게 침묵을 지킨다. 먹이가 거기 놓여 있는 것이 보이지 않는 걸까? 발밑의 테이블에는 죽은 병아리가 한 무더기 있었다. 부엉이가 이렇게 많이 먹느냐고 사육사에게 물어보았다. "아침이 되면 깨끗하게 없어져 있어요"라는 답이 돌아왔다. 한 우리 속에는 부엉이가 네 마리 있다고 한다. 하지만 한 마리밖에 보이지 않았다. 오스트레일리아에는 다양한 종류의 부엉이가 있다.

에뮤는 사람을 덮치지 않는다. 특별히 정처도 없이(어쩌면 있을지도 모르지만, 있는 것 같아 보이진 않는다) 그 언저리를 어슬렁거린다. 가까이 다가가도 별로 신경 쓰지 않는다. 이쪽을 곁눈질로 보기만 할 뿐. 곁눈으로밖에 보지 않지만, 다리 힘이 무지하게 강해서 이상한 짓을 당하면 걷어찬다. 에뮤에게 차이면 엄청나게 아프다고 한다. 건드리지 않는 한, 그쪽에서 손은(이랄까 발은) 대지 않겠지만, 섣불리 건드렸다가 험한 꼴을 당한다. 혼잡한 지하철에서 같은 차량에 타면 되도록 떨어져서 가는 편이 현명할 것이다. 치한으로 몰리면 골치 아파질 터.

이 에뮤는 오스트레일리아 들판에서 인생을 보내는 다른 많은 동물과 마찬가지로, 무언가를 깊이 생각하는 것처럼도 보이고, 아무 생각이 없는 것처럼도 보인다. 그러나 이 눈매는 내가 아는 누군가의 눈매와 닮았다. 내가 그리 호감을 갖고 있지 않은 누군가를. 누구였더라.

딩고라는 강아지는 사람을 잘 따라서 정말 귀엽다. 어미 개는 경계심이 많아서, 항상 여기저기 어슬렁거린다. 이 녀석들은 대체로 9000년쯤 전에 동남아시아에서 표류한 사람들과 함께 인도네시아 쪽에서 이 대륙으로 건너왔다. 처음에는 네다섯 마리밖에 없었지만, 눈 깜짝할 사이에 번식해서 온 대륙으로 늘어났다(이렇게 쓰니 마치 그 자리에서 지켜보고 있었던 사람 같군요).

물론 지금은 유럽인이 데리고 온 다른 종의 개와 교배해서 순수한 딩고는 그 수가 얼마 남지 않게 됐다. 그런 의미에서 이 개는 '멸종 위기에 처해 있다'고도 할 수 있다. 딩고는 오랜 세월에 걸쳐 오스트레일리아 대륙에 생식하는 유일한 대형 육식동물이었다. 흉포한 탓에 종종 양을 습격하는 바람에 애견가들에게는 좋은 평가를 받지 못한다. 그러나 딩고는 지금도 유랑 생활을 하는 원주민들의 유용한 도우미이다. 예로부터 원주민 여성들은 딩고의 새끼를 자기 젖을 먹여 키웠다. 그렇게 하는 것으로 원주민과 딩고는 특별하고도 친밀한 관계를 지켜온 것이다.

웜뱃은 느려터진 동물로 아무런 도움도 되지 않을 것 같다. 곳곳에 동그란 똥을 싸고, 언제나 주섬주섬 먹이를 먹고 있다. 보기에도 머리가 나쁠 것 같다. 커피숍에서 원고 관련 미팅을 할 때 프루츠파르페를 주문하는 문예지 편집자 같아 보인다(예를 들자면 그렇다는 말입니다).˙

 이 기술은 실수였다. 웜뱃은 원래 활발한 동물이라고. 다만 낮에는 졸려서 늘어져 있다가 밤이 되면 생생해진다고 한다. 오해해서 미안.

리저널파크에서 성화 봉송을 보다

동물원에서 나와 파라마타로 돌아갔다. 기름을 채워(4달러 40센트) 차를 반납했다. 그리고 좀 걸어서 리저널파크로 갔다. 많은 사람들이 오스트레일리아 국기며 올림픽기를 들고 공원을 향해 걷고 있었다. 노인도 있고, 젊은이도 있다. 가족 그룹도 있고, 연인도 있다. 고등학생 무리도 있다. 휠체어를 탄 사람도 있고, 아기를 안은 아빠도 있다. 중국인 가족도 있다. 인도인도 있다. 아직 1시간 가까이 남았는데, 공원에 있는 야외 원형극장은 만원이다. 아마 이만 명 정도의 사람이 모이지 않았을까.

채디 플래시카라는 이름을 가진 스물세 살의 남성은 신문기자에게 이렇게 얘기했다. "성화 봉송이 있다고 생각하니, 흥분되어 잠을 못 이뤘습니다. 평생 한 번뿐이니까요. 달에 착륙한 거나 마찬가집니다."

멜버른에서 온 블루스와 동생 발리는 요 며칠 동안 계속 성화를 따라 이동했다고 한다. 성화 따라다니기. 어느 나라에나 쉬이 흥분하는 사람은 있을 것이다. 고작 성화 봉송 가지고, 라고 별로 꿈이 없는 나는 싸늘하게 생각하지만.

음악이 연주되고, 무대에서 애버리지니 전통춤을 추었다. 화려한

 다음 날 신문 보도를 보니 공원에 모인 사람의 수는 정확히 이만 명이었다. 내가 이 정도의 사람 수를 순식간에 파악한 것은 아마 진구 구장의 야간 경기에 익숙한 탓이리라. 야구 관전도 가끔은 도움이 되는구면. 참고로 공원 밖에서 성화 봉송을 본 사람의 수는 약 삼만 명. 전부 오만 명의 시민이 성화를 구경한 셈이다. 대단하다.

색으로 몸에 페인팅을 한 젊은이들(모두 백인 어린이 같다)이 타악기 리듬에 맞춰서 상징적인 춤을 춘다. 춤은 옛날 이 지역에 있던 원주민 부족에게 바치는 것이다. 춤이 끝나자, 성화가 도착할 때까지 무대에는 '천 명의 코러스'가 나와서 세계 각국의 노래를 불렀다. 어째서 이렇게 많은 사람이 단순한 불의 릴레이를 보기 위해 군이 모이는지 나는 이해할 수 없지만, 어쨌든 모두 밝은 흥분 속에 있다. 설레는 표정에 목소리도 들떠 있다. 먹을거리와 마실거리를 싸갖고 와서 소풍 온 것처럼 신난 가족들도 있다. 냉소적인 반응은 어디에도 보이지 않는다. 시니컬한 반응은 어쩐지 오스트레일리아 특산품이 아닌 것 같다.

7시 정각에 기다리고 기다리던 성화가 도착해서, 무대 위의 성화대에 점화됐다. 사람들은 마치 10월 혁명의 현장에 있는 것처럼 우와 하고 흥분했다. 남색의 오스트레일리아 깃발을 흔들었다. 굉장한 인파여서 사람들 머리 사이로 잠깐씩 희미한 불꽃의 단편이 보일 뿐이었다.

당연한 이야기이지만 결국 단순한 불이다. 그런데 불에는, 그것이 어떤 불이든 무언가 사람의 마음을 흥분하게 하는 것이 있다. 애초에 불이 없었다면 문명도 없었을 테니까. 그래서 불은 잠재적으로 사람들의 원시적인 연대감 같은 것을 불러일으키는지도 모른다. 게다가 머나먼 그리스에서 온 불이니, 감사함이 있다고 한다면 확실히 감사함이 있다.

주위에 있는 사람들은 교외에 사는 극히 평범한 오스트레일리아 사람들로, 그야말로 선남선녀의 풍모다. 복장은…… 그렇지, 미국의 노스다코타 주 교외의 작은 마을에 사는 사람들과 비슷할지도 모른

지글 지글

다. 즉 세련되지 않았다는 말이다. 적당히 캐주얼하다. 아니, 적당하지 않을지도 모른다. 옆에서 보니 그냥 집에 있는 걸 대충 걸치고 나온 것 같아 보인다.

나는 피곤해서 성화가 올 때까지 잔디밭에 앉아 있었지만, 6시 50분쯤 천천히 일어섰다. 슬슬 예정된 시각. 옆에 있는 남자가 내게 "토옴 토 스톤돕 로이트?"라고 묻는다. 무슨 소린지 몰랐지만, 일단 '그렇군요' 하는 느낌으로 빙그레 웃어주었다. 5초 정도 지난 후에 그것이 'Time to stand up, right?'였다는 사실을 깨달았다. 스트라인(오스트레일리아 영어를 그렇게 부른다)은 런던의 코크니 억양과 비슷해서 익숙해지지 않으면 알아듣기 어렵다. 게다가 이곳 사람들은 자꾸자꾸 신조어를 만든다. 뭐든 줄여서 y나 e를 마지막에 붙인다. 시드니 호텔 프런트 직원에게 "이 근처에 빨래방laundromat 있나요?"라고 물었더니, 직원은 잠시 생각하다 "아, 론디 말이군요"라고 했다. 그런 말을 들으면 종종 '아아, 그냥 멋대로 사세요'라고 하고 싶어진다.

전철을 타고 시드니로 돌아왔다. 호텔 근처 아케이드에 있는 아이리시 펍에서 '카프리' 생맥주와 페투치네 미트볼을 먹었다. 18달러 18센트. 이곳도 보기보다는 나쁘지 않았다. 맥주는 거품이 섬세하고 맛있다.

호텔로 돌아온 것은 8시 45분.

마라톤 코스를 돌아보다

2000년 9월 13일 수요일 아침 6시에 일어났다. 주위는 아직 어둡다. 동쪽 하늘이 밝아온 것은 7시쯤부터. 야 군과 아침을 먹으면서 오늘 일정을 얘기하기로 해서 방으로 전화했지만 받지 않았다. 휴대전화로 걸어보니 티켓을 사기 위해 아침 일찍부터 판매 창구에 가서 줄을 서 있다고 했다. 춥고 배고플 텐데. 딱하다(덕분에 개막식 표는 구했다).

줄을 서 있으니 개최 측이 나름 신경 써서 커피 같은 걸 서비스해주었는데, 그렇게 신경 써줄 것 같으면 줄을 서게 하지 말라는 것이 그의 의견이다. 그건 그렇다. 인터넷으로 예약을 해봐야 마지막에는 몇 시간이나 줄을 서야 한다면 너무 전근대적이지 않은가.

야 군에게는 미안하지만, 나는 느긋하게 욕조에 들어가 몸을 덥히고(방 안은 몹시 춥다), 그리고 이웃 카페에 아침을 먹으러 갔다. 햄 치즈 토스트 샌드위치와 커피가 5달러 30센트. 커피는 진하고 맛있었다. 오스트레일리아에서는 커피 주문하는 방법이 기묘하다. 먼저 블랙인가 화이트인가를 묻는다. 블랙은 보통 검은 커피, 화이트는 카푸치노. '블랙'이라고 말하면, 롱인가 쇼트인가 묻는다. 롱이라는 것은 레귤러커피이고, 쇼트는 에스프레소를 말한다. 보통 커피를 마시고 싶으면, '블랙 롱'이라고 주문하면 된다. 그러나 무언가 이상하다. 커피라고는 생각할 수 없다. 레귤러커피라고 해도 "네에?" 하는 반응이 되돌아온다.

편의점에서 신문과 에비앙과 크래커를 샀다. 7달러 5센트. 어제 멜버른에서 열리는 '경제 포럼'이라는 국제회의를 상대로 항의하는 청년들을 중심으로 구성된 데모대와 경찰이 맞붙었다. 경찰이 경찰봉을 휘둘렀고, 앉아 있던 여성 한 명이 차에 다리를 치였다. 신문 보도에 따르면 데모를 하는 이들은 '경제 세계화는 세계 전체의 자본주의화이다'라고 주장하고, 작은 정부를 원하며, '할 일이 없어진 옛날 사회주의자의 가련한 후예'라는 것. 그러나 그리 크게 다루진 않았다. 대부분 성화 봉송이 어쩌고 하는 기사뿐. '경제의 세계화는 세계 전체의 자본주의화이다'라는 주장은 뭐 이치에 맞는 주장 같지만, 그것 때문에 데모하는 것은 태풍을 향해 선풍기를 트는 것 같은 느낌이다.

철인3종 경기 연습, 2,000만 달러 크루저 등

9시 반에 로비에서 코디네이터와 만났다. 젊은 일본인 여성이었다. 이곳에서 미용 학교에 다닌다고 했다. 시드니에서는 올림픽 기간

중에 학교가 휴강이어서, 그동안 언론 쪽 아르바이트를 한단다. 그녀의 친구인 헬렌이라는 오스트레일리아 여성이, 렌터카 미쓰비시 델리카 밴의 운전을 맡았다.

먼저 10시 반부터 시작하는 철인3종 경기의 수영 연습을 구경했다. 오페라하우스 앞에 가로로 긴 특설 다이빙대가 있다. 이곳이 시합의 출발 지점. 만灣을 한 바퀴 돌고 1500미터 헤엄쳐서 같은 곳으로 돌아온다. 바다에서 나오면 바로 바꿈터 구역이 있고, 그곳이 골인 지점도 된다. 바다는 제법 파도가 심했다. 바람도 분다. 그러나 이 정도의 파도와 바람은 철인3종 경기 선수들에게 문제도 아닐 것이다.

항구에는 각국에서 온 호화 여객선이 떠 있다. 독일에서 온 '도이칠란트 호'와 네덜란드의 여객선. 철인3종 경기를 구경하기에 꽤 괜찮은 일등석이다. 시드니 항에는 호화 여객선 외에 세계 각지에서 대형 크루저를 조종하여 모여든 부자들이 우글거린다. 신문에는 그들 크루저의 순위를 올렸다. 가장 비싼 것이 건조비 2,000만 달러인 크루저 '이타스카'. 이것은 고 윌리엄 사이먼 미국 상원의원의 가족이 타고 있다. 모여든 크루저, 요트 값을 합산하면 1억 5,000만 달러가 된다는 것.

그중에서 가장 화제가 된 것은 만에 떠 있는 가격 5,000만 달러의 초호화 크루저 '아비바'로, 올림픽 기간 중 이 크루저에 누가 승선하게 될지 아직 공표되지 않았다. 빌 게이츠가 빌린 게 아닐까 하는 소문이 돈다. 현재 아무도 타지 않았다.

톰 크루즈 부부도 시드니를 방문해서 요트에서 우아하게 생활하고 있는데, 맥 라이언과 러셀 크로 커플이 찾아와 투숙하는 바람에 시드니의 파파라치들이 흥분하여 설치고 다녔다. 그러고 보니 니콜 키드먼도 러셀 크로도 오스트레일리아 사람이었지. 그래서 친한 모양이다. 러셀 크로는 뉴질랜드 출생으로 어머니는 마오리족 피가 섞였다. 네 살 때 오스트레일리아로 이주했지만, 뉴질랜드 억양이 강해서 모두에게 따돌림을 당했단다. 그러나 오스트레일리아를 아주 좋아해서 "오스트레일리아와 뉴질랜드가 큰 파도에 삼켜지지 않는 한, 로스앤젤레스에 살 생각은 없다"고 얘기했다.

러셀 크로는 시드니 교외에 있는 자택에 여자친구인 맥 라이언을 데려왔지만, 언론이 너무나 시끄러워서 톰 크루즈에게로 도망친 것 같다.

마라톤 코스를 달리다

그다음 미즈노 사의 직원으로 와세다 대학 육상부 출신이었다는 N씨가 마라톤 코스를 안내해주었다. 그는 미즈노 제품을 사용하는 선수들을 돌보고 있어, 올림픽 기간 중에 줄곧 시드니에 머문다. 동시에 시내의 가게에서 미즈노 제품 홍보도 하고 있다. 시드니의 마라톤 코스는 지금까지 몇 번이나 차로 돌았다고 한다. 그가 차에 동승해주어 정말 도움이 됐다. 일방통행인 데다 까다로운 골목길이 많아

 〈GINZA〉(2000년 11월호)에서.

러셀 크로

서 우리끼리였더라면 상당히 헤맸을 것이다.

　일단 출발 지점에 갔다. 남녀 마라톤 모두 노스시드니에 있는 '노스시드니 오발'이라고 하는 럭비 경기장 앞에서 출발. 여기서부터 단숨에 커다란 '현대' 간판이 걸려 있는 빌딩을 향해 달린다. 꽤 긴 내리막. 출발 직후라 혼잡한 단계여서, 여기서 사고가 나면 무섭다. 단숨에 앞으로 나갈지, 자제하고 잘 넘길지 포지션 잡기가 어렵다. 나도 일단 달려서 내려가보았지만, 확실히 내리막은 경사가 급하다.

　내리막길은 약 1킬로미터가량 이어졌다. 여기서 너무 무리해 달리면 선수에 따라서는 후반에 다리에 무리가 올지도 모른다. 바로 다리를 건넌다. 시드니 하버 브리지. 시드니 명물인 크고 긴 다리이다. 다리는 만의 입구에 걸터앉듯이 쑥 올라갔다가 쑥 내려온다. 아침에 출발하게 되면 아마 추워서 팔이 잘 움직이지 않을 것이다. 모자와 선글라스도 필수품이다. 러닝셔츠는 배를 내놓지 않는 편이 좋다. 아침

기온은 15도 정도로 추정된다. 한낮이 가까워져서야 20도 가까이까지 오른다. 공기는 상당히 건조하고, 바람이 차가워서 자기도 모르는 사이에 수분이 증발하여 탈수증상이 일어나기 쉽다. 아무리 생각해도 좋은 날씨는 아니다.

평평한 길은 얼마 없다. 하염없이 올라갔다가, 하염없이 내려온다. 그런 언덕이 잇따라 나타난다. 정확하게 말하면 언덕의 숫자는 일흔한 개, 높낮이 차는 각각 20미터 정도. 그 끝없는 반복에 선수들은 진절머리를 낼 것이다. 코스 전반부는 약간 내리막이 중심, 후반부는 오히려 오르막이 많다.

시내를 빠져나와 안자크 퍼레이드라는 넓은 도로를 남쪽으로 내려갔다. 그다지 화려하다고 할 수는 없는 교외 지역. 도중에 센터니얼 공원이라는 큰 공원이 있다. 이곳의 둘레는 약 3킬로미터. 차에서 내려 달려보았다. 기분 좋은 코스이다. 안쪽은 승마 코스였다. 아직 출발점에서 11킬로미터 정도 지점이니, 다들 휙휙 빠져나갈 것이다. 공원을 나와 또 안자크 퍼레이드를 남쪽으로 내려가, 17.5킬로미터 지점에서 되돌아 같은 길을 돌아온다. 다시 시내로 들어가서 좌회전하여 코클베이를 지나, 배서스트 거리 서쪽으로 향한다. 시내를 가로지르는 꼴이다.

시내를 빠져나가면 바로 두번째 큰 다리, 안자크 브리지가 나온다. 여기가 난관. 시드니 하버 브리지보다 더 높이 올라갔다가, 그대로 쭉 내려온다. 대체로 27킬로미터 지점. 무리지어 온 선수들은 그냥 내버려둬도 이 다리에서 멋대로 흩어질 것이다.

그다음 한동안은 언덕이 이어진다. 곧게 뻗은 도로여서 전방까지

쭉 볼 수 있다. 그래서 뒤처진 선수는 그 거리를 확인하고 주눅이 들지도 모른다. 정신적으로도 힘든 코스이다. 안자크 브리지를 지나면 다음은 혹독한 생존 레이스가 될 것이다. 지구력이 없는 선수나 조금이라도 문제를 안고 있는 선수는 따라갈 수 없다. 속도 경쟁이 된다고 해도 단순한 보유 기록만으로는 장담할 수 없다.

물론 차로 휙 달려본 것만으로 코스의 실제 느낌을 파악할 수는 없다. 좀 심한 것 같다, 하고 머리로 생각할 뿐이다. 그래도 이 코스를 둘러보니 '일본 여자 마라톤 선수 세 명이 메달 독점'이란 것은 꿈이라는 걸 알 것 같다. 세 사람이 합세한다면 한 사람쯤은 간신히 메달을 딸 수 있을지도 모른다. 그 정도이지 않을까. 세 사람의 각기 다른 정신력과 개성을 모두 한꺼번에 받아줄 만한 올라운드 코스가 아니다. 누군가 한 사람의 기질을 받아들이면, 다음은 모두 한꺼번에 팅겨내는 폭력적인 여정이다. 먹느냐, 먹히느냐인 것이다.

그런 의미에서는 시간을 들여 정밀한 조정을 받고, 몇 번이나 코스를 미리 달려본 뒤 한껏 정보를 모은 일본 선수보다는 처음 뛰어보는(이를테면 아프리카) 선수 쪽이, 어쩌면 좋은 결과를 낼지도 모른다. 그럴 가능성도 있다.

나의 예상. 여자로는 케냐의 로르페가 시합의 흐름을 만들어갈 것이다. 다카하시 나오코가 그녀와 경쟁하며 자신의 레이스를 만들어나갈지 어떨지로 결과가 정해진다. 아마 한쪽이 힘으로 앞서면 다른 한 사람이 뒤처지게 되는 전개가 되지 않을까. 사력을 다한 승부가 될 것이다. 고전적인 레이스 전개는 되지 않을 듯. 어떤 레이스가 펼쳐질지 기대된다.

다만 N씨는 고지高地 연습을 하지 않은 야마구치 에리 선수의 존재가 재미있겠다고 했다. 야마구치가 이길 기회를 잡으려면, 일찌감치 휘저어야 한다. 로르페보다 다카하시 나오코보다 먼저. 그녀의 다듬어지지 않은 저력이 의외로 실제 경기에서 발휘되지 않을까, 하는 것이 그의 의견. 어쨌든 상당히 스릴 있는 전개가 될 것이다.

여자선수와는 반대로 강한 선수가 많아서 실력이 막상막하인 남자 마라톤은 오히려 고전적이고 점잖은 전개가 될 것 같다. 이누부시는 실력으로 보면(문제만 없다면) 35킬로미터 정도까지는 선두 그룹에 들어갈 것이다. 그다음은 시합 당일의 컨디션을 얼마나 최상의 상태로 끌어올리는가에 달렸다.

넓디넓은 대회장

나중에 생각해보니 결승점 근처까지 왔으니 그대로 경기장에 남으면 됐을 텐데, 배가 고파 어디 가서 뭐라도 가볍게 먹을까 하는 얘기가 나온 것이 화근이었다. 운전을 맡은 헬렌(관광국에 근무한다고)은 "이 주변에는 아무것도 없으니 일단 시드니로 돌아가자"고 주장하며, 그대로 모두를 태우고 시내로 돌아갔다. 이쯤에서 그냥 내려달라고 해도, "시내로 돌아가는 편이 빠르다"고 고집을 부렸다. 어딘가 가까운 전철역에 내려주면 좋았을 텐데, 길을 모르는지, 아니면 무언가 시드니에 일이 잡혀 있는지, 무조건 시내로 돌아갔다. 덕분에 4시에 메인 프레스센터에서 열린 철인3종 경기 일본팀 기자회견에 늦어버렸다. 식사가 문제가 아니었다.

센트럴 역에서 급히 웨스턴라인 전철을 타고, 올림픽 공원 역에 도착한 것은 좋았지만, 거기서 미디어 센터까지 하염없이 걸어가야 했다. 시간이 한참 걸린다. 어쨌든 말도 안 되게 넓은 대회장이라 어디에 무엇이 있는지 전혀 모른다. 내가 지금 어디에 있는지 확인하고 싶어도, 안내 표시판이 없다. 건물 이름조차 쓰여 있지 않다. 색 구분도 하지 않았다. 지나가는 담당자에게 물어보아도 선의는 있지만 사정을 잘 모르는 사람이 많았다.

게다가 난감하게 야 군은 이런저런 사정으로 보도용 미디어패스가 나오지 않아서, 경기장 안으로 들어가지 못해 나 혼자 모든 걸 해야만 했다. 기자회견이 있다고 한 메인 프레스센터에 간신히 도착했더니, 담당자가 "그런 기자회견 안 하는데요"란다. 근처에 있던 모 통신사의 여성 기자가 "무라카미 씨, 그건 이곳이 아니고 선수촌 쪽에 있는 프레스센터예요" 하고 가르쳐주었다. 어쩐지 나는 잘못된 정보를 주워들은 것 같다.

뭐, 기자회견을 놓쳤다고 어떻게 되는 건 아니지만(기자회견이란 게 보통, 그렇게 재미있는 게 아니어서), 기껏 서둘러 왔는데 유감이었다.

아침부터 돌아다닌 탓에 점심 먹을 시간도 없어서 배가 몹시 고팠다. 경기장 안의 스탠드에서 핫도그를 샀다. 야 군의 몫도 포함해서 거대한 핫도그(칠리소스 포함)와 콜라(600시시)를 두 개씩 사고 26달러. 어째서 핫도그였나 하면, 다른 스탠드(중화나 일식이나 수블라키그리스식 꼬치구이나 피시 앤 칩스)는 모두 줄이 길고 이곳만 텅텅 비어 있었으므로.

시드니 시내로 돌아가, 센트럴 역 앞 공원에서 벤치에 앉아 핫도 그를 먹었다. 먹고 나니 배가 불러서 점심은커녕 이제 저녁도 필요 없을 정도였다. 그런데 빵도 비프 소시지도 맛있었다. 오스트레일리 아는 이런 간단한 음식이 맛있다. 역 앞 공원에서는 록 콘서트가 한 창이었다. 올림픽 분위기를 띄우기 위한 것 같았다. 공원 잔디밭에는 파나소닉의 대형 스크린을 설치해놓고, 올림픽 TV중계를 보여주고 있었다(대회가 시작된 뒤로는 매일 많은 사람이 모여서 와자지껄 떠 들며 경기를 보았다).

호텔로 돌아온 것은 6시 반. 목욕하고 나서 원고를 썼다.

펍에서

자기 전에 펍에 갔다. 호텔 내 방 맞은편에 있는 아일랜드풍 펍. 이 름은 모른다. 건물 주위를 빙글빙글 돌며 한참 찾았지만, 어디에도 간판이 걸려 있지 않았다. 그런데 생각해보니 이름을 몰라도(혹은 이름 따위 없어도), 맥주를 마시는 데 별로 불편함은 없다. 생맥주가 3달러 10센트. 엔으로는 200엔 정도다. 여러 종류의 생맥주 콕이 있 다. 음식은 없다. 파는 것은 봉지에 든 감자칩뿐이다.

두 대의 TV에서 스포츠 중계를 하고 있지만, 보는 사람은 거의 없 다. 다들 맥주를 마시고 취해 있다. "나는 아일랜드 사람이야" 하는 기운이 넘치는 젊은이가 있고, "나도" 하는 이가 있는 등 각자 신이 났다. 그런데 개중에는 혼자 고독하게 맥주잔을 기울이는 음울해 보 이는 청년도 있다. 그러나 맥주란 혼자 마셔도 전혀 폼이 나지 않는

술이다. 보드카 김렛과는 다르다. 다만 '혼자 마시는구나'라는 것뿐.

카운터 안에서 일하는 사람은 팔에 문신을 한 젊은 백인(아마 아일랜드 사람일 것이다, 그래도 친절하다)과 중국인으로 보이는 젊은 남자와 돋보기를 낀 나이 지긋하고 몸집이 작은 여성. 다들 상냥하긴 하다. 민첩하게 일한다. 한 잔 마실 때마다 계산을 한다. 눈앞에 돈을 놔두면 묵묵히 또 갖다준다.

구석에는 슬롯머신이 있고, 벽에는 박제 여우가 장식돼 있다. 천장에는 위스키 병이 몇 개 거꾸로 걸려 있다. 맥주를 사러 오는 사람도 있다. 돈을 내면 봉지에 담아 건넨다. 시드니 시내에는 왠지 술집이 적어서 다들 펍에 사러 오는 것 같다.

오스트레일리아에서도 아일랜드계 사람들은 오랜 세월에 걸쳐 박해를 받아왔다. 아일랜드에서 저항운동에 관여해온 대부분의 사람이 정치범으로 오스트레일리아에 보내졌기 때문이다. 그들은 이 땅에서도 질리지 않고 반정부운동과 노동운동에 관여하고 사사건건 체제에 반항하여, 당연하지만 혹독하게 탄압을 받았다. 또 여성 부족 현상을 해소하기 위해, 가난한 아일랜드 아가씨를 한 무리 보낸 적도 있다. 그런데 그들이 편입된 오스트레일리아 사회의 중심은 일관되게 영국 태생의 엘리트 계급이 차지해왔다. 아일랜드에서 온 사람들은 종교적인 차이도 있고, 하여간 대체로 반항적이고, 완고하고, 감정적인 성격이어서(그만큼 순수하고 인정미 넘치지만), 영국인이 하는 말을 얌전하게 들을 리 없다.

그런 까닭에 아일랜드 사람끼리의 연대감이 강하다. 앵글로색슨 지배 계급에 대한 반감으로 모두 결집되어 있다. 19세기 말에 도적으로 이름을 떨친 네드 켈리도 아일랜드계이다. 실제로는 그냥 별

볼일 없는 양아치였던 것 같지만, 아일랜드 사람들 사이에서는 지금도 영웅으로 추앙받는다. 그 이유는 그가 자신을 추적해온 세 명의 경찰을 되레 붙잡아서 잔혹한 방법으로 살해했기 때문이다. 사람은 여러 가지 이유로 사람을 존경한다. 켈리는 끝내 잡혀서 교수형을 당했다. 그의 생애는 1960년대에 영화화되어, 믹 재거가 주연을 맡았다. 나도 보았지만, 이렇다 할 볼거리는 없는 영화였다. 그런데 새삼 생각해보니, 믹 재거는 확실히 교수형을 당해도 이상하지 않을 얼굴이었다.

맥주를 두 잔 마시고, 기분 좋게 방으로 돌아왔다. 10시. 이제부터 자야지.

 피터 케리의 《켈리 일당의 진짜 역사》는 네드 켈리가 어린 딸에게 사건의 진상을 기록하게 하는 형식으로 쓰인 픽션인데, 아주 재미있습니다. 문체가 딱 그런 분위기여서 저도 모르게 빠져들어 읽게 됩니다.

철인3종 경기의 자전거 코스를
자전거로 달려 보다

2000년 9월 14일 목요일   아침 7시 기상. 아침을 먹으러 나왔다. 늘 가는 근처 카페에서 소시지롤과 커피(5달러). 커피 샷 추가(2달러). 신문 90센트. 신문을 보면서 먹는다. 소시지롤은 별로 맛이 없었다. 반은 남김.

방으로 돌아와서 쌓여 있는 일지 원고를 정리했다. 10시에 로비에서 야 군과 약속. 오늘 다른 사람(가와타 씨와 카메라맨)은 캔버라에 축구 예선(일본 대 남아프리카전)을 보러 갔다. 차를 운전해서 4시간이나 걸리는 머나먼 캔버라까지 가서 시합을 2시간 보고, 그게 다 끝나면 대충 밤 10시. 그리고 다시 4시간을 들여 시드니로 돌아온다. 그것 참 피곤하겠다. 그래도 일이니까 갈 수밖에. 나도 한가했으면 나중을 위해 따라갔을 테지만, 이런저런 일이 있어서 가지 않았다.[●]

78

오래 탄 듯한 산악자전거를 빌리다

근처 자전거 가게에 가서 자전거를 빌렸다. 상당히 오래 탄 풍격 있는(이랄까, 그냥 낡았다) 산악자전거. 요금은 하루 25달러. 손질은 그다지 잘되어 있지 않았지만(앞바퀴 브레이크패드가 느슨하더니, 한번은 완전히 빠져버려서 중요한 순간에 브레이크가 잡히지 않아 식은땀을 흘렸다), 대충 볼일은 볼 수 있다. 그러나 빌려온 헬멧은 너무 작아서 소용이 없었다. 너무 작아서 쓸 수 없다고 해도 '원래 이런 거다' 하고 버틴다. 이런 건 참 엉터리다. 못쓰는 건 아무리 그래도 못쓰는 건데. 할 수 없이 헬멧을 쓰지 않고 운전했다. 자전거를 타는 사람은 반드시 헬멧을 써야 한다는 법률이 있다고 하지만.

자전거를 타고 왕립식물원 주변의 철인3종 경기 코스를 사전 답사하러 갔다. 호텔에서 자전거로 10분 정도의 거리. 시드니 중심지는 그리 넓지 않아서, 자전거로 이동하기에 딱 좋다.

대회장에서는 철인3종 경기를 앞두고, 선수들이 예행연습을 하고 있었다. 거기에 맞춰 매스컴도 예행연습을 했다. 실전 그대로 카메라 리허설을 한 것이다. 하늘에는 몇 대의 헬리콥터가 마치 꿀에 몰린 벌처럼 시끄럽게 춤을 추었다. 진짜 올림픽 분위기가 점점 무르익어갔다.

대회장 정비 담당자도 많이 긴장한 표정으로, 각자 담당 구역에서

 현지에서 축구 입장권을 구할 수 있을지 걱정했지만, 실제로는 텅텅 비어 있어서 표를 심하게 쉽게 구했다. 좋은 자리도 맡았다. 일본인 응원단도 생각보다 훨씬 적었다. 좀 맥이 빠진다 할까. 다음 날 시드니 신문에는 일본인 응원단으로 대회장이 가득 찼다고 쓰여 있었지만, 그렇지 않다. 어떻게 된 건지 모르겠다.

직무를 다하고 있다. 모두 무보수로 일하는 자원봉사자이지만, 아무리 그래도 그렇지 담당자 수가 너무 많다. 도로에 넘쳐났다. 마치 손님보다 웨이터가 더 많은 레스토랑처럼.

자전거를 타고 실제 자전거 코스를 달려보았다. 오페라하우스 앞 로터리에서 왕립식물원 옆으로 난 긴 언덕길을 곧장 올라가서, 왕립식물원 입구 쪽 강변길로 진입했다. 그대로 쭉 가서 루프 기점을 찍은 다음, 교회와 주립미술관 앞을 지나 하이드파크 옆 기점을 찍고 다시 돌아온다. 거기서부터 좀전에 오른 언덕길을 이번에는 가뿐하게 내려가서, 오페라하우스 앞쪽 부스를 지나 바꿈터 구역으로 돌아온다. 그걸 여섯 번 되풀이한다. 자전거와 달리기는 코스 설정이 조금 다르지만, 대부분 중복된다. 자전거는 꽤 힘든 코스로 사고가 일어날 가능성이 제법 있었다. 나 같은 초보자는 도저히 달리지 못한다. 정말 전망이 아름다운 코스이지만, 경기하는 사람에게는 풍경을 즐길 여유 따위 없으리라.

칠백칠십이 명의 죄수와 이백사십칠 명의 경호 부대를 인솔하여, 식민을 위해 영국에서 온 '퍼스트 플리트'의 아서 필립 총독이 바로 이 근처에 상륙하여 기념할 만한 최초의 거주지를 만들었는데, 그 이유는 그곳에 맑은 물이 풍부히 흘렀기 때문이었다. 그래서 '탱크 스트림'이라고도 불렸지만, 인구 증가와 함께 맑은 물은 오염되어 일치감치 빌딩 지하로 사라져버렸다. 최초의 이민자들은 지금 왕립식물원이 있는 자리에 밭을 일구고, 씨를 뿌려 농지로 만들려고 했지만, 이 시도는 완전히 실패로 끝났다. 그들은 새파랗게 질려서 어딘가 다른 곳으로 경작할 땅을 찾아 헤매게 됐다. 어쨌든 경작에 실패하면 굶어죽을 수밖에 없으니. 그 경작 실패를 기념한 땅이 지금은 유명한 식물원이 됐다.

오스트레일리아에는 물론 다양한 기념지와 기념비가 있지만, 내가 받은 인상으로 말하자면 '여기서 이런 식으로 좌절, 실패했다' '여기서 이런 식으로 몹쓸 일이 일어났다' 하는 곳이 많은 것 같다. '영광스러운 승리의 기념비' 같은 것은 거의 보이지 않았다. 그런 의미에서 오스트레일리아는 좀 색다른 역사 감각을 가진 나라일지도 모른다.

참고로 퍼스트 플리트가 영국에서 가져온 종자는 계절이 뒤바뀐 탓도 있어서 대부분은 열매를 거두지 못했다. 도중에 남아메리카나 남아프리카에서 사들인 남반구의 곡물 종자만 간신히 오스트레일리아 토양과 맞았다. 아서 필립 총독은 유능한 지휘관이긴 한 것 같지만, 꽤 사람들 위胃를 쓰리게 했을 것이다.

빌린 산악자전거로 한가로이 동네를 달리니 편하고 즐겁다. 기분 좋은 땀이 흐른다. 코스 사전 답사를 마친 뒤, 시내 중심가를 빠져나가 반대편에 있는 코클베이로 가서 야 군과 함께 점심을 먹었다. '블루 피시'라는, 항구에 있는 시푸드 레스토랑. 가게 앞에 자전거를 세우고, 문 밖 테이블에서 여유롭게 식사를 했다. 굴 여섯 개, 샐러드와 피시 앤 칩스. 그리고 라이트맥주. 날씨는 쾌청. 햇살은 따뜻하고도 우아하다. 그리고 굴은 잘고 신선했다. 여섯 개에 700엔 정도. 한참 페달을 밟고 난 뒤여서 식욕이 제법 넘쳤다.

지역 신문 인터뷰

방으로 돌아와서 여유롭게 욕실에 들어갔다. 방이 추워서 따뜻한 욕조가 감사하게 느껴졌다. 그런데 오스트레일리아의 방에는 난방이란 게 없는 걸까? 2시부터 시드니의 신문 〈오스트레일리언〉 인터뷰. 인터뷰를 하러 온 이는 말레이 월드렌이라는 사람. 나와 비슷한 연배일까. 방으로 안내해서 느긋하게 얘기를 나누다 보니 어느새 저녁 6시였다. 4시간이나 얘기에 빠져 있었다니. 오스트레일리아 사람들은 정말로 태평스럽다고 할까, 긴장을 하지 않는다고 할까. 그런데 영어를 이만큼이나 했더니 아무래도 피곤했다. 너무 오래 얘기해서 무슨 말을 했는지 거의 생각나지 않는다.

질문: 어째서 올림픽 취재(따위)를 왔는가? 올림픽을 좋아하나?

답: 어째서일까? 올림픽 게임 자체에 특별히 흥미가 있는 건 아니다. 마라톤과 철인3종 경기는 개인적으로 좋아해서, 그걸 내 눈으로 보고 싶은 마음은 있다. 그러나 그것과는 별개로 올림픽에는 뭔지 모르지만 **써야 할 것**이 있는 것 같다. 그게 어떤 것일지 아직 짐작은 가지 않지만.

그도 그렇게 올림픽에 흥미가 있는 건 아닌 것 같았다. 흐음, 하고 이해가 가지 않는다는 얼굴이었다.

"나는 여행을 하며 글 쓰는 걸 좋아하기도 하고, 뭐, 올림픽 이야기가 포함된 트래블 라이팅 같은 것이 될지도 모르겠다." 그렇게 말해두었다.

그는 열아홉 살 때 뉴질랜드에서 오스트레일리아로 '3개월만 있자'며 생각하고 와서, 그대로 줄곧 눌러앉아 산다고 했다. 베트남 전

쟁에 끌려갈 것 같아서 한동안 유럽으로 도망쳐 있었단다. 부인은 여행 작가였다. 두번째 아내다. 첫번째 아내는 젊었을 때 헤어졌다. 스물네 살과 열아홉 살짜리 자식이 있다고. 그다음은 무슨 얘길 했더라? 내 소설에 관해서인가.

제이 맥키너니는 당신을 '회의적인 현실주의자'라고 평했는데, 그건 대체 어떤 의미인가? 그런 소리 처음 들었고. 무슨 말인지 모르겠다. 무슨 뜻인지, 되레 내가 묻고 싶을 정도다. 하하하, 그런가, 나도 잘 모른다. 뭐지. 잘 모르니까 물었는데. ……이런 이야기.

시간 있으면 자기 집에 놀러 오란다. 그는 시드니의 북쪽 해안가에 산다고 한다. 근처에 아름다운 해변이 다섯 개나 있다(어쩐지 그곳은 오스트레일리아의 롱아일랜드 같은 곳인 듯). 바비큐라도 먹지 않겠는가. 바비큐는 오스트레일리아의 국민 음식이다(그런가). 바로 근처에 넓은 자연공원도 있다. 그 공원에는 무엇이 있는가? 아니, 아무것도 없다. 전혀 없다. 단순한 숲이다. 지도를 보니, 시드니에서 차로 불과 45분 정도의 근교였다. 그런 곳에 '전혀 아무것도 없는' 광활한 땅이 턱 펼쳐져 있다. 일본으로 말하자면, 가나가와 현 한 개 정도의 넓이로, 만년의 리어왕이 헤매고 다닐 것 같은 황야가 다마 강 너머에 펼쳐진 것 같은 느낌이리라. 과연 넓은 나라구나 하고 새삼 감탄한다.

그의 얘기에 따르면 시드니 방 값이 올림픽 기간 중 폭등해서 자신이 살던 집을 세주고, 그동안 해외로 여행가는 사람이 적잖다고 한다. 그 차익금이 들어온다. ……딱히 올림픽의 혼잡이 싫어서 도망가는 건 아니라고 생각해. 올림픽은 대체로 다들 환영하고 있어.

그러나 신문 보도에 따르면 시드니에 들어오는 사람보다는 시드니에서 나가는 사람 수가 더 많다고 한다. 인터뷰에 답하기를, 시내를 떠나는 이유는 '스포츠는 좋아하지만, 인파는 싫어해서'라고 하는 사람도 있었다. 건전한 사고방식일지도 모른다.

모노레일을 타고

6시에 야 군과 둘이서 자전거를 돌려주러 갔다. 가게의 젊은 직원에게 "이 부분 나사를 단단히 조이지 않으면 브레이크가 빠져서 위험해"라고 충고해도, "아, 그래?"로 끝났다. 분명 아무것도 하지 않을 거라고 생각한다. 그런데 위험했다. 내리막 계단이 시작되기 직전인데 브레이크가 걸리지 않아서.

그리고 모노레일을 타고 올림픽 기간 중에만 중심가에 오픈한 미즈노 쇼룸에 가보았다. 어제 만난 N씨가 있었다. 시내를 걸어다닐 수 있는 조깅화가 필요해서 전시해놓은 운동화를 샀다. 140달러(20퍼센트 할인해주었다). 20퍼센트 할인을 해도 꽤 비쌌지만, 좋은 운동화였다. 미즈노 운동화를 사는 것은 처음이었는데, 매장에 설치된 러닝머신을 뛰어보니 발이 편했다. 꼼꼼하게 만들었다. N씨의 얘기에 따르면, 사장이 성실한 사람으로 '제대로 달릴 수 있는 운동화만 만들라'고 하달했다고 한다. 그래서 야단스러운 패션 운동화는 만들지 않는단다. 신용 제일의 장사를 한다는 것. 조깅화라는 건 이름뿐, 막상 신고 달려보면 확실히 '뭐야, 이거' 싶은 신발도 꽤 있지.

N씨는 돌아가는 길에 가방에 담은 '선물세트'를 주었다. 안에는

모자, 티셔츠, 폴로셔츠, 백팩 등 여러 가지 미즈노 상품이 종합선물 세트처럼 가득 들어 있었다. 홍보에 상당히 돈을 들이는구나, 감탄했다. 나는 그런 것에 둔하지만, 올림픽 대회장 주변에서 펼쳐지는 스포츠 브랜드 간의 경쟁이 굉장히 심한 것 같다. 어느 정도 과감하게 돈을 퍼붓지 않으면, 이 세계에서는 살아남을 수 없을지도 모른다. 나 같은 '외부인'에게 굳이 서비스를 해봐야 얻는 건 없을 테지만……. 그러나 이 가방에 든 러닝셔츠는 품질이 좋아서 조깅할 때 요긴하게 사용했다. 갖고 온 셔츠가 많지 않아 더욱 감사했다.

티셔츠 같은 건 얼마든지 현지에서 살 수 있다고 생각해서 제대로 챙겨오지 않았는데, 오스트레일리아는 상상을 초월할 정도로 구매욕이 일지 않는 몇 안 되는 나라이다. 어느 가게에 들어가도 갖고 싶은 것이 없었다. 돈이 굳어서 좋지 않느냐고 하면 좋긴 하지만, 그래도 말이지.

근처에 서점이 있길래 들러서 책을 샀다. 시드니의 역사와 오스트레일리아 개척사책. 그리고 누군가에게 선물하려고 《국경의 남쪽, 태양의 서쪽》 영어판을 두 권 샀다. 합계 92달러 57센트. 서점 앞 도로는 슬슬 성화 봉송이 지나간다고, 구경꾼들로 넘쳐났다. 서점 점원도 계산을 하면서 마음은 콩밭에 있는 듯하다. 카메라를 꺼내서 "아직이야?" 하고 밖에 있는 동료를 향해 소리쳤다. 나는 그저께 성화를 봐서 별로 상관없었다. 두 번 봤잖아, 뭐. 그냥 불이다. 근처 레스토랑에서 야 군과 둘이서 간단히 저녁을 먹고(콩 샐러드와 빵과 맥주), 모노레일을 타고 호텔로 돌아왔다.

현지 신문에 모든 경기의 나라별 예상 메달 수가 나와 있었다. 물론 오스트레일리아 신문이어서 오스트레일리아 선수에게 아무래도 호의적이니 정확한 예상이라고는 할 수 없지만, 비교적 정확하게 보았다는 느낌도 든다. 그 예상표에 따르면 일본의 메달 수는 금메달 9, 은메달 7, 동메달 6이란다.

일본의 메달 대부분은 여자 수영과 체조와 유도에서. 그 이외의 종목에서는 메달을 딸 전망이 전혀 없다. 참고로 여자 마라톤에서는 다카하시 나오코를 '은'으로 예상하고 있었다(금메달은 로르페). 야구는 메달 없음(한국은 공식전을 포기하고까지 일류선수를 투입해서 일본팀보다 강하다고 단정했다), 축구도 당연히 노메달(우승은 브라질), 여자 소프트볼은 동. 맞힐까, 어떨까.

 실제 결과는 '금 5, 은 8, 동 5'였다. 오스트레일리아 신문의 예상보다 훨씬 적었다.

개막식

아침 6시 기상. 근처 카페에서 식사. 편의점에서 신문을 산다. 언제나의 일과. 어제 축구 예선인 일본 대 남아프리카전의 기사를 찾았지만, 다룬 매체는 극히 적다. 세심히 살피지 않으면 보이지 않는다. 2대1로 이겨서 일본팀이 무패 기록을 이어가고 있다는 것. 다카하라가 두 골을 넣고, 나카타가 잘 서포트해주었다는 것. 그 정도밖에 알 수 없다. 일본에서는 온통 난리인 것 같지만, 축구 예선전 따위 거의 묵살이다.

방으로 돌아와서 어제분의 원고를 쓴다. 메일로 보낸다. 이것도 일과. 그다음은 왕립식물원까지 조깅을 한다. 철인3종 경기의 달리기 코스를 확인하러 달려본다. 먼저 해변길이 이어진다. 한 군데 가파른 오르막도 있지만, 그다지 높은 언덕은 아니다. 문제는 자전거와 마찬가지로, 반환 지점에서 오페라하우스까지 죽 이어지는 길고 긴 내리막. 여기서 다들 기어를 톱으로 바꿀 것이다. 다리의 활력에 문제가 있는 일본인 선수가 어디까지 따라갈 수 있을까.

　나는 (감사하게) 그런 것과 관계없이 천하태평으로 달린다. 60분 정도. 적당히 땀이 흐른다. 며칠 전까지 일본에서 달렸을 때는 물웅덩이가 생길 정도로 땀을 흘렸지만, 이곳은 바로 마를 정도로 시원해서 기분이 좋다. 달리는 사람은 의외로 적다. 휴대전화를 들고 달리는 비즈니스맨 분위기의 사람이 한 명 있었다. 참 세상은 살기 힘든 것 같다. 소설가여서 다행이다.

　뉴타운의 '센트라'라는 레지던스에 일본 철인3종협회가 설치한 사무국에 가서, 임원 Y씨(이 사람과는 전부터 아는 사이)의 얘기를 들었다.

　"전체적으로 완벽하게 컨디션이 좋다. 오히려 너무 좋아서 무서울 정도다. 특히 여자선수들이 좋다. 메달을 따지 않을까. 오스트레일리아는 금은동을 모두 노리고 있지만, 혹시 일본에게 한 개쯤 빼앗기지 않을까 경계하고 있다고 한다.

　오스트레일리아의 에이스, 미켈리 존스는(수영과 자전거는 보통이지만 달리기가 강해서), 자전거에서 내린 시점에 선두와의 차이를 1분 이내로 지키면, 아마 그대로 우승할 것이다. 일본 여자선수 세 명은 미켈리를 따라갈 생각이다. 그녀와 거의 같은 패턴으로 할 작정인 것이다. 문제는 역시 내리막이다. 그곳에서 낙오되지 않으면 좋을 텐데. 그러기 위해서는 어지간히 열심히 하지 않고서는(목소리가 조금 어두워진다). 그러나 니와타 기요미의 달리기도 멋지고 좋아졌다.

　남자는 후쿠이 히데오가 컨디션이 좋다. 대표로 결정되는 시기가 늦었지만, 단기간이어도 요즘 엄청나게 컨디션이 좋아지고 있다. 니시우치 히로유키도 기록을 계속 올렸다. 그러나 남자는 선두 그룹만 오십 명 정도인데, 누가 선두로 치고 나올지. 역시 승부는 마지막 달리기가 관건일 것이다. 그때까지 자전거에서 아무 사고 없이 지나갔으면 좋겠는데.

다만, 아무리 컨디션이 좋아도 수영 스타트대에 섰을 때, 긴장한 나머지 심장이 심하게 뛰는 경우도 없지 않다. 그렇게 되면 실전에서 실력을 발휘할 수 없다. 배짱이 있는 선수는 뭐니 뭐니 해도 호소야 하루나와 후쿠이. 이 두 명은 큰 시합에 나가도 제 실력을 발휘하기 때문에 기대가 된다."

Y씨는 약간 흥분한 것 같았다. 선수들의 컨디션은 좋겠지만, 이런 건 전쟁과 마찬가지여서 미리 너무 밝은 청사진을 그리면 실망하는 경우가 종종 있다. 뭐 Y씨는 홍보하는 사람이니까 어두운 얘기를 할 수도 없겠지만, 그것만은 아닐 것이다. 참모 본부 자체가 꽤 흥분된 상태에 있다는 인상을 받았다. 주위의 기대가 너무 커서 선수들이 긴장하지 않아야 할 텐데.

개막식에 간다. 오후 3시 반에 호텔을 나와 전철을 타고 올림픽 공원까지 간다. 올림픽 공원은 홈부시라는 지역에 새롭게 만든 거대한 스포츠 시설이다. 홈부시는 요전에 내가 갔던 파라마타라는 도시와 가까운 곳으로 시드니 만을 따라간 곳에 위치해 있다.

홈부시의 간단한 역사

홈부시는 원래 시드니 만에서 생활하는 해안 원주민과 내륙에서 생활하는 내륙 원주민의 교역 장소였다. 그들은 각각의 특산물을 그곳으로 갖고 와서 서로 교환했다. 그곳은 바다와 내륙이 교차하는 지점이었기 때문이다. 마치 그것을 상징하듯이 이 일대의 샛강 물은 홈부시 근처에서 해수와 진수가 반반씩 섞인다. 요컨대 홈부시의 유래로 알 수 있듯이 서로 다른 문화가 만나는 지점이 됐다. 이 땅에서 바다와 내륙의 교역은 약 4만 년부터 6만 년에 걸쳐 계속됐다고 한다.

와우, 6만 년이라니!

그런 이유로 이 일대는 오랜 세월 특별한 의미를 가진 장소였다. 원주민들은 이곳에 모여 의식을 행하고, 다양한 기능을 서로 경쟁했다고 한다. 고대올림픽과 비슷했던 것 같다. 교역 물품은 주로 조개껍데기와 딱딱한 돌이었다. 해안 지방에서는 딱딱한 돌을 구하지 못하고, 산속에는 조개껍데기가 없다. 그들은 돌과 조개껍데기로 도구를 만들었다.

그런 곳에 갑자기 총을 든 영국인이 쳐들어왔다. 그리고 그들의 손에 의해 원주민이 긴 세월에 걸쳐 이어온 유유자적한 생활 체계는 깡그리 파괴돼버렸다. 유랑하는 채집생활자 원주민들은 개인의 토지 소유라는 개념이 전혀 없었고, 영국인들에게는 토지 소유가 무엇보다 중요한 사회적 사항이었다.[*] 영국인들은 오스트레일리아 땅을

 6만 년에 걸쳐 오스트레일리아 대륙에는 지역을 둘러싼 벽이나 담이 없었고, 그런 개념도 없었다고 한다. 원주민은 토지를 소유하지 않았고, 가축도 일절 키우지 않았으니까.

'선주민이 방치한 소유자가 없는 토지'로 정의하고, 자신들이 그것을 소유하고 유효하게 이용하는 것은 법적으로도 정당한 행위라고 해석했다. 애초에 사고방식이 전혀 달랐던 것이다.

해안 지방에 살던 에오라라는 부족은 싸움을 좋아하지 않는 사람들로 새로 온 사람들과 평화롭게 공존하려 했지만, 그게 잘될 리 없었다. 그 결과 그들은 점점 구석으로 밀려났다. 원주민 대부분은 첫 1년 사이에 새로 온 사람들이 데리고 온 홍역으로 죽어갔다. 면역이 없었기 때문이었다. 그리고 매독. 그런 새로운 전염병 때문에 원주민의 인구는 단기간에 격감했다. 또 이 대륙에는 원래 알코올이라는 것이 존재하지 않아서, 영국인들이 갖고 온 주류는 면역 없는 원주민의 몸을 파괴했다(불행하게 지금도 같은 상태가 계속되고 있다). 물론 총기의 압도적인 위력도 있었다.

그런 일련의 파괴 행위 결과, 영국인들은 별다른 제지 없이, 내륙을 향해 순조롭게 진출했다. 침입자들은 시드니에서 수로를 통해 간단히 갈 수 있는 내륙의 땅(지금의 홈부시)에 개척의 손을 뻗어서, '리버티 프렌즈'라고 이름 붙였다. 작은 농장을 만들어 경작에 힘쓰고, 충분한 상태라고는 할 수 없었지만 그럭저럭 생활을 궤도에 올릴 수 있었다.

19세기에 접어들어 홈부시는 물가에서 소금을 만들게 됐다. 한 주에 8톤의 소금을 시드니로 보냈다. 식육 처리도 가능해서 소금에 절인 고기를 생산하게 됐다. 또 파라마타로 향하는 도중에, 휴식처로서 여관과 술집 등도 번성했던 것 같다.

이 땅에 '홈부시'라는 이름을 붙인 것은 다르시 웬트워스라는 인물이다. 웬트워스 씨는 영국에서 네 차례나 노상강도를 저지른 죄수였지만, 외과의사의 조수로 오스트레일리아에 건너가는 조건으로 사형을 면했다. 법적인 수속이 유야무야돼서, 정확하게는 죄수가 아니지만 소행은 꽤 문제가 있는 사람이었던 것 같다(문제없는 사람은 강도짓을 하지 않는다).

그러나 이 사람은 오스트레일리아로 건너오자 이번에는 거물급 경찰이 됐다. 뭐랄까, 상당히 다이내믹한 나라이다. 그는 이 땅(지금의 홈부시)에 와서, 얼핏 보아 꽤 괜찮아 보이는 땅 150헥타르를 사들여 그곳에 터전을 잡았다. 그리고 그곳을 '홈 인 더 부시'라고 이름 붙였다. 황무지 속의 내 집, 이라는 뜻이다.* 이 '홈 인 더 부시'를 줄여서(어쩐지 오스트레일리아 사람은 이때도 긴 말 줄이는 걸 좋아했던 것 같다), '홈부시'라는 이름이 됐고, 그것이 일반적인 명사로 고정됐다. 지명의 유래는 이렇게 대체로 얼렁뚱땅이다.

웬트워스 씨는 여기서 말을 방목하여 성공을 거두었다. 그가 죽은 뒤, 아들은 파라마타 로드 근처에 경마장을 만들었다. 시드니 사람들은 외륜선이나 말, 기차(1855년에 완성된 오스트레일리아 최초의 철도였다)를 타고 경마장을 찾았다고 한다. 19세기 중반은 홈부시 마을의 화려한 전성기였다.

19세기 후반에 들어서자, 산업혁명이 본격화하여 다양한 종류의 공장이 이곳에 들어섰다. 그 결과, 물과 공기가 급속히 오염되어 홈

 이것이 오스트레일리아의 역사로 '부시'라는 말이 사용된 최초의 예라고 한다. 그후 이 나라의 미개척 토지는 모두 '부시'라고 부르게 됐다. 지금도 오스트레일리아 토지의 90퍼센트는 부시이다.

부시는 점차 사람들이 거주하기에 적합하지 않은 땅이 되어갔다. 사람들은 더욱 온화한 환경으로 둘러싸인 교외로 떠나고, 그곳에는 더 많은 공장이 들어섰다. 20세기가 되자, 이번에는 화학공장이 진출했다. 그런 공장들이 만들어내는 산업폐기물이 강물에 버려져, 자연환경은 갈수록 파괴됐다. 추격이라도 하듯이 1966년에는 선박 해체시설이 생겨 강의 수심이 얕은 부분에는 방치된 배가 몇 척이나 뒹굴었다. 이리하여 홈부시는 볼품없고 가련한 황무지 신세가 되어버렸다.

그러나 1970년대가 되어 환경오염이 사회문제로 진지하게 거론된 뒤로는 이런 비참한 상황도 서서히 개선되어, 오염된 토양도 제법 복구됐다. 그리고 20세기도 종말을 고할 무렵, 그곳에 위풍당당하게 거대한 올림픽 스타디움이 완성된 것이다. 180도 역사적인 대반전이다. 그것이 홈부시.

캡틴 쿡이 배를 타고 온 지 고작 300년 남짓한 시간 동안, 이 토지는 운명에 맡겨진 채 이리 채이고 저리 채여왔다. 개발되고, 번영하고, 오염되고, 버려지고, 그리고 다시 구원받았다. 참으로 정신없는 변천이다. 여기까지 이르기 전의 6만 년 동안은, 훠어어어어어어얼 씬 한가로이 조개껍데기하고 돌멩이를 교환하며 살았을 텐데. 그대로 내버려두었다면, 원주민들은 지금도 분명히 이곳에서 조개껍데기와 돌멩이를 바꾸며 살았을 테고, 거기에 아무런 불편도 느끼지 않았을 것이다. 문명이란 것은 무언가 기묘하다. 불편함을 개선한다는 이유로 계속해서 부자유스러움을 만들고 있지는 않은지.

이제 개막식

올림픽 공원행 열차는 만원. 앉을 수 없다. 그러나 승객을 다 태우지 못할 정도의 혼잡은 아니다. 다만 자리에 앉을 수 없는 것뿐이다. 모두 표정이 상기되어 있다. 나는 별로 흥분하지 않았다. 이렇게 말하긴 그렇지만, 개막식에 사실 흥미가 없다. 그러나 입장권은 10만 엔 가까이나 했다. 가장 비싼 표. 그것밖에 구하지 못했다. 〈넘버〉 지가 나를 위해 일부러 사주었다. 그러니 '개막식에는 별로 관심 없는데'라는 말은 입이 열 개라도 할 수 없다.

그러나 역시 목소리를 **높여** 말할 수밖에 없다. '이 세상에 지루한 것들은 꽤 많지만, 단언컨대 올림픽 개막식은 그중 톱3에 들 것이다'라는 것이 나의 명확한 견해다. 지루한 데다 무의미하다(지루해도 의미가 있는 것이라면 괜찮은가, 라는 것도 심각한 질문이지만).

지금까지 올림픽 개막식을 몇 차례 봤지만, 내 의견은 변함이 없다. 지루하기 짝이 없다.

10만 엔! 나라면 그 돈으로 새 iMac을 사겠다. 그러나 그런 말을 해봐야 소용없어서, 진지하고 순수하게 편견을 빼고 개막식을 구경하기로 했다. 게다가 실제로 현장에서 내 눈으로 본다면 '아아, 역시 실물은 다르구나, 와서 보길 잘했네'라고 할지도 모른다. 그렇게 된다면 좋겠지만(그렇게 되지 않을 거라고 생각하지만).

십일만 명을 수용하는 거대한 스타디움은 트집을 잡을 수 없을 만큼 잘 만들어진 건축물이다. 나는 하나라도 트집을 잡으려고 갔던 거지만, 전혀 보이지 않았다. 좌석은 편안하고, 기둥이 하나도 없어서 사각지대가 없다. 끝없이 넓게 볼 수 있다. 만석이지만, 매점도 라운지도 그렇게 혼잡하지 않았다. 자유롭게 물건을 살 수 있다. 화장실도 줄을 설 필요가 없다. 새 건물인 주제에 비좁고, 지린내나는 고라쿠엔 돔에 비하면 완전 천국 같다.

내가 앉은 곳은 마침 귀빈석 맞은편이었다. 지붕이 있어서 비가 와도 젖을 염려가 없다. 그렇긴 하지만, 오늘 밤 비 올 확률은 거의 0퍼센트다. 기왕이면 좀 오지 싶었지만.

좌석 하나하나마다 종이 상자로 만든 자그마한 노란색 가방이 놓여 있다. 안에는 개막식 기념품이 다양하게 들어 있다. 알전구가 반짝거리는 빨간 플라스틱 손목 밴드, 자그마하고 노란 손전등(하늘하늘 흔들기 위한 것), 스티커, 기념 양말, 호화 팸플릿, 그다음 잘 모르겠는 이런저런 것들. 돌아갈 때는 다 버리고 가야지. 반짝거리는 손목 밴드? 하늘하늘 손전등? 제발 좀. 아바 콘서트가 아니잖아.•

좌석은 삐걱거리지 않아서 앉아서 관전하는 동안은 편했지만, 일어서서 화장실에 가려고 하면 "죄송합니다, 죄송합니다" 하는 상황이 연출된다. 두세 사람쯤 발도 밟을 것 같다. 그러니까 되도록 화장실에 가지 않도록 볼일을 미리 보고, 맥주도 참는다. 나도 점점 그런 건 분별하기 시작했다.

주위 바에서 레드와인을 한 잔 사서 마셨다. 가격은 5달러 60센트. 엔으로 350엔 정도. 일본에 비하면 절대 비싸지 않다. 그러나 오스트레일리아 현지 감각으로는 500엔 정도 될 것이다. 현지인은 매점의

라고 생각했지만, 혹시 어디 도움이 될지도 몰라서 손전등은 챙겨왔다. 예상은 적중하여, 밤에 장거리 운전할 때, 이 손전등이 지도를 읽는 데에 아주 도움이 됐다.

음료수와 음식이 대체로 '비싸다'고 생각하는 것 같았다. 그러나 와인은 맛있다. 플라스틱 컵에 따라준다. 장내에는 유리잔과 캔 반입이 금지됐지만, 플라스틱 컵이라면 괜찮다. 또 휴대용 물통에 음료수를 담아오는 것도 허락된다. 요컨대 휴대용 물통에 이를테면 스카치위스키를 넣어서 갖고 와도 오케이라는 것.

장내는 모두 금연. 담배를 피우고 싶은 사람은 특별 지정 구역(천장이 없어서 보기에도 추워 보이는 곳이다, 잔인한 성격의 목장주가 반항적인 양을 일단 몰아서 넣어두는 곳 같다)까지 가야만 한다. 이런 시대가 되고 보니, 담배를 끊길 잘했다는 생각이 절실히 든다.

뭐 한참 전에 담배를 끊은 내가 보기엔 이렇게까지 심하게 학대받으면서, 아직도 담배를 피우는 사람 쪽이 좀 특이해 보이지만.

내 오른쪽 옆은 인도인 중년 부인. 줄곧 싱글벙글이다. 개막식을 즐기는 것 같다. 그런데 혼자라서 아무래도 따분해 보인다. 손목 밴드를 팔에 감고, 꽤 진지하다. 성격이 좋아 보이는 부인이다. 그러나 말을 걸어서 친구가 될 생각은 없다.

왼쪽 옆은 고등학생으로 보이는 오스트레일리아 사람. 얼굴에 여드름이 남아 있다. 그도 꽤 흥을 내고 있었지만, 혼자여서 역시 어딘지 모르게 흥을 내는 법이 어색하다. 긴장했다. 이따금 휴대전화로 친구한테 전화해서, "그래서 지금 말이야……" 하며 온라인으로라도

올림픽 공원 안의 음식점은 생각처럼 잘 팔리지 않아서 도중에 몇 군데 매점은 가격을 대폭 낮췄다. 다들 도시락을 갖고 오고, 매점에서는 별로 사먹지 않았던 것 같다. 오스트레일리아 사람들은 꽤 철저하다. 어디나 똑같은 것뿐이어서 질렸다, 라는 것이 나의 의견. 그렇게 맛있지도 않고, 대부분이 정크푸드였다. 생맥주와 와인은 맛있었지만.

흥을 돋우기 시도한다. 역시나 그에게도 말을 걸어서 친구가 될 생각은 없다. 공통된 화제가 없을 것 같으니.

그 옆은 두 명의 이탈리아 청년. 이 녀석들은 어찌나 흥분해서 날뛰는지 시끄러워서 견딜 수 없었다. 의미도 없이 꺄악꺄악 큰 소리를 지르고 있다. 지성이라곤 눈곱만치도 느껴지지 않는다. 물론 아무도 지성의 발로를 기대하고 올림픽 개막식에 오진 않겠지만, 그래도 너무하다. 이 녀석들은 나중에 선수단 입장이 시작되자, 선수단이 들어올 때마다 "부탄? 우아, 부탄 파이팅! 브라질? 우아아아. 브라질, 파이팅!" 이러면서 의미 불명의 이탈리아어로 아우성을 쳤다. 이렇게 실컷 떠들고 감정을 발산하니, 비싼 입장료를 낸 보람이 있겠구나.

어쩌면 이 사람들은 집에 돌아가서 가족에게 이렇게 얘기할지도 모른다. '오늘 개막식에 옆에 앉은 일본인은 진짜 이상한데. 처음부터 끝까지 뚱하게 있다가, 기념품은 전부 버리고 도중에 훌러덩 가버리더라고. 그런 사람이 옆에 앉아 있는 것만으로 불편하더라니까. 대체 뭐 하러 비싼 돈 내고 개막식을 보러 온 거야? 그런 얼굴하고 즐거운가. 일본인은 다들 그런 거야?'

만약 그렇다면 미안하게 생각한다. 미안해요, 나는 일본인 중에서도 성격이 좀 비뚤어진 편입니다.

주경기장 필드에는 시트가 덮여 있다. 오스트레일리아의 불에 탄 대지를 나타내는 베이지색과 갈색 시트가 육상 경기용 필드 위에 딱 맞게 빈틈없이 펼쳐져 있다. 7시가 되자 이벤트가 시작됐다.

이벤트에 관해서는 여기서 아무 말도 하지 않겠다. 많은 사람들이 TV로 봤을 것이다. 그러니 굳이 내가 해설할 것까지도 없다.

그러나 내가 이 일련의 이벤트 중에서 가장 멋있다고 생각한 것만 써보겠다. 존 윌리엄슨이 부른 〈왈칭 마틸다Waltzing Matilda〉, 가슴이 뭉클할 정도로 좋았다. 존 윌리엄슨이 어떤 사람인지 나는 모른다. 오스트레일리아의 베테랑 가수이리라. 느낌으로는 제임스 테일러와 윌리 넬슨의 중간쯤인 존재 같다. 그는 혼자 무대에 나와서, 기타 한 대로 이 노래를 불렀다. 그 단출함이 정말 멋있었다. 이 대규모 장비 투성이인 개막식 이벤트에서 그의 노래는 진심으로 감동적이었다. 주변의 오스트레일리아 사람 관객도 모두 입을 모아 이 노래를 합창했다. 내가 멋있다고 생각한 것은 이 정도. 나머지는…….

이벤트를 하는 동안에 흥미를 끌었던 것

1. 처음에 말이 잔뜩 나왔는데, 똥은 안 쌌을까? 그만큼 많은 말이 나왔으니, 똥을 싸는 놈이 한두 마리는 있을 법한데. 그러나 주의 깊게 보았지만, 하나도 보이지 않았다. 똥을 싸지 않게 하는 특수 약이라도 먹인 걸까?

2. 대규모 장치를 움직일 때, 어딘가 모서리가 걸린 모양이다. 필드 위에 친 갈색 시트가 벌렁 뒤집어져서 밑에 초록색이 노출돼버렸다. 담당자가 달려와서 수습하려고 애를 썼지만, 잘 붙지 않았다. 등 뒤로 다음 사람들이 속속 밀려들고 있다. 딱하다고 생각했지만, 한편으로는 좋은 구경거리였다. 이런 사고는 아마 TV에는 나오지 않을 것이다.

3. '팀 심포니'에서 호버크라프트 같은 것을 타고 은색 코스튬의 남자들이 등장한다. 그런데 이 탈것 하나가 고장나서 움직이지 않았다. 타고 있던 사람이 영차영차 밀어서 돌아갔다.

꽤 무게가 나가는지 힘들어 보였다. 이것도 아마 TV에는 나가지 않을 것이다.

현장에서 보며 TV보다 재미있다고 느낀 것은 그 정도였다. 요컨대 '남의 실수를 보는 것은 즐겁다'는 것.

이 이벤트를 한마디로 표현하자면, '스티븐 스필버그가 디즈니랜드의 의뢰를 받아 연출한 바그너의 악극 같았다'가 되겠다. 돈을 많이 들여서 장대하고 의미가 있어 보이지만, 시간이 너무 길고 기본적으로 지루했다. 이 퍼포먼스를 실현하려면(실패 사례를 몇 개 들었지만, 장시간에 걸친 이만큼의 대규모 매스게임인 것에 비해 눈에 띄는 실수가 적었다), 꽤 많은 시간과 노력과 지력이 필요했을 것이다. 자그마치 천 명이나 되는 사람이 출연했으니.

그만한 시간과 노력과 지혜가 **이런 식**으로 낭비됐구나 생각하니, 그리고 그것들은 이제 돌아오지 않는다고 생각하니, 남의 일이지만 세상이 한없이 허무하다. 개막식 매스게임을 본 뒤에 내가 절절하게 생각한 것은 앞으로 한동안 북한이 올림픽 개최지가 되는 것만큼은 막아주었으면 한다는 것이다. 그 사람들이라면 개막식에서 한 10시간 동안 매스게임만 하지 않을까.

대회장을 가득 메운 사람들은 점점 애국심으로 불타오르는지, "오지, 오지, 오이오이오이!" 하는 씩씩한 함성이 장내에 울려퍼졌다. 그것도 젊은 사람이 중심이 됐다. 그들은 정말로 단순하게 그런 발산을 즐겼다. 오스트레일리아의 젊은 세대에게는 구김살이란 것이 없어 보인다. 앞선 세대가 가슴속에 막연히 안고 있던 '오스트레일리아

사람이라는 것의 까닭 모를 불편함' 같은 것은 전혀 보이지 않는다. 그들은 새롭게 세팅된 국가의 이미지 속에서 아주 자연스럽게 두 팔과 두 다리를 쭉쭉 뻗고 있다.

이런 자연스러운 애국심의 고조는 아마 주최자(로서의 국가)가 노렸던 전개일 것이다. 오스트레일리아는 성립 과정부터 국가로서의 정체성을 갖기 힘든 위치에 있었다. 애초에 죄수들의 유배지로 출발하여, 긴 세월에 걸쳐 '백호주의'를 구가하고, 원주민을 무시하고 억압했다고 하는 역사적인 꺼림칙함도 안고 있다. 그래서 이 올림픽을 계기로 긍정적이고 밝은 이미지를 내걸고 21세기를 향해 새로운 출발을 하고 싶은 강한 국가적 의지가 있다.

기분은 잘 알겠다. 그러나 그런 정치적인 의식과 사고가 너무나도 전면에 드러나서, 우리 외국인의 눈으로 보면 촌사람들 연극 같다고 할까. 조금 짜증이 난다. 그렇게까지 하지 않아도 될 텐데. 멋이란 게 없다. 적어도 소요 시간이 이것의 반 정도였다면, 과한 부분도 그다지 거슬리지 않았을 것이다. 혹은 '뭐, 어쩔 수 없지' 하고 허용할 수도 있었을 것이다. 그러나 아무리 그래도 너무 길다.

무엇보다 선수들이 가엾다. 2시간이나 경기장에 선 채로 있으니 몸이 식고 지친다. 주최 측에는 선수에 대한 그런 배려가 거의 없다. 머릿속에 자신들의 **멋진** 연출밖에 없다. 이렇게 되면 '스포츠맨의 제전'이 아니다. 국가와 대기업의 목적이 융합하고 결부된 곳에 성립한 이벤트이다. 그 원리는 투자와 회수이다. 여기서 스포츠는 목적을 위한 수단에 지나지 않는다. 보고 있으니 점점 불쾌감이 더했다.

관객석 아이들도 딱하다. 밤은 점점 깊어가고, 선수단의 행진은 아직도 끝날 기미가 없다. 어린이들은 모두 지쳐서 자고 싶어한다. 적어도 10시 전에 끝낼 수는 없었을까. 4시간 반은 길어도 너무 길다.

나는 알파벳순 선수 입장 행진에서 D의 '덴마크'가 나올 무렵 질리고 질려서 회장을 나왔다. 어른이지만, 도저히 끝까지 봐줄 수 없었다. 애초에 나는 '행진'이라는 것이 정말 싫다.

센트럴 역의 두 사람

이른 시간이어서 돌아오는 길의 전철은 한산했다.

조금 앞자리에 고교생으로 보이는 커플이 앉아 있다. 아마 둘이서 개막식을 보다가 도중에 적당히 나왔을 것이다. 귀에 피어스를 하고 있는 머리가 짧고 체격이 큰 청년과 어깨까지 오는 검은 머리의 몸집이 자그마한 여자아이. 여자아이는 짧은 가죽 코트를 입고 있다. 처음에 두 명은 서로 어깨를 껴안고 비비고 있었다. 그러나 남자가 점점 격해지자, 여자아이가 "싫어, 그러지 좀 마" 하는 것 같다. 한바탕 옥신각신하더니, 남자가 삐친다. 그다음 두 명은 한동안 말을 하지 않고, 3인용 좌석의 끝과 끝에 떨어져서 앉았다. 둘 사이에는 냉기가 흘렀다. 종점 센트럴 역에 도착해서 여자아이는 물론 내리려고 일어섰지만, 남자아이는 자리에 앉은 채 꼼짝 않고 있었다. 여자아이는 "내려" 하고 말을 걸었지만, 남자아이는 일어서려고도 하지 않았다. 완전히 삐쳤다.

여자아이는 "하여간 어린애라니까" 하는 느낌으로 먼저 플랫폼으로 나가 잠시 기다렸다. 두 명은 이대로 헤어지는 걸까. 아니면 무사히 화해할 수 있을까. 나는 여자아이 쪽에 호감을 느꼈다. 야무진 성격 같다.

어차피 10년이나 20년이 지나면 둘 다 올림픽을 그렇게 떠올릴 것이다. '아, 그러고 보니 그때 그런 일이 있었지' 하고.

호텔로 돌아오기 전에 맞은편의 **이름 없는** 펍에 들렀다. 그리고 오스트레일리아 맥주인 빅토리아 비터를 마셨다. 가게에 가득한 취객과 함께 남은 개막식을 TV로 보았다. 사람들은 TV 앞에 모여 신났다. 대회장에서 10만 엔짜리 자리에 앉아 있을 때보다는 여기서 사람들과 함께 TV를 보는 편이 훨씬 즐겁다.

성화가 점화됐다. 원주민 여자선수 캐시 프리먼. 애틀랜타 올림픽 은메달리스트다. 어떻게 된 건지 잘 모르겠지만, 대규모의 화려한 장치다. 그러나 그녀의 마음도 복잡하리라. 자신이 위정자들에게 정치적으로(이미지적으로) 이용당하고 있다는 사실은 물론 알고 있을 것이다. 그래서 그 영예를 무작정 기뻐할 수 없는 게 아닐까. 실제로 이날은 시드니 교외에서 원주민 단체의 항의 데모가 있었다. 사백 명정도의 데모다. 올림픽 열기에 섞여, 자신들의 주장을 유야무야하고 싶지 않은 것이 그들의 생각이다.

'이 땅은 누구의 것인가? 우리의 것이다. 이 땅을 빼앗은 것은 누구? 놈들이다.'

이것이 그들의 슬로건이었다. 백인 오스트레일리아 사람은 여기에는 아무 말도 할 수 없다. 그래서 그게 어떻게 되는 것도 아니지만.

이름 없는 펍에서 맥주를 두 잔 반 마셨다. 잠자리에 든 것은 12시다 돼서.

여자 철인 3종 경기

2000년 9월 16일 토요일 6시에 기상. 근처 편의점에서 신문을 두 부 샀다. 둘 다 어젯밤 개막식에 관한 기사가 일면을 크게 장식하고 있다. '멋있다, 훌륭하다' 폭풍 찬양. 흐음, 그런 거였나.

올해 아흔 살이 되는 로나 라이트와 딸 마거릿 스콧은 44년 전에 멜버른 올림픽을 역시 모녀 둘이서 나란히 보았다. 라이트 씨는 개막식 전에 신문기자에게 이렇게 말했다.

"1956년 멜버른 올림픽 개막식은 너무나도 여유롭고 단순했어요. 선수들은 행진하면서 아주 행복해 보였죠. 오늘 밤도 그 정도만 멋졌으면 좋겠네요, 조금쯤은 변화도 있길 바라지만."

라이트 부인은 개막식을 보고 뒤집어졌을 것이다. '조금쯤은' 정도의 변화가 아니었으니. 그러나 나는 상상한다. 멜버른 개막식이 훨씬 행복한 세리머니였을 거라고. 라이트 부인이 어떻게 느꼈는지는 실려 있지 않았다.

아무리 그래도 이 폭풍 찬양은 좀 섬뜩하다. 고개가 갸웃거려진다. 신문을 구석구석 읽어보았지만, 거기에는 단 한 줄의 의혹도 없고 비판도 없다. 부정적인 의견은 절대 용서하지 않겠다, 하는 의지가 엿보인다. 올림픽 사상 최고의 개막식이었다고 쓰여 있다. 정말인가. '최고 긴'을 잘못 쓴 거 아냐? 오스트레일리아 저널리스트 중에도 '이렇게까지 하는 건 너무하지 않아?'라고 느낀 사람이 있을 텐데. 아니면 내 쪽이 개인적으로 삐딱한 건가?

한국과 북한이 함께 입장했다는 뉴스도 있다. 어떻게 그게 가능했는지 감탄스럽다. 너무 지루해서 선수단 입장할 때 '덴마크'까지만 보고 나와버려서 전혀 몰랐다. 그러나 신문 기사에 따르면 그 사실은 북한에 일절 보도되지 않았고, 올림픽에 선수단을 파견하는 것조차 일반인에게는 밝히지 않았다고 한다. 희한하다.

8시에 호텔을 나왔다. 드디어 올림픽 1일째. 맑음. 하늘에는 구름이 약간 떠 있지만, 점점 날씨가 좋아졌다. 티셔츠에 스웨터를 입었는데, 그걸 입었다 벗었다 할 정도. 바람은 약간 불었다. 흐리지만 서늘하다. 아마 수온은 낮을 것이다.

하이드파크 귀퉁이의 옥외 카페에서 아침을 먹는다. 크루아상과 커피. 그리고 공원을 지나 왕립식물원에 설치된 미디어 입구에서 대회장으로 들어간다. TV모니터가 달린 기자석에 앉는다. 기자석은 바꿈터 구역 바로 앞에 있다. 책상 밑에 전원이 있어서 컴퓨터를 사용할 수 있다. 편리하다. 나는 9시 10분쯤 도착했지만, 그 시점에서 기자석은 텅텅 비어 있었다. 관객석은 가득 찼지만, 언론 관계자는 적다. 역시 철인3종 경기는 경기가 올림픽 종목으로서 아직 제대로 인식되어 있지 않아서일 것이다. 참가한 나라도 한정됐고, 언론은 별로 모이지 않았다.

하늘에는 다섯 대의 헬리콥터가 날았다. 잘 닦여진 심층 의식처럼 아침 햇살을 받아 반짝반짝 빛났다. '굿 데이'라고 쓰인 비행선이 떠 있다. 철인3종 경기는 개최국인 오스트레일리아가 메달을 강력히 기대하는 경기여서 관객들의 분위기가 꽤 고조됐다.

일본 대표 선수는 호소야 하루나, 니와타 기요미, 히라오 아키코 등 세 명이다. 여자는 국가별 순위에서는 오스트레일리아, 미국에 이어 3위여서 메달을(잘하면 혹시, 하는 느낌으로) 기대하고 있다. 그러나 일본팀에는 이렇다 할 중앙 돌파적인 박력이 있는 스타가 없는 것도 사실이다. 중심이 되어 전체를 획획 이끌어가는, 강력한 견인차 같은 스타일(마라톤으로 말하자면 다카하시 나오코 같은 사람)이 없다. 거기에 비하면 역시 오스트레일리아의 미켈리 존스의 존재감은 대단하다. '중견'이라는 느낌이 든다.

현지 신문의 예상으로 금메달은 당연히 세계 랭킹 1위인 미켈리 존스. 은메달은 캐나다의 캐럴 몽고메리. 동메달은 스위스의 메스머. 복병은 스위스의 기세로, 특히 메스머와 맥마흔 두 명은 같은 코스에서 열린 올해 4월 레이스에서는 존스와 근소한 사이로 2, 3위를 차지했다. 어쩐지 코스와 궁합이 좋은 것 같다. 그렇긴 하지만, 뭐니 뭐니 해도 자국에서 코스를 구석구석까지 숙지한 존스의 우위는 변함없으리라는 것이 대부분의 예상이다. 철인3종 경기에서 자국 선수들은 큰 이점이 된다.

그리고 애틀랜타 올림픽 때 수영 계주에서 금메달을 딴 미국의 실라 타오미나가 철인3종으로 전향했다. 그녀의 존재도 무섭다.

오스트레일리아의 '나머지 두 명'인 젊은 해롭과 해킷은 수영과 자전거 전문가. 처음부터 최대한 차이를 벌려 떨쳐내고 싶은 유형이다. 두 명 다 유형이 비슷하다. 반대로 미켈리는 달리기에 중점을 두고 있다. 그러나 드래프팅이 인정되는 요즘의 철인3종에서는 자전거에서 그다지 사이를 벌릴 수 없다. 마지막 달리기가 승패를 정한다. 그런 의미에서는 어지간히 운이 좋지 않은 한, 이 둘은 미켈리만큼 힘을 발휘하지 못할 것이다.

어쨌든 세 사람 다 금발의, 그야말로 건강해 보이는 오스트레일리아 아가씨들. 환한 미소가 잘 어울린다.

바다는 파도도 거의 없다. 수온은 낮은 것 같지만, 나머지는 더할 나위 없이 좋은 수영 컨디션. 선수에게 물으면 "해파리가 우글거리지만, 쏘는 종류가 아니어서 괜찮아요"라고 한다. 그리고 상어를 막는 음파 발신기를 든 다이버가 수중에 들어가서 경계를 하고 있단다.

수영에서는 역시 실라 타오미나가 압도적으로 빠르다. 과연 수영 전문가답다. 한복판쯤에서 다른 사람들과 점점 사이를 벌렸다. 나머지 사람들은 그룹을 이루어 따라간다. 그녀의 기록은 18분 36초. 2위와 웬걸 40초 가까이 차이를 두고 물에서 올라와 자전거를 탄다. 헬멧 끈을 단단히 묶고, 시간을 절약하기 위해 일단 신발을 고정하지 않은 채 그대로 발을 넣고 페달을 밟는다.

다음 그룹은 상당히 수가 많다. 열세 명 정도가 한 덩어리가 됐다. 니와타도 거기에 들어 있다. 순위는 12위. 이 순위는 특별히 문제가 아니다. 그룹에서 처지지 않고 따라갈 수 있는가, 그게 문제이다. 만약 그 그룹에 속한 채로 달리기로 옮겨갈 수 있다면, 달리기에 강한 니와타에게는 충분히 승산이 있다. 미켈리 존스는 니와타 바로 뒤에 따라붙었다. 그녀로서 보면 그냥저냥 불만 없는 전개다.

호소야가 온다. 그렇게 늦지는 않았다. 20위로 선두와의 차이는 1분 18초. 다음에 히라오. 25위로 선두와의 차이는 1분 19초. 이 정도라면 아직 따라붙을 수 있다.

바꿈터 구역의 기자석에는 모니터 TV가 달려 있어서 그걸 보고 경기를 쫓아간다. 자전거는 왕립식물원 주위를 여섯 바퀴 도는 코스다. 선두를 달리는 타오미나와 그룹과의 차이는 점점 좁혀지더니, 두 바퀴째부터는 따라잡혔다. 그러나 타오미나는 그 그룹에 들어간 채 뒤처질 줄 모른다. 아직 힘이 남은 것 같다.

선두를 이끄는 이는 독일의 프란츠만, 미국의 구티에레스 등. 모두 서로의 눈치를 보고 있다. 교대로 선두를 하면서, 그룹 전체의 속도가 떨어지지 않도록 신경 쓰고 있다. 2그룹에 추월당하지 않을 것, 그것이 앞으로 한동안 그녀들의 주제가 된다. 마지막 두 바퀴 정도 남으면 힘껏 앞으로 뛰쳐나가는 선수도 나오겠지만, 지금은 아직 그 시기가 아니다.

전복 사고가 두 번 있었다. 두 바퀴째다. 첫번째는 미처 돌지 못한 누군가가 혼자 쓰러졌다. 다음은 그룹으로 전복. 여섯 명인가 일곱 명이 한꺼번에 충돌. 그 장면이 모니터TV에 비쳤다. 누가 쓰러졌는지는 아직 모른다. 화면으로는 보이지 않는다. 자세한 정보도 전혀 들어오지 않는다.

자전거와 달리기는 한 바퀴 돌 때마다 바꿈터 구역을 통과하지만, 그곳에서 돌 때마다 선수를 확인했는데 호소야의 모습이 보이지 않왔다. 37번 선수의 모습이 없다. 어쩌면 전복 사고에 말려들었을지도 모른다. 당한 것은 아무래도 2그룹 앞쪽에 있던 사람들 같다.

자전거에서는 아무도 큰 차이를 벌리지 못했다. 마지막에 치고 나온 선수도 이내 따라잡혔다. 달리기로 옮길 때 그룹의 선두는 미켈리 존스. 미켈리는 컨디션이 좋은 것 같다. 몸은 안정되었으며, 표정도 차분하고, 다리 움직임도 시원스럽다. 그녀의 실력이라면 아마 이대로 치고 나갈 것이다. 단독으로 골인할지도 모른다. 나는 그렇게 예상했다.

니와타도 좋다. 자전거에서 내려 러닝화를 신고 8위. 선두와는 7초 차이로 나간다. 얼굴이 약간 굳었다. 그러나 몸은 확실히 움직이고 있다. 히라오는 늦었다. 23위로 선두와는 2분 19초 차. 이렇게 차이가 크게 벌어지면 아무리 달리기가 특기여도, 따라붙지 못할 것이다. 남은 과제는 어디까지 따라붙는가다. 이 시점에서 나는 미켈리의 우승을 확신했다. 미켈리의 승리 페이스이다. 아마 오스트레일리아 선수가 한 명쯤은 더 메달권에 들어가리라. 그리고 나머지 한 개를 누가 차지하는가. 그런 전개가 될 거라고 생각했다.

그러나 만사는 그렇게 순조롭지 않았다. 달리기는 두 바퀴지만, 첫 바퀴째에서는 스위스의 메스머와 오스트레일리아의 미켈리와 해롭, 이렇게 셋이서 선두를 달렸다. 그 세 명 사이에 미국의 지거가 따라갔다. 뒤에서 쫓아오는 스위스의 맥마흔의 모습도 점점 커져갔다. 격렬한 레이스이다.

나는 매일 아침 이 철인3종 경기의 달리기 코스와 거의 같은 코스를 조깅해서, 모니터TV에 비친 그들이 달리는 길을 머릿속으로 그릴 수 있다. 저기 오르막이 있고, 저긴 내리막이 있고, 그리고 저긴 모퉁이가 있다.

드디어 달리기 두 바퀴째. 니와타는 순위에서 뒤처져 들어온다. 14위. 선두와의 차이는 1분 9초. 이 시점에서 그녀의 눈은 거의 죽어 있다. 그 눈을 보고 '이건 좀 가망 없겠는걸'이라고 생각했다. 이미 한계였다. 그녀는 자전거에서 힘을 다 뺐을 것이다.

그리고 히라오가 들어왔다. 그녀는 순위가 훌쩍 올랐다. 과연 전직 중거리 선수답게 달리기에 기합이 들어 있다. 16위. 선두와의 차이는 2분 13초. 5킬로미터를 남겨두고 있어서, 도저히 선두 그룹에는 들어갈 수 없겠지만, 어디까지 차이를 좁힐 수 있을까. 이대로 가면, 어쩌면 니와타를 추월할지도 모른다.

두 바퀴째 하이드파크 옆의 마지막 반환점 바로 앞에서 선두 그룹이 갈렸다. 속도를 쑥 올린 것이다. 일단 해롭이 더는 못 견디겠다는 듯이 슬금슬금 뒤처졌다. 미국의 지거도 따라오지 못했다. 이쯤에서 맥마흔과 미켈리의 경쟁이 시작됐다. 메스머가 3위로 따라붙고 있지만, 조금 거리가 벌어졌다.

수영 선두인 타오미나는 아직 선두 그룹 다섯 명 속에 있다. 곧 떨어질 것이라고 예상했는데 대단하다. 이 사람의 체력에 정말 감탄했다. 이렇게 대담하고 끈질긴 레이스 전개가 가능한 사람은 그리 없다. 순위는 어쨌든 이 레이스에서 가장 큰 볼거리 중 하나였다. 철인 3종 경기 승리의 전형적 패턴으로 굳어지고 있는 전개(수영과 자전거로 앞쪽에서 무난히 따라붙어서 달리기로 결정하기)에 새바람을 불어넣는 가치 파괴적인 분발이었다.

스위스 선수 두 명은 강했다. 이대로 가면 메달 두 개를 따버릴 것 같다. 내 옆에 있는 기자는 어쩐지 스위스인 같다. 하이드파크 마지막 반환 때부터 완전히 흥분해서 발을 구르며 소리를 질렀다.

관객석 대부분을 차지한 오스트레일리아 사람도 저마다 아우성이다. 미켈리가 선두에 섰지만, 맥마흔은 그녀에게 선두를 내주지 않기로 결심한 것 같다. 이내 쫓아간다. 계산 같은 건 없다. 추월당하면 다시 추월한다. 맨손으로 치고받고 싸우는 것 같다. 미켈리도 '이게 뭐지' 싶었을지 모른다. 언제나와 전개가 약간 다르다.

그런데 그래도 아직 나는 미켈리가 여력이 있어서 마지막에는 긴 다리로 스퍼트를 올려 금메달을 딸 거라고 생각했다. 그러나 그렇게 되지 않았다. 미켈리는 이 시점에서 한계에 부딪혔다. 다리가 올라가지 않는다. 관객석의 절규에 부응하여 새롭게 스퍼트를 올리질 못한다. 거기에 비해 맥마흔의 다리에는 아직 힘이 남아 있다. 맥마흔은 마지막 터보를 걸더니, 빨간 섬광처럼 질주하여 골 테이프를 끊었다. 그 순간 미켈리의 금메달 꿈은 사라졌다.

3위도 스위스의 메스머. 관객석에서 스위스 응원단이 메스머에게 두 개의 스위스 국기를 건넸다. 그녀는 그걸 들고 골인하여 하나를 맥마흔에게 건네고 둘이 서로 포옹했다. 그 옆에서 미켈리는 혼자 바닥에 헉헉거리며 웅크리고 앉아, 자신의 운동화만 빤히 보고 있다. 그녀는 무슨 일이 있어도 금메달을 딸 생각이었다. 은메달을 딸 생각은 없었던 것이다. 일어서서 의리상 스위스 선수를 포옹하지만, 영혼은 없다. 전혀 없다. 거의 넋이 나가 있다. 초록색 수영복을 입은 장신의 몸을 주체하지 못하는 것 같아 보인다. 눈이 허공을 헤매고 있다.

내 옆자리의 스위스 기자는 흥분해서 펄쩍펄쩍 뛰다가 테이블 위의 물병을 엎어서, 사용하던 랩톱이 흠뻑 젖어버렸다. 쓰고 있던 기사가 전부 못쓰게 된 것 같다. "빌어먹을, 제기랄!" 하고 금방이라도 울 것 같은 목소리로 비명을 지른다. 기뻐하다가, 열 받다가, 바쁜 사내다. 나한테 "이럴 때는 어떻게 해야 되는지 알아?" 하고 묻지만, 내가 그런 걸 알 리 없다. 머리를 감싸 안고 휴대전화로 누군가에게 열심히 전화를 걸었다. 좋은 일이 있으면 나쁜 일이 있다. 이 두 가지는 서로 등을 맞대고 있다. 안됐다고는 생각하지만, 그게 세상의 이치다.

니와타가 들어온다. 14위. 2시간 3분 53초. 달리기에 38분이나 걸렸다. 선두인 맥마흔의 달리기 기록보다 3분 이상 늦다. 그러나 어쩔 수 없다. 도중에 거의 죽어 있었으니.

그녀는 결승선을 빠져나와 비틀거리더니, 이윽고 안심한 듯이 바닥에 쓰러졌다. (완주했다는 걸 알았을 때 경련이 왔다고 나중에 그녀는 말했다. 그렇게까지 필사적으로 경련을 막고 있었다.) 담당자가 손을 내밀어 그녀를 일으켜주었다. 니와타는 잘 달렸다. 그녀는 이 레이스 전개로 갈 수밖에 없었고, 그래서 이 결과가 나왔으니 그걸로 됐다고 생각한다. 그녀는 그녀 나름대로 전력을 다했다. 보고 있는 것만으로도 시원스러웠다. 훌륭한 성과다.

26초 뒤에 히라오가 들어왔다. 17위. 니와타는 히라오의 추격을 막은 것이다.

히라오도 두 바퀴째는 기록이 떨어졌다. 너무 빠른 속도로 첫 바퀴를 돌았을 것이다. 그게 지속되지 않았다. 10킬로미터 달리기의 기록은 36분 42초. 마지막까지 자신의 페이스를 유지하지 못한 것은 한이 될지도 모르겠다.

스위스 선수의 분투가 돋보인 레이스였다. 스위스 국기에서 따온 빨간 유니폼이 선명하고 인상적이었다. 마치 스위스의 아미 나이프가 달리는 것 같아 보였다. 반대로 오스트레일리아 선수들에게는 악몽 같은 전개였다. 그래도 미켈리는 도중부터 정신을 가다듬고, 관중석을 향해 크게 손을 흔들었다. 말할 것도 없이 은메달도 소중한 것이니.

그녀는 시합이 끝난 뒤 기자에게 이렇게 얘기했다.

"도중에 다리가 점점 무거워졌어요. 나는 내가 할 수 있는 만큼 했어요. 그녀(맥마흔)에게 추격당하리란 건 이미 도중부터 알고 있었어요. 오늘 이 레이스를 앞으로 몇 번이고 악몽 속에서 보게 될 거예요. 그러나 나는 끝까지 전력을 다했어요.

네, 물론 오스트레일리아를 위해 금메달을 따고 싶었죠. 2위로 골인했을 때는 '아아아아아아아악!' 싶더군요. 하지만 은메달도 충분히 자랑스러운 가치가 있다고 생각해요. 사람들이 길가에서 아주 따뜻하게 성원을 보내주었어요. 아직도 귀가 얼얼할 정도로."

우승 후보 중 한 사람이었던 캐럴 몽고메리는 자전거 코스 14킬로미터 지점에서 전복 사고를 당해 기권했다. 분할 것이다. 이제 막 본격적으로 선두 그룹에 들어가려고 하는 찰나였으니.* 2그룹 선두는 사고가 가장 잘 일어나는 지점이다. 선두 그룹에 뒤처지지 않으려고 기를 쓰게 되니까. 브라질의 유력 선수인 오하타도 여기서 그만두었다.

시상대에 선 맥마흔은 취재진에 둘러싸여, 남편과 아들의 축하를 받으며 정말로 기뻐했다. 이렇게 행복해하는 얼굴은 본 적이 없다. 그녀의 웃는 얼굴을 보고 있으니 '승부는 이겨야 하는 것'이란 게 실감났다. 이긴 것과 지는 것은 얘기가 완전히 다르다. 세계 랭킹 21위인 그녀가 여왕 미켈리를 삼켜버렸다. 그것도 완벽하게 이겼다. 권투로 말하자면, 마지막 라운드의 녹아웃이다. 승자 쪽에서 보면 통쾌하기 짝이 없을 것이다. 미켈리에게는 취재진이 아주 조금밖에 가지 않았다. 기록으로 말하자면 2초 차이에 지나지 않는데, 그 차가 의미하는 것은 너무나도 크다.

메달 수여식이 끝나고 사람들이 슬슬 떠났다. 바꿈터에는 아직 주인이 찾아오지 않은 자전거가 기다리고 있다. 전복으로 인한 부상에 병원으로 실려간 호소야 선수의 자전거 스탠드에는 자전거가 없다. 그밖에도 몇 군데, 마치 이가 빠진 것처럼 빈 자전거 스탠드가 눈에 띈다. 바다에서 불어오는 바람이 자전거 사이를 지나간다. 깃발이 펄럭펄럭 소리를 낸다. 경기가 끝난 뒤의 풍경은 쓸쓸하다. 호소야 선수의 빈 자전거 스탠드 옆에는 신은 적 없는 아식스 운동화가 가지런히 놓여 있다.

스포츠는 잔혹하다. 그렇게 잔혹한 스포츠에 맞서기 위해서는 반

 어지간히 분했던 걸까. 그녀는 나중에 올림픽위원회에 정식으로 항의했다. 자전거 코스의 일부가 협소한 탓에 위험했고, 철인3종의 코스로는 부적절했다는 내용이었다. 그러나 위원회는 그 항의를 기각했다. 지금까지 몇 번이나 같은 코스에서 레이스가 이루어져왔다는 이유에서.

대로 스포츠를 잔혹하게 다룰 수밖에 없다. 맞으면 바로 때린다. 그런 의미에서는 스위스 맥마흔의 투쟁심을 드러낸, 마치 주먹다짐을 하는 듯한 강인하고 명쾌한 레이스는 보기만 해도 통쾌했다.

거기에 비하면, 미켈리는 '으음, 너무 수비 태세였나' 하는 생각이 든다. 예상 금메달 선수의 여유를 과시하려고 한 걸까……. 아마 금메달이 확실하다는 얘기를 계속 들어온 중압감도 컸을 것이다. 뭐 평소에는 서킷에서 하는 철인3종 경기를 한판 승부로 하는 사정도 감안할 필요가 있을 것이다. 어쨌든 정상에 있는 사람은 고독하다.

미켈리는 시합이 끝난 뒤에 이렇게 얘기했다.

"오늘 레이스에서 가장 훌륭했던 것은 세계인에게 '철인3종 경기가 얼마나 섹시한 스포츠인가'를 알렸다는 것이다. 철인3종 경기는 정말로 엄청나게 재미있는 스포츠이다."

아름다운 멘트라고 생각한다. 어딘지 모르게 원숙의 경지에 이르렀다고 생각한 것은 나의 착각일까. 아니면 그녀는 그저 분함을 꾹 참고 있는 것뿐이었을까?

경기가 끝난 뒤 어슬렁거리며 산책하다 '파빌리언'이라는 레스토랑에 들어가서, 훈제연어 리소토와 채소 샐러드, 그리고 맥주를 마셨다(24달러). 호텔까지 걸어서 돌아왔다. 방에 돌아와서 잠시 눈을 붙였다. 올림픽 첫날, 너무 열심히 경기를 보았더니 좀 피곤했다.

호소야 선수의 신지 않은 운동화

남자 철인 3종 경기

2000년 9월 17일 일요일 아침부터 어제와 똑같은 일의 되풀이. 철인3종 경기 대회장까지 걸어가는 도중에 하이드파크 모퉁이의 카페에서 아침을 먹었다. 햄치즈 샌드위치와 커피. 그리고 9시 반에는 어제와 같은 기자석에 도착했다.

오늘은 어제보다 더 덥다. 깜박하고 모자를 잊고 온 것이 실수였다. 피부가 바작바작 타는 듯한 느낌이다. 하늘에는 구름이 거의 없다. 마치 한여름 같은 쨍쨍함이어서 티셔츠 한 장으로도 충분했다. 반바지가 그리울 정도이다. 이렇게 기온이 올라가면, 선수들은 자전거와 달리기가 조금 힘들지도 모른다.

현지 신문의 오늘 메달 예상은 금메달이 영국의 사이먼 레싱, 은메달이 오스트레일리아의 마일스 스튜어트, 동메달이 뉴질랜드의 해미시 카터. 결과부터 말하자면 세 명 모두 따지 못했다. 신문의 예상은 보기 좋게 빗나갔다. 반대로 말하면, 남자 레이스는 그만큼 치열했다는 말이 된다. 누가 따도 이상하지 않았다.

수영에서는 일단 예상대로 오스트레일리아의 크레이그 월튼이 앞으로 나왔다. 수영과 자전거 전문가이다. 그러나 생각처럼 많은 차이를 벌리진 못했다. 월튼을 최대의 경쟁자로 보는 영국의 레싱이 나중에 바짝 달라붙었다. 수영의 줄은 꽤 길긴 하지만, 결정적인 차이는 벌어지지 않았다. 일본 선수 세 명은 나쁘지 않은 위치에서 올라온다. 후쿠이 히데오는 5위, 오바라 다쿠미는 15위. 니시우치 히로유키는 25위.

자전거는 거대한 선두 그룹이 형성됐다. 그러나 바퀴수를 거듭할수록 그룹 내에서 조금씩 차이가 생긴다. 네다섯 바퀴째에 네 명이 한꺼번에 앞으로 나온다. 나머지 그룹을 떨쳐내려는 장치다. 이 스퍼트가 상당히 날카롭고 길다. 후방과의 거리가 점점 벌어진다. 그 네 명 중에서도 또 차이가 생긴다.

최종적으로 치고 나간 이가 남아프리카의 스톨츠와 프랑스의 마르소(이 사람은 직업이 경찰이라고 한다) 두 명. 뒤에 오는 그룹과 앞에 두 명 사이에는 1분 가까운 차이가 벌어졌다. 엄청난 차이다. 둘이서 연합 작전으로 번갈아가며 선두에 섰다. 여기서는 둘이 협력해서 나머지 선수들을 따돌리려는 것이다.

그러나 이만큼 격렬하게 자전거로 달리면 그만큼 다리에 부담이 온다. 마르소는 자전거를 내린 시점에서 생각만큼 기세가 없었다. 표정에서도 여유가 느껴지지 않았다. 현장에서 실제로 보니 선수 한 명 한 명의 컨디션이 공기의 떨림처럼 바로 전해졌다.

자전거가 끝난 시점에서는 17위였던 독일의 프로위츠가 달리기로 들어가더니 마치 기다렸다는 듯이 엄청난 기세를 올렸다. 낙지 같은 인상의 대머리 남자다. 이 사람은 같은 코스에서 열린 세계선수권에서 2위를 한 적이 있다. 그가 '자전거팀' 두 명과의 차이를 쭉쭉 좁혀갔다. 달리기로 바뀐 시점에서 1분 정도 되던 차이를 왕립식물원 옆 오르막쯤에서 깨끗하게 0으로 만들었다. 그리고 스윽 추월했다. 마르소는 이제 도저히 따라가지 못했다. 엄청난 속도이다.

이 흐름으로 보아 당연히 프로위츠의 승리라고 생각했다. 나머지는 기세에 맡기고 마지막 내리막을 힘껏 내려가기만 하면 된다. 그렇게 되면 세계 랭킹 36위의 이른바 순위권 밖이었던 그가 멋지게 올림픽에서 금메달을 목에 걸게 된다. 완전 예상치 못한 결과이다.

그러나 얘기는 그리 간단하지 않다. 주립미술관 앞쯤에서 캐나다의 사이먼 휘트필드에게 추월당한다. 휘트필드는 프로위츠의 등 뒤에 딱 달라붙는다. 프로위츠는 그게 싫어서 도망가고 휘트필드는 쫓아간다. 프로위츠는 긴 내리막에서 스퍼트를 내, 휘트필드를 포기하게 한다. 격차는 점점 벌어져간다. 이제 이것으로 결정났구나.

그러나 내리막이 슬슬 끝나가는가 싶을 즈음, 프로위츠의 스퍼트에 더욱 박차를 가하는 듯한 속도로 휘트필드가 맹렬하게 뒤에서 따라붙었다. 마치 육식동물이 사냥물을 획득한 다른 육식동물을 뒤에서 덮치듯이.

마지막 마무리.

휘트필드는 오페라하우스로 들어가기 직전의 로터리 모퉁이에서 앞에 가는 프로위츠를 날카로운 면도칼로 살을 베듯이 스윽 지나갔다. 다리 힘의 기어를 바꾸어, 단번에 승부를 건 것이다. 절묘한 포인트다. 그리고 여력을 남겨서 선두로 골인한다. 프코위츠는 추월당한 순간 완전히 숨통이 끊겼다. 이만큼 계산대로 잘된다면 그건 기분이 좋을 것이다. 휘트필드의 10킬로미터 기록은 30분 54초로 참으로 훌륭했다. 달리기에 들어간 뒤 무려 스물세 명이나 제쳤다. 참고로 프코위츠의 달리기 기록은 31분 9초. 그 사이에는 15초의 차이가 있다.

휘트필드는 힘껏 뛰어오르며 결승선을 가르더니, 결승 테이프를 두 손으로 움켜쥐고 땅바닥을 힘껏 내리치며 기쁨을 표현했다. '어떠냐, 봤느냐, 빌어먹을!' 하는 느낌이었다. 선수들은 올림픽이 아닌 육상 경기에서 이렇게 기뻐하지 않는다.

프코위츠는 아쉽게도 2위로 끝났지만, 그래도 그로서는 예상 밖의 성적이다. 휘트필드에게 추월당한 순간 깨끗이 패배를 인정하고, 결승선 바로 앞에서 미칠 듯이 기뻐했다. 저러다 결승선 통과하는 것을 잊어버리지 않을까 걱정했을 정도이다. 어지간히 기뻤던 게다. 올림픽에는 늘 복병이 있다. 그곳에서 벌어지는 레이스에는 보유 기록이나 경력만으로는 잴 수 없는 특별한 힘이 작용한다. 그 힘을 자신의 것으로 하려면 특별한 바람을 감쌀 특별한 돛이 필요하다. 철인3종 경기도 처음으로 올림픽에 등장했지만, 그건 마찬가지였다.

철인3종 경기는 기록을 문제로 하지 않아서 후방과의 차이가 크게 벌어질 때는 전력 질주로 골인하지 않는다. 괜한 소모를 피해 걸어서 골인하는 일도 적지 않다. 물론 체력을 다 썼다는 말이기도 하지만, 그보다는 오히려 자신의 몸을 보호하고 불필요한 부담을 주지 않겠다는 합리적인 정신이 있다. 부담은 어디까지나 '주어야 할 때'

준다. 그래서 도중에 포기하는 선수도 많다. 오늘은 더는 승산이 없다고 생각하면 일찌감치 포기하고, 다음 승부에 대비한다는 것이 서킷에서 승부를 치르는 철인3종 경기 선수들의 사고방식이자 생리이다.

그런 면에서는 철인3종 경기 선수들의 정신력은 육상 선수와 많이 다를지도 모른다. 이를테면 마라톤 선수가 '이번에는 글렀으니 적당한 데에서 포기하자' 이런다면, (특히 일본에서는) 아마 여론의 비판이 쏟아질 게 분명하다. 저 녀석은 불성실해, 정신상태가 글렀어, 하고. 그러나 철인3종 경기 선수의 눈으로 보면, 상위에 들어갈 가망이 없는 레이스에서 몸을 다치거나 축나게 하는 것은 장기적으로 보면 무의미하면서 생각 없는 행동이다. 오히려 그 자리는 일단 포기하고, 다음 경기에 대비한다. 분함은 다음 레이스 때 활력으로 활용한다. 그것이 철인3종 경기에서의 정론이다.

뒤에 오는 선수와의 차이가 충분히 벌어진 걸 확인한 뒤, 결승선 앞에서 달리는 걸 중단하고, 응원하는 관객과 같이 즐기는 장면이 이번 올림픽에서도 종종 보였다. 그런 태평스러운 짓을 하는 경기는 또 없을 것이다.

그건 그것대로 나쁘지 않을 것 같다. 어차피 장기전의 힘든 게임이니 마지막 정도는 즐겨도 좋지 않은가. 일단 승부가 결정됐으니, 다음은 스포츠를 마음껏 즐기는 게 좋다고 생각한다.

그런 의미에서 골인과 동시에 비틀비틀 쓰러진 니와타와 히라오는 조금 가여웠다. 사십 명 정도의 여자선수가 골인했지만, 내가 봤을 때 골인한 뒤 쓰러진 사람은 별로 없었다(금메달을 놓치고 낙담해서 주저앉은 미켈리 존스 빼고). 물론 그만큼 열심히 했다는 말이니, 나도 보면서 감동했고, 철인3종 경기가 '즐기면 그만'이라는 편한 스포츠가 아니란 것은 잘 알고 있다. 그렇지만 조금이어도 좋으니, 아니, 기분상이어도 좋으니 어깨의 힘을 빼고 게임 그 자체를 즐겨주었으면 하는 생각도 든다. 말이 쉽지, 그게 무리한 주문이란 건 잘 알고 있지만.

일본 선수 두 명은 자전거 후반에서 뒤로 처져, 달리기에서도 따라붙지 못했다. 오바라는 자전거에서 한때 선두에 나서며 적극적인 레이스를 보였지만, 도중에 힘이 다했다. 아니, 다른 선수들이 각자의 '스위트 스폿'에서 힘껏 파워를 발휘하는 모습이 너무나도 대단했다. 여자 철인3종 경기도 그랬지만, 강펀치들끼리 맨주먹으로 격렬하게 치고받는 것 같았다.

오바라는 21위. 선두와의 차이는 2분 6초.

후쿠이는 36위. 선두와의 차이는 3분 41초.

결과적으로는 역시 자전거에서 따라잡지 못한 게 타격이 컸다. 만약에 마지막까지 따라갔다고 해도 그걸로 한계였을 것이다. 이것은 여자도 남자도 마찬가지. 오르막 내리막이 많은 코스를 여섯 바퀴 돌고, 심한 기싸움에 녹초가 됐다. 세계의 벽은 아직도 높다.

니시우치는 예상 밖으로 늦었다. 끝에서 세번째로 골인했다. 연습때는 좋은 결과를 냈는데, 그리고 훌륭한 신체 조건에도, 막상 경기때는 제 실력을 내지 못하는 일이 많다. 이번에는, 하고 기대했는데유감이다. 무언가 문제가 생겼던 걸까. 그렇게밖에 생각할 수 없다.

일본 대 미국전 야구

대회장을 뒤로하고, 서큘러 키에서 전철을 타고 급히 올림픽 공원으로 향했다. 일본과 미국의 야구 경기를 보기 위해서다. 구장에 도착한 것은 1시가 지나서였다. 약 1시간 걸렸다. 도착했을 때는 3회말. 예상대로 마쓰자카가 던지고 있었다. 0대0. 그림으로 그린 듯한 투수전이다. 기자석이 비어 있어서 앉았다. 매점에서 핫도그를 사와서 먹었는데 별로 맛이 없다. 차가운 데다 빵도 푸석푸석하다. 요전에 다른 매점에서 사먹은 핫도그가 훨씬 맛있다. 앞으로는 야구장 핫도그는 먹지 말아야지.

오늘 마쓰자카는 컨디션이 좋아 보였다. 공이 살아 있다. 마운드에 서 있는 것만으로 권위가 있는 듯했다. 어딘지 모르게 전성기의 에나쓰와 분위기가 비슷했다. 에나쓰는 더 번쩍거렸지만, 뭐 번쩍거리는 것이 에나쓰의 존재 의의 같은 것이니 비교할 게 아니지만. 마쓰자카에게는 마쓰자카 나름의 차분함과 배짱이 있다. 쌍안경으로 포동포동한 얼굴을 보기 전에는 도저히 스무 살로 보이지 않는다.

0대0의 투수전이 그대로 7회 초까지 이어졌다. 미국 투수(이름은 시츠)도 거침없이 공을 던지는 좋은 투수로 어느 쪽의 공격 때나, 백스탠드로 날아가는 파울이 많다. 둘 다 공이 살아 있다. 백네트가 낮은 곳까지밖에 없다 보니 강한 기세의 파울 공이 '쉬익' 하는 날카로운 소리를 내면서 바로 관중석을 덮친다. 그런 곳에 앉아 있으니, 도저히 마음 편히 있을 수 없다. 잠시라도 딴생각에 잠겼다간 목숨이 위태롭겠다.

미국이 먼저 2점을 올렸다. 3루타와 안타에 실책까지 얻고. 미국은 주자가 1루에 나가면 일단 뛰고 보는데, 뛴다는 것을 알아도 2루수가 저지하질 못한다. 물론 의식적으로 발이 빠른 선수를 모아놓고, 그런 경기 스타일의 팀을 만들었겠지만, 아무리 그래도 포수인 스즈키 후미히로를 갖고 놀고 있다. 황급히 2루에 던졌다가 폭투가 되어, 3루까지 진루하게 할 때도 있었다. 역시 실전에서의 경험 부족은 부정할 수 없다. 후루타가 있었더라면. 후루타라면 아마 반은 아웃시켰을 테고, 반이 아웃당하면 도루를 시도하기 어려워진다. 그러나 그런 말을 하기 시작하면 팀 전원이 일류 프로 선수여야 할 테고, 그러면 올림픽의 의미가 없을 것이다.

9회에 행운의 점수를 올려서 동점이 됐다. 나카무라 노리히로가 안타로 출루하고, 빗맞은 내야 땅볼이 두 개 잇따라 안타가 된 데에다 악송구까지 보태서 1점을 올렸다. 물론 연장전이 돼서 다행이었지만, 상대 투수가 불쌍했다. 단지 운이 좋았을 뿐이다. 화재 현장에서 지갑을 주운 거나 마찬가지이다. 일본 타자는 힘이 없다. 미국 마이너리그 투수의 구력에 깨끗이 졌다.

시합이 연장전에 들어간 뒤로는 아마 오늘은 일본이 지겠구나 하고 포기했다. 시합 전개로 보아 힘 있는 타자의 한 방이 승부를 결정할 테고, 한 방을 친다면 미국 선수일 테니. 일본 벤치에는 한 방을 칠 수 있는 선수가 이제 남아 있지 않았다. 이미 마쓰나카도 나카무라도 쑥 들어가버렸다. 이 둘이 없으면 타선에 파괴력이 상실된다.

예선이니 승패는 치명적인 문제가 아니다. 그러나 마쓰자카에게 130개 이상의 공을 던지게 한 데는 고개가 갸웃거려졌다.

아직 앞으로가 기니까, 9회 말을 마치고 패가 없는 시점에서 교체해도 좋지 않았을까. 반대로 구원으로 나온 스기우치 도시야 투수는 너무 일찍 불러냈다. 그의 투구 내용은 확실히 좋았지만, 정신적으로 부담이 크다. 그렇게 집중력이 지속될 리 없고, 집중력이 떨어지면 한 방 먹을 것은 눈에 훤히 보인다. 결국 끝내기 홈런을 맞아서 안쓰러웠다. 두 회라면, 두 회라고 딱 정해서 교대해주었더라면 좋았을 텐데. 그런 의미에서는 감독의 지휘가 이해가 잘 가지 않았다. 예선에서 떨어지면 책임론이 대두되니, 어떡하든 한 게임은 이기고 싶은 마음이었던 걸까? 나중에 결과론으로 힐난하는 건 간단하지만, 그런데 보고 있는 동안에도 그렇게 생각했는걸.

연장 13회까지 이어져서 보는 쪽은 좀 지쳤다. 투수전이어서 볼거리도 별로 없다. 파울 공만 많다. 그래서 긴장감 넘치는 좋은 시합이었지만, 도중에 자리를 뜨는 사람도 많았다. TV모니터가 달린 기자석에 앉아 있던 미국인 기자(흑인)는 도중에 지겨웠는지 러시아전 농구를 관람했다.

응원은 미국인보다 일본인 쪽이 훨씬 많았다. 일장기가 장내에 넘쳐났다. 그러나 뭐니 뭐니 해도 관객의 대다수는 주최국 오스트레일리아 사람으로 이 사람들은 약간 당황스러운 분위기로 관전했다. 규칙을 잘 모르는 사람을 위해 외야의 대형 화면에 규칙 설명이 적절히 나온다. 예를 들면 '내야플라이란 이런 것입니다' 하는 식으로. 병살타가 나오면 '지금은 병살타입니다' 하는 자막이 나온다.

아마 야구는 그리 인기가 없어서 입장권이 싸니, 일단 뭐든 올림픽 경기를 보고 싶은 사람들이 '뭐 규칙은 잘 모르지만 야구라도 볼까'

하고 온 것이리라. 아이를 데리고 온 아버지도 많았다. 그러나 오스트레일리아의 올림픽 야구팀이 생각보다 강해서, 야구 인기가 점점 올라갔다. 어쨌든 온 사람들은 모두 구장의 분위기를 즐기는 것 같았다.

7회를 마치자 어김없이 〈나를 야구장으로 데려가주오Take me out to the ball park〉가 연주됐다. 일본 팬들을 위해서는 사카모토 규의 〈행복하다면 손뼉을 치자幸せなら手をたたこう〉가 오르간으로 연주되고, 모두가 손뼉을 짝짝 쳤다. 물론 오스트레일리아 사람도 손뼉을 쳤다. 관중석에서는 파도타기도 했다(목적을 잘 알 수 없지만).

주간경기, 초록색 잔디, 작은 새

그러나 시합 이상으로 훌륭했던 것은 구장 그 자체로, 정말로 귀여운 구장이었다. 먼저 규모가 작다. 너무 크지 않다. 수용 인원은 약 일만 오천 명 정도로, 물론 비할 데가 아니지만, 최근 새로 생긴 거대구장에 흔히 있는 로마의 콜로세움 같은 어마어마함이 없다. 관중석 경사가 완만해서 부드러운 분위기이다. 필드는 천연 잔디. 외야석도 잔디이다.˙ 게다가 주간경기이다. 주간경기, 좋구나. 야구란 이래야지.

화장실과 매점도 장내에 넉넉히 있어서 일일이 줄을 서지 않아도 된다. 맥주나 간단한 칵테일을 마실 수 있는 바도 있다. 의자도 널찍하다. 올림픽이니 당연한 일이지만, 화려한 광고도 없다. 장내 아나

이 구장의 천연 잔디가 이렇게 아름다운 데는 그만한 이유가 있다. 이 야구장은 최근 2년간 가축 품평회 회장으로 사용되었다. 그래서 토양에 소와 말의 똥이 듬뿍 스며들어 있다.

운서도 필요한 정보만 방송한다. 요란한 응원도 없다. 그저 야구선수가 야구를 하고, 그걸 보면서 모두 우아 하고 응원할 뿐.

이런 구장이 일본에 있다면 매일이라도 가고 싶다. 신기하다. 일본에서 이제 거의 없어진 '원래 이래야 할 야구장'이 오스트레일리아에 있다니.

초록색 천연 잔디 위에 어디에선가 새가 내려와서 사색에 잠긴 듯 좌익수 옆을 걸어간다. 작은 구름의 그림자가 오른쪽 날개에서 왼쪽 날개로 한가로이 지나간다. '그래그래, 이래야지' 하고 또 생각한다. 언제부터 이렇게 돼버린 걸까? 언제부터 야구장이 강요하듯 하이테크파크처럼 돼버린 걸까?

시드니 시내로 돌아와서 호텔 근처 펍에서 명물 기네스 파이를 먹었다. 물론 시원한 생맥주를 마셨다. 파이는 아주 맛있다. 밤에는 방에 틀어박혀서 열심히 원고를 썼다(그렇다, 이 원고). 하루하루 그날 안에 꼼꼼히 다 써놓지 않으면 무슨 일이 있었는지 잊어버린다. 하룻밤 자고 나면, 전날 기억은 35퍼센트까지 잃어버린다고 전문가가 얘기했다……라는 건 거짓말이고, 내가 날조한 설이다. 하지만 어쩌면 정말일지도.

원래 이래야 할 야구장

전쟁이 끝나고

2000년 9월 18일 월요일 현지 조간에 어제 축구 결과가 실렸다. 일본은 슬로바키아에 2대1로 이겼다. 그럭저럭 타당한 결과였던 것 같다. 나카타가 첫 골을 넣었다. 문제는 브라질이 남아프리카에 져서, 이야기가 골치 아파졌다. 만약 브라질이 이겼으면 결승 진출은 일본과 브라질로 어젯밤에 간단히 결정됐을 것이다. 그러나 이 예상 밖의 사건으로 예정이 완전히 틀어져버렸다. 일본이 결승에 진출하기 위해서는 브라질전에서 이기거나 비겨야 할 필요가 있다. 지게 되면 남아프리카가 슬로바키아와 무승부가 되거나 져야 한다. 그러고도 브라질이 일본과 비기면, 브라질은 결승에 진출할 수 없게 된다. 만약 그렇게 된다면 브라질 선수는 무사하고 평화롭게 고향에 돌아가지 못할 것이다. 그렇게 되면 21일 밤 일본 대 브라질전은 상당히 긴박한 시합이 되리라 예상된다.

　나와 야 군은 이 시합을 보기 위해 렌터카를 운전해서 브리즈번까

지 가기로 했다. 거리는 약 1000킬로미터. 1000킬로미터라고 하면, 도쿄에서 기타규슈의 모처까지 거리다. 물론 꼬박 하루가 걸린다. 어째서 그런 무모한 짓을 생각했느냐고? 내가 유별난 것을 좋아해서이다. 그리고 오스트레일리아가 얼마나 넓은 나라인지 내 눈으로 확인해보고 싶어서이다. 비행기로 이동하면 공항밖에 관찰할 수 없다.

신문에서 남자 철인3종 경기 기사를 읽었다. 아주 조그맣게 다룬 기사이다. 오스트레일리아는 철인3종에서 남녀 합해서 적어도 세 개쯤은 메달을 딸 생각이었는데, 결과적으로는 은메달 한 개여서 상당히 김이 빠진 것이다. 게다가 이안 소프를 중심으로 오스트레일리아 수영팀이 파죽지세로 메달을 마구 땄다. 덕분에 철인3종 따위 완전히 지워져버렸다.

기사에 따르면 우승한 캐나다의 사이먼 휘트필드는 완전히 예상외의 선수였다. 실제로 그는 지금까지 전적을 봐도, 국제대회에서 우승한 적이 한 번도 없다. 세계 랭킹은 13위지만, 인상에 남을 만한 압도적인 강함을 보인 적도 없다. 그래서 캐나다 신문사는 철인3종 경기에 기자를 한 명도 보내지 않았다. 다들 메달 가능성이 있는 사격 경기 쪽으로 돌린 것이다. 보트 경기에 출장했던 같은 캐나다 선수인 헨리 헤링은 휘트필드와 친했지만, 그의 우승 소식을 듣고 말문이 막혔다.

"네에, 사이먼이? ……거짓말."

휘트필드는 캐나다 출신이지만, 할머니는 오스트레일리아 사람으로 이중 국적을 갖고 있어 오스트레일리아 대학에서 공부했다. "나는 캐나다인이라는 사실에 큰 긍지를 갖고 있지만, 내 속의 큰 부분은 오스트레일리아의 것이기도 하다"라고 그는 말한다.

지금까지의 기록으로 보면 휘트필드보다 우위였던 오스트레일리아의 크레이그 월튼과 마일스 스튜어트는 휘트필드의 달리기 속도를 따라가지 못했다. "오스트레일리아를 위해서 더욱 힘을 냈더라면 하는 생각이 든다, 그러나 틀림없이 그게 내 능력의 한계였다"라고 스튜어트는 담담히 얘기했다.

또 한 사람의 오스트레일리아 선수 피터 로버트슨은 달리기 전문가였지만, 수영에서 실패했다. 바다에서 올라올 때의 순위는 42위로, 그 예상 밖의 기록을 되찾느라 자전거에서 힘을 너무 많이 써서 컨디션 조절에 실패했다. 자전거에서 내렸을 때 다리에는 이미 평소의 힘이 남아 있지 않았다.

미켈리 때도 생각한 것이지만, 철인3종 경기 전개가 미묘하게 변질되기 시작했을지도 모른다. 그 키워드는 아마 '무례한 파워'다. 맥마흔과 휘트필드가 이틀 연속 우리에게 보여준 것은 '무례한 파워'의 통쾌한 재미였다. 그런 의미에서 올림픽의 철인3종 경기는 수준이 높았고, 손에 땀을 쥐게 했으며, 보는 보람이 있었다.

오전 11시부터 철인3종 선수 회견이 열렸다. 선수 한 명 한 명에게 인터뷰를 할 수 있다. 일단 니와타와 니시우치의 얘기를 들었다. 전체 성적이 별로 좋지 않아서 취재장은 비교적 한산했다. 선수들도 민망한 것 같았다. 나로서는 물론 느긋하게 얘기를 들을 수 있어서 고맙지만, 그래도 역시 선수들은 딱했다.

일단 니와타에게 얘기를 듣는다. 그러나 바로 옆에 일본 철인3종 협회 관계자가 서 있다. 그래서는 솔직한 얘기를 들을 수 없다. 마라톤 선수를 취재할 때도 그런 일은 없었다. 선수도 긴장을 풀지 못할 텐데. 전체적으로 좀더 편안하게 해도 좋지 않을까 싶지만.

니와타 선수의 이야기.

"수영은 순조로웠지만 자전거로 옮긴 뒤로 제 레이스를 찾지 못했습니다. 선두 그룹에는 들어갔지만, 앞쪽으로 치고 나가서 적극적으로 레이스를 이끄는 것까지는 무리였습니다. 따라가는 게 고작이었으니까요."

니와타 씨는 의도적으로 선두 그룹 뒤를 쫓아서 자전거에서 괜한 체력 소모를 피하려는 의도인 줄 알았습니다만.

"아닙니다. 도중에 꽤 냉정하게 자신을 바라볼 수 있었습니다. 이번에는 틀렸다고. 몇 번이고 앞쪽으로 들어가려고 시도했지만, 무리였습니다. 도저히 거기까지 갈 힘이 없었어요. 도로가 좁아졌다가 넓어졌다가 하는 곳이 있는데, 그곳에서 도로에 맞춰 앞에 가는 그룹이 자극을 하는 겁니다. 앞으로 나와서 흔들기도 하고. 그런 식으로 다른 사람의 페이스에 말렸던 부분이 있습니다. 힘이 있을 때 그런 건 아무것도 아닌 언덕이지만, 한번 다리가 풀려버리면 정말로 고통스럽습니다. 어떡하든 다리를 앞으로 뻗어야 한다는 생각밖에 머리에 없었습니다. 발을 찰 힘조차 나지 않았습니다. 섣불리 찼다가는 그대로 다리에 경련이 일 것 같았습니다. 무릎 뒤쪽에요. 경련이 일면 그걸로 끝이고."

연습을 너무 많이 한 것은 아니었습니까?

"그건 아닙니다. 보통 저는 연습을 지나치게 많이 하는 편인데, 주위에서 '그만해, 그만해' 하고 말려주었습니다. 그러니 피킹운동 선수가 경기 당일, 최상의 상태가 되도록 조정하는 일 조정에 실패한 건 아닙니다."

니시우치 선수의 이야기.

"저는 이번에는 단번에 상위권에 들어가거나 아니면 아예 포기하거나 둘 중 하나에 걸었습니다. 어중간한 위치에 있기보다는 모 아니면 도로 해보자고. 그래서 그만큼 힘들게 온 힘을 다해 연습했습니다. 이런 국제대회에 나갈 기회는 좀처럼 없으니, 조정이네 피킹이네 그런 건 생각하지 말고 어쨌든 힘껏 해보자고. 제 몸도 아직 잘 모르고, 게다가 도전자이니까요. 그래서 뭐가 어찌됐든 점점 속도를 높였습니다. 결과적으로는 망했지만, 그래도 후회는 없습니다. 물론 분합니다만."

6월의 홋카이도 시베쓰에서 연습할 때도 상당히 잘 뛰었던 것 같은데, 그뒤로 기록을 더 올렸습니까?

"네, 그뒤로 달리기 기록은 더 올렸습니다. 그래서 저도 해볼 만하

다고 생각했습니다. 그런데 결국 경기에서는 온 힘을 다 쏟아낼 수 있는 단계까지 가지 못했습니다. 수영 출발선에 섰을 때 이미 다리에 쥐가 났습니다. 저는 원래 다리에 쥐가 잘 납니다. 너무 긴장한 탓일지도 모르고, 추위에 약한 체질 탓도 있습니다만, 그보다는 압박감이 컸다고 생각합니다."

긴장을 잘하는군요.

"경기 전에는 꽤 편하게 있었는데, 출발선에 서니 머릿속이 새하얘졌습니다. 물에 뛰어든 뒤에도 다리에 쥐가 나서 제대로 발차기도 하지 못했습니다. 상반신 중심으로 헤엄쳤어요. 그때 무리한 게 나중에 꽤 타격이 오더군요. 쥐가 나면 발뒤꿈치에서 점점 위로 올라옵니다. 종아리에서 허벅지로 올라옵니다. 쥐가 났던 적은 있습니다만, 뛰어들기 전부터 쥐가 난 건 이번이 처음입니다. 저는 경험이 적어서 역시 오바라 씨에 비하면 실전에서 너무 배짱이 없었던 건지도 모르겠습니다.

다리에 쥐가 나니 자전거를 타고도 첫 오르막을 밟을 수 없었습니다. 수영에서 나올 때는 선두 그룹이었습니다만, 도저히 따라가지 못해서 두번째 그룹으로 떨어지고, 거기서도 견디지 못해 세번째 그룹으로 떨어지고, 거기서도 붙어 있지 못하고…… 두번째 바퀴째 겨우 회복하기 시작해서 간신히 마지막 그룹에 멈출 수 있었습니다. 그런데 그곳에서 만회를 시도할 여유가 없더군요.

달리기는 힘들었습니다. 40분쯤 걸리지 않았을까 생각했는데, 실제로는 34분대였습니다. 그 정도로 힘들었습니다. 어쨌든 원래 31분대로 갈 생각이었는데, 완전 무리였습니다. 이번 경기에서도 11위까지는 모두 31분대로 갔으니까요.

    그런데 이런 큰 대회에 나오게 되어 나름대로 배짱은 생겼습니다. 일본에서 열린 대회와는 전혀 다르더군요. 이번에는 어쩔 수 없었다고 생각합니다. 이번 경험이 다음 아테네 대회를 위한 발판이 되도록 하겠습니다. 저는 이번 올림픽 합숙이 8년이라는 세월을 통한 조정이었다고 생각합니다. 다음에는 메달을 노릴 수 있는 순위까지 반드시 실력을 향상시키겠습니다.”

    시베쓰 합숙 때, 니시우치 군의 대단한 신체 능력에 놀랐습니다. 이번 경기에도 혹시 하고 기대했습니다만.

    “순위는 끝에서 세번째로 부끄러운 성적입니다. 그러나 차라리 잘됐다고 생각합니다. 어중간한 순위인 것보다 오히려 후련합니다. 일주일 뒤 니가타 무라카미 철인3종 경기에 나갑니다. 심기일전하여 노력하겠습니다.”•

    보도 자료에는 ‘취미는 명상과 쇼핑’이라고 쓰여 있는데, 정말로 선禪을 하나요?

    “전혀 하지 않습니다. 그런데 보시다시피 머리가 이래서(하고 빡빡 깎은 머리를 쓰다듬는다), 그렇게 말하면 멋있을까 해서요. 하하하.”(이상한 녀석이다.) “그런데 쇼핑은 좋아합니다. 쇼핑이라고 해도 거의 슈퍼마켓입니다만. 하하하.”(정말 이상한 녀석이다.)

    니시우치는 약간 독특했다. 연습 때는 대단한 기록을 내지만, 정작 본경기에서는 때로 꿔다놓은 보릿자루 같아진다. 감독은 ‘니시우치의 약점은 체력과 자전거’라고 하지만, 이 과하게 화끈한 성격도 약

 니시우치는 이 아시아컵 무라카미 대회에서 보란 듯이 우승했다.

점에 들어갈지 모른다. 같은 회사 선배인 오바라처럼 승부에 대한 집착이 아직 몸에 배지 않은 것이리라.

일본 철인3종협회 Y 씨의 이야기.

"오바라 군은 잘해주었습니다. 후쿠이 군도 대표로 뽑힌 지 두 달 동안에 이만큼 조정을 잘 해주었다고 생각합니다. 니시우치 군은 1년 사이 쑥쑥 성장한 사람이어서 나름대로의 피로와 압박감이 컸을 겁니다. 여자선수의 경우는 사고가 있어서 유감이었지만, 뭐 이건 어쩔 수 없겠죠. 철인3종이란 게 그런 경기니까요.

다만 2그룹을 이끌던 몽고메리나 오하타, 호소야가 전복한 것이 컸습니다. 그 둘이 중심이 되어 2그룹을 잘 이끌어 승부를 냈더라면 히라오한테도 기회가 있었을 겁니다.

니와타는 잘해주었지만, 솔직히 말해서 순위는 별로 마음에 들지 않습니다. 그보다 위로 가야 하는데, 역시 세계의 벽이 높습니다. 거기서 분발하여 순위를 올린다 해도 고작 한두 단계이겠지요. 부상에서 회복해서 니와타 나름대로 분발했다고 생각합니다.

제대로 힘도 못 쓰고 끝난 것은 나머지 두 명이죠. 호소야는 완주를 못 했으니 말할 것도 없습니다만, 히라오도 왜 이렇게 됐나 싶습니다. 분하죠. 어째서 그렇게 됐는지 원인은 앞으로 찾아가야 합니다."

코스 설정이 일본인 선수에게는 힘들었던 게 아닐까요?

"그러나 이곳에서는 지금까지 몇 번이고 했으니까요. 이제 와서 코스가 어쩌고란 말은 할 수 없죠."(약간 퉁명스럽다.)

자전거 사고로 부상을 입은 호소야 선수는 나오지 않았다. 경기

전의 떠들썩하던 분위기는 없다. 그러나 선수들의 표정은 오히려 시원스러워 보인다. 이것으로 드디어 끝났다는 안도감 같은 것이 떠돈다. 결과야 어쨌건 이것으로 일단락됐으니, 재정비하여 앞으로 나가자고 하는 기분이 전해진다.

힘내세요. 응원합니다.

코클베이의 선박 박물관

코클베이까지 가서 점심을 먹었다. 소드피시 스테이크와 샐러드, 화이트와인. 아주 맛있다. 날마다 바빠서 대충 정크푸드만 먹게 된다. 그래서 시간이 있을 때 되도록 알맹이 있는 식사를 해둬야 한다. 특히 채소가 부족하다.

그리고 근처에 있는 선박 박물관에 갔다. 1625년의 네덜란드선 바타비아 호의 비극적인 조난을 그린 영화를 상영하고 있어서 관람했다. 바타비아 호는 오스트레일리아 서해안 근처에서 좌초하여, 승무원은 보트를 타고 근처 섬으로 도망쳤다. 일부는 대륙으로도 건너갔다. 그들은 오스트레일리아 대륙의 대지를 밟은 최초의 유럽인이 됐다.

당시에는 아무도 오스트레일리아를 점령하지 않아서 대륙은 그대로 네덜란드령이 될 가능성도 있었다(실제로 한때는 대륙 전체가 뉴네덜란드로 불렸다). 그러나 네덜란드는 인도네시아 점령과 개발로 바빠서, 오스트레일리아에는 거의 관심도 갖지 않았다. 오스트레일리아의 북해안과 서해안만 보면 사막과 돌멩이뿐인 써먹을 데 없는 황무지로밖에 보이지 않았을 것이다. 개발하려고 해도 손을 댈 수가 없다. 그래서 캡틴 쿡이 와서 남해안의 비옥한 토지를 발견하기 전까지는 오스트레일리아 대륙은 방치되어 있었다.

이 바타비아 호의 진짜 비극은 실은 조난 후부터이지만, 얘기가 길어지니 생략. 컬트가 얽힌 엄청나게 피비린내나는 기묘한 이야기입니다.

이 선박 박물관에는 1913년에 오스트레일리아 해군이 처음으로 소유한 두 척의 잠수함 모형도 장식되어 있었다. 이들 잠수함은 간단히 AE1과 AE2라고 불렀다. 당시로서는 상당히 대형인 신예 잠수함으로 사관 세 명과 서른두 명의 해병이 탔다. 잠수함을 만든 것은 영국이지만, 갓 창설된 오스트레일리아 해군의 빛나는 긍지였다. 그런데 가엾게 잠수함은 둘 다 만든 지 2년도 되지 않아 허무하게 바다의 쓰레기로 사라져버렸다.

먼저 AE1이 뉴기니 해역에서 갑자기 소식이 끊겼다. 1914년 9월, 제1차세계대전이 시작된 직후의 일이다. 침몰한 이유는 아직도 잘 모른다.

한편 AE2는 불쌍한 자매 잠수함보다 훨씬 화려한 경력을 자랑한다. AE2는 오스트레일리아에서 저 먼 수에즈 운하를 넘어 지중해로 들어가 터키를 공격하기 위해 다르다넬스 해협을 돌파했다. 당시 이곳은 돌파 불가능이라고 했다. 해협은 좁고, 조류는 빠르고, 여기저기에 어뢰가 깔려 있어 잠수함을 저지하기 위해 그물망이 쳐 있었다. 그러나 AE2는 연합군 선박 중에서 처음으로 삼엄한 경계망을 뚫고 터키군의 심장부로 들어갔다.

그러나 그다음 전개가 나빴다. AE2는 몇 번이나 적함에게 어뢰 공격을 했지만, 이렇다 할 성과를 얻지 못하고 닷새 뒤에 독일·터키 연합군에게 발견되었다. 그러자 항행이 불가능하여 적군에게 포획되느니, 하고 폭약을 설치하여 스스로 침몰했다. 탈출한 승무원은 터키군 포로가 되어, 1918년 전쟁이 끝날 때까지 터키 수용소에서 보내게 된다. 1915년의 일이다.

　오스트레일리아 근처에 있는 남태평양 섬들은 당시 독일령이어서, 독일은 그곳에 군함을 배치했다. 그래서 오스트레일리아로서는 자국의 안전을 확보하기 위해 그쪽에 자국 해군을 보냈지만, 결국 영국의 요청으로 비장의 잠수함을 유럽 전선까지 보내게 됐다. 남의 일이지만 참 안됐다. 없는 예산을 융통하여 산 소중한 최신형 잠수함이었을 텐데.

　박물관 기념품점에서 이 두 척의 잠수함 운명에 관해 쓴 책을 샀다. 그리 큰 박물관은 아니지만, 인접한 부두에 진짜 배(범선부터 구축함까지)가 몇 척이나 떠 있고 실제로 타볼 수도 있었다. 배에 흥미가 있는 사람에게는 신나는 일일 것이다. 나는 별로 관심이 없어서 그저 그랬지만.

　오후가 되니 말도 못하게 더워져서 달링하버 쇼핑센터에 있는 남성용품 가게에서 반바지를 샀다. 청바지를 입고 다니니 더워서 견딜 수 없었다. 9월이면 남반구는 아직 초봄이어서 그리 덥지 않을 줄 알고, 반바지를 준비해오지 않았다. 너무 얕봤다.

　저녁 무렵, 근처 공원을 달렸다. 60분.

브리즈 번까지의 긴 여정

2000년 9월 19일 화요일 아침 6시에 기상. 7시 지나 호텔을 나왔다. 차는 허츠 렌터카에서 빌린 포드 팔콘(오스트레일리아에만 있는 차종이다). 엔진은 4000시시. 디자인은 최악, 내장도 말이 안 나올 정도로 너덜너덜. 그런데 막상 타보니 잘 달린다. 연비는 별로 좋지 않지만 마력이 좋다. 추월할 때도 안심하고 액셀을 밟을 수 있다. 꼼꼼하게 만들었다. 그야말로 실용적인 차.

다른 성능도 그럭저럭 무난해서 딱히 감탄할 것까진 없지만, 그렇다고 문제도 없다. 일본에 갖고 오면 거친 면이 두드러질지도 모르지만, 오스트레일리아에서 몰기에 부족함이 없다. 차를 타고 있다는 사실조차 잊어버릴 정도이다. 오스트레일리아 사람이 어떤 차를 선호하는지, 이 차를 타니 대충 파악이 됐다. 페라리를 타고 가다 캥거루가 도로에 갑자기 뛰어들어 부딪히기라도 하면, 환장할 노릇이겠지.

브리즈 번

시드 니

아침에는 근처 카페에서 햄치즈 샌드위치와 커피를 테이크아웃(여기 표현으로는 테이크어웨이)해서 차에서 먹었다. 렌터카 보험 수속을 하고 시드니를 빠져나온 게 대충 8시 정도였다. 2시간마다 운전을 교대하기로 했다. 먼저 야 군이 운전했다. 앞에서도 썼지만, 브리즈번까지는 약 1000킬로미터나 된다. 두 시간씩 해서 한 사람당 약 6시간은 운전하게 될 것이다. 날씨도 더운 날 온종일 운전을 하니 생각보다 체력 소모가 대단했다. 자신도 모르는 사이에 지쳐서 집중력이 떨어진다. 그래서 '정확히 2시간마다 교대하자'고 미리 정했다.

도롯가에도 '2시간 운전하면 잠시 쉬기'라든가 'stop, revive, survive차를 세우고 쉬면서 충전하여 안전을 지키자'라는 표지판이 서 있다. 아마 장시간 핸들을 잡고 있는 동안에 머리가 멍해져서, 사고를 일으키는 사람이 적지 않을 것이다. 풍경도 단조롭고.

날씨가 좋다. 구름 한 점 없다. 일기예보는 이번 주 초부터 흐릴 거라고 했지만, 어쩐지 빗나간 것 같다. 운전하기 좋은 날씨.

처음 풍경에 관해서는 딱히 얘기할 만한 것도 없다. 시드니 교외의 평범한 주택가를 지나 오로지 북쪽으로 달렸다. 도로는 1번 고속도로. 퍼시픽 고속도로라고 한다. 시드니와 브리즈번이라는 두 대도시를 잇는 간선도로인데, 도로도 훌륭해서 잘하면 해가 지기 전에 충분히 목적지에 도착할 수 있지 않을까 생각했다. 그런데 편도 이차선의 훌륭한 도로가 계속된 것은 처음 약간뿐, 시드니에서 멀어질수록 도로는 일차선의 '국도' 같아졌다. 게다가 시내를 지나가기 때문에 그때마다 속도가 제한된다. 신호는 거의 없지만(대신 곳곳에 로터리가 있다), 앞에 차가 느리게 가면 진행 속도는 뚝 떨어진다. 도중부터 '이거 좀 골치 아픈걸, 생각보다 시간이 걸릴 것 같아'라고 생각하기

브로콜리가 아니라 나무

시작했지만 이미 늦었다.

제한속도는 제대로 된 길에서는 110킬로미터, 편도 일차선에서는 100킬로미터, 마을을 빠져나갈 때는 60에서 80킬로미터이다.

사람들은 제한속도를 놀라울 정도로 잘 지켰다. 이렇게 넓디넓은 나라에서 속도를 더 내도 되지 않나 싶은데, 아무도 제한속도를 넘기지 않고 운전한다. 무서울 정도였다. 미국도 일본도(이탈리아는 말할 것도 없고), 다들 제한속도보다 20퍼센트는 더 속도를 내서 달리고, 그 정도 초과라면 경찰도 넘어가준다. 그런데 오스트레일리아는 그렇지 않았다. 캔버라까지 차로 몇 번 왕복한 가와타 씨는 "우리 카메라맨은 오스트레일리아에 오고 나서 벌써 네 번이나 속도위반으로 잡혔어요, 무라카미 씨도 주의하세요"라고 귀띔해주었다.

그러나 운전을 하다 보면 차는 적고 길은 곧으니, 그만 액셀을 밟아버리게 된다. 퍼뜩 정신을 차리고 보면 속도계 바늘이 130킬로미터를 가리키고 있다. '안 되지, 안 되지' 하고 황급히 속도를 줄인다. 이런 상황이 계속 반복된다. 속도를 조금 올린다고 누구한테 폐가 되는 것도 아니고, 애초에 〈매드맥스〉 같은 영화를 만든 건 너네잖아, 하고 욕이라도 하고 싶어진다.

시드니를 떠나, 드디어 사람이 없는 지역으로 들어갔다. 아무것도 없다. 그저 하염없이 숲이 펼쳐져 있을 뿐. 바다가 가까워서 강과 하천이 있고, 나무도 많다. 그러나 모두 시들한 수목으로, 슈퍼에서 팔다 남은 색이 변한 브로콜리 같았다. 절대 아름다운 초록색이 아니다. 오스트레일리아의 수목은 일반적으로 말해서 마지못해 자라는 것 같아 보인다. 자라고 싶지 않지만, 어쩌다 보니 여기 있어서 어쩔 수 없이 자라고 있다는 느낌이다. 와일드라이프파크에서 자고 있는 캥거루와 마찬가지.

10시 반에 운전을 교대. 12시 반에 포트매콰리라는 마을에 내려 점심을 먹는다. 시드니에서 380킬로미터 떨어진 지점이다. 도쿄에서 나고야쯤의 거리일까.

포트매콰리는 지금은 피서지이지만, 옛날에는 시드니의 죄수 중에서도 특별히 악질을 수감하는 시설이 있었던 곳이다. 책을 보면 마을 지하에는 비밀 터널을 파놓았다고 한다. 그 터널을 이용하여 죄수를 이동시켰다. 죄수를 지상으로 다니게 해서 일반 시민들이 불쾌한 기분이 들지 않게 하기 위해서다. 그런 목적으로 그렇게 대규모 터널을 파다니 발상이 대단하다.

지금은 예전의 흔적은 없고, 어디까지나 평화로운 해안의 피서지이다. 여름이 되면 관광객들로 붐비지만, 아직은 초봄이어서 한산하다. 가게는 일단 열려 있지만, 붐빌 정도는 아니다.

우리는 로열 호텔이라는 19세기풍 건물로 된 해변 리조트 호텔로 들어가, 바다가 보이는 테이블에서 식사를 했다. 먼저 굴을 주문했다. 알이 잘고 맛있다. '헤이스팅스 리버 오이스터'라고 되어 있었지만, 아마 담수에서 잡은 게 아니라 해수 하천에서 채취한 굴 같다.

나는 오징어튀김 샐러드와 빵을 먹었다. 야 군은 블루마운티라는 흰살 생선을 선택했다. 웨이터에게 생선 이름을 물으니, "오스트레일리아에서 잡히는 맛있는 고기"란다. 오호, 내가 먹은 오징어도 신선하고 맛있었다(가격은 13달러). 오스트레일리아 음식은 생선도 채소도 신선하고 맛있다. 가격도 싸다. 특히 사람이 많은 도시에서 떨어져, 해변의 신선한 공기를 마시면서 먹는 식사는 근사하다. 운전을 해야 해서 탄산수밖에 마시지 못했지만, 나도 야 군도 행복했다.

"이런 데서 한 일주일쯤 느긋하게 머물렀으면 좋겠네요." 야 군이 진심을 담아 말했다.

야 군은 식사를 마친 뒤 아이스크림 가게에 들러서 혼자 아이스크림을 먹었다. 단것을 좋아하는 것 같다. 나는 단것을 먹지 않아서 언제나 디저트는 건너뛰고(랄까 생각도 하지 않고) 레스토랑을 나와 버린다. 상대방에게 실례인가? 그렇지만 어쩔 수 없다. 여자친구하고 여행하는 게 아니니까.

코알라의 트라우마

관광 안내를 보니 이 마을에는 코알라 생식 밀도가 가장 높은 마을이라고 쓰여 있었다. 코알라 번식 센터가 있고, 코알라 전문 병원이 있다. 병원에는 항상 다쳤거나 병이 난 코알라 대여섯 마리가 입원해 있다고 한다. 우리는 잠시 망설인 끝에 코알라 번식 센터를 보러 가기로 했다.

"그런데 코알라 번식 센터에서는 무얼 하는 걸까요?" 야 군이 물었다.

"코알라에게 포르노라도 보여줘서 욕정을 느끼게 하는 거 아닐까?"

"설마요."

각자 '코알라는 어떤 종류의 포르노를 보고 욕정을 느낄까' 하고 말없이 상상했다. (도저히 상상이 안 된다. 알몸의 암컷 코알라? 에잇.)

그러나 코알라 번식 센터가 있는 코알라파크는 기대보다 별로였다. 그밖에도 여러 동물이 있는 본격적인 와일드라이프파크라고 해서 가보았지만, 동물은 거의 없었다. 왈라비를 몇 마리 풀어놓았는데 더워서인지 구석에 축 늘어져 있을 뿐 바닥에 누워서 자기 똥을 뺨에 묻히고 쿨쿨 자고 있다. 칠칠치 못한 녀석들이다.

몇 마리는 풀을 먹고 있다가 내가 다가가니 먹던 걸 멈추고, 엄청나게 기분 나쁜 눈길로 이쪽을 노려보았다. 신주쿠 골든 가 문단 바에서 낯선 손님이 들어올 때 카운터에 앉은 단골이 보내는 시선 같았다. 별로 상관하고 싶지 않아서 바로 코알라 센터를 나왔다.

코알라를 쓰다듬어주고 같이 사진도 찍을 수 있다고 광고했지만, 시간이 정해져 있었다. 10시 반과 1시 반과 3시 반에밖에 허락되지 않았다. 지금은 벌써 2시이다. 면회 시간이 지났다. 유감스럽지만 다음 시간을 기다릴 여유는 없었다.

코알라는 전부 여덟 마리 정도 있었다. 깨어 있는 녀석도 있지만, 대부분 점심 먹고 나서 바로 시작된 수학 시간에 공부 못 하는 고등학생처럼 멍청하게 있었다. 꾸벅꾸벅 졸면서 뿌직뿌직 똥을 싼다. 자든지 똥을 싸든지 하나만 하지. 옛날에 〈똥 싸고 자다〉라는 만화가 있었지만, 자면서 똥 싸는 건 좀 말지 말이다.

"그런데요, 코알라는 저래 보여도 트라우마가 생기기 쉽다고 하던데요." 야 군이 말했다.

옛날 오스트레일리아의 어느 지역에서 대규모 들불이 나서, 그 주변에 서식하던 코알라를 위해 구출 작전을 펼쳤다고 한다. 코알라는 자신의 서식지를 떠나는 게 싫어서 구출에 저항했다. 저항했다고 해도 그저 나무에 매달려 있었을 뿐이지만. 그래도 억지로 나무에서 떼어내어 안전한 곳으로 데려왔다. 그냥 두면 타 죽으니까(아마 마지막까지 유칼리를 먹거나 똥을 싸다가 자기도 모르게 불에 타 죽지 않았을까 하고 상상해보지만).

그런데 새로운 곳으로 데려온 코알라는 화재의 공포와 정든 서식지에서 강제로 옮겨진 충격으로 좀처럼 복귀하지 못했다고 한다.

"복귀하다니, 어디로?" 물었다.

"뭐, 정상적인 사회생활이겠죠."

"정상적인 사회생활이라는 게 자고, 이파리 먹고, 똥 싸고 하는 생활?"

"어, 뭐, 그런 거네요."

거기서 대화는 끝나고 짧은 침묵이 찾아왔다. 우리가 무슨 얘길 하는지 스스로도 잘 모른다. 코알라의 실물을 보고, 우리는 일종의 두서없는 체념에 지배당한 것 같다.

그렇게 코알라 번식 센터를 뒤로했다. 당연하지만, 코알라 대상의 포르노 잡지 같은 건 없었다. 내버려둬도 충분할 정도로 번식하겠지.

어째서 코알라는 그렇게 잘 자는 걸까? 궁금해서 책을 찾아보았습니다.

먼저 코알라가 날마다 먹는 유칼리 잎에 문제가 있습니다. 유칼리 잎에는 일종의 독소가 포함되어 있습니다. 벌레에 먹히지 않도록 자기방어를 하는 것입니다만, 그것을 코알라는 와그작와그작 먹으니 아무래도 졸음이 오겠지요. 그리고 유칼리 잎에는 많은 섬유질이 포함되어 있는데, 코알라는 스스로 소화하지 못합니다. 그래서 체내에 박테리아를 키워서 그걸로 섬유질을 분해합니다. 참 잘 만들어졌죠.

그런데 여기에도 문제가 있습니다. 그게 시간이 걸리는 겁니다. 박테리아가 그 일을 하는 동안, 코알라는 무거운 위를 안은 상태로 있어야 합니다. 소처럼 지상에서 사는 큰 동물이라면 몰라도, 코알라처럼 나무 위에서 생활하는 작은 동물에게는 상당히 부담스럽습니다. 체중이 늘어나면 민첩성이 떨어져서 가지에서 가지로 이동하기가 어려워지고, 자칫하면 떨어지기 십상입니다. 그래서 어느 정도 다이어트를 하지 않으면 살아갈 수 없습니다. 그렇게 되면 절대량의 영양이 줄 테니까, 행동을 최소한하여 에너지 소비를 줄일 필요가 있습니다. 그래서 코알라는 덜 움직이고 늘 쿨쿨 자는 겁니다. 늘어져 있는 데는 그만한 이유가 있었다. 무턱대고 심한 소리를 했구나. 코알라야, 미안.

그런데 코알라는 하루에 80퍼센트를 수면으로 보낸다고 합니다. 아무리 그래도, 라고는 생각하지만 어쩔 수 없겠지요.

코알라에 관한 또 다른 정보. 앞에서도 썼지만, 유칼리 잎에는 독성이 포함되어 있다. 코알라의 간에는 그 독을 중화시키는 분비액이 나오는데 너무 많이 나오면 그만큼 귀중한 에너지가 소비된다. 그래서 코알라는 되도록 독소가 적은 어린잎만 먹는다. 제법 잘 선별해서 먹는데, 그건 미식가여서가 아니라 몸을 지키기 위해서이다. 이해해 주시길. 태평스러워 보여도 코알라의 삶은 참 복잡하다.

 그래서 일본 동물원에서는 코알라를 사육하기가 아주 어렵다. 신선한 유칼리 어린잎을 날마다 오스트레일리아에서 공수해와야 하기 때문이다. 그렇다 보니 코알라를 보려면 역시 오스트레일리아 현지까지 가야 하고, 그래서 오스트레일리아 관광산업이 윤택해진다.

코알라는 하염없이 늘어져 있는 듯 보여도 실제로는 아주 활동적인 생활을 하고 있다. 코알라는 대체로 3-4헥타르 되는 영역을 보유한 채, 유칼리 잎을 찾아 이동한다. 그중에는 3킬로미터나 이동했다는 기록도 있다. 흐음, 그렇게 보여도 활발하구나. 참고로 코알라는 생의 대부분을 나무 위에서 보낸다. 가끔 땅에 내려올 때가 있지만, 그건 나무에서 나무로 이동할 때뿐이다.

문헌을 뒤져 이런 조사를 하다 보니, 코알라의 사정을 완전히 빠삭하게 알게 됐다. 코알라 박사라고 불려도 될 정도이다.

와이너리에서 시음하다

코알라 센터에서 몇 킬로미터 떨어진 곳에 와이너리를 발견하고 잠깐 들렀다. 이렇게 자꾸 샛길로 빠지면 브리즈번에 도착하는 시간이 점점 늦어져버리겠지만, 모처럼 1000킬로미터나 여행하는데 샛길로 새는 맛도 있어야지 아니면 보람이 없다.

와이너리의 이름은 '카세그렌'. 소재지는 헤이스팅스 리버이다. 나는 여기서 다섯 종류의 와인을 맛보았다. 1999년이나 1998년산 와인은 연해서 별로 맛이 없었다. 혀에 맛이 남는다. '이건 좀' 하는 얼굴을 하고 있으니, 1997년산 카베르네 메를로를 권해주었다. 나쁘지 않았다. 가격을 물으니 17달러 정도여서 두 병을 샀다. 이런 게 1,000엔 정도라면 그야말로 부담이 없지. '그리 나쁘지 않은데' 하고 평소에 즐겨 마실 수 있는 급의 와인이다. 이 정도 와인은 사두면 여러모로 편리하다. 굳이 일본까지 사 갖고 갈 정도의 것은 아닐지 모르지만.

2시 반에 출발. 어영부영 2시간이나 샛길로 새버렸다.

이 일대에서부터 수목의 키가 서서히 작아지고, 대지는 불에 탄
색이 됐다. 곳곳에 목장이 있다. 있는 것은 대부분 소. 이따금 말. 도
로 여기저기에 왈라비 같은 것이 죽어 있다. 왈라비일 거라고 짐작
만 할 뿐, 이미 빨갛게 갈린 고깃덩어리가 되어 있어서 원형은 알 수
없었다.

부시 파이어를 만나다

울굴가(〈세서미 스트리트〉에 나오는 캐릭터 이름 같다)에서 운전
을 교대하여, 내가 운전할 차례. 그래프턴으로 향했다. 한참 가니 저
앞쪽에 뭉게뭉게 보라색 연기가 피어오르는 것이 보였다. 하늘을 덮
고, 주위가 새까매지고, 해가 기묘한 세기말 같은 붉은색으로 변색할
정도의 맹렬한 구름이다. 대체 무슨 일이 일어난 건가 하고 가까이
가보니 산불이었다. 도로 바로 옆까지 불길이 다가와 있다. 숲 전체
가 활활 탄다. 붉은 불길이 여기저기에서 대지를 핥고 있다. 가도 가
도 그런 광경이 이어졌다. 아마 10킬로미터 가까이 타고 있었을 것
같다. 상당히 대규모 산불이다.

그런데 사람들은 별로 당황하지도 겁먹지도 않은 것 같았다. 불이
활활 타오르는 저편에 주유소가 있었지만, '어디 불이 났수?' 하는
느낌으로 쿨하게 정상 영업을 하고 있고, 손님 쪽도 아주 태연하게

콧노래를 부르면서 기름을 넣고 있었다. 큰 트럭을 세워두고 옆의 매점에서 식사를 하는 운전기사도 있었다. 일본 같으면 당장 도로를 봉쇄하고, 주민은 대피했을 상황이다. TV톱뉴스로도 나올 것이다. 주유소 영업? 말도 안 된다.

무엇보다 소방차가 보이지 않는다. 한참 가다 보니 민망할 정도로 적은 숫자의 소방차가 몇 대 서 있었지만, 진지하게 소화 활동을 하는 것 같지 않았다. 물이란 게 거의 없으니(소화전은 아무 데도 없다), 작업을 할 수도 없다. 비행기에서 소화제를 뿌리는 수밖에 없을 텐데, 그런 것도 전혀 보이지 않는다.

"아무도 불이 난 걸 신경 쓰지 않는 것 같네요." 야 군이 말했다.

"그러게. 그렇지만 아주 큰 불인데."

"타려면 타봐라, 그러는 거 아닐까요. 화전농업처럼, 재가 비료가 된다거나 하다며."

"그런데 여기서 아무도 농사를 짓지 않잖아."

"글쎄, 잘 모르겠네요."

"모르겠군. 캘리포니아에서 운전하다 산불을 만난 적이 있는데, 그때는 난리도 아니었는데."

계속 운전을 하며 가고 있는데 순찰차가 경광등을 깜박이며 나를 쫓아왔다. 속도위반이다. 우리 차를 지나쳐서 좀더 가다가 유턴해서 이쪽으로 왔다. '위험한걸' 하고 생각하던 차에, 아니나 다를까 삐뽀 삐뽀 하고 경광등을 깜박이기 시작했다. 갓길에 차를 세웠다. 100킬로미터 제한인 곳에서 118킬로미터. 18킬로미터 초과. 제한속도 110킬로미터인 줄 알았는데……라고 해봐야 안 통한다. 어쩔 수 없다. 실제로 120은 달리고 있었으니. 그런데 맞은편 차선에서 스쳐지나기만 했는데 어떻게 그리 구체적인 숫자까지 나오는 거지?

벌금은 184달러. 엔으로 11,000엔 정도. 벌금 용지에 신용카드 번호를 적고 서명을 한 뒤, 우편으로 보내면 그걸로 끝. 경찰도 딱히 나를 나무라지 않았다. '돈만 내면 그걸로 됐어' 하는 태도이다. 경찰이라기보다 국세청 직원 같지만, 쓸데없는 소리 하지 않고 깔끔해서 좋다. 어떤 사람이 일본에서 속도위반으로 잡혀서 벌금 용지를 건네받자, "신용카드로 결제해도 됩니까?" 하고 물었다가 경찰한테 크게 혼이 났다는 얘기를 들었다. 이상하다. 신용카드든 뭐든 내기만 하면 되는 거 아닌가.

"그런데요. 아까 숲에 불이 난 걸 봤는데, 그건 와일드 파이어(들불)인가요?" 물어보았다.

"와일드 파이어?" 체격 좋은 경찰은 묘한 표정을 짓더니, 이윽고 빙그레 웃었다. "아, 맞아요. 와일드 파이어죠. 우린 부시 파이어라고 하지만요. 음, 벌써 3주째 계속 타고 있어요."

"3주나요? 그거 좀 큰일이지 않습니까?"

"음, 그렇게 큰일이라고도 할 수 없죠. 우리나라에서 그 정도 불은 뭐 일상다반사니까. 더 큰 불도 많이 나요."

경찰은 꽤 자랑스러운 듯이 미소를 지으면서 말했다. 그야말로 시골 아저씨 같은 느낌. 사람은 좋아 보이지만, 여차하면 그리고 기회가 있으면 피터 폰다 한두 명은 쏘아죽일지도 모른다. '너희 나라에서는 이렇게 큰 산불은 없지'라고 하고 싶어하는 입 모양이었다. 굉장한 곳에 왔구나 하고 새삼 감탄했다. 산불까지 자랑하다니, 이런 나라는 좀처럼 없을걸.

"여기서부터는 속도제한 최고 100킬로미터이니 조심해서 운전하세요." 경찰이 주의를 주었다.

편도 이차선의 이른바 고속도로는 한동안 나오지 않는다는 것이다. 설마 그런 시골길인 줄은 몰랐다. '퍼시픽 고속도로'라고 하면, 누구나 캘리포니아의 퍼시픽 코스트 고속도로를 떠올릴 테고, 그럼 당연히 멋진 도로일 거라고 생각하지 않습니까?

슈슈슈, 슈거타운

그다음은 딱히 얘기할 거리도 없다. 우리는 그저 운전만 계속했다. 해는 시시각각으로 서쪽으로 기울어갔다. 그러나 도로는 여전히 좁고, 마을을 지나가고, 순찰차가 무서워서 마음처럼 속도를 낼 수가 없다. 이따금 추월차선은 나오지만, 아주 이따금밖에 없고, 앞에 느릿느릿 가는 차가 있으면 막혀버린다. 속은 타지만, 속도를 낼 수 없다.《달려라, 메로스》같다.

그래프턴 마을을 지났을 때쯤부터 목장의 모습은 점점 없어지고, 도로 양쪽에 밭이 펼쳐졌다. 강이 많아지고 초록색도 짙어졌다. 밭의 대부분은 사탕수수 밭이다. 이 일대는 옛날부터 사탕수수 재배로 유명했다. 사탕수수는 관리하는 데 손이 많이 가서 요즘 선진국에서는 사탕수수 산업은 거의 타산이 안 맞는 상황이 돼버렸다. 이른바 '제3세계'의 낮은 가격에 눌려서 경쟁 자체가 되지 않는다. 한때는 엄청나게 번성했던 하와이에서도 사탕수수 산업은 대부분 죽어버렸다. 오스트레일리아에서는 아직 괜찮은 걸까?

한참 가다 보니 사탕수수 공장이 있는 작은 마을이 있었다. 나의 불안을 씻어내기라도 하듯이 굴뚝에 연기가 모락모락 올라간다. 트럭이 사탕수수를 안으로 옮기고 있다. 길가에 '슈거타운 엠포리엄'이라는 가게가 있었다. '슈거타운', 좋네. 오랜 옛날부터 설탕 정제를 해온 마을일 것이다. 그러고 보니 낸시 시나트라의 노래 중에 〈슈거타운〉이 있었지. 슈슈슈슈슈, 슈거타운, 조그맣게 흥얼거리면서 핸들을 잡았다.

기름 값은 시드니 교외 주유소에서는 1리터에 92센트였지만, 시드니에서 멀어질수록 값이 점점 올라갔다. 가장 비싼 곳에서는 102센트까지 나왔다. 그런데 브리즈번에 가까워질수록 마치 포물선을 그리듯이 다시 싸졌다. 그리고 마지막에는 또 92센트로 돌아왔다. 흠, 도시에서 멀어질수록 수송료가 올라가기 때문이겠지만, 아무리 그래도 후지 산에서 파는 콜라도 아니고 평지인데 그렇게까지 극단적으로 가격을 올릴 건 없지 않나. 수송 도중에 포악한 캥거루에게 습격당해 기름을 강탈당하는 일도 없을 텐데.

브리즈번에 도착할 때까지 세 번 주유했다. 출발할 때 50리터, 도중에 20리터, 마지막에 40리터. 연비가 나쁘다고 들었지만, 리터당 10킬로미터 가까이 달렸으니, 4000시시의 공룡 같은 몸체의 엔진치고는 훌륭했다.

목적지 브리즈번에 도착한 것은 시드니 시간으로 10시에 가까웠다(시차가 있어서 이쪽 시간은 1시간 전인 9시가 된다). 2시간씩 교대로 운전해서 딱 세 번씩 운전했다.

우리가 묵을 호텔은 스탠포드프라자 호텔. 강변의 왕립식물원 옆에 있는 고급 호텔이다. 옥상에 커다랗게 호텔 네온간판이 있어서 고속도로에서 내리면 바로 호텔 위치를 알 수 있다. 편리하다. 종업원도 아주 예의가 바르다. 늘씬한 미녀와 핸섬한 남자 종업원이 일하고 있다. 모두 금발. 어디를 보아도 그런 사람들뿐. 뚱뚱하거나 키가 작거나 검은 머리인 종업원은 한 사람도 없다. 있을지도 모르지만, 시야에 들어오는 범위 안에는 없었다. 그럼에도 모두 굉장히 싹싹하다. 이상하다. 이상한 건 아닌가. 뭐, 됐다.

목욕을 한 뒤, 레스토랑에 가서 식사를 했다. 여기서도 역시 생굴을 먹었다. 태즈메이니아 오이스터. 신선하고 정겨운 바다 내음이 난다. 귀를 기울이면 태즈메이니아의 파도 소리가 들려온다(거짓말이다). 메인으로 채소 요리를 먹었다. 화이트와인과 함께. 향긋하고 고급스러운 맛이 난다. 과연 고급 호텔. 트집 잡을 데가 없다. 가끔은 이런 생활도 괜찮다. 매일이면 피곤할지도 모르겠지만.

이 레스토랑에서는 '아스파라거스 페어'를 하고 있어서, 야 군은 아스파라거스 리소토를 먹었다. 맛있어 보이네. 맛있습니다. 그런데 '좀 줘봐'라는 말은 하지 못해서 어떤 맛인지는 모른다.

12시 몇분 전에 침대에 들어가 아무런 생각도 없이 잤다. 피곤했다.

브라질 전 하는 날 밤

2000년 9월 20일 수요일 아침식사는 룸서비스로 했다. 방에서 글을 써야 해서 아래층까지 내려가기가 귀찮았다. 커피와 블루베리 팬케이크. 별로 팬케이크 같지 않은 팬케이크. 조그맣고 두껍다. 버터와 시럽을 넉넉히 가져왔다. 이 나라에서는 이런 유의 것이 아마 남아도는 것 같다.

아침에 조깅을 나갔다. 호텔 앞에 있는 아름다운 왕립식물원을 지나 강변길로 접어들었다. 조깅과 자전거를 위해 만들어진 전용 도로였다. 경치도 좋고 달리기도 편했다. 호텔 직원이 가르쳐준 대로(조깅을 하려면 강변을 달리세요, 몇 킬로미터든 마음껏 달릴 수 있으니), 이 길은 끝도 없이 이어졌다. 강을 건너오는 바람이 상쾌했다. 여러 종류의 낯선 새들이 오종종 걸어다녔다. 칠면조 같은 것도 있었다.

조깅하는 사람은 별로 보이지 않았지만, 자전거를 타는 사람은 꽤 많았다. 아마 통학이나 통근 중인 사람이겠지만, 모두 멋진 로드레이

159

서를 타고 헬멧에다 본격적인 옷을 입었다. 그야말로 풍요롭고 지적인 도시라는 느낌이 들었다. 이런 곳에 살며 매일 실컷 달릴 수 있다면 얼마나 즐거울까. 점점 더워지는 아침 햇볕 아래 총 65분을 달렸다. 기분 좋게 땀을 흘렸다.

다 뛰고 호텔로 돌아오니, "오늘 시합 나가세요?" 하고 도어맨이 물었다. 설마요.

세계에서 가장 큰 '모래섬'

낮에는 일정이 없어서 근처 해변에 놀러 가기로 했다. 그러나 관광객이 많은 '서퍼스 파라다이스'에 가봐야 재미없을 테니, 어디 다른 곳으로 가기로 했다. 그편이 책을 쓸 때 얘깃거리도 된다. 남들하고 같은 곳에 가지 마라, 남들하고 같은 것을 하지 마라, 하는 것이 여행기의 철칙 중 하나이다. 남들과 같은 곳에 가서 남들과 같은 것을 하고, 남들과 다른 것을 써라 하는 것도 여행기의 철칙 중 하나지만.

참고로 이 '서퍼스 파라다이스'는 정식 마을 이름으로, 일본의 '오이소 롱비치'처럼 기업이 멋대로 지은 이름이 아니다. 먼 옛날, 이곳은 아무것도 없는 초라한 바닷가 마을이었다. 이름도 평범했다. 마을에는 모텔 같은 것만 한 곳 있을 뿐이었다. 바다는 더할 데 없이 아름다웠지만, 관광객이 거의 오지 않았다. 모텔 주인이 머리를 짜내서, "마을 이름이 너무 수수해서 그냥 지나치는지도 모릅니다. 좀더 시선을 끄는 이름으로 바꾸는 게 어떻겠습니까?" 하고 제안해서, '서퍼스 파라다이스'가 정식 마을 이름이 됐다. 이름을 화려하게 고친다고

노스스트라드브로크
↓

남들 가는 곳에 가지 말고
남들 하는 것을 하지 말자.

해서 더는 잃을 것도 뭣도 없으니. 오이소 마을도 차라리 '가나가와 현 나카 군 서퍼시티'로 고쳤더라면 어땠을까. 멋있잖아요(농담).

그런데 자포자기하는 마음으로 고친 마을 이름이 보기 좋게 성공을 거두었다. 이 이름에 이끌리듯이 사람들은 방방곡곡에서 모여들었다. 눈 깜짝할 사이에 '서퍼스 파라다이스'는 흥청거리는 관광 명소가 돼버렸다. 예전의 한가로운 시골 바닷가 마을의 모습은 이젠 흔적도 없다. 아주 인기 많은 리조트지이다. 일본인 관광객도 골드코스트의 서퍼스 파라다이스(지명을 쓰고 보니 약간 오글거리기도 하지만)에 온다.

그래서 우리는 서퍼스 파라다이스를 피해서(미안), 더 점잖은 곳으로 가기로 했다. 나의 오랜 경험으로 말하자면, 이런 '트렌드에 역행하기' 시도는 대체로 희미한 실망으로 끝난다. 그러나 모든 것은 경험이다. 우리는 노스스트라드브로크 섬으로 향했다. 이 섬은 브리즈번의 남쪽 바다에 약간 묘하게 세로로 기다랗게 떠 있다. 어딘지 모르게 섬 모양에 마음이 끌렸다. 안내 책자에 따르면 세계에서 가장 큰 '모래섬'이라고 한다. 즉 모래로만 만들어진 섬이다. 재미있겠는데.

　호텔 직원에게 섬으로 가는 방법을 물어보았다.

　"노스스트라드브로크 섬(여기 사람들은 예의 짧게 줄여서 '스트라디'라고 부른다, 말을 줄이는 것은 이 나라 사람들의 단체 옵션인 것 같다)에는 무슨 일로 가십니까? 아는 사람이라도 살고 계십니까?"

　"아뇨, 아는 사람은 없습니다."

　"그럼 누군가와 그곳에서 만나기로 약속하셨습니까?"

　"아뇨, 약속도 안 했습니다."

　"그럼 뭐 하러 가십니까?"

　"기분 좋은 오후를 해변에서 보내려고요."

　직원의 얼굴이 약간 어두워졌다. 공화당을 지지하는 래퍼를 보는 것 같은 눈길로 나를 보았다.

　"만약 수영을 하고 싶은 거라면 서퍼스 파라다이스를 추천합니다. 아름다운 바다가 있고, 안전요원도 있습니다. 바다도 위험하지 않습니다less dangerous."

　오스트레일리아 사람들의 전체적인 인간성은 잘 모르겠지만, 오스트레일리아를 잘 아는 사람에게 한 가지 배운 게 있다. 그것은 '오스트레일리아 사람이 위험하다고 하면 그건 정말로 위험하다'라는 것이었다.

그러나 서퍼스 파라다이스에는 가지 않는다는 것이 이날 우리의 기본적인 테마였다. 노스스트라드브로크 섬에 간다.

직원도 포기하고 노스스트라드브로크 섬에 가는 법을 가르쳐주었다. 클리블랜드 마을에 페리 선착장이 있으니 그걸 타세요.

우리는 자외선 차단 크림과 수영복, 물병을 들고, 차로 브리즈번 교외에 있는 클리블랜드로 향했다. 나와 야 군과 오늘 아침 도쿄에서 막 도착한 다카하시 씨라는 〈넘버〉의 편집부 여성과 세 사람. 그녀는 일부러 휴가를 내서 올림픽을 보러 왔는데, '기왕이면 가는 길에 사진을 찍어와'라는 요청을 받았다는 것. 다카하시 씨는 뼛속까지 올림픽 마니아여서 개막식 선수단 입장을 끝까지 보는 것이 무한한 기쁨이었다고 한다. 으음, 그런 사람이 있긴 있구나. '덴마크'에서 질려서 튀쳐나온 나와는 사고방식이 상당히 다른 것 같다.

페리를 타고 12시에 출발했다. 섬까지는 약 40분쯤 걸린다. 고맙게도 바다는 평온하여 그리 흔들리지 않았다. 생각보다 많은 사람이 탔다. 대부분은 관광객 같지만, 섬사람도 타고 있었다. 개도 탔다. 모두 '실용적인' 차림을 하고 있다(오스트레일리아 사람은 다들 '실용적인' 차림을 하고 다니지만). 별로 화려한 차림을 한 사람은 없다. 캠프에 가는 고등학생 그룹, 부기보드를 든 아이와 가족, 서퍼로 보이는 볕에 그을린 젊은이.

배는 다운비치라는 조그마한 마을에 도착했다. 이 마을에 볼거리는 아무것도 없다. 몇 개의 카페와 잡화점과 술집과 우체국이 있을 뿐. 지역 주민을 위한 것이다. 항구 근처에는 무언가를 쌓아놓은 시설이 있다. 그곳에 높다랗게 쌓여 있는 것은…… 그냥 모래다. 가기 전에 읽은 간단한 안내서에는 이 섬에는 삼천오백 명의 주민이 살고 있는데, 대부분이 채굴자miner'라고 쓰여 있었다. 채굴자가 무엇을 채굴하는지는 나와 있지 않았다. 혹시 그들은 모래를 채굴하는 걸까?

정답. 딩동댕. 그들은 모래를 채굴하는 것이었다. 이 섬의 모래는 양질의 미네랄 샌드로 항구 근처에 있는 공장에서 정제하여, 몇 가지 광물로 분류한 뒤 섬에서 배로 운반된다. 이들 정제물은 본토 시설에서 더욱 곱게 정제하여 다양한 공업제품으로 사용된다. 이를테면 지르콘은 TV나 컴퓨터 화면에 사용된다. 여기서 채굴한 모래에 포함된 광물은 세계 삼십삼 개국으로 수출된다. 세계에서 가장 풍부한 미네랄 샌드 산지 중 하나였다.

세계에서 가장 큰 모래섬에서 모래를 '채굴'하니, 이건 뭐 무진장이라고도 해도 좋을 것이다. 이런 것을 직접 보니 오스트레일리아라는 나라의 스케일에 감탄하게 된다. 대단하다. 이런 곳에 살면 일본인과는 발상 자체가 달라질 것이다.

"그럼 모래를 다 캐내면 섬이 없어지겠네요." 야 군이 말했다.

그러나 이 섬의 모래를 다 캐내려면 앞으로 1000년 정도는 걸릴 것 같다. 그리고 채굴하는 회사는 '채굴한 모래언덕은 원래대로 복구해서, 나무도 심고, 침식을 막기 위한 조치도 한다'라고 설명하고 있다. 뭐, 그러기 위해 모래를 어딘가에서 갖고 올 테지. 물론 섬 자체는 조금씩 줄어가긴 하겠지만.

그런데 이 스트라디(나도 줄이기로 한다)는 1896년의 거대한 태풍으로 두 개의 섬으로 나뉘고 말았다. 북쪽이 노스스트라드브로크 섬이 되고, 남쪽이 사우스스트라드브로크 섬이 됐다. 남쪽에는 사람이 살지 않지만, 인기 있는 관광지가 되어 골드코스트에서 투어 보트가 다이빙을 목적으로 찾아온다.

우리는 던위치에서 낡은 버스를 타고 포인트 룩아웃에 가서 그곳에서 일단 식사를 했다. 포인트 룩아웃은 실은 오스트레일리아에서 가장 동쪽 끝에 위치한 곳이다. 3월부터 9월에 걸쳐 고래를 구경할 수도 있다. 돌고래도 곧잘 모습을 보인다. 무엇보다 멋진 바다와 파도가 서퍼들을 부른다. 그러나 시푸드 레스토랑 같은 건 하나도 없다. 그런 세련된 가게에 걸음할 만한 사람이 없으니. 있는 것은 간단한 카페나 빵집, 혹은 테이크아웃 피자 가게뿐. 이곳은 '서퍼스 파라다이스'가 아니다. 해변이니 분명 맛있는 해산물을 먹을 수 있을 거라고 배를 곯려온 탓에 실망이 컸다.

시푸드라고 쓰인 가게에 들어가보니, 레스토랑이 아니라 그냥 해산물을 파는 가게였다. 신선한 문어가 진열되어 있었다. 색깔도 멋지고 아주 맛있어 보이는 문어였다. 어디 가서 가볍게 데쳐 레몬 간장에 찍어 먹으면 맛있을 것 같다. 그런데 그렇게 한가로운 시간이 없어서, 눈에 들어온 카페로 들어갔다. '스마일링 붓다'라는 이름의 뉴에이지 가게. 일하는 사람들도 그야말로 뉴에이지이다. 이 섬은 아무래도 뉴에이지와 관련된 사람들이 많은 것 같다. 서퍼와 뉴에이지 관계자가 사이좋게 같이 산다. '사이좋게'라고 했지만 확인한 건 아니고, 그냥 상상으로 해본 말일 뿐. 서퍼와 뉴에이지 관계자의 궁합은 어떨까? 뭐, 나쁠 건 하나도 없을 테니 딱히 문제는 없지 않을까.

옛날부터 섬에 서퍼와 뉴에이지 관계자가 있었던 건 아니다. 그들이 찾아온 것은 극히 최근 일이다. 옛날에는 섬에 교도소가 있고(오스트레일리아에는 전국 곳곳에 교도소가 있다), 가톨릭 수도원이 있고, 한센병 환자 요양소가 있었다. 그보다 전에 유럽인이 밀려오기 전에는 커다란 원주민 공동체가 있었다.

그래서 섬에는 세 종류의 묘지가 있다. 가장 큰 묘지에는 일반 이민자 외에 1866년부터 1947년까지 섬의 교도소에 수감된 채 죽어간 팔천 명 넘는 죄수가 묻혀 있다. 또 하나는 원주민 묘지. 마지막은 한센병 환자를 위한 묘지. 당시에는 이 사람들을 특별한 묘지에 묻었다. 지금은 밝은 리조트지가 됐지만, 이 섬에는 저마다의 슬픔이 스며 있다.

우리는 식사를 한 뒤 해변에서 서퍼들이 파도 타는 모습을 멍하니 바라보았다. 파도는 넓은 해변에 연신 밀려왔다. 모래와 마찬가지로 파도가 밀려왔다. 바다는 끝없이 길게 계속됐다(끝없이라고 해도 물론 이것은 과장된 표현으로, 32킬로미터 정도 걸어가면 끝이라고 한다). 가나가와 현의 오이소 해안과는 달리 서퍼의 숫자보다 파도의 숫자가 훨씬 많아서, 그야말로 과장 없이 '타고 싶은 대로 타기'이다. 나도 보드를 빌려서 잠깐 해보고 싶었지만, 웨트슈트를 입지 않으면 물이 너무 차가우므로 구경만 했다.

버스를 타고 다시 던위치 항으로 돌아왔다. 너무 여유를 부리면 축구 시합에 늦는다. 1000킬로미터씩이나 차를 운전해서 브리즈번까지 왔는데 그럴 수야 없지. 스트라디 해변에서 좀더 쉬고 싶었지만 어쩔 수 없었다.

맥주를 좋아하는 사람에게는 고마운 경기장

6시에 택시를 타고 경기장으로 갔다. 수용 인원이 사만 명이라고 하지만, 원래는 크리켓 경기장이었다. 그런데 사만 명이나 되는 사람이 크리켓 시합을 보러 오는구나. 이야, 사만 명이라니. 크리켓이 그렇게 재미있나. 요컨대 이 마을에서는 축구보다 크리켓 쪽이 훨씬 인기가 많다. 그래서 크리켓장은 있지만 축구장은 없다.

크리켓 경기장은 원형이다. 좁고 기다란 축구장과는 약간 분위기가 다르다. 아침 TV뉴스에서는 일본인 응원단이 속속 공항에 도착하고 있다고 했다. 정말로 일본인 수가 많았다. 일장기 수도 많다. 그렇지만 관객의 태반은 오스트레일리아 사람들이다. 관객 총수는 삼만 육천육백 명. 전국적으로는 거의 뉴스에도 나오지 않는 축구 예선이지만(물론 오스트레일리아가 출전하는 시합은 다름), 브리즈번 시민에게는 나름대로 큰 즐거움인 것 같다. 말고는 별다른 오락도 없는 것 같고.

TV뉴스를 보니 공항에 도착한 일본인 대부분은 시합이 시작되기 전까지 시간을 보내기 위해 코알라를 보러 간다. 먼저 코알라, 해가 진 뒤에 축구. 무리지어서 이상한 곳에 가는 것보다 건강하고 좋군요. 통계에 따르면, 일본인이 오스트레일리아에 오는 동기는 오스트레일리아의 귀여운 동물을 보기 위해서였는데, 그중에서도 최고는 압도적으로 코알라였다. 아주 간단히 얘기하자면, 대부분의 일본인은 코알라를 안고 사진을 찍기 위해 오스트레일리아에 오는 것이다.

그러나 앞에서도 썼듯이, 코알라는 신경이 예민한 동물로 무언가 낯선 것이 있으면 이내 트라우마가 생긴다. 많은 사람들이 찾아와서 안고 만지고 쓰다듬고 시끄럽게 굴면, 정신적으로 몹시 지쳐서 그게 트라우마가 되어 '사회복귀'를 못 하게 된다. 그래서 뉴사우스웨일스 주(시드니의 모처) 의회는 코알라를 안으면 안 된다는 법률을 통과시켰다. 이른바 '코알라 안기 금지법'이다.

그 법률이 통과되기 전에는 코알라는 때에 따라 1시간에 이백 명이나 되는 사람에게 안겼다고 한다. 나도 그건 너무하다고 생각한다. 나 같아도 까악까악 시끄러운 아주머니 무리나 "얘 짱 귀여워어어어어어어어!" 이러는 날라리 아가씨들에게 1시간에 이백 번이나 안기면 트라우마가 생길 것 같다.

그런데 '코알라 안기 금지법' 덕분에 일본인 관광객이 뉴사우스웨일스 주를 그냥 지나치게 됐다. 코알라를 안을 수 없다면 그런 곳에 가봐야 소용없잖아, 라는 것이다. 극단적이라고 말하면 극단적이지만, 그만큼 일본인의 코알라 사랑은 대단하다. 오스트레일리아라는 나라를 알려고 한다거나 문화를 접하거나 풍경을 즐기거나 웅대한 자연 속에서 스포츠를 하겠다는 생각은 일절 없다. 오로지 '코알라 귀여워! 안아보고 싶어!' 그 일념이다.

사람들은 모두 '코알라 안기 금지법'이 없는 퀸즐랜드로 가버렸다. 퀸즐랜드는 이 브리즈번이 있는 곳이다. 그런 사정과 축구 브라질전이 겹쳤으니 사람들이 브리즈번 교외의 코알라 공원에 밀려든 것은 당연한 결과이다. 브리즈번 코알라들도 어지간히 성가셨을 것이다. 지금쯤 지독한 트라우마에 시달리지 않을까. 원형탈모나 소화불량이나 변비, 야뇨증, 발기부전이나 갱년기장애, 환청, 탈진 등 모든 증세가 비치진 않을는지. 가엾다. 탈진 상태에 관해서는 트라우마 때문인지 아니면 원래 인격의 일부인지 잘 분간하기 어려운 면이 있지만(아마 야뇨증도).

브리즈번의 이 경기장이 훌륭한 점은 화장실 수가 많다는 것. 곳곳에 화장실이 있다. 모든 종류의 세계 시설을 보았지만, 이렇게 화장

실이 많은 곳은 처음이다. 어디에 있어도 주위를 둘러보면 반드시 화장실 마크가 보인다. 이 경기장을 설계한 사람은 요의나 변통에 관해 옵션 같은 것이 있었던 게 아닐까. 물론 나는 불평하는 게 아니다. 불평은커녕 훈장이라도 주고 싶을 정도다. 누가 뭐라고 하건 멋있는 결과물이다. 덕분에 나는 좋아하는 맥주를 마실 수 있었고, 언제 가도 기다리지 않고 여유롭고 편안하게 볼일을 볼 수 있었다. 브리즈번 여러분 고맙습니다. 그 사실에 진심으로 감사하고 싶다.

내가 앉은 자리 앞쪽은 파란색 일본팀 셔츠를 입은 응원단으로 가득했다. 인원수는 스무 명 정도. 남녀 비율은 반반 같다. 좋은 일이라고 생각한다. 뭐가 어떻게 좋은 거냐고 물으면 난감하지만, 그러나 세상은 대체로 남녀 반반으로 이루어져 있으니, 축구팬이 남녀 반반이란 것은 아주 자연스러운 일이며, 자연스러운 것은 무슨 일이든지 좋은 것이다. 게다가 시합이 끝나고 다들 모여 뒤풀이를 할 때도 남녀 반반이면 아무래도 편리하다고 할까, 분위기가 즐겁지 않을까. 그래서 내가 그것으로 무언가 득을 보았는가 하면 그런 건 아니지만. 에이, 쓸데없는 오지랖인가…….

그들은 물론 뒤풀이까지 가지 않아도 시합 전부터 충분히 즐거웠다. 일부러 즐기기 위해 오스트레일리아까지 왔으니, 즐기는 건 당연한 결과다. 커다란 일장기를 망토처럼 어깨에 두른 청년. 양쪽 뺨에 일장기를 그린 소녀. 일장기를 그린 부채를 머리 위에서 흔드는 이도 있다. 관객석 곳곳에 일장기가 펄럭였다. 전쟁이 끝나고 꽤 세월이 흘러서, 일장기를 보고 제2차세계대전 때의 다윈 공습을 떠올리는 오스트레일리아 사람도 그다지 없을 테고, 그건 별로 상관없다. 그렇지만 이 젊은이들은 분명 일본군이 다윈을 폭격한 사실 같은 건 모를 것이다. '네? 일본이 오스트레일리아하고 전쟁했어요? 엄청 멀리까지 왔네요.' 이러지 않으면 좋겠건만.

로시니의 아리아 같은 브라질 국가

일본인 응원단은 브라질 응원단보다 훨씬 수가 많다. 깃발 수도 훨씬 많다. 그러나 브라질 응원단은 예의 쿵쿵쿵 북으로 삼바 리듬을

참고로 제2차세계대전 중에 이만 이천 명의 오스트레일리아 병사가 일본군의 포로가 됐고, 그중 팔천 명이 학살당했다. 그래도 쇼와 일왕이 세상을 떠났을 때, 오스트레일리아 정부는 조기를 달아 조의를 표했다. 여기에 관해서는 아무래도 오스트레일리아 내에서 비판도 있었던 것 같지만.

두드린다. 나는 처음이지만 이걸 계속 듣고 있으면, 점점 그 폴리리 듬이 기분 좋게 몸에 배어든다. 과연 본고장이구나. 감탄할 수밖에 없다. 일본도 거기에 대항하여 촌스러운 가와치온도오사카 가와치 지방을 중심으로 전해내려오는 노래로 남녀가 둥글게 모여 춤을 추면서 부른다라도 신나게 부르면 될 텐데 싶지만, 뭐 그 리듬을 탈 수 있는 건 한정된 지역 사람들뿐이니 무리겠지.

시합에 앞서 국가 연주. 먼저 브라질 국가. 브라질 국가는 처음 들었지만, 완전히 로시니 오페라의 아리아이다. 리듬도, 멜로디 라인도, 흥겹다. 이런 국가가 있는가? 물론 있다. 어떤 국가든 '이것이 국가다'라고 하면 그것이 국가인 것이다. 타인이 이러쿵저러쿵 말할 거리는 아니다. 그저 잠자코 경의를 표하면 된다. 그러나 이 로시니 아리아 같은 국가를 듣고 있으니, 남의 나라지만 '이런 노래를 듣고 애국심이 생길까' 걱정이 됐다.

다음으로 일본의 국가. 브라질 국가와는 심히 대조적이다. 처음으로 '기미가요'를 들은 브라질 사람은 아마 '이게 뭐야?'라고 생각할 것이다. 사이드브레이크를 잠근 채 허겁지겁 언덕을 올라가는 자동차를 연상할지도 모른다. 브라질 사람의 음악 감각과는 너무나도 다르니 당황스러울 것이다. 일본인이 로시니풍 국가에 당황하는 것과 마찬가지로.

이 대조적인 국가 이미지는 그대로 양 팀의 축구관 차이로 이어지는 것 같다. 나는 브라질팀 경기를 실제로는 처음 보았지만, 역시 대단했다. 보고 있으면 일일이 "오오오오" 하고 감탄하게 된다.

먼저 엄청나게 빠른 발. 특히 양 사이드 선수의 무시무시하기까지

한 빠르기. 앞에 온 공을 향해 번개처럼 잽싸게 파고든다. 앞으로 올라와 있는 일본 수비는 거기에 맞춰 물러서질 못한다. 그리고 1대1이 됐을 때 공을 빼앗는 능란함. 전체의 빠른 움직임 속에서 어디에 누가 있는지 순식간에 파악하고, 그곳으로 빠른 패스를 보낼 만큼 동체 시력이 좋다. 패스는 압도적으로 브라질이 뛰어났다. 골키퍼도 좋았다. 그는 골킥으로 멀리 차도 공이 거의 자기편 선수에게 갔다. 컨트롤이 훌륭하다.

그리고 브라질 선수들이 수비로 복귀하는 빠르기에 감탄했다. 일본 포워드가 골 앞에서 공을 잡아서 거의 노마크가 되어도 쉽게 슈팅하게 만들지 않는다. 공을 조금이라도 길게 잡고 있게 하고, 등 뒤에서 두 명이 달려들어 공을 빼앗는다. 혹은 발밑에서 걷어찬다. 이 방법도 훌륭했다. 어쨌든 개개인의 신체 능력이 차원이 다르게 대단했다.

그래서 전반전은 브라질 선수 개개인의 멋진 움직임에 감탄만 하고 있었다. 게다가 시작하자마자 온 힘을 다했다. 브라질의 무섭기까지 한 급습에 당황했는지, 경기 시작 5분 만에 일본은 득점을 허용했다. 눈 깜짝할 사이의 일이다. 경기 태세를 만들기도 전에 시원스럽게 슛을 날려 골을 만들었다.

솔직히 말해서 이 시점에서는 '이대로 가다가 큰일나겠는걸.' 하고 생각했다. 일본 선수는 위축되어 몸이 굳어 보였기 때문이다. 브라질 선수의 유연한 움직임에 비하면 멈춰서 있는 것처럼 보였다. 우리는 일본 골 바로 근처에서 시합을 보고 있었는데, 전반은 거의 이쪽에서 공방전이 펼쳐졌다. 브라질의 날카로운 공격이 잇따라 골 앞에서 이어졌다. 슛이 쏟아졌다. 일본 응원단은 그때마다 비명을 질렀다.

그런데 점수가 나지 않는다. 점수는 처음 1점뿐. 브라질 포워드가 거듭해서 차는 공은 모두 빗나갔다. 물론 행운이 크다. 골키퍼 나라자키의 필사적인 방어도 좋았다. 일본팀이 드디어 평소의 패턴으로 돌아온 것도 있다. 그러나 내가 보는 한, 브라질 쪽에도 문제가 있다. 가장 포인트는 '천재가 없다'는 것이다. 패스는 잘 연결되고, 공은 얄미울 정도로 골대 앞으로 잘 가져간다. 그런데 그 민첩함에 비해 포워드의 날카로움이 별로여서, 흐름이 거기서 멈추고 만다.

그래서 전반전에서 공격에 공격을 거듭하며 일본팀을 마음껏 갖고 놀면서도 결과적으로는 1점밖에 넣지 못했다. 그들에게는 큰 오산이었을 것이다. 못해도 3대0 정도로 전반을 끝내고, 여유롭게 점수차를 지킬 생각이었을 텐데. 어쨌든 이 시합을 이기지 못하면 결승에 진출할 수 없다. 그러니 그들도 처음부터 전력을 다했다. 그런데 생각과 달리 일본의 지역 방어에(결과적으로) 막혀버렸다.

그렇게 되면 승기는 일본에 돌아온다. 자랑은 아니지만, 천재가 없기로는 일본 쪽이 더하다. 이렇게 말하긴 뭣하지만, 그런 민족적인 전통이 있다. 게다가 일본 선수에게는 재빠른 순발력이 없지만, 끈질긴 지구력이라면 있다. 그래서 후반전은 일본이 착실히 반격했다. 브라질 선수들은 아무래도 지친 모양이었다. 사이드로 뛰는 두 명은 전반만큼 움직이지 못했다. 그렇게 되니 이번에는 반대로 일본 공격진이 조금 위로 올라갈 수가 있었다. 사이드가 앞으로 올라오니, 공이 좌우로 움직였다. 이번에는 반대로 브라질의 골 측(즉 내가 앉은 자리 근처)을 중심으로 시합이 진행됐다.

그런데 이쪽도 슈팅을 결정지을 선수가 없다. 포워드가 약하다. '간발의 차도 없이'라고 하는 날카로운 스피드가 없다. 앞에 온 공을 최단거리에서 골로 연결시키질 못한다. "어, 이제……" 하면서 갖고 있는 사이 공을 빼앗겨버린다. 그나마 점수를 딸 만한 것은 세트플레이지만, 이것도 좀처럼 될 듯하면서 안 된다. 1대0인 채로 시합은 끝났다.

재미있는 시합이었다. 점수가 나지 않아서 조마조마 초조했고, 지긴 했지만 의외로 실망감은 남지 않았다. 양 팀 다 각자의 특색이 있었고(좋은 점이든 나쁜 점이든), 나 같은 아마추어가 봐도 시합의 흐름을 명쾌히 알 수 있었다.

한 가지 분명해진 것은 브라질은 강하지만, 적어도 이번 팀만 보자면 감당 못할 상대는 아니었다. 일본팀은 천재는 없지만(나카타가 출전하지 않아서 특히 그런 인상을 받았다), 다른 팀에는 없는 독자적인 시합 스타일을 구축해나가고 있다. 브라질 같은 팀을 상대로 할 때는 전반에는 미들에서 백 중심으로 끈질기게 달라붙어 방어에 임하고, 후반에 꾸준히 공격하면 일방적인 패배는 없을 것이다. 잘하면 꽤 '기분 나쁜' 팀이 될 수 있다.

도중에 슬로바키아 대 남아프리카전 결과가 들어왔다. 슬로바키아가 이겼다. 이 시점에서 일본의 결승 진출이 정해졌다. 그걸 알게 된 일본 응원단은 환호성을 올렸다.

브라질에 지는 편이 결과적으로는 좋았을지도 모른다. 브라질전에 이겼더라면 난리가 났을 것이다. 예선이니 이기는 것보다는 오히려 좋은 모양새로 지는 게 나은 것 같다. 마음도 다잡을 수 있고. 이것은 어디까지나 아마추어인 내 생각.

지구력의 일본 축구   현란한 브라질 축구

 VS

혼자 호텔까지 돌아왔다. 걸어서 20분 정도의 거리인데, 버스는 붐볐고 택시는 도저히 잡힐 것 같지 않아서 유쾌한 밤이니 천천히 걸어가기로 했다. 그러나 도중에 길을 몰라서 혼자 걷고 있는 동네 사람 같은 아저씨에게 길을 물었다. 그는 내가 스탠포드프라자에 묵고 있다고 하니, 그럼 같은 방향이니 함께 가잔다.

둘이서 걸어서 스트리트 브리지를 넘어 대안對岸을 건넜다. 오십 대 중반 정도의 마른 사람이다. 말투는 온화하고 지적이었다. 축구를 좋아하는 것 같았다.

"일본은 토너먼트에서 미국하고 싸우게 되겠네요." 자세하게 알고 있다. "미국은 컨디션이 아주 좋으니 분명 좋은 승부가 될 것 같죠."

그러게요.

"이 마을에서는 축구가 별로 인기가 없어요. 럭비나 크리켓 같은 게 인기 있죠. 그렇지만 나는 축구를 좋아해요." 그가 말했다.

아들이 도쿄에서 대학원에 다니고 있다고 한다. 그래서 그도 다음 달에 아들을 만나러 도쿄에 간단다.

속도위반으로 벌금 낸 얘기를 했다.

"오스트레일리아 경찰은 속도위반에 아주 까다로우니 조심하는 편이 좋아요. 10킬로미터 정도 초과는 봐주죠. 그러니까 100킬로미터 제한이 있는 곳에서 110킬로미터까지는 괜찮아요. 그러나 그 이상으로 속도를 내면 일단 순찰차가 쫓아온다고 보는 편이 맞죠."

이렇게 넓은 나라인데도요.

"뭐 그러네요."

여기 오는 도중에 큰 산불을 봤는데, 주위 사람들은 별로 신경을 쓰지 않는 것 같더군요.

"음, 요즘 같은 계절에는 산불이 흔히 일어나요. 바싹 말라 있는 데다 바람이 부니까 작은 불씨가 넓게 퍼지죠. 그래도 별건 아닙니다. 우린 산불에 익숙해서요."

그가 그렇게 말한다면 그럴 거라는 기분이 들었다. 조용한 어투지만, 설득력이 있다. 세상에는 종종 그런 사람이 있다.

호텔 근처에서 헤어지고, 나는 혼자 조그마한 이탈리안 식당에 들어가서 맥주와 함께 샐러드를 먹었다. 그리고 토마토소스 링귀니를 먹었다. 그다지 맛있지는 않았다. 브리즈번 강 쪽으로 난 가게. 가게 생김새는 맛있을 것 같았는데.

방으로 돌아와서 책을 몇 페이지 읽은 뒤 잤다. 12시가 다 됐다.

또 같은 길을 지나 시드니로 돌아오다

2000년 9월 21일 목요일 아침 6시 몇분 전에 일어났다. 책상에 앉아 원고를 썼다. 룸서비스로 토마토와 양송이 오믈렛과 커피와 토스트를 주문했다. 토마토와 양송이가 넘칠 정도로 잔뜩 들었다. 분명 쌀 것이다. 커피도 많아서 도저히 다 마시지 못했다.

아침 8시에 브리즈번을 출발. 주차장에서 차가 나오기를 기다리는 동안, 도어맨과 잡담을 했다. 브리즈번의 여름은 덥고 길다. 10월부터 3월까지 1년의 반은 여름이다. 여름에는 최고 38도까지 기온이 올라가는 일도 있다. 대부분은 32도 정도이지만(그래도 상당히 덥다). 게다가 습도가 높다. 끈적끈적하다. 그러나 그 이외의 계절은 아주 지내기 좋다.

어제 브라질전은 어땠나. 졌나(뭐 그렇겠지만). 점수는? 1대0? 그럼 접전이었겠다. 재미있었나? 그거 다행이네. 그게 중요하지.

178

돌아오는 길의 운전은 지루했다. 전에 본 적 있는 대하영화를 한 번 더 보는 것 같다. 그러잖아도 먼 길이 더욱더 멀게 느껴졌다. 처음에 서퍼스 파라다이스 마을과 해안을 슬쩍 들여다보기로 했다. 실컷 욕만 하고 그대로 실물도 보지 않고 지나치면 그것도 좀 미안하니까.

퍼시픽 고속도로를 벗어나, 해안가를 달리는 골드코스트 고속도로로 들어가 천천히 서퍼스 파라다이스를 달리면서, 이곳은 전에 갔던 어딘가와 비슷하구나, 그건 어디였지를 생각했는데 바로 떠올랐다. 멕시코의 아카풀코였다. 제3세계가 만들어낸 기계적인 휴양지. 색이 바래고 초라한 휴양지에 건물 디자인은 파멸적이고 늘어선 가게의 간판은 한없이 추악했다. 레스토랑은 어디나 맛이 없어 보이고 (실제로도 맛이 없고), 모든 가게의 종업원은 따분해서 넌덜머리를 내고, 상상력은 상상력이라는 것을 정지하고 있다. 그러나 해안은 아름답다.

10분 만에 지겨워져서 퍼시픽 고속도로로 돌아왔다. 고속도롯가에 아주 멋대가리 없는 건물을 발견했는데, '미쓰코시'였다. 일본 기업이 외국의 한 지역에서 적극적으로 캐릭터 구성을 맡고 있는 걸 보는 것은 아주 즐거운 일이다.

솜씨 좋은 사기꾼 이야기

지루해서 조수석에서 신문을 읽다 보니 몇 가지 재미있는 기사가 있었다. 야 군도 지루해하길래 읽어주었다. 먼저 솜씨 좋은 사기꾼 이야기.

19일, 시드니의 고급 보석점이 사기를 당했다. 두바이 국왕의 조카(왕자)와 그 아내라고 하는, 아주 품위 있어 보이는 중동인 커플이 가게에 왔다. 왕자는 오십대로 키는 165센티미터 정도, 약간 벗어진 머리를 올백으로 넘겼다. 아내는 이십대, 웨이브진 검은 머리칼, 키는 175센티미터 정도(상당히 키가 큰 사람이다). 둘 다 그야말로 부자로 보이는 차림새와 행동이었다. 풍채도 좋고, 상냥하고 느낌이 좋았다. 왕자는 다이아몬드가 박힌 고급 시계를 차고 있었다. 영어는 별로 잘하지 못했다. 그는 아내에게 사주고 싶은데, 여기서 가장 비싼 다이아몬드를 보여달라고 말했다.

가게 주인은 황송해하며 '이거 굉장한 손님이 왔는걸' 하고 내심 기뻐하고는, 다이아몬드를 잇따라 꺼내서 보여주었다. 두 명은 꼼꼼하게 살펴봤지만, 결국은 고개를 저으며 "우리한테는 너무 싸구려네요" 하는 이유로 사지 않았다. 그러나 마지막에 "여러모로 귀찮게 했다, 이건 감사의 뜻이다, 우리나라의 풍습이니 사양하지 말고 받아달라" 하고, 빳빳한 100달러짜리 지폐 열 장을 주인에게 건넸다. 주인으로서는 하나도 팔지 못한 것은 유감이지만, 1,000달러의 수입은 고마운 일이다. 정중하게 인사를 하고 최고의 경의를 표하며 커플을 배웅했다.

그런데 나중에 진열장을 살펴보니 50만 달러 상당의 다이아몬드가 없어졌다. "정말로 기가 막힌 수법이었습니다" 하고 가게 주인도 감탄했다. 진열장 앞에 서 있는 주인의 사진이 신문에 실려 있는데, 마치 실수로 도마뱀을 삼킨 듯한 한심한 표정이었다.

그런데 이야기는 거기서 끝나지 않았다. 그다음 또 기묘한 전개가 이어진다.

이 커플은 다음 날 아침 일찍 같은 시드니 시내의 다른 보석점에 나타났다. 피트 스트리트라고 하니 우리 호텔이 있는 곳과 같은 거리다. 그리고 그들은 똑같은 수법으로 40만 달러 상당의 보석을 가로챘다. 솜씨 좋은 사기꾼 커플이다. 그런데 보석을 도둑맞은 첫번째 가게 주인은 경찰에 통보하지 않았나? 통보는 했지만, 다른 보석점에 바로 정보를 돌리지 않았나? 신문 기사로는 그런 사정을 알 수 없었다. 어쨌든 아침 일찍이라면 아직 정보가 돌지 않았을 거라고 생각하고, 2연타로 한탕한 그 커플도 배짱이 참 대단하다. 그들은 "올림픽을 보기 위해 시드니에 머물고 있다"고 했단다. 가게 주인도 올림픽 경기를 기대하고 있었을 테니 아무래도 욕심이 났을 터. 그런 들뜬 분위기를 교묘하게 이용했을 것이다.

사기 커플은 방범 비디오에 또렷이 얼굴이 비쳐서, 의외로 쉽게 잡혔을지도 모른다. 공항에는 물론 수배 사진이 돌았을 것이다. 이제 어떻게 될까(신문을 매일 꼼꼼하게 읽었지만, 그들이 체포됐다는 기사는 보이지 않았다).

점심은 바리나라는 마을에서 먹었다. 고속도로 근처에 있는 마을로 인구는 삼만 명. 마침 점심때 그곳을 지나갔다는 이유로 우리는 차를 세우고, 내려서 레스토랑을 찾았다.

마을 중심가를 한차례 걸어보았지만, 무엇을 목적으로 만들어진 마을인지 알 수 없었다. 바다가 있으니 아마 여름이 되면 관광객이 올 것이다. 그러나 보기에는 듬성듬성 두서없는 마을로밖에 보이지 않는다. 골자를 전혀 파악할 수 없다. 단층주택 건물(이층 건물은 이 주변에는 거의 보이지 않는다, 역시 땅값이 싼 것이다). 그렇지만 중심가를 따라 계획도 없이 그저 길게 이어져 있다. 들어가볼까 싶은 마음이 드는 가게가 하나도 없다.

그다지 기대하지 않고 눈앞에 있는 가게에 들어가서, 적당히 점심을 주문했다. 그런데 뜻밖에 맛있었다. 나는 '구운 문어와 익힌 채소' 그리고 '연어와 프레시 샐러드'를 주문했는데, 문어가 아주 맛있었다. 곁들여진 채소도 감탄했다. 연어도 신선한 것이 듬뿍 들어 있었다. 문어가 600엔 정도. 연어가 1,000엔 정도. 양도 많았다(점심을 먹고 저녁을 걸러도 별로 배가 고프지 않았다).

화장실에는 콘돔 자동판매기가 있었다. 두 종류로 하나는 '야생의 행복', 또 하나는 '비키니'. '야생의 행복'은 돌기가 있다. '비키니'는 '착용감이 없습니다'라고 한다. 나는 '야생의 행복'이라는 이름에 끌렸지만, 물론 사지는 않았다. 그러나 판매기가 소변기 바로 눈앞에 설치되어 있는 데는 놀랐다. 이 나라 사람들은 소변을 보면서 콘돔을 사는 걸까? 뭐, 상관은 없지만.

만족스러운 식사를 하고, 오후에 운전을 시작했다. 야 군이 운전하는 동안 조수석에서 잠시 동안 낮잠을 잤다. 그리고 일어나서 갓길 풍경을 보았다(운전을 해도 지루하지만, 운전을 하지 않으면 더욱 지루한 길이다). '다음 맥도널드까지 앞으로 1시간'이라는 맥도널드 간판을 보았다. 앞으로 1시간? 그건 거리로 말하자면 나고야의 맥도널드를 도요하시쯤에서 광고하는 거나 마찬가지 아닌가. 뭐, 상관은 없지만.

오스트레일리아라는 나라에는 '뭐, 상관은 없지만'이라고 중얼거릴 수밖에 없는 상황이 상당히 많은 것 같다. 절대 나쁜 의미로 하는 말이 아니다.

한참 가니, '지금부터 12킬로미터는 코알라 존'이라는 안내판이 나왔다. 그러니 주의해서 운전하라는 말이겠지만, 그러나 아무리 주의해서 운전해도 그렇게 느릿한 애들이 어슬렁어슬렁 도로에 돌아다니면 피하기 어렵지 않을까.

죄수 탈옥하다

신문 보도에 따르면 시드니에서 두 명의 죄수가 탈옥했다. 9월 19일 오후의 일이다. 그들은 경계가 느슨해지는 시각에 면도날이 박힌 철조망을 넘어서 교도소 밖으로 나왔다. 그리고 마침 지나가던 밴을 세워서, 타고 있던 사람들을 끌어내리고 차를 빼앗아 도망갔다. 하필 그 차에 타고 있던 사람들은 한국 올림픽팀 스태프였다. 의사와 통역사와 두 명의 자원봉사자. 한국인들은 그때의 공포로 '트라우마에 시달리고 있다'고 신문에 쓰여 있었다. 두 죄수는 레드펀 역 근처에서 차를 버리고 역 쪽으로 향했다고 한다. 그러나 잡히지는 않았다. 경찰은 '두 명의 탈옥수는 철조망을 넘을 때 온몸에 상처를 입어서 어딘가에서 치료를 받고 있을 것이다'라고 보고 의료기관을 탐색하고 있다(상처가 꽤 심한 모양이다).

기사에 따르면, 이 실버워터라는 교도소는 예전부터 교도관의 숫자가 적어서 문제가 됐는데, 거기다가 지금은 올림픽 기간이어서 많은 교도관들이 장기휴가를 갔다(맙소사). 물론 올림픽을 보기 위해서이다. 그 틈을 노려서 '탈옥하려면 지금이 기회이다' 이렇게 마음

먹고 두 명이 탈주했다. 올림픽이 뜻밖의 곳에서 뜻밖의 사람들에게 도움을 주었다.

"두 명은 신분도 밝혀졌고, 어디로 갈지도 알고 있다. 잡히는 건 시간문제다." 경찰 대변인은 자신 있게 말했다.

그러나 아직 잡히지 않았다. 올림픽 기간 중에 시드니에서 탈옥수를 놓친다면 시드니 경찰의 체면이 말이 아닐 것이다. 트라우마가 생긴 한국인들도 딱하다. 갑자기 피투성이가 된 두 명의 죄수가 눈앞에 나타나 차를 강탈해갔으니 당연히 놀랐을 것이다.

(탈옥수 중 한 명은 21일에 시드니 시내의 여자친구 집에 숨어 있는 것을 잡았다. 나 같으면 경찰이 '어디로 갈지 알고 있다고 했으니, 여자친구 집 같은 데는 안 가야지, 라고 생각했겠지만. 한 사람은 아직도 도주 중).

산불은 진정되고 해는 저물고

돌아오는 길에 보니 산불은 완전히 진정 기미였다. 가는 길에 보았던 불은 거의 꺼지고, 곳곳에 잔불만 있었다. 정말로 경찰이나 축구를 보고 오는 길에 만난 남자의 말이 맞았다. 그렇게 신경 쓸 일이 아니었다. 게다가 도중에 세찬 비까지 내렸다. 생각해보면 오스트레일리아에 온 뒤 처음 온 비. 이것으로 3주 동안 이어진 산불도 아마 일단락됐을 것이다. 다만 나무는 시커멓게 그을렸고, 잎은 다 타서 떨어졌다.

산불 바로 근처에서 영업을 계속하던 BP(브리티시 페트로리엄)

올림픽으로 의외의 도움을 받은 이들

두바이 커플   탈옥수 커플

이번에
호주가 크다는
걸 알았다는…

소설가

주유소에서 기름을 넣기로 했다. 기름을 넣으면서 주위를 잘 보니, 도로 맞은편만이 아니라 이쪽도 많은 수목들이 상당히 탔다. 이런 곳에서 잘도 태연한 얼굴로 평상시처럼 영업을 하는구나 하고 새삼스럽게 감탄했다. 대단한 배짱이지 않은가.

해가 점점 저물었다. 주위는 어두워졌다. 시드니는 아직 멀었다. 그저 밤길을 하염없이 달릴 뿐. 재미도 뭣도 없다.

너무 지루해서 포트매콰리의 주유소에서 톰 존스의 카세트테이프를 샀다. 카디건스와 함께 〈버닝 다운 더 하우스Burning Down the House〉를 부른 가장 최근 것으로. 600엔 정도 하기에 싸서 샀다. 거의 자포자기하는 기분으로 들었는데 꽤 재미있었다. 진지하게 들으면 어떤가 하면…… 처음부터 그렇게 진지하게 듣지는 않지만, 좀. 그러나 언젠가 브리즈번과 시드니 간의 롱 드라이브를 떠올린다면, 분명 이 톰 존스의 음악이 떠오를 것이다. 그것이 벌써부터 기대된다.

참고로 톰 존스의 테이프에 들어 있는 두 곡은 올림픽 공원 야구장에서 한창 흐르고 있다. 〈버닝 다운 더 하우스〉와 〈섹스 밤sex bomb〉. 이 야구장의 음악 선곡은 참으로 독특하다. 좀 귀엽다고 할까. 나머지는 B-52's의 〈러브 셰이크Love Shake〉라든가 벤처스의 〈걷지 말고 뛰어Walk Don't Run〉 등이다. 나는 꽤 즐겁게 들었지만.

간신히 시드니에 도착한 것은 밤 11시가 지나서. 시드니 하버 브리지의 불빛이 보였을 때는 안도의 한숨이 나왔다. 나도 야 군도 말그대로 녹초가 됐다. 마지막에는 제대로 말도 하지 못했다. 나의 호기심 천국 때문에 미안한 짓을 했다. 그러나 덕분에 여러 가지 것을 보고 듣고 경험할 수 있었다. 무엇보다 잘 알게 된 것은 오스트레일리아는 지도로 보고 상상하는 것보다 훨씬 큰 나라라는 것이다. 어째서인지는 모르겠지만, 오스트레일리아는 지도로 보면 희한하게 실물보다 작아 보이는 경향이 있다. 실제 크기는 알래스카를 제외한 미국과 거의 비슷한데.

식사 생각이 없어서 냉장고에서 차가운 맥주 한 캔을 꺼내 마시고 그대로 침대에 들어가서 잤다. 이 여행에서 배운 것. '하루에 1000킬로미터 이상이나 달리는 무모한 짓은 두 번 다시 하지 말기', 이렇게 실컷 달리면 렌터카 회사도 짜증나리라.

"그렇지만 오스트레일리아 사람들은 모두 장거리를 달릴 테니 렌터카 회사도 그런 데 익숙하지 않을까요." 야 군이 말했다.

"그렇기도 하겠네. 어쩔 수 없이. 나라가 넓으니."

이렇게 결론을 내렸지만, 나중에 혹시나 하고 조사해보니, 그건 전혀 진실이 아니었다. 오히려 반대였다. 통계에 따르면 오스트레일리아 사람이 소유한 차의 연간 평균 주행거리는 영국인의 그것보다도 적다. 어째서냐고? 나도 모르지. 어쩌면 국토가 너무 넓고, 어느 지점에서 어느 지점까지의 거리가 너무 멀고, 도중에는 너무 아무것도 없어서 사람들은 어딘가로 갈 때는 비행기를 이용할지도 모른다. 있을 법한 얘기다. 한 가지 더, 고속도로가 의외로 정비되지 않아서 생각보다 이동에 시간이 걸린다.

다만 내가 한 가지 할 수 있는 말은, 우리가 반납한 자동차의 주행거리를 보고 렌터카 회사 사람은 절대 좋은 얼굴을 하지 않을 거라는 것. 가엾게도.

침대에 누워도 여전히 자동차 시트에 앉아 있는 듯한 느낌이었다. 당분간 운전은 하고 싶지 않을 듯.

아주 유쾌한 폭탄던지기

6시 몇분 전에 일어났다. 원고를 쓰자고 생각했지만, 전원 어댑터를 브리즈번 호텔에 두고 와서(아아, 어째서 이렇게 늘 물건을 잃어버리고 다니는지) 컴퓨터를 사용할 수 없었다. 나중에 야 군에게 빌려야지 생각했지만, 어젯밤에 늦게 들어와서 아마 자고 있을 것이다. 할 수 없이 지금까지 스크랩해둔 신문 기사를 정리했다. 신문 기사는 참으로 뉴스의 보고이다(당연한가).

아침은 언제나의 카페에서 커피를 마시고 샌드위치를 먹었다. 샌드위치는 커서 다 먹지 못하는 바람에 반은 점심때 먹으려고 가지고 왔다. 장기 여행을 할 때는 날이 갈수록 식사량이 적어진다. 1일 2식이면 충분하다.

그런데 오스트레일리아 사람에게 "생큐"라고 인사하면, 종종 '유어웰컴'이 아니라, "생큐" 하는 대답이 돌아온다. 처음에는 별로 신경 쓰지 않았는데, 이게 점점 신경 쓰였다. 어떤 사람은 "노 워리"라고도 한다. 하지만 누구 한 사람 '유어웰컴'이라고는 하지 않는다. 어째서일까. '유어웰컴'이라고 하면 '무시하지 마' 하고 얻어맞기라도 하는 걸까?

45분쯤 조깅. 어제 온종일 차를 탄 탓에 몸이 뻣뻣하게 굳었지만, 달리는 동안 풀어져서 몸이 좋아졌다. 방으로 돌아와서 목욕을 하고 빨래. 매일 올림픽 공원에 가서 경기를 보고, 스탠드에서 핫도그를 먹고, 맞은편 펍에서 맥주를 마시고, 틈틈이 원고를 열심히 쓰고, 목욕하는 김에 속옷과 러닝셔츠를 빨고. 이러다 보면 하루가 정신없이 가버린다. 아, 바쁘다.

오스트레일리아 대 쿠바의 야구 경기

오후에는 전철을 타고 올림픽 공원에 갔다. 전철을 타고 나서 '오늘은 뭘 하나' 하고 신문을 펼쳐보니, '오스트레일리아 대 쿠바' 야구가 있었다. 흠흠. 이 시합을 보면서 기자석에서 원고를 써야지. 여행 중에 기사를 써두어야 한다. 기자석에는 전원이 달린 책상이 마련되어 있으니까, 바다에서 불어오는 시원한 바람을 맞으며, 푸른 하늘 아래에서 기분 좋게 원고를 쓸 수 있다. 물론 짬짬이 야구도 보고.

오스트레일리아는 절대 강팀인 쿠바를 상대로 잘 싸웠다. 결국 1대0으로 쿠바가 이겼는데, 내용을 봐도 뭐 이기는 게 당연하다고 생각한다. 쿠바의 투수는 오스트레일리아 타선에 연타를 허용하지 않은 채 깨끗하게 완투했다. 공의 스피드는 일정하게 150킬로미터를 넘었다. 오스트레일리아 감독은 "그 공은 메이저리그 에이스 급이었다" 하고 혀를 내둘렀다. 오스트레일리아는 전부 3안타밖에 치지 못했다.

그러나 오스트레일리아의 수비는 탄탄해서 쿠바 타선의 타구도 좀처럼 야수 사이를 빠져나가지 못했다. 처음에 얼떨결에 1점 빼앗겼지만, 추가점은 주지 않았다. 회를 거듭할수록 쿠바 타자들이 초조해하는 것이 여기까지 전해졌다. '이럴 리 없는데' 하는 분위기다. 오히려 지고 있는 오스트레일리아팀에 더 활기가 돌았다. 오스트레일리아 타자 중에는 밀워키 브루어스에서 노모와 짝을 이루고 있는 포수 닐슨(주니치의 딩고)이 2안타를 친 것이 두드러졌다.

구장은 만원(입장객은 일만 사천 명). 관객은 말할 것도 없이 압도적으로 오스트레일리아 사람이 많다. 응원도 달아올랐다. 장내가 들끓는 법도 경지에 이르렀다. 눈을 가리고 이곳으로 데리고 온다면 절대 오스트레일리아란 걸 모를 것이다. 그러나 객석의 흥분도에 비해 기자석은 텅텅. 덕분에 나는 느긋하게 일할 수 있었다. 하늘은 높고 화창했지만, 그늘로 들어가면 바람이 서늘했다. 반바지를 입고 와서 다리가 추웠다. 어제까지와는 체감온도가 꽤 달랐다.

쿠바의 붉은 유니폼은 낮 경기를 하는 선명한 초록색 잔디 위에서 압도적으로 두드러졌다. 거의 '난잡' '무모'라고 해도 좋을 정도로 심하게 두드러졌다. 그러나 그런 강렬함에도 이번 쿠바 대표팀에게는 평소의 압도적인 강함은 볼 수 없었다. 확실히 오스트레일리아팀은 졌지만, '절대 이길 수 없는 상대는 아니다'라는 사실을 깨달았을 것이다. 브라질을 상대로 아깝게 진 일본 축구팀이 같은 깨달음을 얻었기를.

띄엄띄엄 트랙 관전

야구를 다 보고 난 다음, 일단 프레스센터에 들렀다. 육상 시작 시간을 확인하고 싶었다. 그런데 입구에서 우연히 아리모리 유코 선수와 마주쳤다. TV방송국 사람과 함께 있었다. 얼굴이 야위고 볕에 그을려서인지 전보다 더 다부져 보였다. 연습을 상당히 많이 한 것 같았다.

프레스센터 컴퓨터로 육상 경기 스케줄을 체크했다. 여자 5000미터가 6시부터, 남자 1만 미터가 9시 반부터 있다. 그 사이에는 여자 400미터 예선이 있다. 성화 주자인 캐시 프리먼도 예의 나온다. 남자 100미터, 여자 100미터 예선도 있다. 일을 하면서 처음부터 끝까지 트랙을 보기로 했다.

6시까지 프레스센터 책상에 앉아 일을 했다. 6시에 주경기장으로 이동한 뒤, 원고를 계속 쓰면서 흥미 있는 경기를 구경했다. 일단은 여자 5000미터 예선. 물론 세 명의 일본인 선수를 응원했지만 깨끗이 전멸. 아프리카나 중미 선수의 다리는 도저히 따라가지 못한다. 이 정도 거리의 경기는 정말로 재능 한 방으로 끝나는 세계여서 일본 선수에게는 힘들 것이다.

남자 100미터에서는 이토 고지가 건투하여 예선 통과. 간신히 통과하긴 했지만, 그래도 훌륭하다. 기록은 10초 25. 아직 준결승이 남았지만, 거기까지는 아무래도 좀 무리일지 모른다.˙

 결국 무리였다.

캐시 프리먼의 차가운 불꽃

여자 400미터 예선. 캐시 프리먼은 가볍게 달려서 여유롭게 골인. '예선 따위에서 진지하게 달릴 것 없어' 하는 쿨한 달리기였지만, 그래도 누구보다 빨랐다. 1위로 예선 통과. 그렇다고 특별히 기뻐하지도 않고, 웃는 얼굴도 보이지 않았다. 손도 들지 않았다. 관중석의 응원은 압도적이다. 관중석에서 엄청난 수의 플래시가 터졌다. 그녀의 차례가 끝나자 많은 사람들이 돌아갔다. 아무리 예선이어도 그녀의 출전이 이날의 하이라이트이다. 말할 것도 없지만, 결승전에는 더욱 인기가 폭발할 것이다.

그러나 프리먼을 지지하는 사람만 있는 건 아니다. 그녀가 원주민인데도 오스트레일리아를 대표하는 성화 주자로 발탁됐다고 화를 내는 사람도 적지 않다. 그것은 정치적인 흥정이 아닌가 하고. 대량의 협박 메일이 언론사에 도착했다. 그렇다 보니 캐시 프리먼은 상당히 신경질적이 된 것 같다. 무거운 짐이 그녀의 어깨에 올려졌다. 그것은 그녀의 탓도 책임도 아닌데.

그녀는 많은 말을 하지 않았고, 태도로도 보이지 않았다. 그러나 그 태도에서 차가운 불꽃 같은 게 느껴졌다. 트랙에서 팬의 뜨거운 성원을 받고 있지만, 몹시 고독해 보였다. 메달 러시로 행복한 오스트레일리아 선수들에 섞여 있으니, 더욱 고립되어 보였다.

"오늘 레이스에는 만족합니까?"

신문기자의 질문에 그녀는 아무 말도 하지 않고 고개를 끄덕이기만 하더니 그대로 모습을 감추었다. **언제나처럼**, 하고 기사는 마무리됐다. 결승전에서 우승하면 그녀는 웃는 얼굴을 보일까? 그것을 지켜보기 위해서라도 그녀가 금메달을 따길 바랐다.

포환 던지는 아저씨들

여자 5000미터와 남자 1만 미터 예선을 보러 주경기장에 왔는데, 뜻밖에 포환던지기가 재미있었다. 모두 덩치 좋은 아저씨들로 한 자리에 모이니 마치 헬스 엔젤스 모임 같은 느낌이었다. 아니면 미국의 록밴드 ZZ Top의 팬클럽이라든지. 그래도 이 아저씨들은 보기에는 무섭지만 꽤 애교가 있다. 스크린 카메라를 향해 우스꽝스러운 표정을 짓기도 한다. 포환을 던지다가 실수로 떨어뜨리고도 '에고, 에고' 하는 느낌으로 웃으며 당당히 V를 그리기도 한다. 진지하게 좀 하슈.

그러나 그런 걸 보고 있으니 올림픽 경기라는 느낌이 별로 안 들어서 아주 즐거웠다. 토요일 밤에 동네 바에서 맥주를 마시며 힘 좀 쓰는 아저씨들이 힘겨루기를 하는 것 같은 분위기다. 그중에서도 가장 박력 있는 아저씨들이 핀란드 선수였다. 좀전까지 숲속에서 곰을 위협하며 나무를 베고 있었지, 하는 격한 '현실감'이 있다. 맥주를 통째 벌컥벌컥 단숨에 마실 것 같은 몸이다. 나는 이 아저씨의 얼굴이 마음에 들어서 계속 응원했는데, 응원한 보람이 있었는지(어떤지는 모르겠지만) 멋지게 금메달을 땄다. 미국이 은메달과 동메달을 땄다. 메달 수여식에서 핀란드 국가 연주. 이것은 ZZ Top, 이 아니고, 시벨리우스의 곡 같아서 좋았다. 나도 일어나서 박수를 보냈다. 아저씨, 잘됐네요. 고향 가서 모두에게 자랑하세요. 분명 오늘 밤 맥주는 맛있을 테지.

포환던지기를 하는 동안, 근처에서는 높이뛰기를 했다. 육상 필드 경기는 동시에 여러 가지를 해서 구경하기도 바쁘다. 당연하다고 하면 당연하지만, 포환던지기 선수의 체형과 높이뛰기 선수의 체형은 너무나도 대조적이다. 게다가 높이뛰기 선수는 실패해도 '에고, 에고' 하고 수줍은 V를 그리지 않는다. 체형뿐만이 아니라 정신력도 꽤 다를 것이다.

남자 1만 미터 예선

그런데 이 경기장은 나방이 너무 많다. 연신 나방을 쫓으면서 원고를 쓰고 있다. 필드 위에도 나방투성이다. 올려다보니 엄청난 수의 나방이 하늘을 메우고 있다. 몇 만 마리는 될 것이다. 밝은 조명을 쫓아 홈부시의 나방이 다 모인 것 같다. 이상한 나방은 없겠지. 귀에 알을 낳기라도 하면 큰일이다.

드디어 남자 1만 미터 예선. 나는 1만 미터 경기를 좋아해서 언제나 푹 빠져서 본다. 물론 마라톤도 좋아하지만, 1만 미터에는 1만 미터만의 흥분이 있다. 마라톤이 장어덮밥이라면 1만 미터는 가키아게 소바모듬튀김과 함께 나오는 메밀국수 같은 것이다(예가 잘 이해되지 않을지도 모르지만). 그러나 늦다. 시곗바늘은 벌써 밤 10시를 지나고 있다. 한밤중에 가까운 시각이다. 좀더 이른 시간에 경기를 할 수는 없는 건가. 아침형 인간이 육상 경기를 보러 가지 못한다는 건 무언가 이상한 얘기이다.

먼저 1그룹에서는 가네보의 다카오카 도시나리가 건투하여 무사히 결승 진출. 중반쯤부터 아프리카를 중심으로 하는 1그룹의 네 명에게 크게 휘둘렸지만 마지막 세 바퀴를 남겨놓고 혼자 2그룹을 빠져나와 적극적으로 앞을 쫓아갔다. 의욕적인 레이스였다. 차이가 너무 벌어져서 쫓아갈 수 없었지만, 2그룹에서는 혼자 월등하게 앞으로 나와서 5위로 골인. 27분 59초. 1그룹 네 명의 기록은 약 27분 50초 정도.

2그룹은 에스비의 하나다 가쓰히코가 달린다. 예의 샤프한 오렌지색 선글라스를 끼고 있다. 레이스 전개는 다카오카의 경우와 거의 똑같다. 아프리카 선수를 중심으로 하는 네 명의 1그룹을 마지막 세 바퀴째 쌩쌩 따라붙어서 마지막에 직선으로 따라붙은 뒤, 그대로 끼어들어 3위로 들어왔다. 기록은 자신의 최고기록인 27분 45초 13. 대단히 힘찬 달리기였다. 하나다는 언제나 조금만 더, 하는 곳에서 뒤로 처지는 경우가 많았는데, 오늘은 끈기가 있어 좋았다.

그 옛날 그리스 경기장에서

육상 트랙 경기를 현장에서 꼼꼼히 본 것은 처음이다. 평소에는 TV화면으로 보지만, TV로 보면 역시 TV용밖에 보여주지 않는다. 대부분 같은 앵글로 같은 화면만 보여준다. 아나운서와 해설자가 떠드는 것도 대부분 같은 패턴을 답습하고 있다. 그래서 승부가 나는 상황이나 기술적으로 어쩌고 하는 건 제법 자세히 알 수 있지만, 여간해서 전체적인 흐름을 실감하는 건 불가능하다.

경기장에 와보니, 한 경기가 우뚝 독립해서 존재하는 게 아니라,

그전과 뒤가 제대로 있구나, 하는 걸 알 수 있었다. 새로운 발견이었다. 앞의 긴 침묵과 뒤의 긴 침묵 사이에 그것이 있다. 우리 관객도 선수와 마찬가지로 긴 침묵 속에 붕 떠서 그 경기에 들어갔다가, 그리고 또 긴 침묵 속에 가라앉는다. 그런 침묵은 당연하지만, TV중계에서는 깨끗이 잘린다.

경기장에 실제로 와보니 훨씬 어수선했다. 필드와 트랙에서는 각종 경기가 동시에 진행되고 있고, 어느 경기든 그저 묵묵히 진행된다. 집중해서 보지 않으면 뭐가 어떻게 돌아가는지 하나도 모른다. 해설도 없고, 설명도 없다. 불명확한 것이 있으면 직접 자료를 찾아서 정보를 조사할 수밖에 없다. 그러나 그런 어수선함에 익숙해지면, 점점 자신에게 필요한 정경만 오려낼 수 있게 된다. 자신의 머리로 판단하고 자신의 눈으로 볼 수 있게 된다. 그러면 그곳에 있는 선수 한 사람, 한 사람의 몸의 반응이라든가 끈기, 숨소리, 절실함, 집중력, 공포감, 그런 것이(상당히 멀리서 진행되고 있음에도) 생생하게 이쪽에 전해진다.

필드에서는 수많은 일류 선수들이 제각기 자신의 한계와 싸우고 있다. 압도적인 재능이 있고, 그럭저럭한 재능이 있고, 재능이라고 부르기 거시기한 정도의 재능도 있다. 그러나 아무리 뛰어난 재능도 절정은 아마 몇 년밖에 가지 않을 것이다. 육체는 다양한 영역에서 한계에 부딪히고 서서히 하강한다. 바꿔 말하면 육체는 피할 수 없이 쇠퇴해간다. 경기장 하늘을 다 메울 듯이 날고 있는 나방 떼처럼.

우리는 그런 육체의 활약을 감상하고 칭찬하기 위해 이곳에 왔다. 행운의 소수는 빛나는 성적으로 오래 이름을 남기게 된다. 그러나 압도적으로 많은 대부분은 망막한 무명의 어둠 속에 조용히 묻힌다.

필드 여기저기에서 각각의 경기에 매진하는 젊은이들의 모습을 보면서 그런 생각을 한다. 그 옛날 그리스 경기장에서 알몸의 선수들을 바라보던 그리스 시민들도 어쩌면 같은 생각을 했을지도 모르겠다. 아마 생각했을 것이다. 그리스인들은 그런 생각을 하기 좋아하는 사람들이었고, 육체가 쇠퇴하여 사라지는 것은 동서고금 변하지 않는 사실이니까.

모든 트랙의 경기가 끝난 것은 10시 40분 정도. 끝나고 다들 줄줄이 역으로 향하니, 역으로 가는 길에 긴 사람의 행렬이 생겨서, 좀처럼 시내행 전철 승강장까지도 좀처럼 이르지 못했다. 줄을 서서 그럭저럭 30분 정도 기다렸지만, 줄은 아주 조금씩밖에 줄어들지 않았다.

이러면 전철을 타는 데 1시간은 걸리겠구나 싶어서(몇 번이나 와서 그쪽의 감은 빠르다), 과감하게 비어 있는 반대편 승강장에서 서쪽으로 가는 전철을 타고, 리드콤까지 가서 시내행 전철로 갈아타기로 했다. 즉 올림픽 공원 전용 열차가 아니라, 일반 통근 전철을 타는 것이다. 전에 파라마타까지 간 경험이 있어서 환승 **요령**은 대충 알고 있다.

결과적으로는 내 선택이 정답이었다. 텅 빈 전철로 센트럴 역까지 돌아올 수 있었으니까. 그러나 아무리 그래도 이 대회는 관객 수송에 상당히 문제가 있다. 평소에는 괜찮지만, 사람이 한꺼번에 이동할 때는 옴짝달싹도 못 한다. 1시간 이상은 예사로 줄을 서서 기다려야 한다. 게다가 만약 열차 운행에 문제라도 생긴다면(이를테면 사고나 차량 고장이나), 육지의 고도 같은 곳에 몇십만 명의 사람들이 남겨지게 된다. 생각만 해도 무서운 일이다. 그런 일은 현재까지 고맙게도 한 번도 일어나지 않은 것 같지만.

배가 너무 고파서 시내로 돌아오면 호텔 근처 펍에서 간단히 식사를 해야지 생각했더니, 금요일 밤이어서 어느 펍이나 사람으로 넘쳤다. 바깥까지 손님이 나와서 맥주를 마시고 있다. 주말마다 섣달 그믐밤처럼 엄청나게 소란스럽다. 할 수 없이 방에 돌아와서 혼자 처량하게 캔맥주를 마시고, 근처 편의점에서 산 전병을 바삭바삭 깨물어 먹었다. 호텔 주변은 중국계 사람이 많이 사는 지역이어서, 중국계 젊은이들이 무리지어 몰려다니며 주말 밤을 즐겼다. 몇 명의 남자들이 몇 명의 여자를 헌팅한다. 즐거워 보인다. 나도 힘이 있다면 섞이고 싶었지만, 좀 피곤했다. 나이도 먹었다. 중국어도 못한다.

이래저래 침대에 들어가 누운 것은 새벽 1시 몇분 전이었다. 경기를 좀더 일찍 마쳐줄 수는 없는 건가.

보통 모스 이야기

2000년 9월 23일 토요일 7시 20분에 일어나 어제 사온 콘플레이크와 우유를 먹었다. 오늘은 토요일이어서 늘 가는 근처 카페는 열지 않았다. 조깅을 했다. 60분. 적당히 흐리고 바람이 시원했다. 땀은 거의 흘리지 않았다. 그러나 도중에 목이 말랐다. 물을 마실 수 있는 곳이 보이지 않았다. 공원 안내인에게 "근처에 수돗가가 있습니까?" 물었더니, "글쎄요, 어디 화장실에 가면 수도가 있을 겁니다만"이라고 했다. 운동하는 사람이 많은 아름다운 마을인데 어째서 수돗가를 만들지 않는 걸까.

편의점에서 신문과 물을 사서 몇 블록 떨어진 곳에 있는 카페에 들어갔다. 아랍인이 하는 중동계 카페였다. 두건을 쓴 아주머니가 서빙을 했다. 무얼 먹을지 진열장을 둘러봐도 먹고 싶은 게 보이지 않았다. 하나같이 기름지고 맛이 자극적일 것 같다. 할 수 없이 커피와 토스트를 주문했지만, 먹어보니 토스트 안에 닭고기 같은 고기가 들어 있다. 망했다. 그래도 할 수 없이 반쯤 먹었다. 고기는 담백하고 나쁘지 않았지만, 빵이 눅진눅진하고 기름졌다. 방으로 돌아와 입가심을 하느라 물을 벌컥벌컥 마셨다. 아무래도 중동인과는 식사 취향이 맞지 않는 것 같다. 바그다드 올림픽이 아니어서 다행이다.

일본 대 한국전 야구

12시 몇분 전에 방에서 나왔다. 오늘도 야구장에 가서 일본 대 한국 경기를 보면서 기자석에서 원고를 쓸 생각. 야구장이 완전히 마음에 들었다. 가는 전철 안은 야구 경기를 응원하러 가는 일본인 무리와 한국인 무리로 가득했다. 후쿠오카쯤에서 올림픽을 하는 게 아닌가 싶을 정도였다. 특히 한국의 응원 열기가 대단히 높다. 야구장에서도 한국의 붉은색이 가득했다. 젊은이들이 똑같이 빨간 옷을 입고 있다. 얼굴을 봐도 기합이 단단히 들어가 있다. 일본에게만큼은 질 수 없다는 기백이 있다.

기자석도 붐볐지만, 간신히 한 자리 발견했다. 내가 자리에 앉았을 때는 이미 마쓰자카가 던지고 있었다. 이 사람은 속구 투수로 항상 출발이 안 좋다. 눈 깜짝할 사이에 4점을 빼앗겼다. 적시타 한 방으로 2점. 홈런으로 또 2점. 벤치에 앉은 히가시오 감독의 찡그린 얼굴이 반사적으로 떠올랐지만, 생각해보니 이곳에는 히가시오 감독이 없다.

벤치로 물러나는 마쓰자카의 얼굴은 흙으로 빚은 것처럼 굳어 있었다. 그뒤에 선두 타자인 오키하라 요시노리가 반격의 홈런을 쳤지만, 벤치에서 맞아주러 나올 때의 마쓰자카 얼굴은 여전히 굳어 있었다. 전혀 웃지 않았다. 얻어맞은 충격이 어지간히 컸을 것이다. 또 일본이 1점 올렸다. 4대2가 된다. 승부는 아직 모른다. 이쯤에서 마쓰자카도 조금은 냉정함을 되찾은 것 같았다. 2회, 3회는 무난히 막았다. 점점 컨디션이 좋아진다.

보공 모스를 기다리며

이쯤에서 어제 나방에 관한 신문 기사 얘기를 해보자. 올림픽 주최자는 나방까지는 전혀 예기하지 못했던 것 같다. '보공 모스'라는 이름의 나방으로 해는 없다고 한다(귀에 알을 낳는 일은 없는 것 같다). 어째서 주최자가 나방을 고려하지 못했는가 하면, '보공 모스'가 나타나는 시기는 해마다 10월 초이기 때문이다. 그때쯤이면 이미 올림픽이 끝나있을 테니 문제가 없다고 생각했다.

그런데 올해는 평년보다 훨씬 기온이 높아서 나방의 부화가 빨랐다. 북서계절풍이 불기 시작하는 시기도 빨랐다. 보공 모스는 해마다 퀸즐랜드에서 부화하여, 이 북서풍을 타고 스노웨이마운틴이라는 산지에 떼를 지어 이동한다. 그리고 그곳에 사는 피그미포섬이라는 '멸종 위기에 처한 보호동물'의 소중한 먹이가 된다. 그런 의미에서는 생태계에서 중요한 역할을 하고 있는 나방이다. 나방이 산에 오지 않게 되면 피그미포섬이 식량 부족으로 곤란을 겪게 된다. 피그미포섬은 나방이 없는 시기에는 차곡차곡 모아둔 나무열매 같은 걸 저금통

헐듯이 먹는다고 한다.

이 나방은 대체로 달빛을 목표로 하여 방향을 정하고 긴 거리를 이동한다. 그런데 올해는 평소와 조금 달랐다. 시드니 근처에 엄청나게 밝은 빛이 켜져 있다 보니 달빛이 희미해져버린 것이다. 그래서 보공 모스는 방향감각을 잃은 채 스노웨이마운틴으로 향하는 걸 그만두고, 어슬렁어슬렁 홈부시 경기장 쪽으로 모여들었다. 게다가 올림픽 공원에서 사용하는 조명은 특수한 것이어서, 그게 더욱 보공 모스를 불러들였다. 흔한 일이지만, 나쁠 때는 나쁜 일이 겹친다.

원래 유효한 대응책은 경기장 불을 끄는 것이다. 그것이 불가능하다면(실제로 불가능하다), 방법은 하나밖에 없다. '나방을 좋아하는 것뿐입니다'라고 전문가는 말한다. 할 수 없군. 나도 보공 모스를 조금은 좋아하기로 하자. 그러나 스노웨이마운틴의 피그미포섬들은 맛있는 나방이 오지 않아서, '이상하네, 무슨 일이지…… 배고픈데' 하고 투덜거리고 있지 않을까. 저장한 식량이 떨어지지 않았으면 좋겠는데. 올림픽이 죄가 많네.

*

5회 말에 일본은 또 1점을 올렸다. 스즈키의 2루타를 희생타 두 개로 살렸다(조잡하다고 하면 조잡하다). 마쓰자카는 이제 얼굴이 완전히 펴졌다. 전체적인 시합 흐름도 일본 쪽으로 흐르고 있다. 그러나 집중타가 없는 것은 여전하다. 관객 수는 일만 사천 명. 구장이 더 컸더라면 더 많은 관객이 들어왔을 것이다. 이 열한 경기 중에 총 입장한 사람은 십사만 칠천사백육십일 명이다. 오스트레일리아에서

보공 모스를
사랑할 수 있는
방법을 알려
주겠니?

하루키
선생

피그미포섬

도 야구 인기는 점점 높아지고 있는 듯, 마을의 스포츠용품점에서도 야구용품이 많이 팔린다. 출출해서 매점에 가 샌드위치와 커피를 사서 원고를 쓰며 먹었다.

7회 초에 한국이 1점을 추가. 이것으로 5대3. 또 점수 차가 벌어졌다. 그런데, 그런데 7회 말에 일본이 1사 만루에서 다구치의 적시타로 2점을 올려 드디어 동점으로 쫓아갔다. 시합이 재미있어졌다. 그러나 4번 타자 나카무라에게서 안타가 나오지 않았다. 1사 1, 2루에서 내야땅볼, 병살타로 끝. 주자가 나가 있을 때 이 사람이 한 방 쳐주지 않으면 일본은 큰 점수를 올리지 못한다.

가족 동반은 녹초

또 다른 신문 기사에서.

올림픽 공원을 방문한 오스트레일리아의 보통 가족은 대체로 일인당 3킬로미터를 걷는다. 걸음 수로 하면 6957걸음. 소비되는 열량은 약 107칼로리. 걸음 수는 '평균적인 오스트레일리아의 가족' 표본으로 실제로 만보계를 차고 쟀다. 이 사람들은 아침 9시가 지나 전철로 올림픽 공원에 와서, 기왕 온 길이니 장내의 여러 경기장을 구경하고, 기념품 가게에서 기념품을 사고, 맥도널드에서 간단하게 간식을 먹고(점심은 도시락 지참), 스폰서가 하는 이벤트를 보고, 오스트레일리아 대 한국의 야구 경기를 관전하고(사실은 수영을 보고 싶었는데, 표를 구하지 못했다), 저녁 무렵에 돌아갔다. 완전 녹초가 됐다는 말이다. 내리쬐는 햇볕 아래 8시간이나 보냈다. 힘들었을 것이다.

올림픽 공원 부지는 광활했고. 게다가 역까지 오가는 길은 상당히 멀다. 예를 들어 입구에서 하키 센터까지는 지하철 오모테산도 역에서 JR 하라주쿠 역까지 걸어가는 정도의 느낌이다. 나는 다리에는 자신이 있는 편이지만, 그래도 왕복을 하니 꽤 많이 걷네, 싶었다. 특히 땡볕 아래 걷는 건 고역이었다. 하물며 아이를 데리고 온 사람들은 정말 힘들었을 것이다.

주최자는 사람들을 되도록 많이 걷게 해서 전 국민을 건강한 몸으로 만들 생각일지도 모른다. 온 가족이 올림픽 공원에 갈 계획인 오스트레일리아 여러분들께 조언. "좀 많다고 생각할 정도로 물을 충분히 준비해가세요." 실제로 올림픽 관전이라기보다 가벼운 등산을 예상하고 가는 편이 현명할지도 모른다.

  한국은 9회 초에 2루 쪽 땅볼로 3루 주자가 과감히 홈에 들어오다 가 아웃됐다. 민첩한 플레이였지만, TV모니터로 보니 포수 블록에 서 발이 조금 떨어졌다. 타이밍은 정말 아슬아슬했지만.

  이것으로 한국 벤치가 항의했다. 맹렬한 항의였다. 그렇구나. 올림 픽에서도 항의를 하는구나. 뭐, 축구에서도 심판에게 항의를 하니, 야구에서 한다고 이상할 것도 없겠지만. 한국팀은 상당히 달아오른 것 같았다.

  야구장은 바람이 강해서 오늘도 약간 쌀쌀하다. 긴바지를 입고 와 서 다행이었다. 반소매 셔츠라면 추울 정도. 오른쪽 옆의 책상은 일 본 언론, 왼쪽 옆은 한국 언론. 얼굴만 보면 어느 쪽이 어느 쪽인지 잘 모른다. 볼일이 있어서 말을 걸 때 좀 난감하다.

  9회에 주자 1, 2루에서 다구치가 우전 안타를 쳤지만, 송구가 좋아 서 홈으로 뛰어들던 주자가 터치아웃. 한국 공격 때와 같은 전개다. 덕분에 굿바이 안타가 사라져버렸다. 그러나 내가 야구를 보러 올 때 마다 마쓰자카가 던지고, 그때마다 시합이 안 풀려서 연장전이 되어 시간을 많이 끈다. 한 번쯤 시원하게 일찍 끝내주면 좋으련만.

  연장전에 들어가서 마쓰자카가 빠지고 도이 요시카즈가 던졌다. 10회 초에 한국이 2점을 올렸다. 2점째는 희생플라이지만, 1점은 화 장실에 다녀오느라 어떻게 올렸는지 잘 모른다(만약 스포츠지 신문 기자가 이런 한심한 소릴 하면 걷어차이겠지). 10회 말에 마쓰나카 의 2루타, 다나카 유키오의 안타로 1점을 쫓아갔다. 이것으로 7대6.

아직 주자는 1루. 그러나 정말로 힘든 시합이었다. 쉽게 끝나지 않았다.

결국 아베 신노스케가 내야 땅볼을 쳐서 표본으로 남겨두고 싶은 깨끗한 더블플레이로 게임 종료. 끝. 끝난 것은 4시 20분. 소요시간은 3시간 50분. 덕분에 4시 20분부터인 여자 수영 계주 결승에 가보지 못했다. 일본팀은 이 계주에서 은메달을 땄다고 한다. 기자석 TV로 시상식을 보았다. 결국 수영은 한 번도 보지 못했다. 생각해보니 유도도 보지 못했다.

올림픽 경기장 필수품 목록

야구장 밖에서 〈넘버〉의 가와타 씨에게 표를 받았다. 오늘 밤 육상 트랙은 남녀 100미터 결승과 캐시 프리먼이 출전하는 400미터 2차 예선이 겹쳐서 엄청나게 인기다. 덕분에 기자석에 들어가는 데도 표가 필요했다. 이만한 인원수가 들어가는 거대 경기장인데 객석도 만석, 기자석도 만석이라니 전대미문의 일 같다. 내일모레 25일에도 티켓이 필요하지만 이것도 간신히 입수했다. 어제는 구만 명의 관객이 들어왔다고 하는데, 오늘은 더 굉장한 숫자일 것이다. 나는 1만 미터 쪽이 흥미가 있지만, 뭐니 뭐니 해도 100미터는 올림픽의 꽃이다. 여기까지 와서 놓칠 수는 없다.

그러나 어째서 올림픽 육상의 꽃이 가장 짧은 거리인 100미터와 가장 긴 거리인 마라톤일까? 그 중간은 왜 별로 인기가 없을까. 이것은 생각해볼 가치가 있는 문제이다. 누가 한번 생각해봐주세요.

경기가 시작되기 전에 기자석 식당에서 식사를 마쳤다. 주경기장 스탠드의 카페테리아에서 나오는 음식은 별로 먹을 만한 음식이 아니어서 어제는 결국 저녁을 굶었다. 기자석 식당에는 여러 가지 음식 코너가 있고, 맛도 그리 나쁘지 않다. 나는 파스타와 채소찜, 그리고 시원한 맥주를 마셨다. 업무 중이지만, 한 잔쯤이야 어때 하고. 그리고 주경기장으로 향했다.

기자석이 오늘은 지정석이지만, 내게 할당된 20열 18번이라는 자리가 실제로 존재하지 않는다는 사실을 알았다. 내가 앉아야 할 곳에는 다른 섹션의 18번이 붙어 있다. 할 수 없이 담당자를 불렀다. 그도 "어쩔 수 없네요"라고 할 뿐 손을 쓰지 못했다. 그곳은 중국 통신사 석으로 되어 있지만, "아무도 없으니 앉으세요"라고 한다.

"만약 이 사람이 오면 어떡하죠?"

"그때는 그때대로 적당히 안배하죠. 자리 교환은 자주 있는 일이니 괜찮습니다. 신경 쓰지 마세요."

정말인가. 그렇지만 어쩔 수 없으니 일단 그 자리에 앉았다.

매일같이 이렇게 올림픽 경기장에 다니고 있는데, 내가 가방에 넣고 다니는 '필수품'을 적어보겠다.

1. 선글라스와 안경(이것이 없으면 잘 보이지 않는다)

2. 자외선 차단 크림(햇볕이 강해서 필수품)

3. 녹음기(인터뷰가 언제 있을지 모른다)

4. 폴라로이드 카메라(거의 사용하지 않지만 가끔 도움이 된다)

5. 생수(필수품)

6. 랩톱(iBook)

7. 쌍안경(되도록 작고 가벼운 것)

8. 철도시각표와 공식 가이드북(대회장에서 길을 잃지 않기 위해서)

9. 휴대전화(누군가와 약속할 때 이것이 없으면 파투)

10. 그 외(사탕, 필기도구, 메모, 한가할 때 읽을 책)

11. 앗, 잊으면 안 되는 중요한 것. 목에 걸고 다니는 미디어패스. 이게 없으면 어느 경기장에도 들어가지 못한다. 경기를 볼 수 없고, 따라서 기사도 쓸 수 없다. 생명 다음으로 소중한 것이다.

그러나 이만큼 짊어지고 하루 종일 돌아다니는 일은 꽤 힘들다. 특히 물과 컴퓨터가 무겁다. 주변의 언론 관계자들을 보면 훨씬 가볍고 작은 기계를 갖고 온다. 부럽다. 어째서 맥의 랩톱은 점점 크고 무거워지는가? 더 가벼운 단말기를 만들어주지 않을 건가.

올림픽을 관전하기에 적당한 복장은 어떤 것인가 하면 먼저 긴 바지. 낮에는 더워도 아직 초봄이어서 해가 지면 바람이 제법 싸늘해진다. 당연하지만 걷기 쉬운 조깅화. 어깨에 걸칠 상의나 스웨터. 아래에는 반팔 셔츠가 좋다. 모자는 필수품(되도록 꾸깃꾸깃 작게 접을 수 있는 게 좋다). 어깨에 멜 수 있는 숄더백이나 배낭. 다만 짐을 자주 검문검색하므로 쉽게 열리는 것이 바람직하다. 랩톱을 넣을 튼튼한 토트백.

이런 차림으로 매일같이 올림픽 공원에 다닌다. 뭔가 황태자에게

나 어울릴 법한 스타일 같군요.

아니나 다를까, 18번 자리의 원래 주인인 중국 신문기자가 와서 옥신각신. 내가 사정을 설명하려고 해도 가위로 꽁지를 잘린 동물처럼 와와 시끄럽게 떠들며 전혀 들어주지 않는다. 할 수 없이 포기했다. 애초에 있어야 할 자리가 없으니 말썽이 생기는 건 당연한 일이다.

일본 기자들이 의자를 조금씩 좁혀서 자리를 하나 만들어주었다. 덕분에 그대로 일을 할 수 있었다. 나와 같이 보아야 할 모니터 TV는 옆에 있는 놈이 자기 쪽으로 돌려버렸다. 아주 뻔뻔한 놈이지만, 귀찮아서 아무 말도 하지 않았다. 말한다고 사태가 좋아질 것 같지도 않았고.

100미터 결승, 매리언 존스와 모리스 그린

캐시 프리먼은 역시 거침없이 선두로 2차 예선 통과.

여자 100미터 결승에서는 예상대로 매리언 존스가 압도적인 강세를 보이며 선두로 들어왔다. 2위와의 차이는 놀라울 정도로 크게 났다. 기록은 10초 75. 그러나 2위로 들어온 그리스의 에카테리니 타누라는 선수도 열심히 했다. 흑인 선수들 가운데 새하얀 사람이 한 명 있는 것만으로도 돋보였다. 그리고 기특하다고 할까, 멋지게 은메달을 땄다. 그리스 사람들도 분명 기뻐했을 것이다.

"오늘 밤 매리언은 정말 강했습니다." 그녀가 말했다. "난 메달을 따기 위해 이곳에 왔습니다. 그리고 하나를 목에 걸었습니다."

그리고 1개 땄습니다, 란 표현이 좋다.

"저는 아직 스물네 살이지만, 올림픽에서 우승하는 것은 19년에 걸친 제 인생의 꿈이었습니다." 우승한 매리언 존스는 얘기했다.

우승이 결정되자 그녀는 미친 듯이 기뻐했다. 그리고 감동이 찾아왔다. 가족에게 축복받을 때, 눈물이 폭포처럼 넘쳐흘러 멈추지 않았다. 그녀는 성조기 두 개와 벨리즈 국기를 한 개 들고 장내를 한 바퀴 돌았다. 벨리즈는 그녀의 어머니가 태어난 곳이었다.

그 순수하고 무조건적인 기쁨은 남편의 약물 의혹이 표면화될 때까지 한동안 계속됐다.

남자 100미터는 이것도 역시 미국의 모리스 그린의 승리였다. 아무리 생각해도 그 이외의 선택지는 없다. 관중들은 그저 당연한 듯이 그가 금메달을 따서 성조기를 두르고 장내를 한 바퀴 도는 것을 바라볼 뿐. 세계신기록은 나오지 않았지만, 어쨌든 예정된 시나리오대로의 '모리스 그린 쇼'였다.

그러나 인생의 하이라이트를 고작 10초 남짓한 시간에 집중한다는 것은 참으로 잔인하다. 그 압도적이리만큼 응축된 파워가 얼마만큼 무거운 짐을 사람의 정신과 육체에 짊어지우는지, 다른 사람은 헤아리지 못할 것이다. 적어도 나는(장거리 체질인) 도저히 상상할 수 없다. 그렇지만 그것이 뼈를 깎듯이 가혹하고 통절하다는 것은 달리기를 마친 선수들의 표정으로 짐작할 수 있다.

메달을 딴 세 사람은 골 앞쪽에서 서로를 꼭 껴안았다. 아군도 적군도 없다. 응축된 순간의 연속은 여기서 끝난 것이다. 이제 거기에 관해서는 한동안 생각할 필요가 없을 것이다. 몸속 여기저기 스멀스

멀 기쁨이 번지며, 그대로 온몸을 감싼다. 피부가 떨리고, 심장이 부풀고, 목이 탄다. 우리는 그런 추이를 또렷하게 목격할 수 있다. 이윽고(매리언의 경우와 마찬가지로) 폭풍 눈물이 찾아올지도 모른다.

신기한 일이지만, 우리는 100미터 달리기 자체를 볼 때보다 끝나고 선수들이 빠져나가는 모습을 볼 때, 사람의 몸이 얼마나 순수한 빛을 발하는지 체감할 수 있다.

현장에서 100미터 달리기를 보니 빠른지 빠르지 않은지는 솔직히 말해서 잘 모르겠다. 정말로 눈 깜짝할 사이에 끝나버려 무언가와 비교할 수가 없다. 물론 엄청나기까지 한 몸의 움직임을 보고 인간 능력의 한계에 육박하는 스피드라는 것은 이해했다. 그러나 **정말로 빠르냐**고 하면 희한하게도 그런 실감은 없다. 우리가 느끼는 것은 다부진 근육의 한 무리 선수들이 눈앞에서 무언가 한계를 향해 도전한 것 같다는 어렴풋한 인식뿐이다.

하지만 모두 끝났을 때, 선수들의 표정과 동작에서, 그 허탈감이나 양동이 바닥을 뚫을 듯한 환희에서, 그들이 **얼마나 빨리 달렸나** 하는 것을 그제야 우리도 느끼게 된다. 그리고 감동 같은 것이 쫙 밀려온다. 이것은 뭐랄까. 그렇지, 일종의 종교다. 가르침이다.

매리언 존스의 시상식. 상쾌한 표정이었다. 마치 빙의됐던 게 떨어져나간 듯한 개운한 얼굴이 됐다. 이따금 그 얼굴이 일그러졌다. 그러나 일그러지는 것을 꾹 참았다. '성조기여, 영원하라'. 장내에 있는 모든 이가 일어섰다. 그녀의 얼굴이 한 번 더 기쁨으로 일그러졌다. 그 얼굴을 보고 있으니 힘껏 박수를 보낼 수밖에 없다.

모리스 그린의 수상. 그도 기뻐 보였다. 목에 걸린 메달을 손에 들고 지그시 바라본다. 이것이 금메달이다. 이것이 내가 이룬 성과이다. 잘됐다. 이렇게 **좋은 일**이 내게 일어나다니. 그의 눈은 그렇게 이야기하고 있다.

국가가 연주되는 동안 그도 표정이 일그러지지 않도록 꾹 참는 듯했다. 눈물이 쏟아지지 않도록 참고 있다. 이윽고 기쁨이 얼굴 구석구석에까지 가득 찬다. 웃는 얼굴이 근사하다. 그린은 한 번 더 메달을 보고, 그걸 입가로 가져가 깨물어본다. 단단함을 확인하듯이.

나는 지금까지 수차례 100미터 경기를 TV에서 보아왔지만, 이런 종류의 자연스러운 감동을 느낀 것은 처음이었다. 역시 현장은 생생하다.

일본 대 미국전 축구

기자석에 있는 모니터 TV에서 일본 대 미국 축구를 하고 있다. 드디어 결승 토너먼트에 들어갔다. 이 시합에 이기면, 4강. 다음은 시드니 경기장에서 시합을 하게 된다. 그러면 나도 한 번 더 보러 갈 수 있다. 어떡하든 이겼으면 하는 시합이다. TV를 켠 것은 후반이 시작되고 5분 지나서였는데, 1대0으로 일본이 이기고 있었다. 음, 아주 좋은걸, 하고 보고 있는데 절호의 득점 기회에 다카하라가 실수를 했다. 골키퍼와 일대일 상황에서 힘이 들어가 골이 빗나간 것이다.

이러면 머잖아 골치 아픈 일이 생길 텐데…… 하고 걱정했더니, 아니나 다를까 바로 미국에게 한 골 먹혔다. 후반 25분쯤에. 트랙 경기는 별로 보고 싶은 게 없었지만, 모니터 TV로 축구 시합을 보기 위해 경기장에 남았다.

후반 26분, 다카하라가 좀전의 오명을 씻듯 깨끗하게 골을 넣었다. 훌륭했다고 할까, 미국 수비가 어설펐다. 그러나 15분쯤 남았을 때부터 미국의 공격은 날카로웠다. 잘도 이만한 힘을 남겨두었구나 하고 감탄했다. 무패로 올라온 팀인 만큼, 쉽게 끝내지 않았다. 일본은 줄곧 끌려가는 분위기였다.

나라자키가 골 앞에서 충돌하며 쓰러져서 피투성이가 됐다. 정말 위험한 순간이었다. 상대는 마구 공격해오고 골키퍼가 실신해 있으니 절체절명. 위태로운 상황을 간신히 넘겼다. 주변에 일본 기자들도 육상 경기를 보면서 축구도 보고 있었던 듯, 때 아닌 비명이 곳곳에서 터졌다.

일본은 버티고 버텼지만 결국 동점으로 몰렸다. 페널티킥을 빼앗겨서 깨끗하게 한 골 먹혔다. 후반 45분의 일. 어째서 이럴 때 페널티킥을 먹히는 거냐, 정말로.

연장전에서도 점수가 나지 않았다. '옳지, 넣자!' 하는 장면은 몇 번 있었지만, 도저히 골로 연결되지 않았다. 결국 연장전에서도 승부는 나지 않아서 승부차기에 들어갔다. 나카타의 슛이 빗나가서(아슬아슬했지만 골대에 맞았다), 이것으로 모든 것은 끝. 일본은 준결승 진출에 실패했다. 오늘은 야구도 그렇고 축구도 그렇고, 연장전까지 가서 결국은 지는 패턴이었다. 좋은 시합이었다고는 하지만, 아무래도 지쳤다. 좋은 시합도 지친다. 특히 진 시합에는.

ᄃᄃI어 에자 마라ᄐᆫ

2000년 9월 24일 일요일 아침에 일어나 8시에 호텔을 나섰다. 오늘은 드디어 여자 마라톤을 하는 날이다. 시작은 9시.

여느 때처럼 센트럴 역에서 전철을 탔는데, 이게 또 붐볐다. 마치 일본의 만원 전철 같다. 일본인에게는 친숙한 광경이지만, 오스트레일리아 사람들은 이리 붐비는 전철이 낯설지 않을까. 정차 역에서 타지 못하는 사람도 있었다. 화창한 일요일이라 모두 올림픽을 구경하러 몰려나온 모양이다. 아니, 그래도 그렇지, 너무 붐볐다. 그러나 아무도 불평하지 않았다. 여기저기서 예의 "오지, 오지, 오지, 오이오이오이!" 하는 응원 소리가 들릴 뿐이다. 누군가가 아무렇게나 "오지!" 하고 외치면 다들 잽싸게 "오이!" 하고 응답했다. 오지들의 애국심이 그 어느 때보다 뜨겁게 끓어오르는 것 같다. 아무리 그래도 이리 쉽게 끓어도 괜찮은 걸까.

콘라트 로렌츠와 앤서니 스토는 인간이란 태어날 때부터 투쟁적

본능을 갖고 있다고 설명했다. 따라서 그런 본능을 어딘가로 발산하는 행위가 꼭 필요하다고. 그런 의미에서 올림픽은 4년에 한 번씩 적절한 '김 빼기'가 되는지도 모르겠다.

"사람들이 유랑하는 수렵자였던 시절에 적합했던 삶의 방식인 공격적인 성향은 근대 문명의 조건 아래에서는 이제 통하지 않는다. 그런데 생물학적 변화는 더디다. 우리를 유사 이전의 선조부터 근본적으로 달라지게 할 생물학적 변화는 지금까지 전혀 일어나지 않았다. 그래서 확실히 살아남기 위해 필요했던 끊임없는 투쟁심을 우리는 아직도 갖고 있는 것이다."•

그런 이유로, 우리는 올림픽에서 활약하는 선수를 힘껏 응원하고, 그를 통해 투쟁심을 대리만족하는, 생각해보면 무던히 번거로운 행동을 하는 셈이다. 그러나 원리적으로 복잡한 행위이긴 해도 표현 방법은 지극히 간단하다. 큰 소리로 외치고 깃발을 흔들면 그만이다.

그건 그렇고, 오늘 올림픽 공원의 인파는 엄청났다. 내 옆에 있던 오스트레일리아 사람은 역에서 출입구까지 향하는 인파를 보고, "오 마이 가아아아앗!" 하고 외쳤다. 분명 이런 혼잡함을 지금껏 본 적이 없을 것이다. 오스트레일리아의 다른 거리는 텅텅 비지 않았을까 걱정이 될 정도로 성황이었다.

 앤서니 스토, 《인간의 공격성Human Aggression》(쇼분샤) .

시드니의 암표상

일설에 따르면, 한때 다 안 팔릴까 진지하게 우려했던 올림픽 티켓은 후반 들어 인기가 높아지면서 거의 매진됐다. 전부 570만 장이었던 티켓의 90퍼센트가 팔렸다. 대단한 숫자다. 당일권도 있지만, 그것도 내놓으면 순식간에 팔릴 것이다.

다 오스트레일리아 선수가 예상 밖의 맹활약을 했기 때문이다. 덕분에 올림픽 인기에 불이 지펴졌다. 그때까지는 "올림픽? 알아서들 하시지" 하고 무관심하거나, 분위기를 깨뜨리거나, "그럴 돈이 있으면 좀더 사회적으로 효과적인 일에 써야지, 무역 적자는 어쩔 건데?" 하고 비판적이던 사람들이 빠짐없이 티켓 매장으로 달려갔다. 비록 인기 없는 종목이라도 좋으니 "어쨌든 나도 올림픽이라는 걸 보고 싶어" 하는 사람도 많았다. 이렇게 되니 자연히 암표상도 횡행했다. 수영 티켓을 사려던 사람은 2,000달러를 요구당했다고 한다. 암표상도 지금이 일생일대 대목이다. 암표상이 오스트레일리아에도 있느냐고? 당연히 있다. 암표상 없는 나라는 없다(아마도). 수요가 있는 곳에는 반드시 공급이 생기게 마련이다.

다만 야 군의 이야기에 따르면, 양심적인 암표상도 많아서 "별로 인기가 없는 경기는 정가나 정가에 가까운 가격으로 살 수 있습니다"라고 한다. 정가로 팔아서 뭐하려는지 나는 잘 모르겠지만.

"그리고 일본 암표상은 대놓고 암표상 같은 차림을 하고 있잖아요. 그런데 여기는 보통 사람들이에요. 평범한 차림을 하고 있어요. 그래서 구별이 안 됩니다."

입구에서 '티켓 사고 싶은데' 하는 표정으로 5-6분쯤 서 있으면,

그쪽에서 "굿다이" 하고 말을 건다고 한다. 참고로 암표상은 영어로 scalper라고 한다. 오스트레일리아에 와서 처음 알았다. scalper란 원래 '머리 가죽을 벗기는 사람', 변해서 '자잘한 이윤을 내는 사람' 이 됐다. 장내에서 scalper에게 티켓을 사지 말라는 방송이 흘렀으나, 사는 사람은 많은 것 같았다.

이제 여자 마라톤

오늘은 서늘했다. 오스트레일리아에 온 이래 아마 가장 서늘했을 것이다. 어젯밤부터 점차 공기가 차가워졌는데(어젯밤에는 긴소매 셔츠에 울 스웨터를 입어도 여전히 추웠다), 오늘은 낮부터 제법 쌀쌀했다. 하늘은 잔뜩 흐렸다. 기온은 14도, 바람은 시속 9킬로미터, 습도는 91퍼센트였다. 당장에라도 후드득후드득 비가 쏟아질 분위기. 습도가 높은 것을 제외하면 마라톤 컨디션으로는 나쁘지 않았다.

*

먼저 내리막 지점에서 일찌감치 벨기에 선수가 선두로 나섰다. 마린 렌더스. 긴 다리를 이용해 속도를 올렸다. 이름을 들어본 적은 없는데, 최고기록이 2시간 23분대인 선수이니 나름대로 실력이 있을 것이다. 오늘은 상태가 좋아서 내리막을 이용해 처음부터 치고 나갈 작정인 것 같지만, 모니터 화면으로 봐도 그리 순조롭지 않겠다는 생각이 들었다. 동작이 껑충껑충 너무 커서 마치 소금쟁이가 수면 위를

미끄러지는 것 같았다. 유럽의 평지라면 몰라도, 그런 자세로 앞으로 계속 이어지는 험준한 언덕을 극복하기는 상당히 어려워 보였다.

여우를 사냥하는 개처럼 거대 그룹이 렌더스의 뒤를 쫓았다. 그룹의 속도는 그렇게 빠르지 않았다. 처음 10킬로미터에 34분 8초가 걸렸다. 초반에는 무리하지 않고 상황을 살피는 분위기였다. 지나치게 소극적이라는 느낌도 없잖아 있었지만, 올림픽은 이기는 게 우선이므로 시간은 나중이다. 힘든 코스니까 어느 정도 초반에 자제하지 않으면 끝까지 달리지 못한다. 그러나 당연히 자제만 하면 이길 수 없다. 어디서 누가 치고 나올 것인가, 그것이 볼거리이다.

그룹 전방에는 일본인 선수도 세 명 있었다. 내리막부터 시드니 하버 브리지, 서큘러 키, 도심의 하이드파크까지 그 태세가 그대로 이어졌다. 렌더스가 선두를 달렸고 대략 15초쯤 뒤에 스무 명가량의 선두 그룹이 쫓았다. 한동안은 평탄한 길이 이어졌다. 역사상 가장 힘들다고 하는 시드니 마라톤 코스 중에서 예외적으로 달리기 편한 구간이었다. 잠깐의 평화라고 해도 좋을 것이다.

길가에는 응원 나온 일본인이 매우 많았다. "힘내요!" "힘내!" 하는 목소리가 사방에서 들렸다. 찢어지는 여성의 목소리가 다수였다. 아마 선수들 귀가 따가웠을 것이다. "오지, 오지"라는 예의 응원 함성도 많았지만, 일본인 응원단의 과열은 정말 대단했다. 부근 일대가 완전히 일장기 천지였다. 여자 마라톤을 응원하려고 시드니에 온 사람이 많은 것 같았다. 일설에 따르면, 그 수가 대략 만 명이란다. 만명! 시드니 신문에서는 '마라톤은 일본인에게 국민적 강박관념이 된 스포츠이다'라고 썼는데, 그런 소리를 들어도 확실히 어쩔 수 없다는 걸 실감했다.

경기가 시작되고 25분이 지났을 무렵, 하늘이 거짓말처럼 **활짝** 개더니 내가 있는 경기장으로 뜨거운 뙤약볕이 쏟아졌다. 나는 경기장 기자석에 진을 치고 모니터 화면을 보면서 선두 선수가 경기장에 나타나기를 기다렸다.

야 군과 연락이 닿았다. 그는 35킬로미터의 급수 지점에서 대기 중이었다. 그곳에서 비디오를 촬영할 예정이었다. 마침 30분에 센터니얼 공원으로 들어섰다. 선두와 선두 그룹의 거리는 벌어지지 않았다. 경기 시작 후 40분쯤, 센터니얼 공원을 돌기 시작한 시점에서 이탈리아의 마우라 비체콘테가 더는 못 참겠다는 듯 선두를 쫓기 시작했다. 레이스 전개에 약간 변동이 생겼다.

정신을 차려보니 구름이 깔끔하게 어디론가 사라졌다. 순식간에 평소의 쨍쨍 내리쬐는 햇볕으로 돌아왔다. 거친 기후 변화였다. 온도는 쑥쑥 올라갔고, 습도는 쭉쭉 내려갔다(최종적으로 50퍼센트까지 내려갔다). 이렇게 되면 선수들도 더위 대책에 쫓길 것이다. 급수에 신경 써야 한다.

기자석 위에는 천장이 있지만, 오전 태양은 각도 탓에 피할 수 없었다. 너무 더웠다. 트레이닝셔츠를 벗고 야구 모자를 쓰고, 얼굴에 자외선 차단 크림을 발랐다. 모니터도 눈이 부셔서 잘 안 보였다. 어쨌거나 강렬한 태양이다. 정말 뭔지든지 다 타들어갈 것만 같은 나라이다(그리고 실제로 뭔지든지 타들어간다).

레이스 디렉터인 데이브 칸디 씨는 시드니 코스를 이렇게 설명했다. "선두 그룹은 25킬로미터쯤까지는 한 무리가 되어 달린다. 진정한 레이스는 그때부터 시작될 것이다. 그뒤로는 평탄한 길이 거의 없다. 오르막이나 내리막, 둘 중 하나다. 각각은 대단한 언덕이 아닐지라도 꼬리를 물고 끝도 없이 이어져서, 선수들은 리듬을 파악하기가 굉장히 어려워진다."

"이렇게 힘든 코스에서는 구태여 전략을 쓸 필요도 없지 않을까요?" 미즈노의 N씨가 말했다. "이 코스라면 내버려둬도 다들 알아서 떨어져나갈 테니까요. 일본 선수는 입을 모아 '그래도 그렇게 힘든 코스는 아니에요'라고 하던데, 이걸 **힘들지 않다**고 하다니, 솔직히 믿을 수 없습니다."

나도 전혀 믿음이 안 갔다. 하지만 현대 마라톤이 대단한 경지까지 왔다고 실감했다. 그 옛날에는 '42킬로미터를 사람이 달린다'는 것만으로 사람은 감동했다. 얼마 전까지는 '42킬로미터를 그렇게 빠른 속도로 사람이 달린다'는 것에 감동했다. 지금은 '이렇게 혹독한 계절에, 이렇게 힘든 코스를, 사람이 이렇게 빠른 속도로 42킬로미터를 뛴다'는 것에 감동한다. 이것이 마라톤 경기로서 올바른 진화일까? 나는 잘 모르겠다.

현대 마라톤 경기는 1936년 베를린 올림픽의 기록 영화 〈올림피아 1부 : 민족의 제전〉에 나오는 마라톤 경기와는 완전히 다른 별종의 스포츠 경기 같다. 베를린 마라톤에서 선수들은 급수 지점에 멈춰서서 천천히 물을 마시고, 세면기에 웅크려 얼굴을 벅벅 씻었다. 마치 현대의 울트라마라톤 같은 느낌이었다. 그래도 그 모습은 우리 눈에 참으로 인간적인 행위로 비쳤다.

우리는 무엇을 위해 이렇게까지 급속도로 진화를 이루어온 것일까? 예를 들어 남자 1만 미터를 보자. 1936년 우승 기록은 30분 15초였다. 그런데 이번 올림픽에서는 27분 18초였다. 7위인 다카오카 도시나리도 27분 40초에 달렸다. 만약 실제로 둘을 같은 트랙에 나란히 달리게 해보면, 그 차이에 아마 할 말을 잃을 것이다. 이처럼 집중적인 진화를 가능하게 한 것은 우리의 '투쟁심'일까? 우리는 '대리 투쟁'으로 적절히 김을 뺄 수 있었고 그 덕분에 베를린 올림픽 이래 64년간 현명하게도 세계 평화를 유지할 수 있었던 걸까? 설마. 그렇게 생각하면 '평화의 제전'이라는 간판이 얼마나 어리석은지 알 수 있다. 도움이 되는가 되지 않는가, 이런 실용적 관점에서 보자면 올림픽은 아무런 도움도 되지 않는다.

그렇다면 도대체 무엇을 위해서 우리는 이런 곳에서, 이런 것을 하고 있는 걸까?

모르겠다. 모르겠으니 일단 마라톤이나 계속 보자.

15킬로미터 지점에서 렌더스는 이미 선두 그룹에 따라잡혔다. 예상대로의 전개였다. 1시간 2분, 18킬로미터 부근에서 다카하시가 속도를 내서 불쑥 앞으로 치고 나갔다. 이치하시 아리가 득달같이 뒤를 따랐다. 리디아 시몬도 끈질기게 따라갔다. 세 사람이 중심이 되어 선두 그룹을 형성했다. 나머지 그룹은 마치 끈이 풀린 것처럼 순식간에 뿔뿔이 흩어졌다. 야마구치 에리는 따라오지 못했다. 중간 지점을 통과한 시간이 1시간 11분 45초. 속도가 상당히 빨라진 것 같았다.

그런데 케냐의 로르페는 어떻게 됐지? 에고로바는? 로바는? 마셰드는? 이 여인들의 이름은 전혀 언급되지 않았다. 화면에 모습도 비치지 않았다. 여인들과 관련된 정보도 없었다. 모니터 TV에는 정보가 전혀 나오지 않았다. 거리도 제대로 표시되지 않았다. 그저 **뻔한** 화면만 나올 뿐이었다.

아침을 거른 탓에 매점에서 피자 작은 것과 생수를 사 왔다. 안자크 브리지에 도달하기까지 아마도 새로운 전개는 없으리라. 그래서 매점에 먹을 것을 사러 다녀왔다. 자리로 돌아와 베지터블 피자를 먹고(정크푸드의 즐거움!) 차가운 생수로 목을 축이며 선두 그룹이 안자크 브리지에 도착하기를 기다렸다.

출발 후 1시간 30분쯤 지나자 문제의 안자크 브리지에 접어들었다. 이 긴 오르막에서 역시나 다카하시가 기어를 바꾸기라도 하듯이 속도를 높이고 다른 두 사람의 반응을 살폈다. 시몬이 따라왔지만, 이치하시는 새로운 레이스 속도에 적응하지 못했다. 버티지 못하고 쭉쭉 뒤로 밀려났다. 따라가려고 해도 다리가 움직이지 않는 모양이었다(시합 후 기자회견에서는 맞바람이 강해서 복통을 일으켰다고 했다). 그녀와 선두 두 사람의 차이가 금세 벌어졌다. 1시간 38분 시점에서 다카하시 뒤에서 이치하시의 모습이 사라졌다. 다카하시는 상쾌한 표정이었다. 굉장히 상태가 좋아 보였다.

리디아 시몬은 끝까지 쫓아가볼 심산인 것 같았다. 그러나 자기가 적극적으로 나서지는 않았다. 끈질기게 달라붙어 마지막에 추월하려는 계산일까. 아니면 치고 나가서 다카하시를 흔들고 시합을 이끌어갈 힘이 없는 걸까. 아마 양쪽 다이리라. 시몬의 표정은 상당히 괴로워 보였다. 적어도 지금은 다카하시를 흔들 만큼의 여유가 없어 보였다.

30킬로미터 지점에서 이치하시와 선두 두 사람 사이에는 41초 차가 벌어졌다. 대략 200미터. 이만큼 벌어지면 만회는 어려울 것 같다. 이치하시는 전반에 다카하시의 자유로운 페이스에 맞췄던 게 타격이 컸다. 이치하시는 곧 3위로 떨어지고 4위로 처졌다. 그녀는 무리해서라도 다카하시를 따라가야만 했다. 그러지 않으면 승산이 없을 테니까.

그런데 내가 있는 경기장 관중들은 마라톤 경기에 별로 관심을 기울이지 않았다. 경기가 시종일관 경기장 대형 화면에 나오고 있었지만, 일본과 루마니아 선수의 레이스 대결에 오스트레일리아의 일반 관중은 그다지 흥미가 없을 것이다. 경기장을 채운 십만 명 가까운 사람들의 관심은 오히려 필드에서 진행되고 있는 장애물 경기나 원반던지기에 쏠렸다. 크게 터지는 환호성은 가끔 등장하는 오스트레일리아 선수에게 향하는 것뿐이었다. 팔이 안으로 굽는다고 할까, 우승한 선수보다 5위로 들어온 오스트레일리아 선수에게 쏟아지는 박수 환호성이 압도적으로 많았다.

35킬로미터 급수 지점 앞(여기에서 야 군이 대기하고 있을 것이다)에서 다카하시가 기다렸다는 듯 앞으로 나섰다. 시몬은 따라가지 못했다. 따라가려는 마음은 있는데, 다리가 따라가지 못했다. 차이가 확 벌어졌다. 예정했던 것인지 아닌지는 모르겠지만, 결과적으로는 정석대로 35킬로미터부터 스퍼트였다. 트랙 승부가 되면, 시몬의 힘 있는 보폭에 압도될 우려가 있다. 그러니 트랙에 들어가기 전까지 시몬과 되도록 차이를 많이 벌려야 했다. 오르막에서 속도를 올린 것인데, 다카하시의 자세는 오르막에서도 내리막에서도 변화가 없었다.

표정도 똑같았다. 그래서 TV를 보고 있으면 지금이 오르막인지 아닌지조차 우리는 알 수 없었다. 그와 대조적으로 시몬은 오르막에 접어들면 어쩔 수 없이 등을 굽혀 '영차' 하는 느낌이었다. 그래서 '아아, 여긴 오르막이구나' 하고 알았다.

다카하시는 시종일관 레이스의 주도권을 쥐었다. 물론 15킬로미터까지는 렌더스에게 선두를 양보했으나, 일부러 그렇게 한 것이었다. 선두 그룹이 렌더스를 따라잡자, 그녀는 잠시 상황을 살피다가 속도를 높여 치고 나갔다. 그렇게 선두 그룹을 이루었다. 주도권은 다카하시가 쥐고 있었다. 전략을 짰다기보다 그녀는 자기 상태에 맞춰 자연스럽게 속도를 조정했을 뿐일지도 모른다. 그러나 그 속도에 따라갈 수 있었던 것은 이치하시와 시몬뿐이었다.

(오스트레일리아 선수 케린 맥캔은 시합 후 인터뷰에서 이렇게 말했다. "다카하시가 치고 나갔을 때, 어차피 금방 지치리라 생각했어요. 왜냐하면 이렇게 오르막 내리막이 많은 코스에서 그렇게 빠른 속도로 계속 달릴 수 없으니까요. 그런데 일본 선수가 그걸 해내다니 믿을 수 없네요. 내 기록은 2시간 28분이었는데, 이것도 괜찮은 편이에요.")

안자크 브리지 오르막에서 속도를 올려 이치하시를 따돌린 것도 그녀였고, 이번에 시몬을 따돌린 것 역시 그녀가 의도한 것이었다. 다카하시가 내내 적극적으로 레이스를 만들어갔다. 우승 후보인 아프리카 선수(특히 로르페)가 치고 나오지 못한 것도 행운이었겠지만, 그걸 감안해도 대단했다.

문제는 딱 하나. 시몬이 아직 힘을 비축하고 있는가 하는 것이다.

그러나 다카하시와 시몬의 거리는 점점 벌어졌다. 시몬은 보기에도 더워 보였다. 기온은 점점 올라갔다. 다카하시에게 유리할지도 모른다. 어쨌거나 그 무지막지하게 더운 방콕에서 독보적으로 우승한 사람이니까. 시몬이 낚아채듯 물병을 들었다. 머리부터 물을 끼얹었다. 얼굴이 홀쭉해졌다. 눈동자가 무언가를 갈망하듯 흔들렸다.

그러나 이 사람의 몸은 언제 보아도 탄탄하고 다부지다. 약간 구부정한 몸을 껑충하게 흔들며 달리지만, 그렇게 해서 시계추처럼 전체적으로 몸에 기세를 붙였다. 솔직히 말해서 나는 이 사람의 자세를 좋아한다. 다리 근육이 어지간히 강하지 않으면 이렇게 달리지 못하기 때문이다. 다카하시의 자세는 그것과 대조적이다. 몸 전체를 알차게 써서 무리 없이 달린다. 다릿심이나 근력은 시몬보다 못하지만, 축을 곧추세우고 불필요한 동작을 줄여서 42킬로미터를 완주했다. 시몬이 힘의 주행이라면 다카하시는 바른 자세의 주행이다.

다카하시도 표정이 약간 일그러지긴 했지만, 보폭과 몸의 움직임에는 조금의 변화도 보이지 않았다. 상반신과 하반신의 균형이 완벽하게 맞아떨어지며 일정한 자세를 유지했다. 얼굴만 살짝 일그러졌다. 조금 전과 다른 것은 그것뿐이었다. 그녀 역시 괴로운 것이다. 뼈와 뼈를 비비는 듯한 이런 경쟁은 숨이 벅찰 정도로 볼 가치가 있었다. 다카하시와 시몬의 차는 23초까지 벌어졌다. 일직선인 길이어서 뒤에서는 다카하시의 등이 보일 것이다. 그러나 그 등은 너무도 멀었다.

40킬로미터 지점 직전, M4고속도로에 들어섰다. 고속도로는 마라톤 레이스를 위해 통행을 금지시켰다. 다카하시는 골을 향해 달렸다. 도로 위에 그려진 한 줄의 블루라인을 잡아당기는 것처럼 묵묵히 따라갔다. 페이스는 떨어지지 않았다. 오르막 내리막과 관계없이 5킬로미터를 16분 50초 전후로 정확하게 달렸다.

그녀는 리듬을 파악했다. 아니다, 리듬이 전부가 됐다. 내재된 그 리듬 안에서 자기 자신을 완전히 녹였다. 그보다 위로도 가지 않고, 아래로도 가지 않았다. 리듬을 깨뜨리지 않는 것, 그녀가 생각하는 것은 오직 그것뿐이었다. 무언가에 등을 가볍게 밀리는 것처럼 군더더기 하나 없는 자세로 계속 달렸다.

관중석에서 하늘을 올려다보니 헬리콥터가 대여섯 대 날아다니는 것이 보였다. 마라톤 선수가 시시각각 경기장으로 다가오고 있었다. 햇빛이 눈부셨다. 관중이 웅성거리기 시작했다. 사람들은 선두의 등장을 기다렸다. 선수들을 기다리는 동안, 경기장에는 그리스 음악이 배경음악으로 깔렸다. 사람들은 그에 맞춰 손장단을 쳤다. 손장단에 맞춰 장내 공기가 흔들렸다. 손목시계를 보았다. 오전 11시 20분. 출발한 지 딱 2시간 20분이 지났다. 모니터TV에는 올림픽 공원 내의 익숙한 도로를 달리는 다카하시 나오코의 모습이 비쳤다. 앞으로 조금이었다.

정신을 차리고 보니 나도 모르게 손에 든 플라스틱 볼펜을 테이블에 탁탁 두드리고 있었다. 가만히 기다릴 수가 없었던 게다. 이 시끄럽고 마른 소리가 뭔가 하고 살폈더니, 나도 모르게 볼펜 꽁지로 책상을 두드리고 있었다.

왼편 출입구에서 드디어 다카하시가 모습을 드러냈다. 2시간 21분 20초. 일직선으로 달려 400미터 트랙에 들어서서 돌기 시작했다. 앞으로 500미터. 주변 사람들이 대부분 반사적으로 일어났다. 나도 일어났다. 한숨인지 환호성인지 경탄인지 종잡지 못할 소리가 경기장을 감쌌다. 어쩌면 나도 소리를 냈을지 모른다.

거대한 주경기장 한가운데에서 다카하시 나오코는 정말 작아 보였다. 163센티미터 47킬로그램이라는 실제 숫자보다도 훨씬 자그마해 보였다. 태양이, 주경기장의 벽돌색 트랙과 초록색 필드를 선명하게 비추었다. 빛을 가로막는 것은 하나도 없었다. 그 안에 빨간색과 하얀색 유니폼을 입은 자그마한 다카하시가 달려갔다. 박수와 환호성이 이어졌고, 시간은 조용하면서도 확실하게 흘러갔다. 여기에서는 시간이 무섭게도 심각한 의미를 지닌다.

그 자리에 있던 약 십만 명 관중의 한 사람으로서 달리는 다카하시를 관중석에서 내려다보고 있자니, 그것참 쟁쟁한 세계의 강호를 누르고 이렇게 **자그마한 여자애**가 선두로 경기장에 들어왔구나 싶어 진심으로 감동했다. 거의 기가 찰 정도였다. 이렇게 말하면 그렇지만, 올림픽에서 금메달을 딸 사람으로는 도저히 보이지 않았다. 예를 들면 남색 제복을 입고 기분 좋은 미소를 지으며 어딘가 은행 창구에 앉아 있는 아가씨 같은 느낌이었다.

경기장에 들어오면 트랙을 한 바퀴하고 조금 더 달리는데, 경기장에 들어오기 직전부터 시몬이 성큼성큼 뒤쫓아 오는 것을 알았다. 모니터 TV로 봐도, 뒤에 보이는 시몬의 모습이 시시각각 커졌다. 속도를 올리고 있었다. 지난 오사카 국제 여자 마라톤 때도 그랬는데, 골이 가까워지면서 진지하게 기어를 올릴 때 이 선수의 가속은 두렵다. 이 정도로 차이가 났으니 누가 뭐래도 쫓아오지 못하리라 안심하고 있었는데, 세상에, 앞을 달리는 다카하시와의 차이가 점점 줄어들었다. 다리가 쭉쭉 뻗었다. 보폭도 커졌다. 그만큼의 힘이 남아 있었다. 마치 '터미네이터' 같았다. 그녀는 반드시 이길 생각이었다. 나는 이 선수의 이런 턱없는 끈기를 좋아하긴 했지만.

한편 다카하시는 초지일관 같은 페이스로 담담히 달렸다. 그래서 트랙에 들어섰을 때 둘 사이의 거리가 줄어들었다. 손에 땀이 뱄다. 호흡이 깊어졌다. 그러나 고맙게도 차이는 상당히 벌어져 있었다. 절대 다카하시의 기록이 떨어진 것이 아니었다. 아무리 시몬이 결사적으로 쫓아와도 추월할 거리는 아니었다. 다카하시는 트랙 마지막 직선에 들어서서야 뒤를 힐끔 돌아봤지만, 그대로 페이스를 흐트러뜨리지 않고 골인했다.

우승 기록은 2시간 23분 14초. 올림픽 신기록. 올림픽 신기록? **이 코스에서 올림픽 신기록?**(참고로 1956년 멜버른 올림픽에서 남자 마라톤 우승자의 기록은 이번 다카하시보다 늦은 2시간 25분이었다).

시몬은 8초 후에 골인했다. 한때 30초 가까이 벌어졌던 차이는 마지막에 8초까지 줄어들었다. 거리가 200미터 더 길었다면, 승부가 바뀌었을지도 모른다. 다카하시는 골인한 시몬과 부둥켜안고 건투를 기뻐했다. 무엇보다도 다카하시가 절대적으로 훌륭했다. 전부 자신이 시합을 만들어갔고, 그것이 척척 맞아떨어졌다. 지난 아시아 대회 때와 같았다.

다카하시는 일장기를 들고 경기장을 돌았다. 처음에는 작은 일장기였는데, 누군가 큰 사이즈의 깃발을 주었다. 그중 몇 개의 깃발이 그녀의 손에 건네졌다. 다카하시는 모든 것을 씻어낸 뒤처럼 개운한 얼굴이었다. 주변 기자들은 다카하시의 인터뷰를 따기 위해 부랴부랴 미디어 존으로 날아갔다. 나는 혼자 텅 빈 기자석에 남아, 이어서 들어오는 선수의 모습을 지켜보았다.

야마구치 에리가 골인했다. 7위. 2시간 27분 3초. 30킬로미터 지점에서는 15위였지만, 마지막에 뒤처지는 선수를 많이 제쳤다. 처음 급수 때 충돌해 넘어졌다고 하는데, 열심히 해주었다.
이치하시 아리는 안타깝게도 야마구치보다 훨씬 뒤처졌다. 15위. 2시간 30분 34초. 1위인 다카하시보다 7분 20초나 늦었다. 그러나 이치하시로서는 무리해서라도 선두 그룹을 물고 늘어질 수밖에 없었다. 이번에도 역시 늘 그랬듯 국가대표 선발로 옥신각신했으니, 그녀로서는 어떡하든 메달을 따고 싶었을 것이다. 로바는 9위. 로르페는 13위. 마샤두는 21위. 유력 후보가 분발하지 못했다. 에고로바는 도중에 기권했다.

지금은 다카하시가 골인한 지 1시간 7분이 지난 12시 반인데, 모니터TV를 보면 아직 외부 도로를 달리는 선수가 있었다. 2450번인 라오스 선수였다. 시리반 케타봉이라는 선수였다. 너무 휘청휘청하고 있었다. 달리는 게 고작이었다. 그녀가 경기장에 들어서자 관중들은 엄청난 성원을 보냈다. 3시간 34분. 그녀가 마지막 선수였다. 그건 그 나름대로 감동적인 풍경이었다. 혹은 너무도 **인간적**이라고 해야 할까.
점심시간이 되자 경기장 관중석은 텅 비었다. 메인이벤트는 이미 끝났으니 모두 식사를 하러 어디론가 사라졌다. 나는 이곳에 남아이 원고를 쓰고 있다. 필드 또한 이미 아무도 없다. 하늘은 맑게 개었고, 태양 아래에서 성화가 어른어른 타오르고 있다. 여자 마라톤 시상식은 저녁 7시 예정이었다. 그렇게 오래 기다릴 수는 없어서 호텔로 돌아가기로 했다. 시상식은 왜 바로 하지 않는 걸까? 그 자리에서 선수를 축복해주는 것이 가장 멋질 것 같은데.

악어에 습격당한 소년 이야기

신문의 기사.

열두 살 소년이 오스트레일리아 북부 해안에서 스노클링을 하던 중에 길이가 3미터나 되는 거대한 바다 악어에게 습격을 당했다. 그 유명한 '솔티'라는 흉포한 악어이다. 헤엄치다가 뭔가가 뒤에서 머리를 문 것 같은 느낌에 돌아보았더니, 솔티가 달려들려 했다. 소년은 있는 힘껏 바다 악어의 눈을 찔렀다. 그리고 바다 악어가 '이건 못 이기겠다아' 하고 머뭇거리는 틈에 도망쳤다. 해변에서 지켜보던 사람이 부랴부랴 신고해서 고속 보트로 소년을 구했는데, 위기일발이었다. 소년은 머리와 팔을 크게 물려, 다윈 병원에서 치료를 받았다. 그나저나 민첩한 아이다. 수중에서 악어에게 물렸는데 침착하게 놈의 눈을 찌르다니, 어른이라도 쉽게 할 수 있는 일이 아니다.

그다음 날, 이번에는 남쪽 애들레이드 근처 해변에서 신혼여행을 온 뉴질랜드인 서퍼가 아침에 혼자 바다로 나갔다가 상어의 습격을 받아 숨졌다. 습격한 상어는 유명한 백상아리다. 길이 4미터 전후로 흉포하다. TV뉴스로 봤는데, 서퍼보드가 갈기갈기 찢겨 있었다. 무시무시한 힘이다.

목격자의 이야기. "거대한 상어가 와서 그 사람 주변을 빙글빙글 돌았다. 그는 보드에 올라 손으로 저으며 해변으로 향했다. 그때 상어가 습격했다. 그를 문 채로 끌고 들어갔다. 위에서 덮친 것이 아니었다. 거대한 소용돌이 같은 것이 있었을 뿐이다. 파도가 밀려오자 피범벅이 된 살덩이가 보였다."

그 지역 사람이 말했다. "이 해변에서는 25년간 네 번쯤 상어의 습격이 있었다. 그런데 사람이 죽은 것은 처음이다."

경찰은 해가 저물 때까지 보드 파편은 세 조각 발견했으나, 시체는 찾지 못했다.

오스트레일리아의 바다에는 각양각색의 위험이 도사리고 있다.

장편소설 《보스》

장시간에 걸쳐 열심히 여자 마라톤을 보느라 완전히 녹초가 되어, 정오가 조금 지나 호텔로 돌아왔다. 샤워를 하고 나와 잠시 중심가를 돌아다녔다. 몇 군데 가게를 둘러보고 혼자 식사를 했다. 맥주도 마셨다. 오랜만에 근처에서 영화라도 볼까 했는데, 너무 피곤해서 그만두었다. 자리에 앉으면 그대로 잠이 들 것 같았다. 앞으로 남은 주요 이벤트는(물론 나한테) 남자 마라톤. 앞으로 일주일 남았다.

시드니 중심가에서 커다란 일장기를 들고 "만세, 만세!" 외치며 걸어가는 일본인 무리를 보았다. 뜻밖에 젊은이들이었다. 그것도 나름대로 괜찮네 싶다가도 저건 아니지, 싶은 생각이 들었다.

호텔로 돌아와 오스트레일리아 작가 패트릭 화이트(이 사람은 노벨문학상을 탔다)의 장편소설 《보스》를 읽었다. 19세기 오스트레일리아 내륙을 탐험하려다가 비운의 최후를 맞은 실존 독일인 탐험가 루트비히 라이히하르트를 모델로 한 소설이다. 고풍스럽지만, 꽤 재미있다. 특히 묘사된 오스트레일리아 풍경이 '아아, 그렇지' 하고 고개를 끄덕이게 한다. 한참 전에 읽은 기억이 있는데, 줄거리를 거의 잊어버려서 모처럼 기회이다 싶어 일본에서 들고 왔다.

주인공인 독일인 보스는 새로운 지평을 찾아 프로이센에서 오스트레일리아로 건너왔으나, 별난 '이방인'이라는 이유로 소외당했고 아무도 상대해주지 않았다. 앵글로색슨이 권력을 장악한 오스트레일리아에서 그는 사회적으로도 정신적으로도 말 그대로 고립되어 외부로 내쫓겼다.

보스는 사색적인 사람이었지만, 동시에 자신 안에 거대하고 형용하기 어려운 공백을 안고 있었다. '무언가 압도적인 것을 발견하겠다'는 탐험의 꿈에 사로잡힌 데다 몽유병도 있었다. 그리고 그는 자신의 내적 공백을 오스트레일리아 대륙에 펼쳐진 지리적 공백과 겹쳐보기라도 하듯이, 위험한 탐험을 떠났다.

시드니 시내에서 열린 탐험 장행회장한 뜻을 품고 먼 길을 떠나는 사람의 앞날을 축복하고 송별하기 위한 모임에서 그는 한 젊은 여성을 만났다. 그녀 역시 또 다른 공백 안에 있었다. 얄팍하고 허식에 찬 시드니 상류계급 사회에 도저히 자신을 맞출 수 없었다. 누구에게도 마음을 터놓고 말할 수가 없었다. 아름답고 총명한 여성이지만, 주변에서는 '종잡을 수 없고 젠체하는 사람'이라며 경원시했다. 두 번쯤 19세기풍의 번거로운 대화를 나눈 뒤, 그녀와 보스는 서로가 품은 공백을 차분하게 동일시할 수 있었다. 그러나 그 동일시를 명확한 형태로 만들 능력이 둘에게는 없었다.

보스는 자신이 그녀를 사랑한다는 사실을 깨달았다. 그러나 그는 더욱 큰 공백에 이끌리듯 황폐한 대륙으로 향했다. 거기에 선택의 여지는 없었다. 몇 명의 신봉자들이 보스를 꿈꾸던 '신'으로 신봉하며 탐험대에 합류하지만, 나중에 피할 수 없는 파멸을 맞이하게 된다. 굶주림과 목마름이 가차 없이 그들을 엄습했고, 훨씬 오래전부터 그들의 신을 꿈꾸어왔던 선주민들이 보스의 서구적으로 굴절된 신성神聖을 파괴하고 침묵 속으로 매몰시켰다.

이런 내용의 소설을 호텔 방 소파에서 맥주를 마시며 읽었다. 그러다가 잠이 와서 침대에 누웠다.

다카하시 나오코의 기자회견, 캐시 프리먼의 우승

<u>2000년 9월 25일 월요일</u>　　6시 반에 일어났다. 먼저 콘플레이크를 먹고 책상에 앉아 원고를 썼다. 문득 정신을 차리니 시계의 시침이 8시를 지나고 있었다. 이런, 이런. 이러다가 다카하시 나오코의 기자회견에 지각하겠다. 서둘러 조깅하러 나갔다. 아침에 비가 왔는지 도로가 거무죽죽하게 젖었다. 공기는 싸늘했고 하늘은 낮은 구름에 덮였다. 오스트레일리아에 온 이래 가장 궂은 날씨 같았다. 워크맨으로 두왑을 들으며 (듀, 듀, 듀, 듀카, 듀, 듀……) 하이드파크를 45분간 달렸다. 방으로 돌아와 샤워를 하고 서둘러 옷을 갈아입은 뒤 센트럴 역으로 향했다.

오늘 아침 신문에는 당연히 여자 마라톤에서 우승한 다카하시 나오코의 기사가 실렸지만, 생각만큼 크게 다루진 않았다. 편의점에서 조간을 사와 페이지를 넘기는데 일면, 이면, 삼면, 사면……에야 겨우 실렸다. 일본인이고 마라톤이라는 경기 자체에 그다지 국민적인

관심이 없는 것 같다. 일면 톱은 누가 뭐래도 오늘 400미터 결승을 달리는 캐시 프리먼의 기사. 다카하시에 관해서는 인터뷰를 따지 못했을지도 모르겠지만, 자세한 기사는 없었다.

어떤 신문에서는 다카하시의 사진보다, 아직 트랙을 한 바퀴 더 뛰어야 하는데 첫번째 골 포인트에서 끝났다고 착각해서 감동해 무릎을 꿇고 바닥에 키스하는 아마라우(이 선수는 끝에서 세번째로 골인했다)라는 동티모르 선수의 사진이 크게 실렸다. 다카하시 나오코의 사진보다 다섯 배쯤은 컸다. 동티모르의 독립을 둘러싼 일련의 비극적인 소동에 오스트레일리아도 깊이 관여했으니, 그런 의미도 있을 것이다.

그런데 처음 골 포인트 통과가 골인이라고 착각한 사람은 아마라우만이 아니다. 착각할 뻔한 사람은 또 있었다.

다카하시 나오코가 경기장에 모습을 드러내고 트랙의 골라인을 통과했을 때, 한 바퀴 더 트랙을 돌아야 한다는 것을 몰랐던(혹은 깜박한) 여성 관계자가 물병을 들고 골을 향해 돌진하려고 했다. 근처에 있던 사람이 발견하고 황급히 제지했으니 망정이지, 만약 정말로 물병을 건넸다면, 그리고 그걸 다카하시 나오코가 무심코 받았다면, 시합 운영 규정에 따라 그녀는 실격 처리됐을지도 모른다는 기사가 신문에 실렸다. 생각만 해도 오싹한 이야기다.

기자회견이라는 것

그건 그렇고 기자회견. 아침 11시부터 시작했다. 경기가 끝나 필드에서 철수하는 도중에 미디어 존에서 '잠깐 시간 좀' 같은 느낌으로 하는 기자회견이 아니라, 모두가 모이는 정식 기자회견이었다. 참석한 기자는 거의 대부분 일본인. 외국인도 드문드문 있었지만, 좌우간 전부 일본어로 했다. 외국인은 그다지 배려하지 않는 것 같았다.

자리는 거의 찼고, TV카메라와 스틸카메라가 빽빽하게 늘어섰다. 다카하시 나오코와 고이데 요시오 감독(수염을 깎았다)이 들어왔다. 나는 당연히 박수를 쳤지만, 박수를 치는 사람은 몇 명밖에 없었다. 짝짝 기운 없는 박수. 이럴 때는 전원이 일어나 박수를 치는 거라고 생각했기에 왠지 김이 빠졌다.

그렇지만 올림픽 여자 마라톤에서 금메달을 땄단 말이다. 그것도 이렇게 힘든 코스에서, 올림픽 신기록으로. 그렇게 대단한 일을 해냈으니 모두 일어나 큰 박수를 보내며 축하하는 것이 당연하다고 생각했다. 그러나 일반적인 언론 관계자는 그렇게 생각하지 않는지도 모른다. 아니면 그런 축하는 어제 이미 끝냈을지도.

뭐, 나는 여기에서는 외부인이니까 그런 부분은 잘 모른다. 아무튼, 외국인 기자단이었다면 무조건 기립 박수였을 텐데.

그후에 나오는 질문 내용이 약간 기묘해서 솔직히 놀랐다. 예를 들어 "레이스가 끝난 뒤에 무엇을 하셨습니까?" "잘 때 메달은 어디에 넣어두셨나요?" "일본에 돌아가면 무엇을 하고 싶으신가요?" 하는 식. 레이스 자체에 대해 질문하는 사람은 하나도 없었다. 스포츠 선수 인터뷰라기보다 마치 연예계 토픽 같았다.

그러나 '아마 레이스의 내용적인 부분에 관해서는 어제 다들 재빠르게 정보를 손에 넣었을 테니 새삼스럽게 질문할 것도 없겠지'라고 생각을 바꾸기로 했다. 어제 레이스 내용을 지금까지도 느긋하게 반추하는 이는 나뿐이리라. 그렇다면 뭐, 이해는 갔다.

"어쩔 수 없어요, 선생님." 옆에 앉은 야 군이 설명해주었다. "신문쪽 사람이 생각하는 건, 어떻게 해야 사람들이 재미있어하고 **인간미 있는** 기사를 작성하는가이거든요. 이미 다카하시 나오코는 스포츠면이 아니라 사회면 기사가 되어버렸답니다."

그렇군.

가까이에서 본 다카하시 나오코는 정말 인상이 좋은 여성이었다. 아마 누구라도 그녀에게 호감을 가질 것이다. 물론 **거의 누구나**, 라는 소리지만. 늘 웃음이 가시지 않고, 알아듣기 편한 목소리로 막힘없이 시원시원하게 질문에 대답해주었다. 만약 그녀가 은행 창구에 앉아 있다면, 나라도 무심코 여분의 통장을 하나 더 만들었을지도 모른다. 단순히 인상만 좋은 것이 아니었다. 그녀는 자신감이 넘쳤고 두뇌 회전도 빨랐다(물론 두뇌 회전이 느린 일류 선수는 지금껏 만난 적이 없지만).

그리고 그녀에게는 이미 국민적 영웅이라는 이미지가 생겼다. 우리는 그것을 확실히 볼 수 있었다. 그녀 안에서 무언가가 밝게 빛났다. 그녀는 그 이미지로 앞으로의 인생을 살아가게 될 것이다. 스물여덟 살 여성에게는 너무도 긴 여정이다.

그러려면 당연히 전략이 필요하다. 전략. 나는 절대 나쁜 의미로 이 말을 꺼낸 것은 아니다. 누구의 인생에든 다소간의 전략은 필요한 법이고, 국민적 영웅이라면 더욱 그렇다. 만약 도저히 단어의 뉘앙스가 성에 안 찬다면, 좀더 부드럽게 '기본적 운영 방침'이라고 바꿔도 좋다.

다카하시 나오코는 자신의 언어로 말을 할 줄 아는 여성이었다. 그건 분명했다. 그리고 그녀는 자신의 언어로 말하는 것을 즐기기까지 했다. 남은 것은 그 언어로 **무엇을 말하는가**, 이것이 문제였다.

그리고 감히 솔직한 감상을 말하자면, 나는 이날 기자회견에서 그녀의 인터뷰에 그다지 행복한 기분을 느끼지 못했다. 적어도 다카하시 나오코의 위대한 질주를 보았을 때만큼 행복한 느낌은 들지 않았다. 왜일까?

나는 가능하다면 좀더 생생하고 솔직하고 **까칠한** 이야기를 그녀 본인의 언어로 듣고 싶었다. 그러나 안타깝게도 나의 그 바람은 이루어지지 않았다. 이유는 모르겠지만, 너무 깔끔하게 불필요한 가지를 쳐냈다. 모든 바람은 평온하게, 차분히 한 방향을 향해 불고 있었다. 그래서 그 불평의 여지없이 대단한 성과인데도 어느 것 하나 가슴에 와 닿는 이야기가 없었다.

물론 내 느낌이 틀릴 수도 있다. 혹은 내 생각이 지나쳤을지도 모른다. 애초에 처음부터 **까칠함**이란 없었을지 모른다. 실제로 모든 것은 깔끔하게 한 방향으로 향했을지도 모른다. 그저 사람의 말을 일상적으로 직업적으로 듣는 인간으로서, 거기에는 좀더 어떤 **입체적인** 것이 잠재해 있으리라는 직감이 들었을 뿐이다. 그리고 그 직감이 나의 내면을 집요하게 쿵쿵쿵 두드리고 있었을 뿐이다.

다카하시 나오코 옆에 앉은 고이데 감독은 혈색이 좋고 정력적이면서 약간 연극적인 기질이 있는 인물이었다. 지바 현 시립 고등학교 체육교사에서 찬란한 '퀸 메이커'로 등극한 전설의 인물. 힘이 있지만 그만큼 고집도 있어 보였다. 내 편으로 두면 든든하지만, 적으로 돌리면 다소 골치 아플지 모른다. 이 사람 안에서는 이치와 도리가 섞여 있고, 철학과 노하우가 직결한다. 원인과 결과, 동기와 행위가 직결한다. 그 일체성이 이 사람의 특징이다. 얼굴을 보고 이야기를 들으며 그렇게 생각했다.

*

기자회견이 끝나고, 프레스센터에서 야 군과 둘이 점심을 먹었다. 하얀 쌀밥에 비프스튜 비슷한 것을 끼얹은 요리와 채소찜. '오지 그릴'이라는 코너의 메뉴였다. 맛은 나쁘지 않은데(그리고 양도 충분했지만), 애석하게도 소고기가 딱딱했다. 그래도 턱 훈련이라고 생각해 전부 깨끗하게 먹어치웠다. 시간이 없어서 아침도 제대로 먹지 못했으니까.

프레스센터 책상에서 일하고 있는데, 한국의 젊은 신문기자가 "무라카미 씨 아니세요?" 하고 말을 걸었다. 인터뷰를 해줄 수 없겠느냐고 물었다. 3시 반까지 마침 시간이 비어서 30분 정도라면 괜찮다고 대답했다. 1시 반부터 2시까지 인터뷰를 했다. 어떻게 올림픽에 오게 됐는가, 같은 질문을 했다. 영어로 질문을 받고 영어로 대답했다.

"올림픽은 대체로 지루했고, 개막식이 가장 지루했다."

"남북한 선수가 동시 입장한 것은 어떻게 생각하는가?"

"아주 멋진 일이다. 얼마 전까지는 상상도 못 했던 일인데, 정말 잘됐다. 너무 지루해서 덴마크 선수 입장 때 나와버렸다. 만약 알았더라면 한국 선수단 입장 때까지 기다렸을 텐데."

체조 경기에서 재미있었던 것

3시 반부터 슈퍼 돔에 가서 체조 결승을 보기로 했다. 슬슬 체조도 끝나는데 아직 한 번도 보지 않아서, 볼 수 있을 때 조금이라도 봐둬야 한다. 기껏 시드니까지 왔으니.

오늘 경기는 '남자 도마' '여자 평균대' '남자 평행봉' '여자 마루운동(다다미운동이 아니라 마루운동)' '남자 철봉' 등 다섯 종목. 영어로는 vault, balance, beam, parallel bars, floor, horizontal bar라고 한다. 갑자기 영어로 들으면 어안이 벙벙하지만, 잘 생각해보면 대충 짐작이 간다. 마지막 '남자 철봉'에 쓰카하라 나오야 선수가 출전했지만, 그 이외의 종목에는 일본인이 한 명도 없었다. 모르는 사이에 일본은 체조 왕국에서 멀어진 걸 실감했다. 나는 체조에 그다지 흥미가 없어서(전혀 없어서), 여러모로 잘 모른다.

육상 경기가 시작되기 전까지 시간을 죽일 셈으로 들어갔는데, 보다 보니 상당히 재미있어서 끝까지 진지하게 보았다. 그리고 조금씩 내용을 파악하게 되어, "지금 채점은 좀 팍팍한데" 하고 중얼중얼 불평까지 하게 됐다. 특히 다다미운동 아니, 마루운동이 재미있었다. 러시아 선수인 여자아이 둘이 금과 은을 땄는데 상당히 귀여웠다. 평균대 때도 그랬는데, 연기를 잘 마치고 돌아오면 코치가 "좋아, 좋아, 잘했어, 좋았어" 하고 꼭 끌어안아주었다. 꼭 초등학생 연극 발표회 같아서 훈훈했다. 어린 여자아이들이 필사적으로 노력하는 걸 보니 모두가 좋은 점수를 받았으면 하는 생각이 들었다.

그리고 체조 경기에서 재미있었던 것은 시합 전의 공개 연습 풍경. 경기 시작 전까지 모두 순서대로 준비운동을 하는데, 그게 뭐랄까,

사자탈춤 연습장 같았다. 연습할 때는 다들 연거푸 실패하여 쿵쿵 넘어졌다. 엉덩방아를 찧거나 다른 방향으로 날아가거나. 시합 때는 긴장하고 해서인지 일단 넘어지지는 않았지만. 그게 엉뚱한 실수 비디오 모음집 같아서 정말 재미있었다.

또 한 가지 재미있었던 것. 금메달이나 은메달을 딴 사람보다 동메달을 딴 사람이 흥분하는 경우가 많았다. 금이나 은을 딴 사람은 비교적 냉정하거나 시무룩한데, 동을 딴 사람은 날듯이 기뻐하는 광경을 자주 보았다. 활짝 웃는 얼굴로 V 사인을 그리며, 관중석에 있는 가족과 친구에게 '해냈어!' 하고 손으로 신호를 보내기도 했다. 그런 모습을 보면 즐겁다. 동메달인 사람이 시무룩해 있으면 아무래도 분위기가 어두워지니까. 체조 경기에서는 중국과 러시아 국가만 들은 것 같다. 양쪽 다 멜로디는 전혀 생각나지 않지만.

쓰카하라 선수는 철봉을 놓쳐서 떨어지고 말았다. 아무래도 처음부터 그다지 상태가 좋지 않았는지, 연습 때도 왠지 모르게 몸 움직임이 안 좋았다. 지쳤는지도 모른다. 본 경기에서 철봉에서 떨어지다니, 본인에게는 믿지 못할 사건이리라. 내가 이런 말을 한다고 위로가 되진 않겠지만, 인생에는 종종 그런 일이 일어난다. 그렇게 사람은 악몽에 견디는 법을 배운다. 나 역시 배웠다. 그저 TV로 중계되지 않았을 뿐이다(위로가 안 되겠군).

도중에 바에 들러 맥주를 마셨다. 바에서는 담배를 피우는 사람이 몇 있었는데 모두 일본인이었다. 똑같은 모자를 쓴 아저씨들. 올림픽 경기장은 전부 금연이어서 그 어디에도 재떨이는 없을 것이다. 대체 담뱃재를 어쩌고 있나 싶어 힐끔 봤더니, 제대로 휴대용 재떨이를 지

참하고 있었다. 그게 좋은 건지 나쁜 건지…….

체조를 다 보고 난 뒤, 육상 경기가 진행 중인 주경기장으로 이동했다. 오늘은 지독하게 붐볐다. 입장 인원은 신기록인 십일만 이천오백이십사 명. 물론 모두 캐시 프리먼의 질주를 보러 왔다.

이 장면을 보기 위해서만이라도

밤 8시 10분. 여자 400미터 결승. 캐시 프리먼이 오늘 밤 결판을 낼 것이다. 금메달도 딴 적 없는 원주민 여자가 왜 영예의 최종 성화 주자가 되느냐는 트집에 못을 박으려면, 무조건 금메달을 따는 수밖에 없었다. 물론 그녀의 머릿속에도 금메달뿐이었다. 그 이외에는 선택의 여지가 없다. 오늘 경기에 그녀의 의지와 선수 생명과 인생의 본질이 걸렸다. 무슨 일이 있어도 질 수 없다.

캐시는 애틀랜타 올림픽 400미터에서 은메달을 땄다. 그 말은 금메달을 따지 못했다는 소리다. 그런데 애틀랜타에서 금메달을 딴 페렉이 "협박장을 받았다, 이런 상황에서 달릴 수 없다"라는 말을 남기고, 경기 직전에 프랑스로 돌아가버렸다. 여기에는 프랑스 사람도 오스트레일리아 사람도 기가 막혀했다. '요란스럽고 제멋대로인 여자의 자작극이다'라는 것이 일반적인 추측이었다. 컨디션이 좋지 않아 메달을 딸 자신이 없으니까 도망쳤다는 의견도 있었다. 그러나 진상은 모른다.

어찌 되었든, 캐시는 그런 것과 상관없이 금메달을 딸 작정이었다. 페렉이 있고 없고는 문제가 아니었다. 그녀의 굳은 의지와 얼음처럼 냉정한 마음은 오직 금빛 메달만을 보고 있었다.

　캐시 프리먼은 오늘 밤 마치 아이스 스케이트 선수가 착용하는 것처럼 매끄럽게 전신을 착 감싸는 풀 슈트를 입고 있었다. 오늘 밤은 평소에 비하면 다소 쌀쌀해서 몸을 차게 하지 않으려는 방책인지도 모른다. 지금까지와는 상당히 분위기가 달라 보였다. 그녀는 보기에도 긴장하고 있었다. 지켜보는 사람까지 울렁울렁할 정도였다. 캐시는 잘 달릴 수 있을까? 그녀는 올림픽에 벌써 세 번이나 출전한 베테랑으로 나이도 스물일곱 살이었다. 햇병아리 선수는 아니었다. 그러니 굳이 이쪽에서 조마조마할 이유는 없을 텐데, 그런데도 그녀가 느끼고 있을 긴장과 그녀가 짊어지고 있는 짐의 무게가 객석에 있는 우리에게도 전해졌다. 신기할 정도로 생생하게 전해졌다. 400미터는 트랙 경기 중에서 생리학적으로 가장 괴로운 경기라고 하는데, 그녀의 모습을 보고 있자니 그 말이 절실하게 이해가 갔다.

　그녀가 나오자 경기장이 크게 술렁였다. 뜨거운 박수가 쏟아졌다. 늘 그렇듯 무수한 플래시가 터졌다. 그러나 그것뿐이었다. 예의 즐거운 "오지, 오지, 오지, 오이오이오이!" 하는 소리는 나오지 않았다. 그런 소리를 내기 어려운 장렬한 분위기였다. 관중들도 모두 긴장하고 있었다. 특별한 밤이라는 것을 모두가 실감하고 있다.

 이것과 똑같은 형태의 슈트를 원래 매리언 존스가 착용할 예정이었는데, 매리언은 마지막에 마음을 바꾸었다. 따라서 특수 슈트 개발에 막대한 비용을 들인 나이키 관계자는 새파랗게 질렸다. 그러나 대신 캐시 프리먼이 결승에서 착용한 덕분에 전세계적으로 완벽하게 홍보됐고, 그걸로 어떻게든 본전을 뽑은 것 같다. 특히 매리언 존스가 남편과의 스캔들에 휘말린 뒤, 나이키는 '오히려 다행'이라며 가슴을 쓸어내렸다고 한다.

선수들이 출발대에 발을 올렸다. 무거운 침묵이 깔렸다. 밀도 있는 깊은 침묵이었다. 십일만 명의 사람들이 숨을 죽였다. 쥐 죽은 듯 고요했다. 아무도 꼼짝하지 않았다. 조명등 빛 속으로 무수한 나방이 소리도 없이 날아다닐 뿐이었다.

출발 총소리가 울렸다. 모두 일제히 뛰어나갔다. 첫 코너, 직선, 그리고 마지막 코너에 들어섰다. 캐시 프리먼은 아직 치고 나오지 않았다. 주변 상황을 살피며 자중하는 것 같았다. 그녀는 힘을 비축하고 있었다. 그녀는 잽싼 표범처럼 공기 중에 몸을 감추고 있었다. 선수들이 마지막 직선에 들어섰다. 캐시 프리먼은 아직 나오지 않았다. 나는 아주 잠깐 '어라?' 하고 생각했다. 이건 설마…….

그러나 바로 극적인 점화가 일어났다. 마치 총구에서 총알이 발사되는 것처럼, 그녀의 매끄러운 슈트에 싸인 몸이 단번에 선두로 도약했다. 방해물을 떨쳐내고 보폭을 쭉쭉 크게 뻗었다. 유연한 근육이 세차게 대지를 찼다. 순식간에 차이가 벌어졌다. 평소의 캐시였다. 이제 분명했다. 아무도 그녀를 따라가지 못한다. 이의 없을 차이를 벌리며 그녀는 결승선을 지났다. 사냥감을 덮치는 맹수처럼 결승선을 향해 가슴으로 크게 다이빙했다. 경기장을 가득 메운 사람들의 환호성은 거대한 땅 울림이 됐다.

그런데 결승선을 지난 캐시는 그 자리에 비틀비틀 쓰러졌다. 힘이 다한 것처럼, 결승선 옆에 쓰러진 채로 정지했다. 그 상태로 움직이지 못하는 것 같았다. 무슨 일일까. 다리에 쥐가 난 걸까. 아니, 그건 아닌 듯했다. 그녀는 주저앉아 먼저 머리를 꽉 조이는 답답한 모자를 벗었다. 크게 숨을 쉬었다. 그리고 천천히 피부를 벗기는 것처럼 신발을 벗었다. 한 짝을 벗고 또 한 짝을 벗었다. 그리고 마치 친구와 작은 소리로 잡담하는 것처럼, 맨발을 손가락으로 살짝 눌렀다.

다른 선수가 쭈뼛쭈뼛 상태를 보러 와서 "괜찮아?"하고 묻고 악수했다. 그리고 축하했다. 그러나 캐시는 여전히 망연자실했다. 말을 걸어도 제대로 대답조차 하지 못했다. 얼굴은 딱딱하게 굳은 채였다. 거기에는 쉽게 접근할 수 없는 **무언가**가 있었다. 금메달을 딴 사람의 얼굴은 아니었다. 마치 돌이킬 수 없는 큰 실수를 저지른 사람처럼 보였다.

그렇게 긴 시간이 흘렀다. 사람들은 당연히 축하의 환호성을 내지르고 있으나, 캐시의 몸에 지금 무슨 일이 생겼는지는 아무도 파악하지 못했다. 모두가 어떻게 해야 좋을지 몰라 상황을 지켜보고 있었다. 그녀는 기쁜 걸까, 화가 난 걸까, 아니면 아예 아무것도 느끼지 못하는 걸까. 모든 사람의 눈이 트랙 구석의 불가사의한 한 지점에 쏠렸다. 긴 시간이 흘렀다. 아주, 아주 긴 시간이었다. 모든 것이 움직임을 멈췄다. 지구가 정지해버린 것 같다고도 느꼈다. 여전히 무수한 나방만이 하늘을 날고 있었다. 공기가 지독히도 차가웠다. (그 자리에 있던 내게 그 시간은 마치 **영원**처럼 느껴졌다. 그러나 나중에 TV 녹화를 보니 실제로는 생각보다 짧은 시간이었다. 그러나 나는 다시 한 번 단언한다. 그것은 정말로 일종의 영원이었다.)

이윽고 캐시는 천천히 일어났다. 확인하듯이 비틀비틀 주변을 둘러보았다. 여전히 넋을 놓은 상태였다. 그래도 다리를 끌며 무언가 갈구하듯 앞으로 걷기 시작했다. 무엇을 원하는가, 그건 그녀 자신도 모르리라. 그러나 걸으면서, 간신히 청력이 돌아온 사람처럼(그래, 이건 아마 성원이구나), 아주 조금만 손을 살짝 들었다. 되풀이하지만, 그건 금메달을 딴 사람의 태도는 아니었다. 너무도 주뼛거리고 있었다. 그러고 또 몇 번인가, 무언가에 겁을 먹은 것처럼 살짝 손을 들었다. 선악을 판별하지 못하는 어린아이가 미지의 동작을 거듭 시도하는 것처럼.

누군가 절호의 타이밍으로 트랙에 두 장의 커다란 깃발을 던졌다. 하나는 오스트레일리아 국기였고 또 하나는 원주민의 깃발이었다. 빨간색과 노란색과 검은색. 그녀는 누군가의 재촉을 받아 그 두 개의 깃발을 손에 들고 느릿하게 장내를 돌기 시작했다. 맨발이었다. 신발은 트랙에 벗어던졌다. 장내에서도 커다란 원주민 깃발이 몇 개 흔들리고 있었다. 그녀는 이윽고 천천히 뛰기 시작했다. 드디어 달리는 법을 떠올린 것 같았다. 그녀의 다리에 유연함이 돌아왔다.

동시에 그녀 안에서 무언가가 녹기 시작했다. 차분하게, 그러나 분명하게 녹기 시작했다. 그녀는 마침내 손을 높이 위로 들었다. 다시 한 번 들었다. 아직 웃음은 나오지 않았다. 얼굴은 여전히 굳은 채였다. 그래도 펜스를 따라 뛰는 동안, 작은 눈금 하나씩 감정이 풀려갔다. 관중석 제일 앞에 있던 가족과 손을 잡고 포옹했다. 아는 사람들의 온기를 받아 간신히 자기 자신으로 되돌아왔다. 표정이 편안해지고, 잔잔한 웃음이 솟구치는 물처럼 배어나왔다. 그녀는 양손을 들었다. 그리고 뭐라고 외쳤다. 그 정도로 캐시 프리먼이 심각하게 고뇌하고 상처받고 망설이고 헤맸다는 것을 우리도 이해할 수 있었다. 그녀는 누구보다도 무거운 짐을 등에 지고 있었다.

이 장면을 본 것만으로도 오늘 밤 여기에 온 가치가 있다고 생각했다. 가슴이 뜨거워졌다. 사람의 마음속에 딱딱하게 굳은 무언가가

캐시 프리먼

녹아내린다는 것이 어떤 의미인지, 그걸 가까이에서 목격할 수 있었다. 이번 올림픽 중에서 가장 아름답고 가장 매력적인 순간이었다.

경기장에 있는 십일만 명의 관중들도 나와 똑같이 느끼고 있었다. 모두가 똑같은 것을 느끼고 있다는 것을 모두가 느끼고 있었다. 우리는 그처럼 거대하고 따뜻한 공감의 가스 속에 있었다. 한 여성이 400미터를 달린 것만으로 그런 감동적인 거대한 무언가를 만들어낼 수 있다니.

캐시 프리먼은 자기 자신에 대해 이런 식으로 말했다.

"저는 시골 작은 마을에서 자란 숫기 없는 원주민 소녀였습니다. 앞으로도 분명 그건 변하지 않겠죠. 제가 좋아하는 건, 가족과 친구들과 함께 있는 거예요.

육상 트랙에 오르면 저와 트랙뿐입니다. 제 달리기와 저뿐. 아주 단순하죠. 트랙은 저와 저 자신이, 저와 제 감정이 조화로울 수 있는 세상에서 유일한 장소입니다. 그건 정말 멋진 일이에요. 진심으로 안심이 된답니다."

캐시 프리먼이 육상 트랙에서만이 아니라, 이 세상 그 어디에서나 평온을 찾을 수 있기를 나는 바랐다.

비 내리는 본다이 비치

폭풍 함성

"오지, 오지, 오지, 오이오이오이!"에 대해. 이 애국적인 응원에, 드디어 최근 도가 좀 지나치다는 비판이 나왔다. 신문 칼럼에서도 '애초 이 응원(워 크라이)은 오스트레일리아 뉴잉글랜드 지방의 럭비팀이 사용하던 것으로 출처부터 촌스럽다, 그것이 이번 올림픽에서 폭발적으로 퍼졌는데 이쯤 되니 귀가 따갑다, 이제 슬슬 원래 있던 곳으로 돌려보내도 되지 않을까'라는 글이 실렸다.

나도 대체로 찬성이었다. 촌스러운 것까지는 모르겠지만, 그 응원이 그리 세련됐다고 보기 어려운 건 사실이다. 처음 들었을 때는 애교스럽기도 하고 재미있었지만, 너무 자주 듣다 보니 점점 짜증이 났다. 안 그래도 경기 자체의 질이나 즐거움보다 무조건 내 나라 오스

253

트레일리아 선수가 이기면 된다는 분위기가 주변에 가득해서 조금 질렸다.

뭐 어떤 올림픽이든 어떤 주최국이든 징고이즘이랄까, 그런 즉석 애국심이 고양되는 분위기이긴 하지만, 아무리 그래도 시드니 올림픽에서는 국기와 워 크라이 응원이 너무 많이 나온다. 게다가 현실적 문제로 이 시끄러운 함성 때문에 선수들이 방해를 받은 적도 있었다.

실제로 피해를 본 것은 오스트레일리아의 싱크로나이즈드스위밍 팀이다. 선수들은 연기를 하는 중에 '오지, 오지, 오지, 오이오이오이!' 소리가 크게 울려서(수영장에서는 그게 또 잘 울린다), 음악이 잘 들리지 않는 바람에 실수를 하여, 결국 8위에 머무르고 말았다.

칼럼니스트는 '물론 응원의 힘을 받아 좋은 결과가 나올 때가 더 많긴 하지만 반대로 압박이 되는 경우도 있다는 것을 좀 차분하게 생각해봐야 할 것이다, 이제 대회도 끝나가고 있으니 일상으로의 복귀를 염두에 두고 응원 음량을 어느 정도 낮추는 것도 좋지 않을까' 라는 취지의 글을 썼다.

그러고 보니 최근에는 어린아이 중심으로 이 응원을 하고 있었다. **다 큰** 어른은 그다지 하지 않는 것 같다. 수영팀이 거침없이 진격할 때는 "오지, 오지, 오지, 오이오이오이!"를 무섭도록 연발했으나, 최근 들어 오스트레일리아 선수의 활약이 일단락된 뒤로는 사람들도 어느 정도 냉정해진 것 같다. 좀 부끄럽기도 했을 것이다. 그도 그렇다, 이렇게 한껏 열이 오른 채 '일상으로 복귀'하면 사회가 일그러질 것 같다.

캐시 프리먼이 극복해야만 하는 것

'올림픽 개막식은 실로 볼 가치가 있었다. 아마 사상 최고였을 것이다. 그러나 마음에 들지 않는 것이 딱 두 가지 있었다. 한 가지는 영어 앞에 프랑스어 안내가 있었던 것. 어처구니없는 짓이다. 또 한 가지는 정치적 타당성을 내세워 금메달을 딴 적도 없는 누군가가 성화대에 성화를 점화하는 역할을 맡았다는 것이다.'

(9월 24일 신문 〈데일리 텔레그래프〉에 실린 투서)

이러니 캐시는 죽자 사자 금메달을 따려고 했을 것이다. 이런 놈들에게 보란 듯이. 그러나 금메달을 땄다고 해서 그리 문제가 간단히 끝날 것 같지는 않다. 어딜 가나 시대의 변화를 인정하려고 하지 않는 사람들은 존재하며, 그 무엇으로도 그들의 생각을 바꾸기란 불가능하기 때문이다. 어떤 부류의 사람들은 변화를 증오한다. 다양한 종류의 사회적 변화를 자신을 향한 개인적인 모욕과 공격으로 받아들이는 사람도 있다. 복합적인 시점을 갖추는 것을 정신적 후퇴라고 여기는 사람까지 있다.

그런 이유로 캐시 프리먼의 싸움은 앞으로도 오랫동안 계속될 것이다. 안타깝지만, 그것은 그녀의 앞날에 영원히 함께할 운명이다.

〈오스트레일리언〉지에 이런 투서가 있었다.

'방송국의 스포츠 해설자는 모든 오스트레일리아 사람이 캐시 프리먼을 자랑스럽게 여긴다는 식으로 말하는데, 그건 잘못됐다. 메달을 딴 선수가 자기 나라 국기 이외의 깃발을 가지고 나온다면 어쩔 건가?

러시아 출신의 장대높이뛰기 오스트레일리아 대표 선수가 러시아 국기를 들고 장내를 돌았는가? 자국 국기 이외의 깃발을 들고 장내를 돈 선수가 누가 또 있었는가?

나는 캐시 프리먼을 동포로서 지지해왔으나, 그런 감정은 이제 사라져버렸다. 이러한 도발 행위를 반복한다면, 나는 국가에 대한 그녀의 충성심과 지성을 의심할 수밖에 없다.'

그러나 그건 이치에 맞지 않는다고 생각한다. 타티아나 그리고리에바(장대높이뛰기 선수)는 자기 의지로 오스트레일리아로 귀화했다. 그러나 캐시가 대표하는 사람들은 6만 년도 이전부터 이곳에 있었다. 나중에 온 것은 유럽인이다. 그녀에게는 자기 민족을 나타내는 깃발을 들 권리가 있을 것이다. 권리란 자기 손으로 움켜쥘 수밖에 없다. 그 누구도 '자, 여기' 하고 주지 않는다. 미국의 매리언 존스도 어머니의 모국인 벨리즈 국기를 성조기와 함께 들고 뛰었다.

그러나 이치에 맞던 맞지 않던 그런 투쟁이 계속되는 한, 캐시 프리먼의 영혼에 평온은 찾아올 것 같지 않다.

물론 압도적으로 많은 것은 좋은 의견이다. 투서란은 그런 사람들의 마음으로 채워졌다. 예를 들어 이런 투서.

1. 캐시 프리먼은 최고의 오스트레일리아 사람이다. 그녀는 오스트레일리아 사람을 하나로 이어주었고, 그것은 어떤 사죄로도,

어떤 총리도 하지 못했던 일이다. 이 유대를 앞으로 그 누구도 단절해서는 안 된다.

2. 이번 대회에서는 오스트레일리아 선수들이 금메달을 많이 따서 시상대에 자주 올랐지만, 나는 이날처럼 오스트레일리아 사람들이 뜨거운 가슴으로 국가를 부르는 것을 본 적이 없다. 우리는 이때 처음으로 전혀 부끄러움을 느끼지 않고 가슴 가득한 애국심을 품을 수 있었다. 대단한 일이다.

캐시의 시상 뒤에 이어진 국가 제창 속에 느껴진 사람들의 긍지는 마음을 뒤흔들었다. 드디어 우리가 하나로 맺어지는 빛나는 순간이었다. 나는 그렇게 믿고 있다. 그 순간 가슴속의 감동을 사랑하며, 그것을 가능하게 해준 이 멋진 오스트레일리아 사람들에게 영원토록 감사할 것이다.

오늘 신문에 어젯밤 경기 후에 있었던 캐시 프리먼의 인터뷰가 실렸다.

"이제야 마음이 놓입니다. 드디어 끝났네요. 오랫동안 쭉 꿈꾸어 왔던 일이 싱겁게 실현되고 나면 뭔가 얼떨떨하잖아요. 세상이 빙글빙글 돌다 뒤집히는 것 같고 말이죠. 그런 일이 실제로 제게 일어난 거예요. 그래서 그 자리에 주저앉고 말았어요. 그 순간, 그 자리에 있던 모든 사람의 감정이 제 안에 고스란히 전해졌어요. 그것으로 그동안 힘들었던 일을 모두 떨쳐낼 수 있었답니다."

그녀가 느끼고 말하는 방식에는, 원주민 출신이라는 영향 때문인지도 모르지만 약간 영적인 면이 있는 것 같다.

상어가 서퍼를 또 잡아먹다!

뉴질랜드에서 온 서퍼가 상어에게 잡아먹혔다고 일전에 썼는데, 그로부터 30시간 뒤에 남해안의 그 현장에서 고작 150킬로미터 떨어진 곳에서 열일곱 살 난 서퍼가 상어의 습격을 받아 숨졌다. 이렇게 되면, 상어의 습격을 받아 죽는 것이 연간 한 명이라는 통계는 도무지 믿을 수 없을 것 같다. 그야 상어가 통계에 맞춰서 인간을 습격하지는 않을 테니 당연하다면 당연하지만.

소년은 친구와 셋이 서핑을 즐기고 있었던 모양이다. 그중 한 명이 커다란 꼬리지느러미가 바닷물을 하얗게 가르는 것을 목격했다. 바로 다음 순간, 친구가 마치 공백 속으로 빨려들어가는 것처럼 싹 모습을 감추었다. 수색 결과, 조각난 서핑 보드 일부가 발견됐지만, 다른 것은 발견되지 않았다. 현장에 있던 다른 두 사람은 큰 충격을 받아 병원에 입원했다.

습격한 것이 같은 상어인지 아닌지는 확실하지 않지만, 전문가는 다른 상어일 거라고 추측했다. 상어가 단기간에 150킬로미터나 장소를 이동하는 것은 지극히 이례적이기 때문이다. 또한, 커다란 사냥감을 잡은 뒤에 상어는 한동안 먹이 활동을 쉰다. 어쨌든 봄은 서퍼에게 위험한 계절이다. 오스트레일리아 연어가 이 계절에 남해안으로 떼 지어 몰려오고, 그걸 따라 상어도 몰려들기 때문이다.

이곳 해변은 파도가 좋기로 유명해서 전국에서 서퍼가 모여든다.

때때로 근처에서 상어가 목격되지만, 사람이 죽은 적은 없었다. 상어를 목격해도 서퍼들은 절대 보고하지 않는다. 경고를 받아 해변이 폐쇄되면 서핑을 할 수 없기 때문이다. 이 지역에 사는 사람들(대부분 관광으로 생계를 꾸린다)은 뉴스를 듣고 말을 잃었다.

상어에게 사람을 먹는 습성은 없다. 사람을 보아도 보통 습격하지 않는다. 오히려 도망친다. 그러나 일단 사람의 맛을 보면 반복해서 습격하기도 한다. 사람은 도망치는 속도가 느려 잡기 쉬운 사냥감이기 때문이다. 그래서 나이를 먹었거나, 다쳐서 활동 능력이 떨어지는 상어가 다른 먹이를 잡기 어려워지면 배를 곯다가 사람을 습격하는 예가 있다. 또 서퍼는 까만 잠수복을 착용하기에 바다사자나 돌고래로 오인하고 습격당할 때도 있다.

팻소가 사라지다

오스트레일리아에서 올림픽 경기는 채널7이 독점 중계했는데, 이 방송국이 올림픽 심야방송 마스코트로 사용한 것이 통통한 웜뱃 '팻소'였다. 포동포동하고 못생긴 웜뱃으로, 염치없다는 표정을 하고 팡팡한 엉덩이를 내밀고 있다. 그리 귀엽지는 않지만 왠지 미워할 수 없다. 사실 이 팻소는 내가 시드니 교외에 있는 와일드라이프 공원에서 실제로 본 못생긴 웜뱃을 모델로 했다고 한다. 듣고 보니 확실히 닮은 것도 같았다.

방송을 타다 보니 마스코트 인형도 점점 인기가 많아졌는데, 시판품이 아니라 특별 주문 제작이어서 단 하나밖에 없었다. 이 팻소는 오스트레일리아 수영팀에 '부적'으로 대여해서, 메달 쟁탈전을 벌이는 동안 많은 선수의 품에 안겼다. 덕분에 인기는 폭발적으로 상승했다.

오스트레일리아 올림픽 위원회는 떨떠름했다. 공식 마스코트 인형('복싱 캥거루')으로, 완구 회사로부터 많은 저작권료를 받았다. 그런데 방송국에서 멋대로 만든 인형의 인기가 폭발하니 배가 아플 노릇이다. 완구 회사의 불평도 들렸다. 위원회는 방송국에 압력을 가해 팻소를 화면에 내보내지 못하도록 했다. 선수들에게도 절대 인형을 들고 시상대에 올라가지 말라고 지시했다.

그러나 윗분들이 잘난 척하며 그런 지시를 내리면, 당연히 반항하고 싶은 것이 젊은이의 심리. 인형을 몰래 들고 가서 시상할 때 불쑥 내밀어 카메라에 찍히게 하는 선수도 간간이 있었다. 옳지, 그렇지, 하고 나는 고소해했다.

인기 폭발인 팻소 인형을 시판해달라는 사람들의 목소리가 압도적으로 높아졌고, 내놓으면 불티나듯 팔릴 거라는 것을 알면서도 방송국 입장에서는 올림픽 위원회의 의향을 거스를 수 없으니, 인기가 좋아도 참 난처한 상황이었다. 방송국은 마스코트 인형을 판매해달라는 사람들의 요구에 "팻소는 가능하면 조용히 살기를 바란답니다"라고 궁여지책의 답변을 내놓았다(이 팻소 인형은 올림픽 종료 후 경매에 나와 높은 가격에 팔렸다는 이야기를 나중에 들었다).

요즘 올림픽은 아무리 생각해도 이미 상업주의에 단단히 물들었다. 아마 무지막지하게 돈을 버는 놈이 어딘가에 있을 것이다. '그러지 않으면 요즘 세상에서 올림픽을 유지할 수 없다, 상업주의는 필요악이다'라는 논리를 내세우지만, 이 정도로 거대한 액수의 돈이 움직이면 반드시 누군가 부당한 이익을 얻게 된다. 당연한 이치다. 그렇다면 대체 누가 이익을 얻고 있을까.

올림픽 상업주의와 관련한 웃지 못할 에피소드는 무수히 많다. 앞에서도 얘기했지만, 프레스센터 식당에는 '오지 그릴'이라고 오스트레일리아 요리를 전문으로 하는 코너가 있다. 여기에서 베이컨 에그버거를 내놓았다. 바람개비 빵에 베이컨과 달걀을 끼운 것으로, 오스트레일리아에서는 딱히 특이한 음식이 아니다. 그런데 옆집 맥도널드가 트집을 잡았다. "너희 때문에 우리 에그 머핀이 팔리지 않는다, 모양도 똑같지 않은가"라고. 맥도널드는 올림픽 위원회의 대형 스폰서이므로 함부로 대할 수 없다. 주최 측은 빵 모양을 바꾸라고 오지 그릴에 요청했다. 오지 그릴은 빵 모양을 바꿔 길쭉한 롤빵에 똑같은 내용물을 끼웠다. 이러면 다른 음식이 될 것이다. 그러나 맥도널드는 받아들이지 않았다. 모양이 달라도 내용물은 똑같다면서. 결국, 오지 그릴은 그 메뉴를 아예 없앴다.

코카콜라도 경쟁사에 다분히 신경질적이다. 코카콜라가 경기장의 소프트 음료를 도맡고 있어서(사실 시드니 거리 전체가 코카콜라에 잠식된 상태라 펩시를 찾는 것조차 거의 불가능했다), 그게 재미없었던 사람들이 몰래 펩시를 경기장으로 반입해 일부러 꺼내 보이며 마셨다(고 한다, 본 적은 없지만). 그래서 코카콜라는 열을 받았다. 올림픽 위원회에 입구에서 펩시를 들고 들어오려는 사람을 저지하라고 항의했다. 그래서 입구에서 소지품 검사를 하던 사람들은 위험물 이외에 펩시 캔에도 주의를 기울이라는 상부의 지시를 받았다. 그들은 쓴웃음을 지었다. 이쯤 되면 희극이다.

나는 가방 검사를 받으며, "이건 노트북이지?"라는 질문에, "아니, 이건 펩시야"라고 대답했다. 그 자리에서 총에 맞아 죽지는 않았다. 웃음거리가 됐을 뿐이다.

단, 코카콜라는 주최 측에 펩시 배제를 요구했다는 사실을 부정했다. "그야 펩시 티셔츠를 입은 사람들이 스물다섯 명이나 뭉쳐서 장내에 들어와 이거 보라는 듯이 카메라 앞에 서성거리면 저희도 불만을 제시하겠지만요"라고 했다. 그러나 아무도 그들의 변명을 믿지 않았다.

대형 스폰서는 그만큼 절대적인 힘이 있고 참견도 한다. 그러나 1,400만 달러나 되는 막대한 계약금을 냈으니 코카콜라가 신경질적으로 구는 것도 이해 못 할 바는 아니다. 어쨌든 지나치게 막대한 돈이 움직이고 있다. 어딘가에서 누군가가 슬슬 올림픽 규모 자체를 줄이지 않는 한, 올림픽은 점점 더 권익의 온상이 될 것이다. 벌써 늦었는지도 모르겠지만.

나의 사소하고 단순한 제안은, 경기 종목을 현재의 절반으로 줄이고 경기장을 아테네 한 곳으로 고정하는 것이다. 축구, 테니스, 야구, 농구는 종목에서 제외한다. 다시 말해서 프로 리그나 토너먼트가 있는 경기는 구태여 올림픽에 넣을 필요가 없다는 소리다. 그렇게 하면 대회 운영비용은 좀더 줄어들 것이며 막대한 후원비도 필요하지 않다. 새로운 경기장을 건설할 필요도 없다. 꼴 보기 싫은 유치 경쟁도 안 해도 된다. 선수들은 모두 아테네를 목표로 하면 된다. 일본 고교 야구도 해마다 고시엔에서 하는데 무슨 문제가 있나? 없지 않은가. 아테네는 좋은 곳이다. 마라톤도 늘 정통 마라톤 코스에서 할 수 있고. 굉장하지 않은가.

Athens!

개최 시기는 당연히 10월이다. 그리스의 10월은 날씨도 좋고 관광철도 아니다. 왜 이렇게 하지 못하는가? 그것은 이미 올림픽이 돈으로 물들었기 때문이다. 모든 것이 돈으로 범벅되었고, 이를 통해 돈을 버는 사람이 너무 많아졌다. 이제 돌이킬 수 없다.

비치발리볼과 '우동'

오늘은 7시 반에 일어났다. 어제 새벽 1시 넘어 잠이 들었다. 육상 경기가 늦게 끝나서 피곤했다.

어제 기록을 깜박하고 안 적었는데, 남자 1만 미터 결승에서 일본의 다카오카가 7위로 들어왔다. 27분 40초로 자신의 최고기록이었다. 나카야마 다케유키가 보유한 일본 기록에는 미치지 못했지만, 멋진 질주였다. 앞을 달리는 아프리카 선수의 탄력 넘치는 다리를 보고 있자면 이건 절대 못 이기겠다 싶은데, 장신인 다카오카는 긴 다리를 이용해 공격적인 레이스를 보여주었다. 스물다섯 바퀴 중 열여덟 바퀴까지 선두 그룹에 속했다. 열아홉 바퀴에서 그룹이 둘로 갈라져 후방으로 처졌지만, 잘 버티다 그 그룹에서 선두로 나서 7위로 결승선을 통과했다. 마지막 스퍼트는 상당히 볼만했다. 우승한 주자와는 20초 이상 차이가 났으나, 존재감을 보여준 경기였다.

하나다는 예선 질주가 좋아서 기대를 했는데, 시작부터 쫓아가지 못했다. 어쩌면 예선에서 너무 무리를 했는지도 모른다. 예선과 결승에서의 그런 힘 분배가 어렵다.

1만 미터는 참 재미있다. 물론 마라톤이 화려하긴 하지만, 1만 미터에는 1만 미터만의 독자적인 맛이 있다. 잔혹하고 냉정하며 과묵하고 전율이 있다. 실력 차가 뚜렷하게 나타난다. 그러나 실력 이상으로 전략이 중요하다. 선수들은 조용히, 조용히 접전을 펼친다.

그것은 의식처럼도 보인다. 사람들은 묵묵히, 거의 기계적으로 달린다. 긴 보폭도 속도도, 똑같은 필름을 반복하는 것처럼 일정하다. 그러나 거기에는 당연히 불온한 예감이 감돈다. 갑자기 폭발이 일어난다. 사람들 사이로 마술 같은 섬광이 달린다. 앞으로 세 바퀴, 혹은 두 바퀴. 무언가가 선수들에게 빙의된다. 대단한 순간이다. 그리고 그들은 화살처럼 트랙을 질주하기 시작한다.

근처 카페에서 아침을 먹고 40분간 조깅. 샤워를 하고 옷을 갈아입은 뒤 본다이 비치로 갔다. 비치발리볼 시합을 보기 위해서였다. 남자 결승전과 3위 결정전을 하는 날로, 오늘을 끝으로 비치발리볼 시합은 이제 더 볼 수 없다. 올림픽도 이제 종반에 들어서서 경기 대부분이 슬슬 끝나고 있다. 그래서 빠뜨렸던 경기를 하나씩 보기로 했다.

오늘은 정말 추웠다. 하늘은 잔뜩 흐렸고 비도 후드득후드득 떨어졌다. 솔직히 해변에 가고 싶은 날씨는 아니었다. 그러나 일이니까 배부른 소리를 할 수는 없다. 택시를 타고 해변으로 갔다.

"경기가 안 좋네요." 중년 운전기사가 한숨 섞어 말했다. "올림픽 손님은 다들 준비된 공공 교통수단을 이용하니, 택시는 파리만 날리고 말이죠.* 비치발리볼을 보러 가신다고요. 흠, 그거 어디와 어디가

 올림픽 기간에는 시드니 시내 택시가 요금을 10퍼센트 더 받아서 사람들의 택시 이탈을 부채질했다.

하는 건가요? 3위 결정전이 독일과 포르투갈이라고요? 이상하네, 독일에는 해변이 없을 텐데."

독일에도 당연히 해변은 있다(북해에 면해 있어서 이용할 수 있는 계절이 한정되었지만). 그리고 독일은 사실 비치발리볼에 꽤 강하다. 그러나 운전기사 아저씨 말처럼 독일인이 비치발리볼을 한다고 하면, 어쩐지 분위기상 이상하다. 나도 그렇게 생각했다.

본다이 비치는 시드니 시내에서 그다지 멀지 않은 곳에 있는 리조트 비치인데, 멋진 파도가 일어서 세계적으로 유명하다. 에노시마의 해변과 바다를 깔끔하게 정리하고, 서전 올 스타스의 노래가 흐르는 확성기와 관광 시설, 러브호텔을 철거한 풍경을 상상하면 된다.

해안에는 품위 있고 깔끔한 식민지 시대 분위기의 건물이 즐비하다. 1930년대에서 그대로 옮겨온 듯한 건물이다. 파스텔컬러 벽이 보기 좋게 빛에 그을렸다. 그걸 보고 있자니, 이곳에는 한때(지금은 잘 모르겠으나) 엄연한 계급사회가 존재했다는 사실을 이해할 수 있었다. 저렇게 세련된 클럽에 체류하며, 베란다에서 시원한 음료수 잔을 기울였을 법한 상류층은 본다이 비치의 여름을 우아하게 즐겼으리라. 물론 서민도 왔을 것이다. 사람 가득한 노면전차를 타고. 그다지 우아하지는 않을지도 모르나 그들은 그들 나름의 즐거운 여름을 보냈을 테지.

'본다이'는 원주민 언어로 '파도가 해안에 부딪히는 소리'라는 뜻이다. 이곳에는 원래 원주민 부족이 살면서 수렵과 낚시를 했으나, 영국인이 들어와 해수욕장으로 만들었다. 본다이는 20세기 초에 오스트레일리아에서 가장 유명한 서핑용 해변이 되었다.

그러나 1938년 2월의 어느 일요일, 비극이 일어났다. 이른바 '블랙 선데이'다. 느닷없이 거대한 파도가 이 해안을 덮쳐 해수욕 중이던 사람들을 휩쓸어갔다. 비슷한 규모의 파도가 연이어 세 번 왔다고 하니 소름이 끼친다(서핑을 해본 사람은 알겠지만, 큰 파도는 대체로 세 번 연이어 온다). 총 삼백 명이 300미터 떨어진 바다까지 파도에 실려갔다.

그러나 다행히 그때 해변에는 칠십 명의 구조대원이 대기하고 있었다. 마침 훈련의 일환으로 구조대원끼리 경기를 펼칠 예정이었다. 그들은 성난 바다에 뛰어들어 물에 빠진 사람들을 닥치는 대로 구조했다. 구조하고 돌아와서는 다시 바다로 뛰어들었다. 덕분에 사망자는 겨우 일곱 명에 그쳤다. 기적 같은 일이다.·

그러나 구조된 사람 중에 사십 명은 공포로 의식을 잃었고, 사람들은 광란 상태로 가족과 친구를 찾아헤맸다. 해변은 피비린내나는 전쟁터를 방불케 했다고 한다. 오스트레일리아 바다는 장대하고 아름답지만, 일단 이빨을 드러내면 너무나도 위험한 곳이다. 분명 1970년경으로 기억하는데, 오스트레일리아 총리도 헤엄치다가 높은 파도에 휩쓸려 죽었다. 아주 잔잔한 바다였는데 갑자기 높은 파도가 닥쳤다고 한다. 시체는 발견되지 않았다.

본다이 비치에는 상어도 나온다. 모래사장에 서서 보면 이렇게 평

 본다이 비치 구조대원들의 당시 영웅적인 활약은 하나의 전설이 되어 그들의 복장(끈 달린 모자, 수영 팬티, 볕에 탄 근육질 몸)은 국가적 우상의 상징으로 추앙받았다. 참고로 폐막식 이벤트에서도 구조대원 차림의 젊은이들이 다수 등장했다.

화로운 해변에 상어가 나오다니 도저히 믿기지 않지만, 실제로 서퍼 몇 명이 상어에게 물려 죽었다. 그래서 1930년대 초에는 바다에 상어막이용 그물을 설치했다. 그 이후, 상어 피해는 없었다.

그것이 본다이 비치.

경기장의 기자석 출입구를 찾다가, 시합 직전에 열린 미디어 연회장 같은 곳으로 잘못 들어갔다. 오늘은 이 경기장에서 마지막 시합을 치르는 날이어서 관계자 모두가 이별을 아쉬워하는 것 같았다. 연회는 세련된 비치 클럽 이층에서 열렸다. 미디어 패스를 소지한 사람이라면 누구든 들어갈 수 있었다. 그런 모임에 참가할 생각은 없었지만, 어쩌다 보니 안으로 들어가게 되었다. 미인 웨이트리스가 생글생글 웃으며 다가와서 내게 화이트와인 잔과 새우튀김 꼬치를 내밀었다. 거절하는 것도 귀찮고 마침 배도 고파서 고맙게 받았다. 소파에 앉아 시합이 시작할 때까지 초밥과 튀김을 먹으며 나쁘지 않은 와인을 우아하게 마셨다. 미디어 패스를 들고 있으면 가끔 이렇게 즐거운 경험을 할 수 있다.

그동안 패스가 없는 야 군은 암표상을 찾아 고생고생하며 티켓을 손에 넣어 지붕 없는 스탠드석에서 묵묵히 차가운 비를 맞고 있었다. 딱하지만, 젊어서 고생해두면 그만큼 나이를 먹어 좋은 일도 있다(고 생각한다, 분명).

이번 올림픽 대회는 대중성이라고 할까, 미디어 대응에 상당한 돈을 들인 것 같았다. 본다이 비치 경기장은 환경단체의 엄청난 공격으로(이에 관해서는 뒤에 적겠다) 미디어를 아군으로 만들 필요가 있었을지도 모른다. 그래도 이렇게까지 신경 쓸 건 없는데 싶었다. 와인을 홀짝이며 비에 젖은 창밖의 종려나무를 바라보았다. 그건 그렇고 이런 돈은 대체 어디서 나오는 걸까?

비치발리볼은 화창한 여름 오후에 차가운 맥주라도 마시며 '예이!' 하는 느낌으로 관전한다면 그야 재미있을 것이다. 그쯤은 나도 충분히 상상할 수 있다. 추적추적하게 비가 내리는 쌀쌀한 날에 바람막이를 푹 뒤집어쓰고 관전할 경기는 아니었다. 이런 상황에서 이 경기는 참으로 어중간한 스포츠처럼 느껴졌다.

우선 도대체가 서브권만 교대할 뿐이지 여간해서 점수가 나지 않았다. 한 팀이 둘뿐인 상황은 공격에서는 유리하지만 수비에서는 불리했다. 지킬 수 있는 공간이 좁아서 공격하는 쪽은 거의 마음대로 공격했다. 테니스와 반대로 서브권이 아니라 리시브권을 쥔 쪽이 유리했다. 그래서 점수가 나지 않고 서브권만 오가는 불행한 사태가 벌어졌다. 단순하게 랠리제로 하면 좋겠다고 생각했다. 특히 차가운 비가 내릴 때는 더 그런 생각이 들었다.

내 옆에는 포르투갈인 기자가 있었다. 관계자 여성이 그에게 "오늘 좋은 날씨네" 하고 농담하자, "그러게, 동계 올림픽치고는" 하고 진지한 얼굴로 대답했다. 그 정도로 추웠다.

한 세트가 12점인데, 그 12점을 따는 데 40분 정도 걸렸다(독일이 첫 세트를 따냈다). 길어도 너무 길다. 그사이 몸은 완전히 식어버렸다. 이러고 있다가는 감기에 걸릴 것 같았다. 그래서 같이 온 편집자 야 군에게 "추우니까 이제 그만 보고 따뜻한 우동이라도 먹으러 가지" 하고 말했다. 그는 암표상에게 바가지를 써서 100달러(6,000엔)나 주고 티켓을 샀으니 이렇게 바로 나가버리면 너무 아까울 테지만,

감기에 걸리면 본전도 못 찾는다. 반농담으로 한 말인데, 경기장을 나와 거리를 걷다 보니 **정말로** 우동 가게가 있었다. 본다이 비치의 우동 가게.

'해물우동'을 후루룩 먹으며 몸을 덥혔다. 일주일 전까지는 덥디더워서 뜨거운 우동이 먹고 싶어질 줄은 상상조차 못 했다. 그러나 초봄 날씨는 불안정해서 일단 싸늘해지기 시작하자 점점 추워졌다. 긴소매 셔츠 위에 스웨터를 걸치고 그 위에 바람막이를 입어도 여전히 추울 정도였다. 생각해보면 남극대륙에 가까우니 추워도 어쩔 수 없다.

"이런 날에 알몸으로 비치발리볼을 하다니, 하는 사람은 춥지 않을까?"

"당연히 안 춥겠죠."

"그런데 비치발리볼이 굳이 올림픽에 넣을 만한 스포츠인가?"

"굳이 넣을 필요도 없죠. 필연성이 느껴지지 않으니까요."

"그렇지. 그거 어쩌다 보니 해변에서 배구를 하는 것뿐이잖아. 그런데 남자 비치발리볼은 볼 때마다 홀 앤 오츠가 생각나는데, 이거 이상한가?"

"하하하하하, 대박인데요. 홀 앤 오츠라니."

(둘이서 우동을 먹으며 나오는 대로 떠들었지만, 화창하고 따뜻한 날에 보면 좀더 호의적인 감상이 나왔을 것이다.)

택시를 타고 호텔로 돌아왔다. 오늘은 비가 오니까 더는 경기를 보러 가지 않기로 했다. 호텔에서 느긋하게 원고나 정리해야지.

돌아오는 길에 탄 택시에서는 라디오 토크쇼가 흘러나왔다. 세 명

정도 되는 성깔 있는 아저씨(뭐 라디오 토크쇼에는 성깔 있는 아저씨만 나오지만)가 올림픽에 관해 연달아 트집을 잡고 있었다.

"축구에서 스물셋 이하 제한은 대체 뭡니까. 그런 웃긴 소린 들어본 적 없어요. 올림픽은 세계 최고가 모이는 거잖아요. 왜 축구에만 그런 조건이 있는 건지. 근거가 뭐죠? 테니스가 선수에 제한을 둡니까?"(이건 그럴싸한 말이다.)

"올림픽을 보면서 제일 열 받는 건 심사위원이 있는 스포츠더라고요. 심사위원이 필요한 스포츠는 스포츠가 아니죠. 스포츠는 이겼는지 졌는지 눈으로 보면 알 수 있는 겁니다. 이를테면 수영이나 육상처럼. 10점 만점에 몇 점 차로 이기고 지고 하는, 그런 골치 아픈 종목은 모조리 없애면 됩니다. 판정 기준도 불명확하고, 아무도 납득하지 않잖아요."

사회자. "즉 체조도 다이빙도 싱크로나이즈드스위밍도 전부 없애

야 한다는 말씀이십니까?"

"그래요. 다 없애버려야 돼요."

거친 의견이긴 했지만, 나름대로 조리 있는 주장이어서 재미있었다.

멀리 가기도 귀찮아서 저녁은 근처 일본 음식점에서 도시락 정식
을 먹었다. 27달러. 오늘은 일본 음식만 먹는 하루. 평화로운 하루.
쓸 것도 별로 없다.

마쓰자카로는 이길 수 없다

2000년 9월 27일 수요일 아침에 일어나 60분을 달렸다. 지면은 촉촉하
게 젖었고 공기는 싸늘했다.

어젯밤에 비가 엄청나게 내렸다. 오스트레일리아에 온 이래 가장
세찬 비였다. 번개도 심하게 쳤다. 무소륵스키의 교향곡에 나올 법
한, 그야말로 무시무시한 밤이었다. 저녁에 별로 할 일이 없어서 축
구 준결승, 미국 대 스페인전을 보러 무어 공원 축구 경기장에 갈까
하다가, 피곤하고 귀찮아서 그만두었는데, 안 가길 잘했다. 만약 갔
더라면 틀림없이 혼쭐이 났을 것이다.

야구 준결승, 한국 대 미국전도 뇌우雷雨로 한참 중단됐다고 한다.
조간에는 아직 결과가 실리지 않았다. 1대1인 상황에서 비로 중단됐
다고만 나와 있다. 기사 마감까지 시합이 끝나지 않았다니. 스탠드의
관중도 힘들었을 것이다. 몸은 흠뻑 젖고, 번개는 치고, 시합은 늦도

273

록 안 끝나고…….

TV뉴스를 틀자, 미국이 끝내기 홈런을 쳐서 이겼다고 한다. 그렇다면 오늘 동메달 쟁탈전은 운명의 한국 대 일본이다. 선발은 아마 마쓰자카이리라. 나흘 만의 등판이지만, 이게 마지막이니까 그런 걸 따질 상황이 아닐 것이다. 마쓰자카 역시 일부러 공식전을 빠지고 시드니까지 왔으니 1승도 거두지 못하고 일본으로 돌아갈 수는 없을 것이다. 그렇다면 나는 마쓰자카가 선발로 나온 세 경기를 전부 보게 된다. 시합은 12시 반부터 올림픽 공원 구장에서 열렸다.

참고로 여자 소프트볼 결승은 미국 대 일본이었고, 역시 비가 내리는 와중에 미국이 굿바이 승리를 거두었다. 어젯밤은 미국에게 화려한 밤이었다. 진 쪽은 망연자실해서 말도 안 나오는 결과였지만.

반대론자의 봉사

본다이의 비치발리볼에 관한 추가 정보.

본다이 비치에는 올림픽 비치발리볼 시합을 위해 1만 명을 수용하는 가설 경기장을 설치했다. 결승전을 마치면 바로 해체하여 해변은 원래 모습으로 돌아갈 예정이다. 이번 올림픽 경기장에는 이처럼 바로 해체할 것을 염두에 두고 세운 건물이 여러 곳 있다. 조립식 주택처럼 판자와 쇠붙이만으로 아주 단순하게 지었는데(이른바 날림 공사다), 이게 그 옛날 서커스장 같아서 다소 미심쩍으면서도 제법 괜찮다.

그러나 환경문제에 시끄러운 '녹색당'이 비치발리볼 경기장 건설에 반대해 계속 항의 운동을 했다. 경기장을 세우면 해변 형태가 변하고 파도의 흐름이 바뀌어 립(강한 국지적 조류)이 발생한다, 그러면 수영하는 사람이나 서퍼에게 매우 위험하다는 게 그들의 주장이었다. 경기장을 해체해 지형을 원래대로 돌려놓아도 일단 변해버린 환경은 회복되지 않는다는 것이었다. 오스트레일리아는 '녹색당'의 힘이 강하고, 또 일반적으로 환경문제에 관심이 높은 나라다. 심지어 상어와 독사까지 '보호동물'로 지정할 정도니까.

'녹색당'이 제출한 경기장 건설공사 금지 신청은 법원에서 기각되어 경기장은 예정대로 세워졌다. 녹색당은 그후에도 여전히 항의 시위를 계속했으나, 경기장이 완성되고 막상 올림픽이 열리자, '어쩔 수 없지' 하는 분위기가 됐다.

하지만 도미니크 카낙은 포기하지 않았다. 그는 '녹색당' 일원으로 강경한 경기장 건설 반대론자였다. 그러나 이건 이거고 그건 그것, 그는 올림픽에 자원봉사자로 참가했다. 그리고 각국에서 온 올림픽 관계자를 태운 차량의 운전사를 담당했다. 카낙은 오십 명 이상의 대회 임원을 태우고 다녔으나, 그때마다 뒷좌석을 향해 '본다이 비치에 비치발리볼 경기장을 세우면 얼마나 자연환경이 파괴되는가'를 열심히 설명했다. 괜찮은 아이디어이긴 했지만, 생각만큼 사람들의 공감은 얻지 못한 것 같다.

이런 반대론자를 자원봉사자로 채용한 시드니 올림픽 위원회도 태평하다고 할지, 대범하다고 할지 참 아량도 넓다. 단순히 조사를 제대로 하지 않은 것뿐일지도 모르지만(봉사자만도 사만 칠천 명이나 되니), 일본이라면 그렇게 쉽지는 않았을 것이다.

가설 경기장이라 해도 훌륭해서(무려 만 명이나 들어갈 수 있는

275

곳이니까), 현지에서는 오히려 '일부러 부수는 것이 아깝다'라는 의견도 나왔다. 그러나 오늘부터 실제로 해체 공사를 시작했다.

상어와 서퍼

다시 상어 이야기.

오스트레일리아에서 상어의 습격으로 죽은 사람은 평균 한 해에 한 명 정도라고 앞에서 언급했다. 통계에 따르면 벌에 쏘여 죽는 사람 수보다 적다고 한다. 오스트레일리아에서는 한 해에 두 명에서 세 명이 벌에 쏘여 죽는다. 그러니 서퍼 두 명이 연달아 상어의 습격으로 죽었어도 상어 때문에 그렇게 허둥거리며 겁낼 필요는 없다. 통계 수치는 100년 이상 변하지 않았으니 지금 시점에서 갑자기 변할 필연성도 없다. 즉 평균치 1년분 이상의 서퍼가 벌써 죽었으니까 당분간은 괜찮다는 것이다. 정말 그럴까.

그러나 내가 생각하기에 똑같은 죽음이라도 죽는 방식은 의외로 중요한 문제다. 예를 들어 '일본에서 한 해에 사형당하는 사람 수를 평균 내면 욕실에서 비누를 밟아 미끄러져 죽는 사람보다 적어요, 그러니 사형제도는 그리 중요한 문제가 아닙니다'라고 말한다면, '그건 좀 이상하지 않나' 하는 생각이 든다. 당연히. 세상사란 통계 수치만의 문제가 아니다. 사람에게는 죽는 방식을 선택할 권리가 있……는지 어떤지는 모르겠지만, 적어도 나는 수영하다가 상어나 악어에게 물려 죽고 싶지 않다.

상어를 보호하려는 사람들은 다양한 관점에서 상어를 변호한다.

그들은 말하기를, 상어는 사람 고기를 좋아하지 않는다고 한다. 그러니 한 입 깨물어보고 그만두는 상어가 많다. 상어의 습격을 받은 사람 중 사망에 이르는 것은 40퍼센트쯤이라고 한다. 즉 맛을 보고 '아아…… 맛없어, 그만 먹어야지' 하고 그냥 가버린다는 소리인데, 한 입 깨물린 쪽은 죽을 노릇이다. 살아남아도 다리나 팔을 잃는다. 게다가 상어는 실제로 한 입 깨물어보지 않으면 상대를 제대로 구분하지 못한다는 이야기도 있다. 게다가 개중에는 '식성이 독특한' 상어도 있을 것이다. "넌 잘도 인간 따위를 먹네" "아니, 그게 먹어보니 제법 괜찮더라고" 이러는 녀석이.

오스트레일리아에는 상어 퇴치 전문가도 있다. 영화 〈죠스〉에서 로버트 쇼가 연기한 상어 사냥꾼과 비슷한 '상어 전문가'이다. 그는 오스트레일리아 정부가 취하는 상어 보호정책에 이의를 주장하고 있다. "상어 보호를 주장하는 놈들은 항상 수치를 내민다. 상어 때문에 죽는 사람은 한 해에 한 명 정도라고. 그렇지만 바다에서 행방불명되어 사체도 떠오르지 않는 사람이 아주 많다. 그중 몇 명은 아마 상어에게 습격당했을 것이다. 그런데 놈들은 그 가능성을 인정하려 들지 않는다. 이대로라면 더 많은 사람이 상어의 먹이가 되고 만다. 사람의 맛을 기억한 상어는 한시라도 빨리 처리해야 한다."

왠지 영화 그 자체다.

어느 신문에 젊어서 서퍼였다는 사람이 서퍼와 상어에 관해 칼럼을 썼다. 그에 따르면, 오스트레일리아의 서퍼는 상어가 나오는 해안을 좋아한다. 어째서? 붐비지 않으니까. 일반인은 상어가 무서워서 바다에 들어가지 않기 때문에, 멋진 파도를 마음껏 탈 수 있다. 서퍼라면 참을 수 없는 매력이다.

설령 해안에 상어가 나왔다는 경보가 울려도 그들은 바다에서 나오지 않는다. 다른 사람들이 돌아가면 더 마음껏 파도를 탈 수 있으니까. 그런 관점에서 그들은 오히려 상어 경보를 환영한다. 오스트레일리아 남해안은 멋진 파도로 유명하지만, 동시에 흉포한 상어의 보고이기도 하다. 서퍼들은 자주 상어의 모습을 목격한다. 그러나 절대다수의 상어는 사람을 봐도 습격하지 않는다.

상어의 위험성과 파도타기의 쾌감을 저울질하면, 웬만한 서퍼는 파도타기를 선택한다. 그러나 아주 드물게, 무언가가 잘못되어 상어가 이빨을 드러내며 사람을 덮친다. 그러면 아무래도 서퍼들은 한동안 그 수역에 접근하지 않는다. 그러나 어느 정도 시간이 지나면 서퍼들은 확률을 믿고 다시 바다로 나간다. 바꿔 말하면, 서퍼들은 상어와 오랫동안 공생해왔다는 것이다. 그건 그것대로 괜찮다고 생각한다. 위험이 없는 즐거움이란 그 어디에도 없다.

'서퍼는 지금까지 비교적 속 편하게 자신 주변에 반문화적인 이미지를 만들어왔다. 목숨을 잃고 사지가 절단되는 위험은 전혀 생각도 하지 않는다. 호불호를 불문하고 어떤 것에든 치러야 할 대가가 있다.' 이것이 이 필자의 의견이다.

내가 생각하기에 딱 한 가지 분명한 사실이 있다. '어쨌든 서핑하는 중에 벌에 쏘이는 서퍼는 없다'라는 것이다.

다시 한국 대 일본전 야구

마쓰자카의 상태는 나쁘지 않았다. 공이 위력적이었다. 속도가 빠르고 무거웠다. 포수의 미트에 착 기분 좋은 소리를 내며 들어갔다. 그러나 한국 투수도 좋았다. 구대성이라는 좌완투수. 이 사람의 공도 상당히 무거워 보였다. 막상막하다. 둘 다(속구파 투수가 왕왕 그러는 것처럼) 초반에 다소 기복이 있었으나, 양쪽 타선이 쉽게 안타를 치지 못했다. 가끔 안타가 나와도 다음으로 이어지지 않았다. 특히 하위타선에서 터지지 않았다. 전혀 당해내질 못했다. 그러나 이상하게도 마쓰자카에게서 평소의 위압감이 느껴지지 않는다. 무슨 일일까. 왠지 모르게 빌려온 고양이처럼 보였다(원래는 빌려온 사자 같은데).

그러나 한국 불펜 또한 기운이 없었다. 기세가 오르지 않았다. 아마 어젯밤 시합으로 녹초가 됐을 것이다. 막판에 진 충격도 분명 컸을 것이다. 살짝 고개를 내밀면 내가 앉은 기자석에서 한국 불펜을 들여다볼 수 있는데, 모두 고개를 숙이고 풀이 죽어 있었다. 안쪽으로 틀어박혀서, 소리 하나 내지 않았다. 평소 기운이 넘치는 한국팀인데 어젯밤 패전이 정말 타격이 컸던 모양이다.

상대가 낙담하고 있을 때야말로 확실히 점수를 내야 할 텐데, 도통 점수가 나지 않았다. 차곡차곡 정기예금 넣는 것처럼 투수전이 이어졌다. 시합 속도도 좋았다. 굳이 따지자면 일본이 조금 압도하고 있는지도 모른다. 그러나 결정타가 나오지 않았다. 점수판은 0점 진행. 바람은 왼쪽에서 오른쪽으로 불었다. 상당히 세찬 바람이었다. 외야석 깃발이 완전히 가로로 누웠다. 한 방으로 승부가 정해질지도 모른다. 바람 방향으로 보아 상위 타선의 좌타자가 위협적이다.

아침에는 잔뜩 구름이 꼈으나, 바람이 구름을 몰아내 한낮부터 평소처럼 화창하고 맑은 하늘이 나왔다. 해가 쨍쨍하다. 약간의 구름이 하늘 한 구석에 의리를 지키는 것처럼 떠 있다. 바람막이를 벗고 티셔츠 차림이 됐다. 기분 좋은 초여름 오후에 야구 관람보다 더한 즐거움이 있을까.

이곳에서 야구를 보는 것도 오늘 시합으로 마지막일 것이다. 앞에도 썼듯이 이 구장은 아담해서 분위기가 좋고, 관람하기 편해서 좌석에 앉아 있기만 해도 기분이 좋았다. 게다가 내가 본 것은 전부 주간 경기였다. 덕분에 일본이 이겨도 져도(혹은 일본이 출장하지 않았더라도) 야구라는 경기를 마음껏 즐길 수 있었다. 이제는 여기에 올 수 없다니 조금 아쉬웠다.

벤치의 한국인 선수를 보다가 노란색이나 갈색으로 염색한 사람

이 많다는 것을 깨달았다. 한국에서도 머리를 염색하는 것이 유행일까. 특히 노란색으로 염색한 4번 타자 3루수는 머리카락 색도 그렇고 투박한 체형도 그렇고, 일본팀의 4번 타자이자 3루수인 나카무라와 꼭 닮았다. 멀리서 보면 바뀌어도 모르지 않을까.

한국인의 응원은 늘 그렇듯이 일본인의 응원보다 훨씬 열기를 띠었다. 응원 인원도 많았다. 응원 패턴도 일본 구장의 응원과 매우 흡사했다. 이런 것은 역시 아시아적이라고 할까, 지역적인 공통점이라고 할까. 어쨌든 재미있었다.

8회 초까지 0대0의 격렬한 투수전이 이어졌다. 먼저 한 방 맞은 사람은 마쓰자카. 공은 아직 빨라 보였으나, 상대방의 눈이 속도에 익숙해졌는지, 아니면 공의 위력이 어느 정도 떨어졌는지, 그 공은 기분 좋게 외야까지 통통 튕겨 나갔다. 완벽한 안타가 이어져 2사 2, 3루. 그러나 벤치 앞에서는 아무도 투구 연습을 하지 않았다. 당연하게도 마쓰자카가 계속 던졌다. 그렇겠지. 마쓰자카 이외에는 아무도 없으니까.

결과는 회심의 2루타. 순식간에 2점을 따간 뒤, 예의 노랑머리 4번 타자, 김동주가 역시 깔끔한 안타를 쳐서(배트 회전이 빠르다) 승기를 굳혔다. 한국의 동메달이 정해졌다. 한국 기자들이 뛸 듯이 기뻐했다. 한국 선수도 관중도, 미국에 이긴 것보다 오히려 일본에 이긴 것이 기쁘겠지. 동아시아 스포츠 정세에서 가장 불가사의한 것은 일본은 중국을 상대로 하면 강하고, 한국은 일본을 상대로 하면 강하고, 중국은 한국을 상대하면 강하다는 것이다. 궁합이란 게 있는 걸까. 뭐, 그렇게 해서 동아시아 지역 내의 평화가 유지된다면 그래도 괜찮다고 생각한다.

어쩌다 보니 결과적으로 그리 됐는데, 마쓰자카가 나온 시합은 전부 보았다. 마쓰자카는 모든 시합에서 나름대로 열심히 좋은 공을 던졌으나, 결과가 나오지 않아 안쓰러웠다. 일본 타선은 상위와 하위가 전혀 이어지지 않았다. 역시 프로와 아마추어의 차가 컸던 것 같다. 그러나 그보다도 마쓰자카가 선발로 나온 시합에서 1승도 거두지 못한 것이 일본팀이 메달을 따지 못했던 최대 요인이리라. 에이스로 이기지 못하면 역시 기분이 고조되지 않고, 고조되지 않으면 안 좋은 면만 고개를 내밀게 된다.

마쓰자카는 세 게임 모두 일류 선수의 관록을 제대로 보여주었으나, 아쉽게도 내 등줄기에 찌릿찌릿한 전류를 통하게 해주진 않았다. 만약 그게 통했더라면, 1승조차 거두지 못했더라도, 메달을 따지 못했더라도 전혀 상관없었을 텐데.

그러나 내 생각에 야구라는 스포츠는 역시 올림픽 대회와는 어울리지 않는 것 같다. 이렇게 올림픽에서 야구를 보는 것은 즐겁고 실제로 꽤 많이 봤지만, 그래도 솔직히 야구는 올림픽이 아니어도 괜찮지 않을까.

애초에 올림픽 경기 종목이 너무 많다. 회를 거듭할수록 점점 수가 늘어난다. 이대로 가다가는 '68킬로그램 급 야구'나 '95킬로그램 급 야구' 같은 종목이 생길 것 같다. 게다가 아테네 거리에 야구장은 어울리지 않는다, 조금도.

마라톤의 케냐 대표 로르페가 문제 발언을 했다는 속보.

"시합 날 아침에 선수촌 조식을 먹고 속이 안 좋아졌다. 누군가 독을 탄 것이 분명하다. 출발 전에도 토했고 골인한 뒤에도 토했다."

그러나 단순히 경기 전의 극심한 긴장으로 위 상태가 안 좋았을 뿐이 아니었을까. 무엇보다 매사 신중한 일본 선수라면 경기가 있는 아침에 선수촌에서 나오는 음식은 먹지 않을 것이다. 어쨌든 '패자는 말을 많이 하지 않는다'가 승부의 철칙이다. 무슨 말을 해도 넋두리나 변명으로 들린다.

특별 코너 '오스트레일리아의 역사 등'

2000년 9월 28일 목요일 오늘은 중요한 컴퓨터를 도둑맞아 뒤처리를 하느라 거의 아무것도 못 했다. 공백이었던 하루. 그래서 이번에는 일종의 '특별 코너'로 오스트레일리아의 역사에 관해 써볼까 한다. 그러나 평범하게 역사를 쓰면 아무도 읽어주지 않을지 모르니, '정신병리적 관점에서 본 오스트레일리아의 역사'를 알기 쉽고 간단하게 추려보겠다. 혹은 '어덜트 칠드런으로서의 오스트레일리아 역사: 퍼스트 플리트부터 시드니 올림픽까지'가 될까.

단, 이건 어디까지나 소설가적인 편견이 들어간 '무라카미 사관'이므로, 속지 않도록 대충 읽어 넘기시길 바랍니다.

'나는 오스트레일리아 역사 따위 아무래도 상관없어, 코알라만 있으면 돼'라든가 '흥, 무라카미한테는 배우고 싶지 않아'라는 분은 굳이 읽지 않으셔도 됩니다.

정신병리학적으로 본 오스트레일리아의 역사: 무라카미 간략판

알다시피 오스트레일리아라는 나라는 원래 영국에서 온 죄수들이 개척했다. 최초의 배, 퍼스트 플리트에는 칠백칠십 명의 죄수가 타고 있었다. 그중에는 '이 정도는 좀 봐줘도 되잖아' 싶은 경범죄를 저지른 사람도 있었고, 정치범도 있었다. 그러나 절반 이상은 정말로 '나쁜 놈'이었던 것 같다. 살인범이나 흉악한 폭행범도 상당수 있고, 그 대부분은 몇 번이나 범행을 저지른 이름난 놈들이었다. 교수형에 처할 놈들을 감형하여 유배를 보낸 것이다.

1788년부터 유형이 폐지된 1840년까지 총 십육만 삼천 명의 죄수가 영국에서 오스트레일리아로, 강제로 배로 운반되어 노역에 동원되었고, 그들 대부분이 다시는 고향 땅을 밟지 못했다.

말을 바꾸자면, 오스트레일리아라는 나라는 원래 고국에서 추방된 '애물단지'와 그들을 관리하는 체제에 충실한 사람들로 사회의 기초가 만들어졌다. 노동은 힘들었고, 반항에 대한 처벌은 실로 냉혹했다. 나도 박물관에 가서 죄수들의 당시 생활상을 재현한 광경을 보았는데, 정말 혹독했다. '이런 꼴을 당하느니 범죄를 저지르지 않겠어'라는 생각이 절절하게 들었다. 그러나 사람은 여러 가지 이유로 범죄를 저지른다. 죄수들 대부분은 형을 마치고 고국에 돌아가기를 희망했으나, 그 바람은 이루어지지 않아서 낯선 대륙에 뼈를 묻었다.

그런 점에서 오스트레일리아는 새로운 땅과 새로운 가능성과 새로운 자유를 찾아서 수많은 사람이 자신의 의지로 신천지에 건너간

호주

미국과는 성립 과정 자체가 완전히 다르다. 미국은 오스트레일리아와 마찬가지로 이른바 영국을 아버지로 두고 생겨난 나라지만, 사람으로 예를 들자면 미국에는 명확한 자아와 목적이 있었다. 그러니 성장해서 힘이 붙자, 고압적이고 지배욕이 강한 아버지에게 맞서 과감하게 일어났다.

"아버지와 나는 삶의 방식이 달라요. 괜한 참견하지 마시죠."

그리고 대판 싸움을 벌인 끝에 아버지를 힘으로 때려눕히고 집을 나와 자립했다.

미국의 자립과 거의 비슷한 시기에 오스트레일리아라는 거대한 식민지가 출현한 셈인데,˙ 오스트레일리아에게는 형 미국과 같은 자아의식이 희박했다. 애초에 사람들이 명확한 목적을 갖고 적극적

 미국이 정식으로 독립한 것은 1783년이고 퍼스트 플리트는 1788년이다.

287

으로 모여서 생긴 나라가 아니라, '가라고 하니까 온' 사람들뿐이다. 어딘지 달관한 느낌마저 감돈다. 게다가 유럽에서 보면 지구 끄트머리 같은 곳이니 구대륙 각국 간의 의도나 항쟁에 휩쓸리지 않고, 거의 무풍지대에서 세월을 보냈다. 그래서 헝그리 정신이 부족하다.

그렇다고 고생 모르고 자란 도련님은 아니었고, 오스트레일리아에는 오스트레일리아 나름대로 마음의 상처가 있었다. 너무도 멀리 떨어져 있어서 아버지가 제대로 돌봐주지 않았다는 것이다. 아버지인 영국도 자기 살기 바빠서 이 얌전하고 별다른 말썽을 부리지 않는 둘째 아들을 아주 가끔만 떠올렸다. 당시에는 수에즈 운하도 없었으니 오스트레일리아에 가려면 아주 긴긴 세월이 걸렸다.* 그런 연유로 오스트레일리아는 친아버지와 스킨십이 부족한 채 성장해야 했고, 처음부터 희박했던 자아와 목적의식을 한층 더 표현하지 못하는 체질이 되고 말았다. 그렇다고 엇나가거나 반항적이 되지는 않았다. 오히려 그는 형 미국과 반대로 솔직하고 착한 아이가 되어 아버지의 애정을 얻으려고 했다. 아버지의 행동을 본받아 충실하게 복사하려고 했다.

특히 지배계급, 상류계급 사람들에게서 그런 경향이 두드러졌다. 홍차를 마시고 거드름 피우는 영국식 생활을 하며, 자식들을 본국

영국을 떠나면 먼저 리우데자네이루에 들러 보급하고, 케이프타운에 들러 다시 보급한 뒤에 오스트레일리아 남부로 향했다. 퍼스트 플리트의 경우, 보급에 팔 개월이나 걸렸다. 거리는 25000킬로미터나 된다. 그 당시에는 달에 가는 것이나 마찬가지였다.

(고향) 학교에 보냈다. 오스트레일리아 학교에 다니는 아이들도 학교 지리 시간에 자국 지리보다 영국 지리를 열심히 배웠다. 최선을 다해 '본국' 수준이 되려고 발돋움을 했다. 그러나 그것이 절대 자연스러운 영위가 아니었다는 사실을 그 누구도 깨닫지 못했다.

영국이 어딘가에서 전쟁을 벌이면, 부랴부랴 도우러 갔다. 수단에서 반란이 일어나면 자비로 의용군을 보냈다. 보어전쟁에도 파병했다. 의화단 운동이 벌어졌을 때는 베이징까지 군대를 보냈다. 자국의 이해를 위해서라기보다 영국 식민지 경영의 선봉장을 맡은 셈이었다. 그런데 그런 부자연스러움에 국민의 비판은 거의 나오지 않았다. 오히려 사람들은 국가(영국)를 위해 용감하게 의용군으로 달려가 나서서 피를 흘렸다.

가장 많은 피를 흘린 것이 제1차세계대전이었다. 오스트레일리아는 머나먼 유럽과 중동 전선에 약 삼십만 명의 병사를 보냈으나, 육만 명 가까이 전사했고 십오만 명 이상이 다쳤다. 즉 파병한 병사 3분의 2가 죽거나 다쳤다. 당시 오스트레일리아 인구가 약 오백만 명이었으니, 사상자가 국민 총수에서 점유하는 비율이 얼마나 높았는지 생각하면 실로 놀라울 따름이다.

특히 심했던 것이 터키의 갈리폴리 해안 상륙작전으로, 이 작전에서는 안자크군(오스트레일리아와 뉴질랜드 합병군)은 해안에 들러붙은 채 터키군의 포화와 기관총에 철저하게 공격을 받아 다수의 사상자를 냈다. 이 참호전만으로 팔천 명이나 되는 오스트레일리아 병사가 전사했다. 작전 자체도 완전한 실패로 끝나 연합군은 아무런 소득도 없이 철수했다. 그러나 전원 스스로 지원해서 온 의용군인 안

자크군은 실로 용감무쌍하게 싸웠다.[*]

  그렇게 심한 꼴을 당했으면서도 오스트레일리아 사람은 분노하지 않았다. 오히려 그 용감한 전쟁을 칭송하고 나라의 자랑거리로 삼아 갈리폴리 상륙일을 '안자크 기념일'로 제정했다. 이날은 중요한 의미를 지닌 기념일이 되어, 해마다 기념식이 열린다. 오스트레일리아는 정식으로 독립을 선언한 적이 없어서 정식 독립기념일도 없으므로 (이상하다), 안자크 기념일이 그 대용품처럼 됐다. 오스트레일리아로서는 '죄수들이 세운 나라'라는 부정적인 이미지를 어떻게든 덧칠하고 싶다는 강렬한 의지도 있었을 것이다. 그러기 위해서는 영웅적 행위가 필요했다.[**] 그게 설령 이해관계라고는 거의 없는 북반구 땅에 흘린 피였다 하더라도.

  그러나 제1차세계대전 후에는 다소 양상이 달라졌다. 아버지 영국이 예전처럼 강하지도, 위대하지도 않아졌기 때문이었다. 되레 영락했고 멍청해졌다. 그렇게 되니 오스트레일리아도 고민에 빠졌다. '지금까지 아버지에게 인정받으려고 땀 흘리고 피 흘리며 필사적으로 헌신했는데, 아버지가 이런 상태라면 아무리 성심을 다해도 손해가

갈리폴리 상륙 작전의 양상은 피터 위어가 감독하고 젊은 시절의 멜 깁슨이 주연한 영화 〈갈리폴리〉에 자세히 그려져 있으니, 관심 있으면 보길 바란다. 이 상륙 작전이 얼마나 잔혹하고 피비린내나는 전투였는지 잘 알 수 있다.

아무리 그래도 다수의 사상자를 내며 실패로 끝난 작전을 펼친 날을 국가 기념일로 지정하는 나라는, 세계가 넓다 해도 어지간해선 없을 것이다. 독특하다면 독특하다.

아닐까'라는 의문이 생겨났다. 뭐야, 이러면 나만 손해를 보는 거잖아, 하고. 뭐, 그것도 당연한 생각이다.

가장 충격적이었던 사실은 영국이 인도양, 태평양에서 군사력을 철수하기 시작한 것이었다. 히틀러가 등장해 유럽 정세에 화약 냄새가 풍기기 시작하자, 영국은 태평양의 주력 함대를 대서양과 지중해로 돌렸고, 아시아 방어는 싱가포르 요새와 그곳에 있는 함대만으로 한정했다. 오스트레일리아는 마음이 편치 않았다. 동아시아에서는 일본이 압도적인 군사력을 자랑했다. 오스트레일리아에게는 크나큰 위협이었다. 그러나 영국은 자기 일로 벅차서 오스트레일리아에는 관심도 없었다. '미안한데 너도 이제 컸으니까 네 일은 네가 알아서 해라' 하는 분위기였다. 이건 좀 아니잖아, 오스트레일리아는 생각했다. 나라도 그렇게 생각하겠다.

오스트레일리아는 그 시기에 와서야 문득 깨달았다. 지금까지 막연하게 품었던 의문이 구름 걷히듯 명료해졌다.

'그렇구나, 아버지는 애초에 나 같은 건 별로 사랑하지 않았어. 적당하게 달래서 나를 편리하게 이용했을 뿐이야. 아버지는 예전부터 나보다 형을 사랑했고, 오래전에 싸우고 헤어졌으면서도 사실은 지금도 미국을 가장 사랑하는 거야. 나는 언제나 자식 대용일 뿐이었어.'

그래서 오스트레일리아는 어떻게 했을까? 아버지에게서 떨어져 형인 미국에게 갔다. 그리고 형에게 찰싹 달라붙었다. 이번에는 마초 같은 형의 생활 방식을 롤 모델로 삼았다. '흥, 지금은 형이 아버지보다 강하니까' 하면서. 복잡한 이야기다. 마치《에덴의 동쪽》같다. 유아기에 부모의 애정을 듬뿍 받지 못한 사람에게 자주 보이듯, 한 가지에 푹 빠지면 끝도 모르고 내달리는 경향이 있다.

드디어 제2차세계대전이 발발했고, 맥아더 장군은 필리핀에서 오스트레일리아까지 도망쳐 그곳에서 태세를 재정비하며 반격할 시기를 기다렸다. 오스트레일리아는 미군 침공 작전에 적극적으로 협력했고, 이래저래 하다 보니 미국과의 유대가 점점 더 강해졌다. 그와 반대로 영국은 태평양 지역에 미치는 영향력이 점차 낮아졌다.

전후, 냉전 체제에 들어가자, 미국은 반공 정책을 강력하게 추진하며 세계의 보안관 같은 입지를 다지려고 했고, 오스트레일리아는 적극적으로 그 부보안관이나 보안관 조수 역할을 담당했다. 요컨대 예전에는 아버지인 영국을 위해서 내달렸다면, 이번에는 형인 미국을 위해서 싸우게 된 것이다.*

오스트레일리아는 한국전쟁에 파병했고 베트남전쟁에도 총 오만명에 이르는 군대를 보냈다. 모두 미국의 냉전 전략을 따른 것이었다. 그러나 목적이 불명확한 데 비해 인적 피해가 큰 베트남 전쟁은 아무래도 평판이 나빠, 오스트레일리아 내에서 대규모 반전운동에 불이 붙었고, 마침내 장기 집권을 하고 있던 보수당 내각도 퇴진하게 됐다. 일반인들도 '그렇게까지 미국을 추종하는 것은 좀 지나치지 않은가'라고 생각하기 시작했다. 미국 우호적인 국가 운영의 행방도 드디어 전환기를 맞이했다.

 교제에 능숙하다고 할까, 어떤 강자에 의지하지 않으면 안정이 안 된다고 할까. 아마도 정체성 결여에서 오는 불안감이 강했을 것이다. 이것도 일종의 어덜트 칠드런적인 경향인지도 모른다.

그후에 오스트레일리아는 어떤 길을 걸었을까? 이번에는 주변 국가들에 세심하게 관심을 기울이기 시작했다. 영국이든 미국이든, 친척이라고 맹목적으로 의지하면 문제가 생긴다.

'아무리 친척이라고 해도 결국 자기만 생각하지 않나. 그렇다면 이웃과 사이좋게 지내는 게 훨씬 현명하다. 먼 친척보다 가까운 이웃이란 말도 있고.' 이렇게 생각하기 시작했다. 이 시점에서 드디어 국가로서의 정체성이라고 할까, 자립심 비슷한 것이 생겨났다. 사람으로 말하자면 '자아'가 생겨난 것이다. 자기 방식으로 생각하고, 자기 고유의 국익에 맞춰 행동을 결정하게 됐다. 조금 늦은 감도 있지만(당연히 그렇다), 그만큼 아직 젊고 큰 가능성을 지닌 나라라고 볼 수도 있다.

그래서 오스트레일리아는 백인의 이민만 받아들이겠다는, 이른바 '백오스트레일리아의'와 결별하고 다민족 국가로서 살아가기로(어느 정도 부득이하긴 했으나) 결심했다. 먼저 베트남 난민을 받아들였고 중국을 비롯한 여러 나라의 이민도 받아들였다. 그리고 아시아여러 나라와의 무역과 교류를 중시했다. 군사적 마초이즘을 버리고 아시아 태평양 지역의 나라들과 우호적인 관계를 맺어 나라의 안전을 확보하려고 했다. 오스트레일리아도 어른이 됐다고 할까, 자신이처한 상황에 맞춰 자아를 확립함으로써 차츰 유아기의 트라우마를 극복해나가기 시작했다.

그러나 한 가지 큰 문제가 남았다. 원주민 문제였다. 그것은 늘 가시처럼 오스트레일리아의 목에 걸려 있었다.

오스트레일리아는 원주민을 과거 역사 속에서 거의 무시해왔다. 심지어 1960년 후반까지는 국세 조사에도 원주민을 포함하지 않았다. '그런 녀석들이 있는 것 같긴 한데, 뭘 하는지 잘 모르겠으니까 별개의 존재로 내버려두자' 식이었다. 그러니 나라 안에 얼마나 되는 원주민이 살고 있는지 정확히 알지 못했다. 바꿔 말하면, 그들은 거의 인간 취급도 받지 못했다.

이처럼 인종 문제를 내부에 떠안고 있는 이상, 인근 아시아 국가가 오스트레일리아라는 나라를 진심으로 신용할 리 없다. 또 가령 타국의 인권문제에 개입하려고 해도, 그 윤리의 이중 기준이 문제시되어, '흥! 너 같은 놈한테 이러쿵저러쿵 잔소리 듣고 싶지 않아, 너희도 인종차별 장난 아니잖아'라는 지적을 받으면 반론의 여지가 없다. 그러니 아시아 태평양 국가의 하나로서 국가를 경영하려는 한, 오스트레일리아로서는 이른 시일에 이 문제를 해결해야 했다.

그래서 정부는 원주민에게 공식적으로 '유감의 뜻'을 표명하며 부분적으로 토지 반환을 실시해(대부분 남아도는 땅이었지만) 원주민과 '화해reconciliation'를 시도했다.

그러나 그것은 판도라의 상자 같은 것이었다. 일단 역사를 재검토하기 위해 뚜껑을 열자 문제가 잇따라 터져 나왔다. 요구도 점점 많아졌다. 그렇다고 뚜껑을 열지 않으면 시작할 수 없다. 백인 쪽에서는 '왜 그렇게까지 원주민에게 굽실거려야 하는가, 수백 년에 걸쳐 일구어놓은 사실을 무시하고 시곗바늘을 과거로 되돌리는 것이 가능하겠는가'라는 의견도 당연히 나왔다. 이처럼 정론과 정론이 충돌하면 사안은 도통 정리되지 않는다. 몇 가지 화해 정책을 실행하고 토지도 어느 정도 반환했으나, 심리적인 알력은 여간해서는 해소할 수 없었다.

바로 그 시점에 등장한 것이 캐시 프리먼이라는 한 명의 선수였다.

캐시 프리먼의 외증조할머니는 이른바 '도둑맞은 세대'의 사람이었다. 어린 시절 정부에 의해 부모님과 헤어져 시설에 강제 격리되었고, 그것을 끝으로 다시는 가족과 만나지 못했다. 1940년대의 일이다. 그녀는 자신이 태어난 장소도 생일도 모른다. 그런 자신과 관련한 정보가 유년기에 전부 삭제됐기 때문이다.

격리된 원주민 아이들은 정부가 실시하는 '공민 교육'을 받았다. 정부로서는 그들 커뮤니티의 유대를 무너뜨리는 것이 목적이었으나, 저렴한 노동력을 확보한다는 좀더 적극적인 목적도 있었다. 남자아이들은 대부분 벽지 농가의 일꾼이 됐고, 여자아이들은 대부분 백인 가정의 가정부로 일했다. 양쪽 다 참새눈물만큼의 급료를 받았다. 이런 식으로 끌려간 아이들의 수는 십만 명 이상에 달한다고 한다.

최근 신문에 조이 윌리엄스라는 원주민 여성(57세)이 시설에 끌려가 받은 취급 때문에 경계성 인격장애를 앓게 됐다고 소송을 걸었으나, 패소했다는 기사가 실렸다.

'시설이 윌리엄스 씨를 가혹하게 대했다는 증거가 없고, 오히려 직원은 애정이 넘쳤다는 평가를 받았다. 그리고 시설에 있을 때, 윌리엄스 씨에게 그런 정신적 장애의 징후는 보이지 않았다.'

이것이 판결 이유였다. 원고 측은 엄마를 빼앗긴 그녀의 상실감을 시설이 채워주지 못했다고 반론했으나, 인정되지 않았다.

 비슷한 장애로 고민하는 사람은 그밖에도 많을 것이므로, 한 사례를 인정하면 줄줄이 소송을 떠안게 되리라는 정치적 판단이 어쩔 수 없이 작용했을 것이다. 언젠가는 국가가 책임을 인정해야 한다고 생각하지만(예를 들어 제2차세계대전 중, 미국에서 일본계 미국인의 강제 수용에 대한 보상처럼), 아직 시기가 되지 않은 모양이다.

캐시의 가족은 할머니가 입은 그런 마음의 상처를 가족 모두가 오랜 세월 동안 공유하며 살아왔다. 그 상처는 세대를 거쳐 그녀에게 계승되었고, 그녀의 마음속에도 여전히 현재진행형으로 이어지고 있다. 그녀는 그 사실을 올해 초, 영국 신문 인터뷰에서 밝혀 화제를 모았다.

그렇기에 캐시가 400미터에서 금메달을 따서 오스트레일리아와 원주민 깃발을 들고 장내를 돌고, 시상대에서 오스트레일리아 국가를 부르며 눈물을 보였을 때, 사람들이 그것을 '화해'의 증표로 읽은 것은 당연하다. 관중석에 있던 수많은 오스트레일리아 사람도 눈물을 뚝뚝 흘리며 국가를 불렀다. 그들은 어떤 의미에서는 그녀가 지닌 상처를 적극적으로 공유한 셈이다. 이론이 아니라 '공감할 수 있는 상태'를 그녀는 혼자서 만들어냈다.

관중석뿐만이 아니라 TV 앞에서(거리에는 파나소닉이 제공한 대형 스크린이 다수 설치되었고, 펍에서도 모두 모여 떠들며 함께 TV를 보았다), 수많은 오스트레일리아 국민이 그녀와 함께 눈물을 흘리며 국가를 불렀다고 한다. 캐시 프리먼이라는 여성 안에는 어느 정도 무녀 기질이 있었는지도 모른다. 그때의 신비롭고, 조금은 등줄기가 오싹해지는 감각은 진정 그 자리에 있었던 사람만이 느낄 수 있지 않았을까. 그것은 내게도 상당히 특이한 체험이었다. 이론이나 논리가 아니다. 뭔가가 쿵하고 가슴을 울렸다. 나는 물론 그런 정치와는 관련이 없는 사람이지만, 한 인간으로서 그 자리에 있었던 게 정말 좋았다.

내 생각에 오스트레일리아라는 나라는 좀 과장되게 표현하자면, 그때 비로소 '타인의 아픔을 내 것으로 느낄 줄 아는' 정신적 성숙기에 발을 들인 것이 아닐까 싶다. 이 나라는 지금이 중요한 전환점일 것이다. 그런 의미에서 시드니 올림픽은 오스트레일리아의 정신적 역사에 이정표가 될 것이다.

시드니에서 보내는 편지

2000년 9월 29일 금요일 안녕하십니까, 잘 지내시나요?

시드니에서 이 편지를 쓰고 있습니다. 맞습니다, 그 올림픽이 열리는 오스트레일리아의 시드니. 나는 올림픽을 보려고 벌써 십팔일 동안이나 이곳에 머물고 있습니다. 저렴한 시내 호텔에 머물며 날마다 콩나물시루 같은 올림픽 전용 전철을 타고 올림픽 공원까지 다니고 있습니다. 혼자서 이런저런 경기를 보고, 간이식당에서 정크푸드를 입에 쑤셔 넣고, 물만 마시고 있습니다. 너무 더워서 부지런히 물을 마시지 않으면 자기도 모르게 금방 탈수 현상이 일어납니다.

저녁에 호텔로 돌아오면 컴퓨터 앞에 앉아 그날의 일지를 씁니다. 하루 분량이 대체로 원고지로 스물다섯 장에서 서른 장쯤 됩니다. 날마다 이런 생활의 반복. 이게 상당한 중노동입니다. 위안이라면 맥주가 맛있다는 것 정도일까요. 하루 일과를 마치고 호텔 건너편의 아이리시 펍에 들어가 '올드'라는 흑맥주를 마십니다. 요전에 지인과 둘

298

이서 펍에 들어가 "올드 둘two Olds" 하고 주문했더니, 웃으며 "Oh, you are not too old"라고 하더군요. 하하하.

늙었다고 하니 생각나는데, 예전에 D.H. 로렌스가 식민지 시절의 오스트레일리아에 관해 '식민지는 모국보다 늙었다, 멸망이 가깝다는 점에서는 한 걸음 더 앞장서고 있다'라는 글을 쓴 적이 있습니다. 물론 이제 식민지는 아니지만(언제 독립했는지는 명확하지 않아도), 껍데기 같은 분위기가 아직 조금은 주변에 남아 있는지도 모릅니다. 이곳은 몹시 젊다 싶다가도 동시에 신비하게도 노쇠한 분위기가 도는 나라이기도 합니다. 때때로 빛의 양에 따라 여기 있는 모든 것이 메마르고 늙어 보일 때가 있습니다. 그렇지 않을 때는 활기 넘치고 꽤 아름다운 곳이지만요.

왜 이렇게 먼 곳까지 일부러 올림픽을 보러 왔는가, 당신은 물을지도 모르겠군요. 올림픽에 관해 책을 한 권 쓰기 위해서입니다. 왜 올림픽에 관해 책을 쓰려고 생각했는가? 글쎄요, 사실 잘 모르겠습니다. 솔직히 말하면, 나는 올림픽에 전혀 흥미가 없었습니다. 언젠가 미국 소설을 읽다가 '올림픽만큼이나 지루했다'라는 문장을 본 적이 있습니다. 그리고 그 한 줄을 읽으면서 '음, 정말 맞는 말이로군' 하고 공감했던 기억이 납니다.

맞습니다. 올림픽이란 대체로 지루한 것이죠. TV에서 중계해도 여간해서는 본 적이 없습니다(물론 마라톤은 예외입니다만). 서울 올림픽 때는 터키 오지를 한 달, 바르셀로나 올림픽 때는 멕시코 오지를 역시 한 달 여행했죠. 애틀랜타 올림픽 때는 일본에서 뒹굴거렸지만, 마라톤 중계 말고는 아무것도 보지 않았습니다. 올림픽 게임에 별로 흥미가 없었습니다. 그러니 설마 올림픽을 보려고 아득히 먼 남반구(의 끝이라고는 말할 수 없지만)까지 올 줄이야, 그리고 3주 동안이나 머물게 될 줄이야. 나 자신도 잘 믿기지 않습니다.

그런데 어떤 곳에서 "시드니 올림픽을 보러 가지 않겠습니까?"라는 제의를 해왔을 때, 나는 무슨 까닭에선지 '가도 괜찮겠는데' 하는 마음이 들었고, 그와 관련해 제대로 책 한 권을 써보겠다는 마음마저 들었습니다. 사람은 때때로(늘 이러면 분명 소모되어 죽었겠지요) 정체불명의 호기심에 마음이 흔들리는 존재입니다. 그리고 제대로 설명도 못 하면서 어슬렁어슬렁 그쪽으로 이끌려갈 때가 있습니다. 마치 브라질에서 11년 만에 돌아온 골칫덩어리 아저씨의 얼토당토않은 부탁을 도저히 거절하지 못하는 것처럼. 덕분에 빛바랜 분홍 커튼이 창문에 쳐 있고, 그 커튼을 젖히면 쓸쓸한 펍 입구만 보이는 시드니 도심지의 호텔 방에 3주 동안이나 머무는 처지가 됐습니다.

아까 얘기했듯이 이곳에 온 지 십팔 일째 됩니다만, 아주 오래 머무른 것 같기도 하고 또 얼마 지나지 않은 것 같기도 합니다. 아마도 '올림픽'이라는, 지극히 현실감이 희박한 장소와 관련되어 있기 때문이 아닐까요. 그래서 그 외부에 있는 현실적인 시간의 흐름과 제대로 연결을 유지하기가 어려워진 것 같습니다.

어제는 '오늘은 올림픽 공원에 가지 말아야지' 하고 생각했습니다. 하루쯤은 스포츠 없이 살아보고 싶었습니다. 현실로 돌아와 좀 색다른 공기를 마시고 싶었습니다(그런 생각을 하면 안 되는지도 모릅니다). 그래서 박물관에 가보기로 했습니다. 11시에 '청소를 해주세요'라는 팻말을 문에 걸고, 호텔 방을 나와 오스트레일리아 박물관에 갔습니다. 호텔에서 걸어서 얼마 안 되는 거리에 있었습니다. 그리고 그곳에서 꽤 오랜 시간 머물렀습니다. 통통하게 살이 찐 흉악한 독사와 포수의 미트만 한 나방 같은 기묘한 생물 표본이 잔뜩 있었습니다. 아무리 봐도 질리지 않았습니다. 원래 박물관이란 곳을 아주 좋아해서요.

박물관 검색실로 가서 컴퓨터 앞에 앉아 '오스트레일리아의 뱀'이라는 흥미로운 CD를 빌려서 시청했습니다. 오스트레일리아에 서식하는 약 백구십 종의 뱀 사진과 해설이 실려 있습니다. 잘 몰랐는데, 오스트레일리아는 그야말로 뱀의 보고였습니다. '오스트레일리아의 생태계에서 뱀은 가장 매혹적인 위치를 차지하고 있다'라고 적혀 있었습니다. 매혹적이라는 말이 좋더군요.

오스트레일리아에 있는 백구십 종의 뱀 중 스물두 종은 맹독을 자랑하는 코브라와 비슷한 정도, 혹은 그보다 조금 더 강한 수준의 독성을 가졌습니다. 또 열여섯 종은 코브라를 훌쩍 뛰어넘는 독성을 가졌습니다. Oxyuranus microlepidotus라는 복잡한 학명의 뱀은 세계에서 가장 독성이 강한 뱀으로(이것이 최근에야 발견됐다고 합니다), 무려 코브라의 오십 배나 강한 독을 갖고 있다네요. 오십 배라고요! 오십 마리 코브라가 동시에 달려들어 물어뜯는 모습을 상상해보세요. 말도 안 되는 소리 아닙니까? 어째서 뱀 한 마리가 그렇게 강한 독성을 가져야 하죠? 그럴 필요가 있습니까? 코브라 수준의 독만 있어도 충분하지 않을까요? 그렇게 생각하지 않습니까? 코끼리라도 죽이려는 걸까요? 아니, 아닙니다, 오스트레일리아에는 코끼리가 없는 걸요. 무엇보다 이렇게 위험하기 짝이 없는 생물이 지금껏 발견되지 않았다니 너무하군요.

또 오스트레일리아에는 세계에서 가장 큰 뱀도 서식하고 있습니다. 길이 8미터 이상으로, 포유류를 주식으로 하죠. 독성은 없지만, 어쨌든 힘이 세서 때로는 소형 왈라비까지 꿀꺽 삼켜버린다고 합니다. 뱀은 큼직한 먹이를 단번에 삼키기를 좋아합니다. 일단 큼직한 먹이를 꿀꺽 삼키면 소화하느라 몇 개월이나 걸리므로, 날마다 바지런히 사냥할 필요가 없거든요. 그러니 큰 뱀은 대체로 한 해에 몇 번만 식사를 한다고 합니다. 대단합니다. 잘도 위가 늘어나지 않고 버티는군요.

바다에 가면 물뱀도 잔뜩 있습니다. 득시글득시글할 정도는 아니지만, 서른두 종류의 물뱀이 오스트레일리아 근해에 서식하며, 대부분이 강한 독성을 지녔습니다. 다들 보기에도 흉포하게 생겼습니다. 팔리지 않는 문예 평론가처럼 기회만 되면 닥치는 대로 뜯어주겠다 하는 얼굴입니다. 보기만 해도 소름이 끼칩니다. 독을 지닌 뱀들은 '치사량의 독을 지님'과 '상당한 독을 지님'과 '건강에 해를 미침'과 '합병증을 일으킬지 모름'의 네 종류로 구별됩니다. '건강에 해를 미침'이 가장 온건한(양심적이라고는 할 수 없어도) 녀석입니다. 기뻐서 눈물이 나려고 하네요.

이 시점에서 뱀을 잠시 변호하겠습니다.

사실 독사에게 물려 죽는 사람의 수는 지극히 적습니다. 오스트레일리아에 생식하는 수많은 독사를 고려하면, 좀 이상하다 싶은데 진실입니다. 뱀보다 무서운 것이 오히려 독거미입니다. 특히 red-back 이나 funnel web이라는 두 종류의 거미가 요주의입니다. 이놈들은 곤란하게도 화장실에 거미집을 짓는 습성이 있기 때문입니다. 특히 야외 화장실을 좋아합니다. 오스트레일리아 시골에 가면, 볼일을 보다가 독거미에 물린 사람의 비명이 사방에서 들리는 정도까지는 아니지만, 그래도 밖에서 볼일을 볼 때는 최대한 주의하는 것이 좋습니다. 화장실에 갔다가 엉덩이를 독거미에게 물리다니, 그다지 미담은 아닙니다. 그렇죠?

이런 징그러운 내용의 CD를 시간을 들여 찬찬히 본 뒤, 박물관에서 나와 밥을 먹었습니다. '하이드파크 배럭스'라는 옛 교도소(지금은 박물관입니다)의 가든 카페에서 벽돌 건물을 바라보며 화이트와인을 한 잔 마시고, 구운 채소 리소토와 채소 샐러드를 먹었습니다. 아주 맛이 좋았어요. 가격은 25오스트레일리아 달러였습니다. 엔화로 약 1,500엔. 와인은 '코크파이터스 고스트'였습니다. 세미용, 98년. 나쁘지 않은 와인입니다. 오스트레일리아 와인은 질이 괜찮습니다. 아주 싼 것만 아니면 실망할 일은 없답니다.

그리고 다시 걸어서 호텔 방으로 돌아온 것이 오후 4시쯤이었습니다. 아침에 일찍 일어난 탓에 잠깐 누워서 낮잠을 자려고 했는데, 결과적으로 도저히 낮잠을 잘 상황이 아니었습니다. 책상 위에 두고 간 노트북(산 지 얼마 안 된 iBook Graphite)이 사라졌기 때문입니다. 방 청소는 깔끔하게 되어 있었어요. 그런데 노트북이 사라진 겁니다. 방 어디에도 보이지 않았습니다. 그러니까 누가 훔쳐간 거죠.

논리적으로 생각하면 그렇습니다. 책상 위에는 아무것도 없었어요. 있어야 할 곳에 있어야 할 것이 없으니 어쩐지 기묘했습니다. 노트북은 2주 이상, 마치 가구의 일부처럼 그 자리에 있었으니까요. 누군가에게 연락할 준비를 할 때까지 조금 시간이 걸렸습니다. 일단 나 자신부터 무언가가 사라진 그 상황에 익숙해질 필요가 있었습니다.

어두운 색 슈트를 입고 어두운 표정을 한 호텔 매니저가 바로 왔습니다. 머리가 벗어지고 야윈 중국계였습니다. 소화기관에 문제가 좀 있는지도 모르겠습니다. 눈초리가 날카로운 보조 매니저도 왔습니다. 사정을 설명하자, "죄송합니다, 당장 조사하겠습니다"라고 하더군요. 그러나 지금부터 아무리 조사해봐야 물건은 나올 리 없겠죠. 그건 나도 알고 그들도 알고 있었습니다.

시민회관 맞은편에 있는 경찰서에 가서 도난신고서를 제출했습니다. 자랑은 아니지만, 외국에서 도난신고서를 내는 데는 아주 익숙합니다. 지금까지 몇 번이고 했던 일이니까요. 큰 물건으로는 자동차부터 작은 물건으로는 여권까지 어지간한 것은 죄다 도둑맞아봤습니다. 그래도 이탈리아에서 도난신고서를 제출했던 데 비하면 오스트레일리아는 식은 죽 먹기였습니다. 로마 경찰서 복도에는 이른 아침부터 도난신고서를 내려는 사람으로 차고 넘치는 데다, 다들 소리를 지르고 있어서 그런 곳에서 몇 시간이나 기다리다간 또 도난을 당할 것 같은 기분이 들 정도였습니다.

그런데 시드니 경찰서는 텅텅 비어 있고, 청결하고 기능적이어서 담당자가 순식간에 도난 증명서를 써주더군요. 일본에 돌아가 보험회사에 내기 위한 서류입니다. 내가 도난 경위를 설명하자, 여성 경찰은 고개를 끄덕이며 "아, 하!a. ha!" 하고 말했습니다. 그것뿐이었어요. '아, 하!' 그 표현이 정확히 무슨 의미인지는 잘 모르겠습니다. 어쨌든 그랬습니다. 산 지 얼마 안 되는 매킨토시 iBook은 그 간결한 '아, 하!'에 흡수되어 사라졌습니다.

노트북 자체는 아마도 보험으로 어느 정도 보상이 될 겁니다. 그러나 하드디스크에 저장된 원고는 기계와 함께 완벽하게 사라졌습니다. 이런 일에 대비하여 플로피 디스크에 백업해두었는데(현명하도다), 디스크는 디스크 드라이브에 계속 넣어두었으니(어리석도다), 디스크 드라이브 통째로 도둑맞았지요(아, 하!). 플로피디스크만이라도 책상 위에 빼놓고 가주었더라면 좋았을 텐데. 덕분에 처음부터 새로 써야 합니다. 생각만 해도 지긋지긋합니다. 지금은 별로 거기에 신경을 쓰고 싶지 않군요. 여러분도 이미 아실지 모르겠지만, 나중에 생각해도 되는 일은 최대한 나중에 생각하는 것이 내 기본적인 생활 방침입니다.

그런 까닭으로 이렇게 펜을 들고 손 편지를 쓰고 있습니다. 뭐 가끔은 손으로 글씨를 쓰는 것도 나쁘진 않은데, 이래서야 일을 못 하지요. 10년 전에는 워드프로세서도 없었잖아요, 라고 말씀하실 수도 있겠군요. 그렇습니다. 10년 전에는 이렇게 손으로 원고를 쓰면서 일했습니다. 그렇지만 옛날에는 어쨌거나 지금은 10년 후입니다. 그래서 현지에서 새 매킨토시를 샀습니다. 지금은 거기에 일본어 환경을(일본어 환경? 도대체 이게 무슨 일본어인지) 설치하는 중입니다. 내일쯤이면 아마 사용할 수 있겠지요.

그건 그렇고 다시 올림픽 이야기로 돌아갈까요.

이곳에 와서 새삼 깨닫지만, 현대 올림픽을 추진하는 것은 국가주의와 상업주의라는 두 개의 엔진입니다. 이 쌍둥이 형제의 힘이 없다면 오늘날의 비대해진 올림픽은 어디로도 갈 수 없습니다. 이 쌍둥이 엔진 주변을 환상으로 덕지덕지 도배한 호화로운 **소품**, 그것이 이른바 올림픽입니다. 이 소품은 아주 강한 인력引力을 갖고 있어서, 그 표면에 세계 일류 운동선수들이 다닥다닥 붙어 있습니다. TV화면이 내보내는 것은 그런 화려한 겉모습입니다. 그러나 **이곳**에서 우리가 보는 것은 그다지 화려하다곤 할 수 없는 내부의 현실적인 풍경입니다.

경기에 관해 써볼까요. 올림픽 공원에 가면 여기저기에서 각양각색의 스포츠 경기가 그야말로 중구난방으로(적어도 내 눈에는 그래 보였습니다) 열리고 있습니다. 거기에는 주제가 전혀 없어 보입니다. 동기는 있습니다(아마 있겠죠). 그러나 일관적인 주제가 보이지 않습니다. 싱크로나이즈드스위밍과 남자 역도가 동시에 진행됩니다. 양궁과 트램펄린이 동시에 진행됩니다. 카약 경기와 포환던지기가 동시에 진행됩니다. 그것은 **안쪽에 있는**, 즉 '올림픽 환경' 속에 포함된 내게는 참으로 무질서한 운영으로 보입니다. 머잖아 '싱크로나이즈드 역도'나 '트램펄린 양궁'이나 '카약 던지기' 같은 게 있어도 괜찮겠다는 생각이 들었습니다. 있으면 안 되나요. 왜 그건 있는데 이건 있으면 안 되나요. '카약 던지기'가 정말 있다면, 나는 꼭 보러 갈 텐데요. 농담이 아니고.

올림픽 대회는 태풍의 눈을 닮았습니다. 그 안에 실제로 포함되면 전체적인 모습이 잘 보이지 않습니다. 아무리 그곳에 오래 있어도,

아니, 오히려 오래 있으면 있을수록 주제가 무엇인지 알 수 없게 됩니다. 물론 세부는 잘 보입니다. 그러나 보이는 것은 세부뿐입니다. 이를테면 하키의 스틱 뒤집기.

오늘은 영국 대 독일의 남자 하키 경기를 보았습니다.

메달과는 관계없는 순위 결정전이어서(아마 5, 6위 결정전이었을 겁니다), 당연히 관람하러 온 사람도 별로 많지 않았습니다. 당사자 이외에는 대부분 흥미를 느끼지 않을 경기입니다. 그렇지만 마침 시간이 빈 나는 하키 센터로 가서 텅 빈 기자석에 앉아 경기를 구경했습니다.

선명한 녹색 인공 잔디 위에서 빨간 유니폼의 영국인과 하얀 유니폼의 독일인이 커다란 귀이개같이 생긴 스틱을 들고 하얗고 딱딱한 공을 마구잡이로 때리고 있었습니다. 상당히 아름다운 색 배합입니다. 보기 좋게 탄 금발의 젊은이들이 5위와 6위를 결정하기 위해(아마 그들에게는 중요한 문제겠죠) 진지하게 맞붙어서 말다툼을 벌이고 끌어안고 억울해하고 뒤에서 밀어서 넘어지기도 했습니다. 이러다가 스틱을 들고 치고받을지도 모른다는 생각에 걱정하며 지켜봤는데, 아무도 그러지는 않았습니다. 이 경기에서는 아마도 스틱으로 싸우는 것은 금기겠지요. 사격 선수가 경쟁자를 쏘아 죽이지 않는 것처럼.

나는 하키에는 전혀 관심이 없습니다. 지금까지 본 적도 없고, 규칙도 잘 모릅니다. 심지어 하키 경기를 보게 되리라고는 생각도 해본 적이 없습니다. 그렇지만 가만히 지켜보니, 아주 흥미로운 경기였습니다. 특히 스틱으로 공을 나를 때 페이스스틱의 헤드에 있는 표면 부분를 뒤집는 법은 어찌나 정묘한지, 마치 무라카미 노부오 셰프가 프라이팬을 흔들며 오믈렛 만드는 모습을 앞자리에 앉아 보는 것 같았습니다.

몇몇 선수는 내가 보기에도 재능이 뛰어났습니다. 그런데 시합 도중에 문득 정신을 차리고 생각했습니다. '내가 지금 이런 곳에서 대체 뭘 하는 거지?' 하고요. 마치 두 개의 거울을 앞뒤로 들고 내 모습을 보는 기분이었습니다. 다시 말해 시드니 변두리까지 와서 굳이 볼 필연성이 없는 영국 대 독일의 하키 순위 결정전을 열심히 보는 내가 있고, 그런 나를 어딘가 밖에서 보고 있는 내가 있고, 그런 나를 또 그 밖에서 보고 있는 내가 있고…… 식으로 이미지가 끝없이 밖으로 넓어지는 겁니다. 이미지는 굉장히 리얼하지만, 거기에는 주제라는 게 없습니다.

나는 여기서 대체 뭘 하는 걸까?

이건 – 솔직히 말해서 – 아주 기묘한 기분이었습니다. 어떤 의미에서는 허무하지만, 동시에 기분 좋게 마비되는 듯한 느낌이 들었습니다. 어린 시절, 열이 나서 결석한 날 이불을 덮고 누워 천장을 바라보던 때의 기분과 비슷했습니다. 자신이 현실이라는 탁자에서 떨어져 토끼굴로 들어간 것 같은 기분이었습니다. 지금쯤 학교에서는 다들 뭘 하고 있을까? 그러나 모든 것은 너무나도 먼 곳에서 벌어지는 일처럼 느껴집니다. 수업도 급식도 전부 망원경을 거꾸로 들고 들여다보는 것처럼 저 먼 곳의 일이죠. 나는 그곳에는 포함되지 않았습니다. 그건 그것대로 나쁘지 않은 기분이었어요. 그러나 다소 비뚤어진 느낌인 것도 분명합니다. 그렇죠?

여긴 어디? 난 누구?

이쯤에서 다시 처음 주제로 돌아가겠습니다. ─ 브람스의 교향곡처럼. 올림픽은 지루한가? 그럼요, 예스, 올림픽은 지루합니다. 실제로 현장에 와서 보니 잘 알겠더군요. 세상 사람들 대부분은 올림픽이 사실 지루한 것이라는 준엄한 사실에서 슬쩍 눈을 돌리려고 하는데(내게는 그렇게 보인다), 나는 눈을 돌리지 않겠습니다. 먼저 이것부터 인정해두죠.

그렇다면 어째서 사람들은 올림픽을 지루하다고 생각하지 않으려 할까요? 올림픽은 지루하지 않으리라는 굳은 믿음(사전 결정)이 있기 때문이 아닐까 싶습니다. 예로 들기에는 미안하지만, 당신은 올림픽 때 이외에 창던지기나 수구나 경보나 양궁 시합을 보십니까? 아마 대다수가 안 볼 겁니다. 그것들은 올림픽이라는 특수한 시간성 속에서, 물론 일반적인 견지에서 본다면 말입니다만, 비로소 의미와 광채를 갖습니다. 그런 것은 원리적으로 말해 '사전 결정' 이외의 아무것도 아닙니다. 내가 '카약 던지기' 이야기를 꺼낸 것은 이 말이 하고 싶어서였어요.

물론 플레이 하나하나는 기술적으로 정묘합니다. 그건 인정합니다. 그러나 그런 정묘함(예를 들어 하키 스틱의 멋진 페이스 뒤집기)은 정상적인 시간성의 트랙에서 벗어난 곳에서, 말하자면 앨리스의 토끼 굴에서 만들어지는 것입니다. 극단적으로 말해, 그런 것이 세상에서 없어져도 나는 전혀 상관없습니다. 스틱이 얼마나 아름답게 뒤집히는지는 두바이 총리가 어제 저녁에 뭘 먹었는가 하는 것만큼이나 내 생활과 무관합니다. 그런 것은 아무래도 상관없습니다. 상관이 있는 사람도 있겠죠. 그러나 나는 상관없습니다. 여러분도 아마 상관없겠지요?

그러나 망원경으로 스틱의 움직임을 열심히 따라가다 보면 정말로 훌륭해서 자신도 모르게 푹 빠지게 됩니다. 시간이 흐르는 것도 잊어버리지요. 그러다가 어느 순간 문득 정신이 들어, 그런 비뚤어진 시간성 속에서 매분 매초를 잃어버리고 있는 자신을 발견합니다. 거기에 있는 것은 너무나 수준 높은 지루함입니다. 하지만 아무리 수준이 높더라도 본질이 지루하다는 사실에는 변함이 없습니다.

TV로 보는 거라면, 그쯤에서 채널을 돌리면 그만입니다. 우리는 이내 일상생활로 돌아갈 수 있습니다. 그러나 태풍의 눈 한가운데에 있으면 그럴 수가 없습니다. 우리에게는 도망칠 곳이 없습니다. 그 소용돌이와 함께 병렬 이동할 수밖에 없습니다. 우리는 지루함에 결사적으로 자기 자신을 맞추게 됩니다. 그리고 지루함 속에서 고유의 의미를 찾아내게 됩니다. 의미란 일종의 진통제입니다.

올림픽 위원회는 선수들의 약물 검사를 철저하게 합니다. 그러나 나는 선수가 아니라 오히려 관중을 대상으로 약물 검사를 해야 한다고 봅니다. 분명히 아주 불건전한 분비물이 함유된 정신이 발견될 걸요.

그래도 한 가지 인정해야만 할 게 있습니다. 어떤 종류의 순수한 감동은 끝없이 연속하는 지루함 속에서(마비성 속에서) 태어난다는 것입니다. 으음, 고백하겠습니다. 이번 대회에서 지금까지 벌어진 몇 가지 사건은 내 가슴에 깊숙이 파고들었습니다. 파고들다 못해 반대쪽으로 빠져나갔을 정도입니다. 예를 들어 캐시 프리먼의 400미터 우승 장면. 이 장면이 얼마나 압도적이고, 얼마나 마법 같았는지는 그 자리에 없었던 사람은 진정 이해하지 못할 겁니다. 그 정도로 대단했습니다. 언젠가 느긋하게 그 장면에 관해 얘기해보고 싶네요.

다카하시 나오코가 골인 지점인 경기장에 모습을 드러냈을 때 느꼈던 감정도 말로는 표현할 수 없는 종류의 것입니다. 그때 경기장을 뒤흔들었던 공기는 분명 TV화면으로는 전해지지 않았을 겁니다. 나는 그곳에 있던 공기의 냄새와 빛줄기의 각도와 사람들의 함성을 아주 오래오래 기억하겠지요. 그것은 뭐랄까, 정말이지 특별했습니다.

그럼에도 나는 종종 퍼뜩 정신을 차리고 생각했습니다. 정말로 나는 이런 곳에서 뭘 하고 있는 거지? 뭘 하는 걸까? 그렇습니다, 그냥 평소처럼 인생을 보내고 있을 뿐입니다. 나름대로 수준 높은 나의 지루함을 그곳에 포개면서. Business as usual…….

편지가 너무 길어졌습니다. 오랜만에 글씨를 많이 써서 손이 아픕니다. 일본은 벌써 가을이겠죠. 여긴 이제 슬슬 여름이 시작되려고 합니다. 독사에 물리지 않는다면 10월 3일에는 일본으로 돌아갈 예정입니다. 그럼.

시드니에서
무라카미 하루키

앞으로 하루

2000년 9월 30일 토요일 새벽 3시 넘어 일어났는데 잠이 오지 않아서 책상에 앉아 일을 했다. 노트북 통째로 잃어버린 원고 다시 쓰기. 일지 하루 분량, 원고지로 서른세 장 정도로 기억한다. 꽤 많다. 그전의 분량은 메일로 도쿄에 보내졌으니, 다시 쓰지 않아도 돼서 다행이었다. 기억을 떠올리며 더듬더듬 써내려갔다. 최근에 쓴 글이라 다행히 대부분 기억하고 있었다. 몇 가지 빠뜨린 부분도 있겠지만, 다 쓰고 보니 전부 서른두 장쯤 나왔으니까 됐지, 뭐. 대충 이랬을 것이다.

컴퓨터에 박식한 야 군 덕분에 새로 산 iBook을 문제없이 사용하게 되었다. 소프트웨어도 필요한 것은 전부 설치했다. 원고도 쓸 수 있고 메일도 보낼 수 있다. 이번 기종은(디자인과 형태는 거의 흡사하지만) 도둑맞은 것보다 속도가 빠르고 키보드 터치감도 좋다. DVD도 볼 수 있다. 그러나 컴퓨터가 없으면 일할 수 없는 몸이 됐다

313

는 사실에 좀 곤란했다.

8시에 호텔을 나와 근처 편의점에서 신문을 사고, 싹싹한 터키인 아저씨가 운영하는 카페에서 아침을 먹었다. 오늘은 토요일이라 늘 다니던 카페는 전부 닫혀 있었다. 채소 오믈렛과 토스트와 커피. 빵은 터키식이었다. 오믈렛은 '정말 예쁜 모양'이라고 하기는 어려워도 맛은 깔끔하니 나쁘지 않았고, 누가 뭐래도 채소가 듬뿍 들어갔다. 부부가 경영하는 가게인지 부인이 안에서 요리를 만들고 있었다. 톡톡톡 채소 써는 소리가 밖에까지 들렸다. 전부 해서 12달러.

시드니 거리에는 터키식 카페나 그리스식 카페 같은 게 잔뜩 있다. 민속 요리 전문점이 정말 많다. 참으로 여러 나라 사람들이 이곳에 사는구나 싶다. 그리스 사람이 많은 것은 알고 있었지만, 터키 사람이 많은 줄은 몰랐다. 러시아 사람도 생각보다 많았다. 러시아어 간판이 달린 가게도 보였다. 러시아 사람이 왜 오스트레일리아에 왔는지는 잘 모르겠다. 기후적으로 잘 맞지 않을 것 같은데, 그렇지도 않은 걸까.

뭐, 국토가 넓다는 공통점이 있으니 섬나라에서 자란 영국인보다는 러시아 사람이 오스트레일리아 대륙에 어울릴 수도 있겠다. 결국 영국인 침입자들은 몇백 년 동안이나 거의 해안에만 달라붙듯이 살아왔으니.

일단 호텔로 돌아갔다가 조깅하러 다시 나왔다. 여느 때처럼 왕립 식물원 주변을 달렸다. 63분. 날이 좋아서 적당히 땀을 흘렸다.

카메룬 힘내라!

오늘은 축구 결승전이 있다. 시합 시작이 12시니까 낮에는 그걸 보러 가기로 했다. 스페인 대 카메룬. 대부분 스페인의 우승을 예상했다. 경기장에 도착했을 때는 벌써 시합이 시작됐고, 역시나 스페인이 한 골 앞서고 있었다. 전반전이 거의 끝날 무렵에 두번째 골이 들어갔다. 실력으로 보아 이대로 여유롭게 이길 줄 알았다.

그러나 후반전에 들어간 뒤 카메룬의 반격이 대단했다. 돌풍 같은 속공이었다. 순식간에 2대2 동점. 앞으로 힘껏 차낸 공을 쫓아가면서 포워드가 돌진하는 속도가 정말로 엄청났다. 스페인의 수비는 그 속도에 따라가지 못했다. 이 시점에서 경기장을 메운 '부동표' 관중들의 마음은 완전히 카메룬으로 옮겨가고 말았다. 응원은(물론 스페인인은 예외로 치고) '카메룬 힘내라!' 일색이었다. 나도 당연히 카메룬을 응원했다. 이런 건 아무래도 약한 쪽을 응원하게 된다. 카메룬팀에는 일본에서도 활약했던 음보마가 있었다.

게다가 스페인 선수는 딱 봐도 교활하고 태도가 나빴다. 공을 건네주는 척하다가 상대가 받으려고 하면 땅에 휙 던졌다. 상대를 열 받게 하려는 속셈이었겠지만, 관중은 그걸 보고 야유했다. 좀 지나쳤다. 스페인에서는 당연한 행위인지도 모르지만, 올림픽 경기장에서는 관중의 분개를 샀다. 심판에게도 그다지 좋은 인상을 주지 못했다. 골 앞에서 상대에게 맞은 척하며 쓰러져서 운이 좋으면 페널티를 얻어내려고 했으나, 할리우드 액션임이 탄로나 옐로카드를 두 장이나 받아 한 명이 퇴장했다. 또 한 선수도 거친 플레이로 레드카드. 둘

315

다 포워드 선수였다. 덕분에 스페인은 후반전을 포워드가 없는 기묘한 상태로 싸워야 했다.

그에 비해 카메룬팀의 플레이는 깔끔하고 정당했다. 페어플레이여서 느낌이 아주 좋았다. 당연히 그런 팀을 응원하는 것이 인지상정이다. 그런데 상대가 아홉 명밖에 없는데, 이렇게 모두 힘을 모아 응원해도 골이 들어가지 않았다. 공이 골대 앞까지는 가는데, 후반전 초반에 너무 집중해서 달리다가 지쳤는지 공격에 속도감이 없었다. 수비를 강화한 스페인 골대를 넘지 못했다. 고개를 갸웃거리는 사이에 시간은 점점 흘러갔다. 결국 연장전에 들어갔다.

연장전에서도 점수가 나지 않았다. 물론 카메룬의 절대적인 우세가 이어졌으니, 점수는 나지 않았다. 후반전부터 연장전에 걸쳐 골이 두 번 들어갔지만, 하나는 핸들링 반칙, 또 하나는 오프사이드로 득점이 무효였다. 심판이 무정하게도 '노 골'을 선언했다. 그때마다 관중은 흥분해서 펄쩍 뛰었다가 한숨을 쉬며 자리에 앉았다. 경기장이 파도치며 흔들렸다. 정말 흥미진진한 시합이었지만, 카메룬 선수는 초조했을 것이다. 이대로 점수가 나지 않으면 승부차기로 가야 해서 11대9라는 수적 우위를 잃게 된다. 스페인은 반대로 승부차기를 노리고 고슴도치처럼 골을 지켰다. 때때로 선심 쓰듯 역공에 나섰지만, 점수를 낼 생각은 추호도 없었다. 수비수는 끈질기게 공을 차냈다. 스페인은 과연 교묘했다.

마침내 승부차기. 카메룬은 간신히 이겼다. 골을 놓친 스페인 선수와 카메룬의 공을 막아내지 못한 골키퍼는 운동장에 벌러덩 쓰러진 채, 도무지 일어나질 않았다. 어지간히 분했던 모양이었다. 그 자세로 죽은 듯이 쓰러져 있었다. 정말 죽은 건 아닌지 걱정될 정도였다.

이것도 부분적으로는 연출이었을지도 모른다. 그대로 시치미 뚝 떼고 귀국하면 격분한 팬에게 무슨 짓을 당할지 모르니까.

하지만 스페인도 잘 싸웠다. 대단하다. 아홉 명의 선수로 승부차기까지 끌고 갔는데, 마지막 순간에 힘이 다했다. 얼마나 분할까. 그러나 스페인팀의 일레븐(나중에는 나인)은 마지막까지 관중석의 지지를 얻지 못했다. 스페인은 처음부터 끝까지 적이었다. 올림픽에는 올림픽만의 싸우는 방식이 있으며, 그것은 일반적인 리그전이나 토너먼트전과는 다르다. 올림픽 축구는 입장권을 사는 시점에서는 어디와 어디가 대전할지 모른다. 그러니 경기장에 오는 관중 대부분은 제삼자, 말하자면 부동층이다. 승패와는 관계가 없는 오스트레일리아 사람이다. 그래서 부동층의 성원을 받는가 받지 못하는가, 관중석에서 밀어주는가 밀어주지 않는가로 승부가 미묘하게 갈린다.

시합 후 스페인팀 코치의 담화. "후반전에 들어가기 전에 일러두었다. 후반전 초반 10분을 어떻게든 버텨라. 상대는 죽을 기세로 공격해올 것이다."

실제로 그렇게 했지만, 그래도 스페인은 막아내지 못했다. 그만큼 카메룬이 공격해오는 속도가 대단했다. 볼만했다. 마치 잇따라 떨어지는 천둥 번개를 보는 것 같았다.

축구에 해박하지 않은 나의 소박한 의문. 시합이 끝나면 선수는 상대팀과 유니폼을 교환하던데, 그렇게 자주 유니폼을 교환하면 축구 선수는 땀내나는 남의 유니폼만 집에 쌓여서 곤란하지 않을까? 어떻게 할까. 속옷 도둑도 아니니 방 안 가득 전시해도 재미없을 것 같고.

또 개중에는 유니폼을 교환하기 싫다, 땀으로 축축한 남의 유니폼 따위 만지고 싶지도 않다는 신경질적이고 결벽증인 선수도 분명 있을 것이다. 팀에 한 명쯤은 반드시 있을 테지. 유니폼 교환하는 모습을 볼 때마다 나는 그런 선수가 몹시도 안타까웠다. 괜한 참견인지도 모르지만.

그런데 여자 축구팀은 유니폼 교환 안 하나. 하면 좋을 텐데.

직접 1만 미터 달려보라고

7시부터는 주경기장에서 여자 1만 미터 경기를 관전했다. 일본에서는 선수 세 명이 결승에 진출했다. 히로야마 하루미, 다카하시 지에미, 가와카미 유코. 셋이나 결승에 진출하다니 대단하다. 그러나 역시 1만 미터의 세계 수준은 높았다. 솔직히 게임이 되지 않았다. 선두 그룹은 트랙 한 바퀴인 400미터를 정확히 74초에 돌았다. 생각해보면 대단한 속도이다. 마치 시계로 재는 것처럼 거의 1초도 어긋나지 않게 똑같은 속도를 유지하며 기계적으로 트랙을 돌았다. 스스로 속도를 파악하고 있는 것 같았다.

일본 선수 중 선두인 가와카미는 한 바퀴를 대략 76초에서 80초로 돌았으나, 매 바퀴마다 시간을 재보면 그다지 **일정**하지 않았다. 굴곡이 심하고 달리기가 안정적이지 못했다. 어쨌든 기록 차이가 역력해서 한 바퀴 돌 때마다 선두와 차이가 벌어지는 것은 피할 수 없었다. 게다가 히로야마는 상태가 그다지 좋지 않아 보였다. 점차 차이가 벌어지더니 마지막에는 한 바퀴 뒤처져서 선두 그룹에 추월당했다. 분할 것이다.

화장실에 가려고 복도로 나왔더니, 단체로 온 걸로 보이는 일본인 중년 남성 서너 명이 "아이고, 1만 미터는 망했네" 하고 유감스러운 듯이 큰 소리로 떠들고 있었다. 그렇지만 아저씨들, 일본 선수가 올림픽 1만 미터에서 메달을 따는 건 거의 불가능에 가깝다고요. 트랙 경주는 도로 경주와 달리 오차가 없는 세계여서 쉽게 벽을 넘을 수 없다. 예선에서 힘을 잘 조절하여 결승에 오를 만큼의 여유가 일본 선수에게 있었을지 의문이다.

일본 언론도 '하여간 히로야마 힘내라!' 하고 정서적으로 부추기는 기사만 쓸 게 아니라 '현실적으로 이기는 것은 어렵겠지만' 정도로(물론 좀더 완곡한 표현도 괜찮을 듯) 둥글둥글하게 다루는 편이 친절했으리라는 생각이 든다. 무리한 기대를 받는 선수들이 안쓰러웠다.

이봐, 아저씨들, 직접 1만 미터 한번 뛰어보라고. 그게 얼마나 고통스러운지.

1만 미터를 다 본 뒤 주경기장을 나와서, 도로를 가로지르고 광장을 가로질러 핸드볼 경기장으로 이동했다. 남자 5000미터 결승은 보지 않았다. 다카오카는 예선에서 건투했지만, 5000미터에서는 승산이 없었다(결과는 역시 최하위인 15위였다).

딱히 핸드볼에 흥미는 없었지만, 하키도 봤고 농구도 봤고 축구도 봤다. 핸드볼을 보는 것도 괜찮을 것 같았다. 그리고 이제 올림픽이 끝이라고 생각하니, 나도 모르게 이것저것 더 보고 싶어졌다. 여자 농구 결승전, 미국 대 오스트레일리아도 같은 시간에 했는데, 틀림없이 미국의 승리일 테고 오스트레일리아 팬이 몰려서 붐빌 것이다.

그래서 핸드볼을 보기로 했다.

핸드볼은 '더 돔'이라고 불리는 조립식 경기장에서 열렸다. 더 돔은 임시로 세워서 바로 해체할 수 있는…… 건지는 모르겠지만, 어쨌든 커다란 창고, 혹은 비행기 격납고처럼 생긴 가건물이었다. 그래서 사람이 옆을 지나가면 판자 바닥이 삐걱삐걱 소리를 냈고, 글을 쓰는 책상이 흔들흔들 움직였다. 발을 구르면 책상 위의 물건이 통통 튀었다. 그렇다고 딱히 곤란한 건 없었다. 기껏해야 스포츠니까 이런 것도 괜찮지 않을까. 이렇게 스와치처럼 저렴한 것도 괜찮다고 생각했다. 뭐든지 위풍당당하고 멋지게 만들면 무솔리니의 건축 설계처럼 돼버린다.

핸드볼 결승, 제라드 경부와 키르케고르

핸드볼 남자 결승전은 러시아 대 스웨덴. 명승부였다. 핸드볼은 추운 나라 사람이 잘한다고 한다. 추위로 말하자면 두 나라 다 밀리지 않는다. 그보다 앞서 열린 3위 결정전은 유고슬라비아와 스페인의 결전이었다. 스페인이 마지막에 여유롭게 이겼다. 패전 후, 유고슬라비아 측의 발언. "오늘은 형편없는 경기를 했다. 우리가 정말 형편없는 경기를 한 것은, 스페인의 실력이 더 낫다는 말이다." 이렇게 유쾌한 발언을 들으니 기쁘고 훈훈했다.

휴식 시간에 핫도그와 커피로 간단히 끼니를 때웠다. 호텔에서 가져온 사과도 먹었다(노트북을 도난당한 손님에 대한 사죄로 호텔에서 과일 바구니를 갖다주었다). 물도 충분히 마셨다.

드디어 비장의 러시아 대 스웨덴 경기가 시작됐다. 그전에 열린 유고슬라비아 대 스페인 경기와 비교하면 역시 차원이 달랐다. 힘과 속도가 완전히 달랐다. 재미있어서 나도 모르게 진지하게 관전했다. 응원은 단연코 스웨덴 쪽이 활기가 넘쳤다. 장내는 거의 스웨덴의 파란색과 노란색 깃발로 물들었다. 여성은 모두 머리를 양 갈래로 땋고 얼굴에 파란색과 노란색 칠을 했다. 파란 티셔츠에 노란 비닐 테이프를 붙여놓았다. 스웨덴팀을 응원하려고 일부러 오스트레일리아까지 온 것이다. 젊은 층이 많아서 목소리도 크고 위세가 대단했다. 스웨덴에서는 핸드볼이 상당히 인기가 있는 모양이었다.

그에 비해 러시아의 응원은 화려하지 않았다. 깃발도 적었다. 노래도 부르지 않았다. 함성도 없었다. 그러나 진득하면서도 끈질기게 응원했다. 평균 연령도 높아 보였다. 일부러 응원하러 온 것이 아니라 이곳에 사는 '러시아계 오스트레일리아 사람'이리라. 소리로는 몰라도 숫자로는 절대 스웨덴에 뒤지지 않았다.

나야 러시아가 이기든 스웨덴이 이기든 아무래도 좋으니까 순수하게 경기 자체를 즐겼다. 러시아에는 키가 큰 선수가 많았다. 2미터를 넘는 선수가 팀에 네 명이나 있었다. 스웨덴 선수도 물론 키가 크기로 유명하지만, 2미터를 넘는 선수는 한 명도 없었다. 오히려 166센티미터인 선수도 있었다. 키가 큰 선수가 유리한 핸드볼에서 이렇게 작은 선수가 활약할 수 있을지 걱정했으나, 걱정할 필요 하나 없이 그 선수는 아주 민첩하고 인상적인 경기를 보여주었다. 그런 사람이 한 명 있으면 보는 입장에서 경기가 아주 재미있다. 어제 본 여자 농구 준결승전, 미국 대 한국 경기에서도 미국팀에 160센티미터 대의 흑인 선수가 있었는데, 그 선수도 지혜롭고 영리한 경기를 보여주었다.

그렇다고 키가 큰 선수가 민첩하지 않은가 하면 그건 또 아니다. 러시아 장신 선수도 뛰어난 운동신경으로 날카로운 슛을 팍팍 넣었다. 그저 단순히 키만 큰 존재는 아니다. 키 차이가 나는 선수가 섞여 있으면, 상대팀 수비도 혼란스러워하는 것 같았다. 수비로 돌아갔을 때는 당연히 키가 큰 선수가 강하겠지만.

내가 가장 흥미를 느낀 것은 누가 뭐래도 골키퍼였다. 여러분은 핸드볼 골키퍼를 본 적이 있는가? 멋있다, 이 사람. 예를 들어 아이스하키 골키퍼는 차림새가 굉장히 박력 넘친다. 커다란 금속 보호대를 다리에 차고, 영화 〈13일의 금요일〉에 나오는 제이슨의 그 가면을 쓰기도 한다.

그런데 핸드볼 골키퍼는 아주 수수하다. 성공하긴 그른 중년의 체조 선생 같은 복장이다. 낡아빠진 긴소매 운동복 같은 것을 입고 후줄근한 긴 바지를 입는다. 구세군에 내놔도 분명 아무도 가져가지 않겠는걸, 싶은 옷이다. 움직이기 편하면 그만이라고 생각하는 것 같다. 마치 섣달 그믐날에 아버지가 창고 정리할 때 입을 법한 차림으로, 패션성은 완벽하게 제로. 나는 그 점이 마음에 쏙 들었다.

복장만이 아니라 그걸 입은 아저씨들 역시 아주 후줄근했다. 러시아 골키퍼는 머리가 거의 벗어졌다. 자료를 보면 서른여덟 살이라는데 보기에 마흔여덟은 되어 보였다. TV드라마 〈도망자〉에 나오는 제라드 형사 같은 풍모였다(그러나 좀더 피폐했다). 스웨덴 골키퍼는 서른두 살로 머리숱은 일단 덥수룩했지만, 내장이 나빠 보이는 사람이었다. 한시도 위장약을 손에서 놓을 수 없다는 얼굴이었다. 야위고

볼이 홀쭉한 것이 밤마다 자기 전에 키르케고르 다섯 장씩 읽는 것을 일과로 삼을 듯한 분위기였다. 둘 다 절대 행복해 보이는 얼굴은 아니었다. 핸드볼 골키퍼를 오래 하다 보면 자연히 성격이 어두워지고 세계관이 지극히 한정되는 걸까? 어쨌든 이 독특한 풍모의 두 사람이 골키퍼를 맡고 있으니, 나는 승부는 뒷전이고 나도 모르게 그들의 움직임만 좇았다. 이야, 그런데 재미있었다.

스웨덴 골키퍼(이하 키르케고르라고 부르겠다)는 하여간에 바지런히 잘 움직였다. 가만히 있지 못하는 성격 같았다. 긴 팔과 긴 다리를, 무도병을 앓는 소금쟁이처럼 쉬지 않고 실룩샐룩 팔랑팔랑 움직였다. 혹은 떨림이 멈추지 않는 긴장병 댄서가 오디션에서 〈웨스트사이드 스토리〉 초반부를 추는 것처럼 보였다. 아주 날렵해 보이기도 했고, 단순히 침착성이 부족해 보이기도 했다. 이 선수는 최대한 앞으로 공을 마중 나가, 상대의 슛을 저지하려는 경향이 강했다. 자기 팀이 공격할 때는 코트 중앙까지 나와서 흘러 온 공을 처리했다.

그와 반대로 러시아인 골키퍼(이하 제라드라고 부르겠다)의 움직임은 눈에 띄지 않았다. 키르케고르가 날듯이 움직이는 것과 반대로 이 사람은 발을 끌며 살금살금 짧게 움직였다. 마치 내공이 뛰어난 빌딩털이범 같았다. 나설 때는 불쑥 앞으로 나서지만, 대부분 조심성 많은 두더지가 굴을 떠나지 않는 것처럼 골에 붙어 있었다. 키르케고르가 꿈을 꾸며 힘을 갈구하는 골키퍼라면, 제라드는 늘 한쪽 발을 현실에 내려놓은 골키퍼였다. 양쪽 골키퍼 다 공이 자기 골대로 오면 귀와 눈을 공에 집중했다. 한계까지 날카롭게 의식을 곤두세우고 공이 어느 방향으로 날아올지 지켜보았다. 집중력이 정말 대단했다. 그러려면 분석력과 직감이 비등하게 필요할 것이다. 의심할 여지없이 둘 다 우수한 골키퍼였다.

그러나 내가 보기에 역시 제라드가 한 수 위였다. 굉장한 내공이 있는 선수였다. 제라드는 상황을 쉽게 판단하지 않았다. 그는 아마도 회의적인 인물일 것이다. 감은 작동하지만 의존하지 않았다. 나가시마 시게오 씨의 명언을 빌리자면, 감을 '신뢰는 해도 신용하지 않는다'는 것이다. 좋아 지금이다, 하고 확신했을 때 말고는 참을성 있게 앞으로 나서지 않았다. 예금통장과 인감을 품에 안은 주부처럼 뚝심 있게 골문을 사수했다. 평범했다. 한편 키르케고르는 직감을 중시하는 사람이었다. 과감하게 앞으로 쌩 나가서 공을 처리했다. 잘 막으면 정말 멋있다. 막지 못하면 아웃이다. 망할 때도 많았다. 한번은 코트 중앙까지 나와 있던 바람에, 골키퍼 없는 상태에서 골이 들어갔다. 골키퍼가 없으면 나라도 골을 넣겠다.

전반전은 스웨덴이 우세한 흐름이었다. 스웨덴의 리듬에 러시아가 제대로 쫓아오지 못했다. 아마 제 페이스를 찾는 데 시간이 걸리는 체질인가 보다. 제라드도 움직임이 산만해서 공을 쫓아가지 못했다. 그러나 후반전이 되자, 러시아가 서서히 저력을 보이기 시작했다. 골키퍼의 동작에 균형이 잡히면서 공을 막는 비율이 훨씬 높아졌다. 제라드가 상대방의 공을 읽게 된 것 같았다. 아마 이 선수, 머리가 좋을 것이다.

그에 호응하듯이 러시아 공격진이 스웨덴 골키퍼의 움직임에 허를 찔렀다. 키르케고르는 러시아 선수의 속도와 힘을 따라가지 못했다. 후반에는 키르케고르가 열 받아서 골대를 발로 퍽퍽 차는 장면을 몇 번이나 볼 수 있었다(꽤 성미가 급한 것 같다). 결국 2점 차로 끝났지만, 실력 차이는 숫자 이상이었던 것 같다.

내가 태어나서 처음으로 코앞에서 핸드볼 경기를 보고 한 가지 깨달은 것, 그것은 골키퍼의 존재가 아주 중요하다는 사실이었다. 계속 망원경으로 골키퍼의 움직임만 좇아서, 솔직히 말해 골키퍼 이외에는 잘 모른다.

그런데 골키퍼는 골대 앞에 계속 서 있으니까 운동량이 별로 없으리라 생각하는 것은 어마어마한 착각으로(나는 그렇게 생각했다), 둘 다 머리에 물을 뒤집어쓴 것처럼 땀으로 푹 젖었다. 움직이지 않는 것처럼 보이는데 실제로는 많이 움직여야 하고 심한 긴장 상태로 있어야 하며 머리도 계속 빨리 회전시켜야 하니, 절대 편한 자리는 아니었다. 특히 핸드볼에서는 반드시 어딘가 한 팀이 공격을 퍼붓고 있어서 중앙 필드에서 공을 놀리거나 돌리는 상황이 거의 없었다. 어쨌든 공수의 교대 속도가 빨랐다. 그러니 머리카락도 빠지고, 위도 아프다. 얼굴도 어두워진다. 영혼은 진공 속의 고독한 바윗덩어리며, 육체는 공이 무자비하게 날아드는 골대 앞이다. 그야말로 추운 나라의 스포츠이다.

나는 무슨 일이 있어도 핸드볼 골키퍼만큼은 되기 싫다고 절실히 생각했다.

경기장을 채운 러시아인들은 우승에 아주 신이 났고, 러시아 선수들도 진심으로 기뻐했다. 펄쩍펄쩍 뛰어오르고, 끌어안고, 냅다 뛰고. 기뻐하는 사람들의 얼굴은 역시 좋았다. 보고만 있어도 즐거워졌다. 어느 나라 선수든 '다행이네요' 하고 같이 기뻐해주고 싶었다.

한편, 머나먼 남반구까지 응원하러 온 스웨덴 아가씨들은 언뜻 보기에도 풀이 죽었다. 스웨덴 깃발을 들고 말없이 전철을 탔다. 발걸음도 무거웠다. 저 상태로 휘청휘청 스웨덴까지 돌아가려면 참 고생이겠다 싶었다. 금발의 양 갈래도 기분 탓인지 색이 바랬다. 그래도 스웨덴 아가씨들은 다들 몹시 건강해 보인다. 고향으로 돌아가 배불리 밥을 먹으면 또 금방 생기를 찾겠지.

더 돔을 나와 친숙해진 전철을 타고 센트럴 역으로 돌아왔다. 호텔에 도착하자 벌써 12시가 지났다. 몇 번이나 말한 것 같지만, 경기 종목이 너무 많아서 소화하는 데 시간이 걸리니 이렇게 경기 종료 시각이 늦어진다. 좀더 일찍 끝내주면 좋겠다.

오늘은 모처럼 맥주를 마시지 않았다. 자기 전에 취침용 술로 레드와인만 한 잔 따라 마셨다. 브루스 채트윈의 책을 조금 읽었다. 매일 바빠서 일본에서 들고 온 책을 읽을 여유가 없다. 다 읽고 여기 두고 가지 않으면 그만큼 짐이 무거워져서 큰일인데.

앞으로 하루면 올림픽도 끝이다. 일본에 돌아가기 전에 조금이라도 원고를 써두어야 한다. 결국 시드니를 벗어난 것은 야 군과 둘이서 1000킬로미터를 달려 브리즈번에 갔을 때뿐이었다. 그때 무리해서라도 가길 잘했다. 그러지 않았다면 3주 내내 시드니 호텔 방에서 원고만 썼을 테니까.

남자 마라톤과 폐막식

2000년 10월 1일 일요일 아침 7시 넘어서야 일어났다. 어젯밤에 1시 넘어서 잤더니 그래도 졸렸다. 도쿄에서 온 메일을 확인하고 원고를 썼다. 아침은 방에 있던 콘플레이크와 과일을 먹었다. 잠시 후 밖으로 나가려고 문을 여는데, 아무리 용을 써도 열리지 않았다. 밖에서 잠긴 것 같았다. 프런트에 전화를 걸어 호텔 직원에게 살펴봐달라고 요청했다. 무슨 연유인지 잘 모르겠는데, 아무튼 열쇠가 망가진 것 같다고 했다. 그렇군. 그쯤은 나도 상상할 수 있다. 어제 문 열쇠를 교체했을 때(도난 사건으로 호텔에 불평했더니 열쇠를 교체해주었다), 뭔가 잘못된 것이다. 이거야 원, 정말이지. 수리업자를 불러야 한다고 했다. 열쇠를 고칠 때까지 조깅도 못 가고, 마음 편히 씻지도 못했다. 연속해서 갖가지 사건이 벌어지는 호텔이었다.

11시에 드디어 업자가 와서 열쇠 수리를 마쳤다. 그때부터 옷을 갈아입고 뛰러 나갔다. 왕립식물원까지 갔더니, 무슨 대규모 행사가 있는지(아마 오늘 하루 여기에서 떠들다가 밤에는 시드니 만에서 열리는 대규모 불꽃놀이를 보러 갈 계획이겠지), 표를 소지한 사람 이외에는 안으로 들어갈 수 없었다. 할 수 없이 하이드파크 주변을 빙글빙글 도는 쪽으로 선회했다. 55분간 조깅.

여느 때처럼 화창한 날씨였다. 물론 바람은 강해서 서늘했다. 오늘 드디어 남자 마라톤을 한다. 출발 시각인 오후 4시경에는 날씨가 어떨까.

어차피 오늘 저녁은 경기장에 있을 테니까 제대로 된 것을 못 먹겠지 싶어서, 점심은 근처 일본 레스토랑에서 도시락을 든든하게 먹었다. 17달러. 튀김과 회와 튀긴 두부와 생선 양념구이. 그리고 센트럴 역 카페에서 샌드위치를 샀다. 콘비프와 치즈 샌드위치, 2달러 90센트.

역 매점에 재미있어 보이는 책이 있어서 샀다. 《오스트레일리아의 짧은 역사》와 《탐험가들》. 후자는 오스트레일리아 오지를 탐험한 사람들이 남긴 글을 모은 앤솔러지였다. 패트릭 화이트의 소설 《보스》의 모델인 독일 탐험가 루트비히 라이히하르트가 쓴 글도 실려 있었다. 전철에서 가볍게 훌훌 넘겨보았다.

라이히하르트는 오지에서 만난 우호적인 원주민의 모습을 매우 생생하게 그렸다. 1844년의 일이다. 그들은 창을 던져서 하늘을 나는 오리를 사냥했다. 그와 함께 여행한 어떤 사람은 그들이 180미터나 떨어진 곳에서 날아다니는 오리를 창으로 잡는 것을 목격한 적이 있다고 주장했다. 다소 과장은 있을 거라고 라이히하르트는 썼으나, 어쨌든 그런 원주민을 친구가 아니라 적으로 돌린다면 아주 무시무시한 일이 생길 것이다.

그러나 당시 오스트레일리아 대륙에서 산업혁명을 맞이한 사람들과 몇만 년 전 석기 시대의 삶을 그대로 지속해온 사람들이 만난 셈이니, 양측 사이의 괴리는 상상 이상이었을 것이다. 무엇보다 원주민은 물을 끓이는 기술조차 없었다. 그리고 그것을 그다지(가 아니라 **전혀**) 불편하다고 느끼지도 않았다! 근원적으로 '불편함'을 느끼지 못하는 원주민을 유럽인은 도저히 이해할 수 없었을 것이다.

올림픽 공원에 도착하자 늘 그랬듯 출입구에서 짐을 검사했다. 금속 탐지기를 통과하고 가방 검사를 받았는데, 그때 휴대전화와 동전을 플라스틱 상자에 넣은 채로 깜박 두고 왔다. 나중에 가지러 갔으나 찾을 수 없었다. 어쨌거나 장소가 넓고 갖가지 시설이 여기저기 분산되어서 물건을 잃어버리면 되찾기란 아주 어려웠다. 선납식 휴대전화여서 누가 사용하더라도 별로 곤란할 일은 없지만. 그나저나 참도 다양한 물건을 잃어버리고 다녔군.

길고 혹독한 여정의 시작

주경기장 기자석 책상에 앉아 남자 마라톤이 시작하는 4시를 기다렸다. 주변에는 사람이 거의 없었다. 한산했다. 아직 관중도 입장하지 않았다. 매점도 화장실도 열리지 않았다. 경기장 한복판에는 폐막식 예행연습 같은 것이 진행 중이었다. 행사 의상을 입은 젊은 남녀가 주변을 어슬렁어슬렁 돌아다녔다. 연습하다가 친해졌는지, 통로에 앉아 장난치는 커플도 있었다.

이런 어수선한 분위기에서 남자 마라톤을 시작했다. 출발 지점은 여자 마라톤과 마찬가지로 노스시드니.

출발 지점부터 현대 빌딩 쪽을 향해 긴 언덕을 곧장 내려가 시드니 하버 브리지로 향했다. 길고 혹독한 여정의 시작이었다. 선수들이 거대한 무리를 이루어 파도치듯 도로 위를 이동했다. 참가 선수는 백명 정도였다. 여자 마라톤의 약 두 배쯤 되는 인원수다. 이왕이면 이누부시 선수가 선전 해주기를 바랐으나, 어떻게 될지 전혀 예상할 수 없었다. 그 정도로 경쟁이 치열했다.

남자 선두 그룹은 30킬로미터 부근까지는 여자 마라톤 때보다 더 큰 무리를 지으리라고 예상했는데, 생각보다 빨리 흩어졌다. 25킬로미터 직전에서 떡을 쭉 잡아당겨 늘인 것처럼 그룹이 점점 길쭉해지더니 이내 뿔뿔이 흩어졌다. 속도가 빠른 것 같진 않은데, 아무래도 코스가 어렵기 때문일 것이다. 바람도 힘겨웠을지 모른다.

에티오피아와 케냐 선수가 계속 선두 그룹을 이끌었다. 그들의 달리기는 힘이 있고 확실했다. 매우 정확한 속도로 달렸다. 망설임이 보이지 않았다. 우승 후보 중 한 명인 에티오피아의 아베라와 일본에서도 유명한 케냐의 와이나이나였다. 에티오피아의 두 선수(아베라와 톨라)는 앞서거니 뒤서거니 하며, 앞 선수를 바람막이로 삼는 연계 플레이를 했다. 두 선수는 체격도 엇비슷했고 똑같은 자세와 속도로 달려서 마치 쌍둥이 형제처럼 보였다.

27킬로미터 지점에 있는 문제의 안자크 브리지에서 선수들의 무리는 대폭 바뀌었다. 선두 그룹에 있던 이누부시와 사토 노부유키가 다리 오르막에서 버티지 못하고 밀려났다. TV에서는 조그맣게 비쳤지만, 두 선수 모두 처음부터 상당히 긴장해서 표정이 굳어 보였다. 안색도 그다지 좋지 않았다. '좋았어, 앞 선수를 쑥쑥 추월해주지' 하는 적극적인 표정이 없었다. 특히 이누부시는 출발 지점에 섰을 때부터 왠지 자신감을 잃은 것 같은 인상을 받았다. 익숙하지 않은 모자를 썼기 때문인지도 모르나, 평소의 차분하면서도 뻔뻔한 분위기가 느껴지지 않아서 의아했다.

스페인의 피즈가 앞으로 치고 나왔다. 그러나 그의 표정도 그리 밝진 않았다. 평소의 냉정한 모습이 없었다. 몸이 조이지 않아 어딘지 괴로워 보였다. 백오십 개쯤 있는 톱니바퀴 중 하나가 삐걱거리고 있을 것이다. 그에게는 그 소리가 들렸다. 오직 그에게만 들렸다.

오르막이 계속 이어지자 많은 선수가 떨어져나갔다. 피즈 역시 뒤처졌다. 포르투갈의 카스트로도 모로코 선수도 자취를 감췄다. 마치 영화 〈타이타닉〉에서 기울어진 갑판 위의 승객들이 잇따라 바다에 빠져버리는 것처럼.

35킬로미터 지점에서 메달 경쟁은 선두에 선 세 명의 아프리카 선수로 좁혀졌다. 케냐가 한 명, 에티오피아가 두 명. 오르막 내리막에 상관없이 성큼성큼 나아갔다. 규칙적이고 힘 있고 무표정하게, 길고 까만 여섯 개의 다리가 시드니 교외의 도로를 박찼다. 아베라는 마지막까지 와이나이나를 앞세워 바람막이로 쓰면서 일본에 거주하는 케냐 선수를 초조하게 만들었다. 그리고 계획대로 올림픽 공원에 들어서면서부터 모두를 완벽하게 따돌리며 우승했다.

아프리카 선수들은 빨랐다. 그러나 우승한 아베라가 압도적으로 강했다기보다는 에티오피아 선수들의 똑똑한 팀워크에 와이나이나가 심리적으로 진 느낌이었다. 그런 의미에서 아베라의 우승은 극적인 감동을 줄 만한 것은 되지 못했다. 육체의 충돌보다는 미세한 부분까지 세세히 읽어낸 고도의 심리전에 가까웠다. 물론 그렇게까지 끌고 간 힘은 굉장히 훌륭하지만, 정말로 드라마틱한 것은 선수보다 오히려 시드니의 42킬로미터에 걸친 험준한 코스 자체라는 생각이 들었다.

아무리 기다려도 일본 선수는 경기장에 들어오지 않았다. 일본 TV중계라면, 일본 선수가 어디쯤 있고 어떻게 됐는지 정보가 속속 들어왔겠지만, 시드니 경기장의 모니터 TV로는 아무리 봐도 알 수 없다. 이누부시도 사토도 안자크 브리지 오르막에서 뒤로 처진 이래, 화면에 모습이 비치지 않았다. 이렇게 됐으니 그들이 실제로 경기장에 모습을 나타낼 때까지 계속 기다릴 수밖에 없었다. 나는 망원경을 손에 들고 경기장에 들어오는 선수를 한 명 한 명 확인했다.

드디어 가와시마 신지가 경기장 트랙에 모습을 드러냈다. '가와시마?', 가와시마는 지금까지 대체 어디에 있었지? 선두 그룹에는 항상 사토와 이누부시가 비쳤다. 그런데 가와시마가 뜻밖에도 일본 선수 중에 제일 먼저 트랙에 들어왔다. 순위는 21위, 기록은 2시간 17분 21초. 물론 납득이 가는 숫자는 아니었다. 그렇지만 다른 두 사람에 비하면 그나마 나았다.

한참 시간이 지난 뒤에 사토가 들어왔다. 41위. 2시간 20분 52초라는 좀처럼 믿지 못할 숫자였다. 그런 기록으로 들어올 선수가 아니었다.

그리고 이누부시.

이누부시는 아무리 기다려도 오지 않았다. 해는 점점 서쪽으로 기울었다. 서서히 차가워진 바람은 이따금 돌풍처럼 스타디움에 불어들었다. 2시간 25분까지 기다렸다. 그러다가 포기했다. 2305번 번호를 붙인 선수는 끝내 나타나지 않았다. 이누부시는 포기한 걸까. 메달을 따는가, 아니면 포기하는가, 그것만이 그의 머릿속에 있었을 것이다. 어쩔 수 없다고 생각했다. 동정은 하지 않았다. 이누부시의 성격으로 미루어 동정은 받고 싶지 않을 것이다. 그런 남자다.

나는 매점에 가서 뜨거운 블랙커피를 사고, 아직 이누부시가 들어오지 않은 것을 확인했다. 망원경을 책상 위에 놓고 커피를 마셨다. 필드에 드리워진 그림자가 시시각각 이동했다.

다음 날 오스트레일리아 신문에도 일본 선수의 부진에 관한 내용이 실렸다. '이누부시, 사토, 가와시마라는 일본의 강력한 트리오가 순위권에 스치지도 못한 것은 놀라웠다'라고. 당연히 나도 놀라웠다. 이누부시는 못해도 10위 안에 들어오리라 예상했는데. 물론 문제가 없을 때라는 조건이 붙지만, 마라톤에서는 항상 문제가 발생한다. 모두가 한계에 이르렀을 때 승부를 걸기 때문에 그것이 실패하면 완전히 끝이다. 그러나 그 아슬아슬한 한계에서 승부를 걸지 않으면, 올림픽 마라톤에서 금메달을 따는 것은 불가능하다.

35킬로미터 부근 급수 지점에 있던 야 군이 찍은 비디오를 보니, 이누부시가 정말 후들거리는 상태로 뛰는 것을 알 수 있었다. 사토도 언덕길을 오르는 것이 고작인 상태였다. 몸이 쓰러질 듯 앞으로 기울어졌다. '이누부시도 사토도 저 앞에서 승부수를 띄우고 있겠지,

그에 비하면 나는 한심하구나' 하고 생각하며 묵묵히 달리던 가와시마는 그 두 사람이 전방에서 휘청거리는 모습을 확인하고 경악했다. 뒤에서 보면 이누부시는 갈지자로 달리는 것처럼 보였다. "동료를 제칠 때는 복잡한 심경이었다"라고 그는 말했다.

강력한 트리오라고 하면, 피즈가 간신히 6위로 그친 스페인 세력도 부진했다. 포르투갈의 핀트도 떨어졌다. 올해 아프리카 세력은 정말 막강했다. 언덕이 적은 전반도, 오르막 내리막이 많아져서 험준한 후반도 거의 똑같은 속도로 흔들림 없이 달렸다. 전반에 다소 자제했다고는 하지만, 믿을 수 없는 체력이었다. 마라톤도 특별한 장거리 로드 경기라기보다는 1만 미터의 연장 같은 경기가 됐는지도 모르겠다. 물론 그것은 하나의 '진화'이지만, 이러다가 '빠른 녀석이 당연히 이기게' 될지도 모른다.

내 옆자리에 우간다에서 온 기자가 있었는데, 아프리카 세력이 메달을 독점해도 그다지 기뻐하는 것 같지 않았다. 같은 아프리카인이라는 의식이 별로 없는지도 모른다. 워낙 넓은 대륙이니까. 물론 앞자리에 있던 에티오피아 기자는 굉장히 기뻐했다. 펄쩍펄쩍 뛰고 테이블을 두드리며 기뻐했다.

그나저나 에티오피아와 케냐는 어째서 이렇게 마라톤에 강할까? 역시 매일 고지대에서 연습을 하기 때문일까. 만일 그렇다면, 일본에 와서 활약하는 케냐의 와이나이나(은메달)는 뭐지. 그는 굳이 일본까지 저지대 연습을 하러 온 게 되는 셈인가.

 〈월간 육상경기〉(2000년 11월호)에서.

드디어 동티모르 선수가 들어왔다. 끝에서 열한번째였다. 이름은 다 코스터. 그는 정말 기뻐 보였다. 관중석을 향해 양손을 크게 들어 보였다. '여러분도 이 행복한 기분을 나와 같이 느껴주세요!'라고 하는 것처럼. 그는 이제 갓 독립한 동티모르의 마라톤 선수로, 처음으로 올림픽을 달린 것이다. 사람들은 우레와 같은 박수를 보내주었다. 경기장이 뒤흔들릴 정도로 큰 박수였다. 어쩌면 아베라에게 보낸 박수보다 컸을지도 모른다. 그리고 모든 사람이 그가 느낀 것과 똑같이 벅찬 감정을 맛볼 수 있었다. 그것은 위대한 달성이었다. 그만이 이룰 수 있는 달성이었다.

아마 끝에서 두번째라고 기억하는데(수중에 최종 결과가 없어서 기억에 의존해서 쓰는데, 어쩌면 순서가 다를지도 모른다), 토, 라는 캄보디아 선수가 들어왔다. 그때는 이미 어둑어둑했다. 1위인 아베라가 결승선을 통과한 지 벌써 1시간 가까이 지났다. 토 선수는 반쯤 의식을 잃은 사람처럼 비틀비틀 마지막 트랙을 돌았고, 결승선을 지나자마자 땅바닥에 쓰러졌다.

쓰러진 것도 그냥 쓰러진 게 아니었다. 우당탕 엎어지며 쓰러지더니 그대로 꼼짝도 하지 않았다. 장내 관계자도 당황했고 관중도 당황했다. 나도 당황했다. 올림픽 마라톤 경기에서 최초로 사망자가 나오나 하고 모두 새파랗게 질렸다. 바로 들것이 들어왔다. 그러나 선수는 여전히 미동도 하지 않았다. 나도 오랜 세월 다양한 마라톤 경기를 봤지만, 이렇게 거하게 쓰러진 선수를 본 것은 처음이었다.

그래도 다행히 생명에 지장은 없는지, 맥을 짚은 관계자가 안도했다는 표정을 지었다. 나도 안심했다. 경기장에서도 크게 안도하는 한숨이 들렸다. 1위 선수는 '좀 힘들었어요' 하는 정도로 들어오니까 그런 데 익숙해졌지만, 이렇게 퍽 쓰러지는 것을 보니 42킬로미터란 역시 굉장한 거리구나, 새삼 생각했다.

그러나 거의 꼴찌로 들어오는 작은 나라 선수를 모두가 큰 박수로 맞아주는 것도 정말 좋았다. 마음이 훈훈해졌다. TV로는 절대 볼 수 없는 광경이다. 그 시간에 중계방송은 이미 끝나 있었다.

현장에서 그런 모습을 보며 실감하지만, 마라톤에서는 1위 선수만이 승자가 아니다. 선수에게는 저마다의 싸움이 있다. 우리는 모두 저마다의 장소에서 저마다의 싸움을 한다. 우리는 조간신문을 펼쳐 메달 숫자를 확인한다. 미국이 몇 개, 러시아가 몇 개, 일본이 몇 개, 그러나 그런 것에 얼마만큼의 가치가 있을까. 그저 색깔별로 상품을 주는 '뽑기'의 숫자가 아닌가.

피에르 드 쿠베르탱 남작은 '올림픽은 이기는 것이 아니라 참가하는 것에 의의가 있다'라고 말했다(고 한다). 유명한 말인데, 오늘날에는 굉장히 비현실적으로 들린다. 그런 소리는 입에 발린 말일 뿐이지. 그런데 남작이 정말 그런 말을 하긴 한 걸까?

내가 읽은 책에 따르면, 실제로는 이렇게 말했다고 한다.

"인생에서 중요한 것은 승리가 아니라 경쟁이다. 인생에서 꼭 필요한 것은 이기는 것이 아니라 후회 없이 싸우는 것이다."

이 말이라면 이해가 간다. 그렇지 않은가? 동티모르 선수는 그것을 100퍼센트 이해했음이 분명하다. 그러나 이누부시는 그와 전혀 다른 싸움을 했다. 때로는 이긴다. 때로는 진다. 비가 왔다고 연기되는 법은 없다.

꾸역꾸역 폐막식을 지켜보다

7시에 폐막식을 시작했다. 예상했던 대로 지루했다. 내 눈에는 대규모의 고등학교 축제 수준 같았다. 솔직히 말해서 이런 걸 별로 좋아하지 않는다. 개막식과 마찬가지로 시간과 돈을 상당히 투자했을 텐데, 딱히 재미있지 않았다.

어쩔 수 없으니, 그동안 노트북으로 원고를 썼다. 한 번씩 고개를 들어 상황을 확인하고 다시 원고 쓰기에 돌입했다. 이 원고도 사실은 폐막식을 보면서 실시간으로 쓰는 것이다. 꽤 다양한 원고를 써왔지만, 실황 중계로 쓰는 원고는 처음이다. 아아, 잘 들립니까, 톡톡(하고 마이크를 친다). 저는 지금 시드니 올림픽 공원에 있습니다. 참 붐비는데요. 십일만 명이나 들어왔습니다. 선수단은 필드에 있습니다. 다들 신이 났군요, 라고 말씀드리고 싶은데, 망원경으로 보니 대부분의 선수가 따분하다는 표정으로 지루해하고 있는 것 같습니다. 하긴 시간은 오래 걸리고 바람은 차고(거의 돌풍 같은 바람이 불어대고 있다) 의욕이 없을 만하다. 손을 크게 흔들며 신이 난 것은 군데군데 섞인 자원봉사자들뿐인 것 같다.

지금 카일리 미노그가 무대에서 노래를 부르고(댄싱 퀸!), 커다란 은색 상어 종이 인형이 등장했다. 진짜 고등학교 축제다. 밤을 새워 만들었겠구나 싶은 완성도의 상어. 이런 건 좀 만들지 마라. 폐막식을 마치면 저 상어는 대체 어떻게 될까. 설마 누군가가 길이길이 가보로 보전하는 건 아니겠지.

무엇보다 노래부터 지루하다. 요즘 세상에 이런 노래를 군이 왜 열창하나 싶은 것들뿐이다. 제법 즐기고 있는 사람도 있는 것 같으니 일일이 토를 달고 지적할 필요는 없겠지만, 그렇다고 감동하지 못한 것을 칭찬할 수는 없는 노릇이다. 그나저나 이번 올림픽 대회에서 부르는 노래는 전부 〈위 아 더 월드We Are the World〉를 따라한 것 같아서 어째 일일이 짜증난다.

일이 아니었으면 도중에 훌훌 자리를 털고 돌아갔을 텐데, 모처럼 분게이슌주가 취재용으로 나를 위해 귀한 티켓을 구해주었다. 개막식도 지루해서 일찍 나와버렸으니 이제 이걸로 끝인데 폐막식쯤은 꾹 참고 봐야 한다고 생각했다. '무라카미는 일단 곧 죽어도 싫은 건 참질 못한다니까, 사회 부적응자야'라는 소리를 듣고 싶지 않았다 (벌써 듣고 있을 수도 있지만).

변명은 아니지만, 나는 원래 이런 축제를 좋아하지 않는다. 운동회도 축제도 지긋지긋했다. 대학 입학식도 졸업식도 참석하지 않았다. 귀찮으니까 내 결혼식도 올리지 않았다. '누가 초대하든 결혼식에는 가지 않는다'라는 방침을 세우고 있다. 그 문제만큼은 의리고 인정이고 없이 그렇게 해왔다. 그런데 어째서 올림픽 폐막식 따위를 즐겁게 지켜봐야 하는가. 10시 10분이다. 이제 슬슬 잘 시간이다. 끝나면 좋겠는데, 한참 더 하겠지. 어쩔 수 없군.

지금 무대에서는 맨 앳 워크가 반가운 〈다운 언더Down under〉를 부른다. 이 정도 옛날이라면 또 그럭저럭 나쁘지 않다.

어차피 오스트레일리아 출신 가수를 내보낼 거라면 비지스와 릭 스프링필드도 나왔으면 좋았을 텐데. 에어 서플라이도 있었지. 그립다. 에어 서플라이, 안 나오려나.

그런데 이렇게 보니, 내 음악 취향도 그다지 좋다고는 할 수 없다.

남에게 이러쿵저러쿵할 처지는 못 된다(한마디만 하자면 오스트레일리아 출신 가수 중에 고상한 사람은 없지 않나, 나의 취향 문제라기보다는 선택의 여지 문제가 아닐까). 레드 핫 칠리 페퍼스는 안 나오려나. 안 나오겠지. 오스트레일리아 사람이 아니니까. 게다가 올림픽 폐막식에 그런 밴드를 내보냈다가는 난리가 나리라.

그런데 뜻밖에 오스트레일리아 출신 유명인 중에 에롤 플린과 헬레나 루빈스타인이 있는데, 아시는지?

이번 폐막식 행사의 주제는 역시 '화해'인 것 같았다. 록 그룹 '미드나이트 오일'은 원주민에 대한 사죄의 메시지인 'SORRY'라고 적힌 티셔츠를 입고 있었고, 다른 밴드의 보컬은 노란색과 검은색과 빨간색의 원주민 깃발을 나타낸 티셔츠를 입고 있었다. 원주민 가수도 두 사람 등장했다. 내게는 이 원주민들이 연주하는 곡이 별로 재미있진 않았으나(지극히 평범한 팝송처럼 들렸다), 그건 제쳐놓고 그런 흐름이 분명히 강해지고 있다는 사실을 실감했다. 겨우 17일 사이에 이렇게나 전체적인 흐름이 크게 바뀔 줄은 그 누구도 예상하지 못했을 것이다. 십일만 명의 사람들은 아주 당연하게 원주민 쪽으로 치우친 폐막식 개최를 받아들였고 힘찬 성원을 보냈다.

국민가요 〈왈칭 마틸다〉

음, 이제 좀 중후한, 굳이 말하자면 초라해 보이는 아저씨가 나와서 〈왈칭 마틸다〉를 부른다. 관중석의 오스트레일리아 사람들도 그에 맞춰 합창하고 있다. 이 노래를 꽤 좋아해서 즐겁다. 옛날 영화 〈그날이

오면〉 주제곡으로 지미 로저스의 노래로 일본에서도 인기를 얻었다. 그러나 이 노래 가사는 도통 이해가 가지 않는다. 미국 신문에도 '폐막식에서 〈왈칭 마틸다〉가 울려 퍼졌는데, 이 가사의 의미를 전혀 이해할 수 없었다'라는 칼럼이 실렸다. 미국인도 역시 모르는구나.

이왕 이렇게 됐으니 이 〈왈칭 마틸다〉의 첫 구절을 소개해보겠다. 1894년에 나온 오래된 노래로, 총 세 가지 버전이 있는데 이 가사는 현재 가장 대중적인 마리 카원 버전이다.

Once a jolly swagman
camped by a billabong
under the shade of the Coolibah tree
And he sang as he watched and waited
till his billy boiled
You'll come a waltzing Matilda with me

으음, 무슨 소리인지 전혀 모르시겠죠. 가사가 거의 오스트레일리아 방언이어서. 대충 번역하면 아마 이런 식일 겁니다.

어느 날 명랑한 방랑객이
물가 그늘에서 캠핑을 했다네
냄비 물이 끓기를 기다리며
노래를 불렀다네
나와 함께 내키는 대로 여행을 떠나요

마틸다는 주머니의 다른 이름으로, '왈칭 마틸다'는 짐을 짊어지고 여기저기 떠돌며 방랑하자는 의미이다. 이 방랑객은 물가로 온 길 잃은 양을 붙잡아 주머니에 넣는다. 그런데 목장 주인이 경찰관 세 명을 대동하고 와서 그를 양 도둑이라며 잡으려고 한다. 방랑객은 "흥, 네놈들 따위에게 살아서 잡힐쏘냐"라고 하더니 물에 몸을 던져 자살해버린다. 그후, 그 연못을 지나면 그의 노랫소리가 들리게 되었다. '나와 함께 내키는 대로 여행을 떠나요'라는.

즉 이단자가 양을 훔치고 자살하는 노래이다. 이런 노래를 국민가요로 삼다니, 대체 어떻게 된 나라인지.

결국 이 〈왈칭 마틸다〉로 폐막식이 끝났다. 모두 자리에서 일어나 줄지어 출입구로 향했다. 나도 마지막까지 어떻게든 폐막식 자리를 지켰다. 아리모리 씨는 아니지만, 자신을 칭찬해주고 싶었다(그렇게 대단한 일도 아니지만). 그리고 나는 노트북을 가방에 넣고 집으로 돌아가는 십일만 명 선남선녀 속 이름 없는 한 사람이 되어, 긴 줄을 서서 전철 탈 차례를 참을성 있게 기다렸다.

내가 이번 대회를 통해 오스트레일리아 사람에게 감탄한 것이 한 가지 있다.

아무리 줄을 서고 오래 기다려도 누구 하나 화를 내지 않고 초조해하지 않는다는 것이다. 이 나라 사람들은 느긋하다고 할까, 정말 참을성이 강했다. 전철을 1시간 가까이 기다려도 전혀 불평하지 않았다. 폴 사이먼의 노래 가사를 빌리자면, '부정적인 말은 전혀 들리지 않는다'는 것이다. 줄을 서서 기다리는 동안 주변의 모르는 사람과 친구가 되어 대화를 나누거나(정말이지 붙임성이 좋다), 노래를 부르거나, 농담을 하거나, 할 일이 없으면 예의 "오지, 오지, 오지, 오이오이오이!" 하고 소리를 지르거나, 자원봉사자를 놀리며 꽤 즐겁게 시간을 보냈다. 줄 선 사람들을 위로하기 위한 악단도 준비되어서 음악에 맞춰 춤을 추는 사람도 있었다. 사람들은 모두 'mate'였다. 일본인이라면 이렇게 쉬이 친해지지 못한다. 대단하다고 생각했다. 아마 이곳에는 독자적인 오스트레일리아 시간이 흘러서, 그 시간성 안에서 사람들이 느긋하게 사는 것이리라.

간신히 전철을 타고 시드니 센트럴 역에 도착했다. 역에 내리자, 시내는 어마어마한 인파로 넘쳐나 길을 제대로 걷지 못할 지경이었다. 온 사방에서 파티가 열렸다. 내가 호텔 방에 돌아온 것은 12시 넘어서였다. 침대에 누운 것이 1시 전. 피곤했다.

축제가 끝나고

　아침 7시 몇분 전에 일어나 일을 했다. 8시경에 신문을 사러 밖으로 나가니, 젊은 남자들이 길거리를 어슬렁어슬렁 돌아다니고 있었다. 보아하니 어젯밤에 신명이 나서 밤새워 마시고 놀다가 돌아가는 길인 모양이다. 시드니 전체가 밤새 난리가 났던 것 같다. 사방에 깨진 맥주병이 떨어져 있었다. 평상시에는 없던 일이었는데, 어제는 특별했던가 보다. 아침은 제법 쌀쌀해서 나는 스웨터 위에 바람막이를 입었을 정도인데, 젊은이들은 건강하게도 티셔츠 한 장으로도 전혀 추워하지 않았다. 민소매에 반바지를 입은 녀석도 있었다. 그런 차림으로 잘도 밤을 새워 놀았구나, 감탄했다. 나는 어젯밤에 추워서 떨며 잤는데. 오스트레일리아 사람은 다들 건강한 걸까. 아니면 어느 나라든 젊은이들은 건강한 걸까.

카페에서 커피와 빵 세트로 아침을 먹었다. 12달러. 처음 들어간 카페였는데, 다른 곳보다 조금 비쌌다. 웨이트리스도 친절하지 않았다. 다들 밤새도록 놀러 다니는데 나만 아침부터 이런 시시한 곳에서 일을 해야 하다니, 투덜투덜, 그런 느낌이었다. 한창 놀 때니까 어쩔 수 없겠지만.

학교나 직장 대부분은 오늘로 올림픽 특별 휴가가 끝이어서 내일, 화요일부터 본격적으로 학업과 업무가 재개된다. 그리고 오늘 아침에 처음으로 노숙자를 보았다. 원주민 여성이었다. 피부색이 아프리카 흑인처럼 윤기 흐르는 검은색이 아니라 햇볕에 타 윤기를 잃은 검은색이었다. 신호등에 서서 신호를 기다리는 사람들에게 돈을 구걸하고 있었다. 올림픽 기간에는 외국인 관광객 눈에 띄지 않도록 '지저분한' 노숙자를 도시에서 내쫓았다는 이야기를 들었는데, 정말이었구나.

10시 반부터 조깅하러 나갔다. 오늘로 시드니 거리를 달리는 것도 마지막이었다. 왕립식물원에서 출발해 오페라하우스를 돌았다. 평소대로의 코스. 이 주변에는 관광객이 많았다. 일본인 단체, 중국인 단체. 중국의 어떤 선수단이 항구를 도는 소형 노면전차를 타고 흥겹게 중국 노래를 부르고 있었다. 아주 즐거워 보였다. 올림픽 선수들도 오늘은 대거 거리에 나와 있었다. 드디어 폐막식이 끝났으니 관광하거나 쇼핑하는 중일 것이다. 스페인 선수, 한국 선수, 멕시코 선수, 다양한 유니폼을 입은 청년들이 해방이라는 표정으로 거리를 돌아다니고 있었다. 어젯밤 과음했는지 눈이 시뻘건 녀석도 있었다. 오늘은 왕립식물원 주변을 72분간 달렸다.

달리다가 깨달았는데, 시드니 만에 쓰레기가 어마어마하게 떠 있었다. 드문 일이었다. 늘 쓰레기 하나 없이 깨끗한 바다였는데, 역시 어젯밤 축제 때문일 것이다. 정말로 흥겨웠던 모양이네.

신문 보도에 따르면, 폐막식 때 시드니 항구 주변에는 대략 백만 명의 사람이 모였다. **백만 명**이라니! 그래도 사람들이 비교적 온순해서, 한밤중까지 딱 두 명 체포되었다. 단지 사람이 너무 많아서 구급차로 다친 사람을 다 옮기지 못해서, 구급대원은 어쩔 수 없이 서큘러 키부터 레드페른까지 전철로 옮길 수밖에 없었다. 경찰은 밤 9시 반에 도저히 안전을 보장할 수 없으니 더는 시내로 들어가지 말라고 제지하며 방어벽으로 도로를 막으려고 했으나, 아무도 말을 듣지 않아 할 수 없이 포기하고, 10시 반에 다시 방어벽을 철거했다. 나는 경기장에 있어서 몰랐는데, 시내는 대단했던 것 같다.

도우즈 포인트에서는 나무 위로 올라간 남성이 추락해 아래에 있던 여성과 부딪쳐서, 여성은 복사뼈가 골절되고 머리를 다쳤다. 서큘러 키에서 한 남성은 드잡이를 벌이던 상대에 의해 깨진 잔으로 뒤통수를 베이는 중상을 입었다. 서큘러 키 역은 너무 혼잡해서 경찰지시에 따라 8시 반에 폐쇄되었다. 폐쇄는 2시간쯤 이어졌다.

퍼스트 플리트 공원에서는 장난치던 무리가 국기게양대에 기어오르려고 했다(사람은 술에 취하면 왜 의미도 없이 높은 곳에 올라가려 들까). 여성 몇 명이 서큘러 키의 인파에 떠밀려 정신을 잃고 쓰러졌다. 구급차가 도로를 뚫고 지나갈 수가 없어서, 경찰들은 수상 경찰의 보트를 불러야 했다.

그런데 오스트레일리아 사람은 원래 지나치게 건강한 걸까, 아니면 평소에 너무 지루하게 사는 걸까, 아니면 별나게 축제를 좋아하는 걸까(그런 이야기를 들었다), 잘 모르겠다.

한낮이 지나 올림픽 공원에 휴대전화를 찾으러 갔다. 경찰 쪽에서 편집자 가와타 씨에게 연락을 했다. 경찰서에서 전화기를 보관하고 있으니까 찾으러 오라고. 전화기에 그녀의 번호가 저장되어서 걸었다고 했다.

올림픽 공원으로 향하는 전철은 텅 비었다. 이제 경기가 열리지 않으니 당연하겠지만, 어제까지 만원 전철이었던 걸 생각하니 왠지 기분이 묘했다. 텅 빈 전철을 타고 가며 풍경을 내다보니, 어제까지와는 달리 아주 평범한 생활의 냄새가 뭉근하게 피어올랐다. 축제가 끝나면 일상으로 돌아온다. 올림픽에 푹 질인 머리를 끌어안고, 사람들은 내일부터 회사나 학교에 갈 것이다. 축제가 끝난 뒤는 역시 허무했다. 나도 슬슬 짐을 꾸려야 한다. 일본에 돌아가서는 며칠 후 마감까지 잡지용으로 백 장에 가까운 원고를 완성해야 한다.

올림픽 공원도 한산했다. 맥도널드도, 생맥주 바도, 오스트레일리아 식당 카운터도, 모두 셔터를 내렸다. 공원 안을 돌아다니는 사람도 거의 없었다. 가끔 보이는 것은 뒷정리 중인 관계자와 사무실을 철수하거나 마지막 원고를 정리하는 미디어 관계자(나도 그들 중 하나이다)와 사무실 가구를 운반하는 이사업자 정도였다. 덕분에 새들이 지저귀는 소리가 잘 들렸다. 대부분 홈부시 베이에서 온 갈매기 떼였다. 사람이 사라지고 보니 이곳은 갈매기가 참 많은 곳이었다.

경찰서에 가서 "휴대전화를 가지러 왔는데요"라고 말했다. 알아봐

주었으나, 거기에는 휴대전화 분실물이 없었다. 다른 경찰서에도 문의를 해주었으나, 그 어디에도 없었다. "어디 경찰이 가지러 오라고 했죠?" 하고 여성 경찰이 물었다. 그러나 그건 듣지 못했다. 그냥 올림픽 공원 내의 경찰서로 가지러 오라는 말을 들었을 뿐이었다. 그런데 어쨌든 내 전화기는 찾을 수 없었다. 그렇다면 레드페른에 있는 분실물 센터까지 가셔야겠어요. 그곳에 있을지도 모르니까요.

그렇지만 그곳에 정말 있을지는 모를 일이었다. 빙빙 돌아다니는 것은 이제 지긋지긋했다. 이런 일로 마지막 하루를 망치고 싶지 않았다. 레드페른 따위 가고 싶지 않았다(탈옥수가 마지막으로 목격된 곳이잖아). 휴대전화를 관리하는 잡지협회의 다이카이 씨에게 말했더니, "저희가 알아서 처리하겠습니다"라고 했다. 나는 보상비를 내겠다고 했으나, "괜찮습니다, 다들 많이 잃어버리시거든요, 마음 쓰지 마세요"라고 해서 호의를 받아들였다. 하여간 물건을 잘 잃어버려서 면목이 없다.

다이카이 씨에게 들은 이야기.

여기 메인 프레스센터에서도 어젯밤에는 일을 마치고, 각국 기자들끼리 축제를 벌였어요. 사방에 술판이 벌어졌죠. 우리도 잔술을 들고 신이 났는데, 건너편 스웨덴 기자들은 적당하게 차게 한 샴페인과 와인 잔을 준비해서 진짜 우아하게 마시더군요. 수준 차이 나더라고요. 차원이 달랐어요, 정말로.

그 광경이 생생하게 그려져서 재미있었다.

대회 중에는 길게 줄이 늘어서서 도저히 들어갈 수 없었던 슈퍼

(시드니 올림픽 공식 상품을 판다)도 한산했다. 관계자를 대상으로 전 품목 25퍼센트 할인 중이었는데, 아무도 발을 들이지 않았다. 나도 호기심에 들어가봤는데, 원하는 것은 딱히(정말 단 하나도) 보이지 않았다.

선수촌 방에 준비된 비품을 개인에게 주는 선물이라고 착각해 가져가려는 사람이 많아서 경비원이 일일이 살폈다. 한국 선수 세 명이 자기 방에 있던 TV를 각자 가지고 돌아가려다가 문에서 저지당했다. 아주 무거울 것 같은데, 과연 운동선수다.

돌아오는 전철도 한산했다. 그러나 젊은 남녀 무리에서 내분이 일어났는지, 피부색이 약간 까무잡잡한 남자가 여자에게 큰 소리로 욕을 하고 있었다.

"너는 헤퍼서 아무하고나 자는 창녀야. 다들 그렇게 말하고, 실제로도 그렇지. 이 창녀! 꺼져!"

그 말에 상대 여자도 꺅꺅 비명을 질렀으나, 톤이 너무 높아서 무슨 말을 하는지 알아듣지 못했다. 아수라장은 꽤 한참 이어졌다. 나는 브루스 채트윈의 책을 읽고 있었는데, 그쪽에 정신이 팔려 집중하고 읽을 수 없었다. 자세한 사정은 잘 모르겠지만, 흔한 사랑싸움 끝에 남자가 폭발한 것 같았다.

무리의 다른 녀석들은 딱히 달래거나 말리지도 않고 멋대로 싸우게 내버려두었다. 무슨 일이 나지 않을까 걱정했지만, 말싸움만 할 뿐 폭력 사태에는 이르지 않았다. 둘이 이쪽저쪽으로 나뉘면서 차량은 곧 조용해졌다. 보아하니 올림픽 공원 매점에서 같이 아르바이트하던 젊은 남녀 같았다. 그런 아이들이 서로 알게 되어 즉석에서 연인 사이가 되는 경우가 많은 것 같았다. 뭐, 그럴 법도 하다. 젊고, 큰 축제고, 때는 봄이니까. 마음은 이해가 간다.

그러나 일단 흥청거리던 축제가 끝나고 나면, 죄 없는 사랑놀이도 쨍쨍하게 내리쬐는 현실이란 빛 아래, 불쾌한 삐걱거림이 시작되는 경우도 있다. 하룻밤 지나면 술도 깬다. 마음에 들지 않는 점도 눈에 보인다.

"저기, 이건 일시적인 거였지 진짜는 아니었잖아."

"어, 나 그럴 생각은 없었는데."

"좋아하는 사람은 따로 있어."

이런 옥신각신의 계절이다.

시내로 돌아와 곧바로 달링하버에서 중심지로 나왔다. 잃어버린 휴대전화를 찾느라 허무하게 경찰서를 오간 덕분에 점심을 먹지 못해서, 달링하버의 시푸드 레스토랑에 들어가 황새치 구이와 채소 샐러드를 먹었다. 채소 샐러드가 무지하게 먹고 싶었다. 가격은 48달러(약 3,000엔). 맛은 좋았는데, 웨이트리스가 전혀 입을 뻥긋하지 않았다. 오늘은 어느 가게에 가도 웨이트리스의 기분이 별로였다. 축제 뒤 증후군인지도 모른다. '일할 마음 없단 말이야, 왠지'인 하루인지도 모른다. 나도 일하고 싶지 않은데, 어쩔 수 없다. 그게 인생이다. 그런 인생이 앞으로 몇십 년 동안이나 극적인 반전 없이 계속 이어질 거야, 아가씨.

그런데 오스트레일리아 레스토랑의 요리는 도시든 시골이든 어디에서 먹어도 나쁘지 않았다. 전혀 나쁘지 않았다. 적어도 미국이나 영국의 동급 레스토랑에서 나오는 요리와 비교하면, 비교가 안 될 정도로 수준이 높다. 고기도 채소도 해산물도 재료는 신선하고 간도 깔끔해서 텁텁하지 않았다. 손이 많이 간 요리는 나오지 않지만, 평범하게 조리한 것이 맛있었다. 오스트레일리아는 음식이 맛있다고 들어서 '진짠가' 하고 반신반의했는데, 의심해서 미안하다. 진짜였다.

대체 어떤 과정을 거쳐서 이렇게 요리 수준이 전체적으로 높게 유지되는 것일까, 꼭 알고 싶었다. 이렇게 말하면 좀 그렇지만 패션도 굳이 말하자면(말하지 않더라도) 별로 패셔너블하다고는 할 수 없고, 세련되고 자극적인 문화로 이름을 널리 알린 나라도 아닌데(오히려 그 반대인데), 레스토랑 요리는 괜찮다. 와인도 맛있고 맥주도 맛있다.

시내의 한 가게에 들어가 선물을 찾았다. 그러나 코알라 인형에 흥미가 없는 사람에게는 시드니에서 선물을 찾기란 아주 고생스러운 일이었다. 특이한 것이라고 하면 기껏해야 '시드니 모나카찹쌀가루 반죽을 얇게 밀어 구운 것에 팥소를 넣은 과자' 정도였다(거짓말이다, 그런 건 당연히 없다). 몇 가지 자잘한 것을 샀지만 그것뿐이었다. 대신 나를 위해 스쿼시 라켓을 샀다. 일본에는 들어오지 않은 거라 기뻤다. 럭비팀 '왈라비스' 티셔츠도 두 장 샀다.

저녁에 방으로 돌아와 원고 정리. 원고 정리. 원고 정리. 원고 정리. 원고 정리. 원고 정리. 원고 정리. 원고 정리.

여러분, 드디어 내일부터 일을 합니다, 라는 신문 기사가 있었다. 올림픽에 푹 빠졌던 사람들이 일상 복귀를 하는 데 필요한 목록이다.

1. 이제 생글생글 웃지 않아도 됩니다. 다 끝났으니까. (외국에서 오는 손님에게 우리 모두 상냥하게 웃어요, 라는 캠페인을 진행했다. 그러고 보니 다들 상냥했다).

2. 셔츠를 다려놓고 일찌감치 침대에 눕습니다. 내일부터 일이 시작됩니다.

3. 사만 육천 명에 달하는 자원봉사자들은 쉽게 일상으로 복귀하기 어려운 정신 상태입니다. 누군가에게 길을 가르쳐주려고 멍한 눈으로 거리를 돌아다니는 사람을 발견하면 당국에 보고해주세요. 보호하겠습니다.

4. 응원용 복장은 지금 당장 버리세요. 국기 망토나 와펜식주로 재킷의 가슴이나 모자 등에 다는 방패 모양의 장식 국기 문신이나 자원봉사 유니폼은 일상적인 사회생활에 어울리지 않습니다.

5. 이번 주말은 아무것도 하지 말고 그냥 멍하니 지낼 것을 추천합니다.

6. 지도를 거꾸로 들고 난처해하는 여행자를 보더라도 내버려두세요. 우리는 모두 각자의 길을 가면 됩니다.

7. 노숙자를 보면 생긋 웃어주세요. 그들도 드디어 거리에 나올 수 있게 됐으니까(정말 그랬다).

8. 시드니 서부 교외의 추억을 가슴에 꼭꼭 새겨두세요. 아마 두 번 다시 볼 일이 없을 테니까(올림픽 공원이 있는 시드니 서부 교외는 그다지 컬러풀하다고는 할 수 없는 지역으로 알려졌다. 일본이라면 세이부 이케부쿠로 선 부근을 상상하면 될까).

주의 사항은 이밖에도 더 있으나 일일이 말했다가는 끝이 없으니 생략. 그러나 이걸 읽으니, 설령 농담 반이라도 시드니 시민의 '포스트 올림픽' 증후군이 상당한 것 같다.

오스트레일리아의 경제 체력은 최근 급속도로 떨어지는 중이다. 오스트레일리아 달러는 점점 하락해 날마다 최저치를 경신하고 있다. 무역 적자는 점점 불어만 간다. 정부는 유효한 대응책을 세우려고 고생 중이지만, 언 발에 오줌 누기이다. 오스트레일리아 사람들은 축제 뒤에 그런 어려운 현실과 직면할 것이다.

그러나 사람들은 대부분 위기감을 느끼지 않는다. '어떻게든 되겠지'가 대부분 사람의 생각이다. 왜냐고? 지금까지 계속 어떻게든 됐으니까.

오스트레일리아 인구 대부분은 해안도시에 살며 상당히 편안하게 소비 생활을 즐기고 있다. 오스트레일리아의 수출품은 대부분 제1차 상품이고 수입품은 대부분 공업제품이다. 한마디로 재료를 수출하고 제품을 수입한다. 주요 무역 대상은 일본.

오스트레일리아는 이상하리만큼 자원이 풍부한 나라다. 식량은 풍부하고 우라늄, 천연가스, 석탄, 그 모두가 '무진장'이라고 표현해도 좋을 정도이다. 보물 산을 깔고 앉고 사는 거나 마찬가지로, 좀 과장하자면 땅을 파면 반드시 뭔가 나온다. 악착같이 일할 것도 없다. 사막에서 길을 잃고 돌아다니다가 커다란 금괴가 뚝 떨어져 있어서, 그걸 주워 돌아와 부자가 되었다는 이야기도 종종 있다(거짓말이 아니라 실화이다). 즉 일본과는 거의 정반대인 경제 구조를 가진 나라라고 생각하면 이해가 빠르다. 그런 이유로 1990년대 초기에는 지하자원 수출이 오스트레일리아 수출 총액의 절반을 점유했다.

그리 길지 않은 오스트레일리아 역사 속에는 경제 상태가 궁지에 몰려서 이대로는 어떻게 될지 모른다고 사람들이 머리를 싸맨 시기가 몇 번이나 있었다. 그러나 반드시 어떤 새로운 희소광물이 미개척지(이게 아직도 잔뜩 있다)에서 발견되어 어떻게든 난국을 극복해왔다. 오스트레일리아 사람은 자기 나라를 '러키 컨트리'라고(다소 자조적이긴 해도) 부른다.

이런 오스트레일리아 대륙의 '느긋한 상황'은 영국인들이 배를 타고 오기 이전부터 비슷했던 것 같다. 그 이전에 오스트레일리아 대륙에 살던 원주민의 인구는 대략 삼십만 명에서 칠십오만 명으로 추정된다. 전문가의 계산에 따르면, 인구가 그 정도 범위에 머물렀다면 대륙의 풍부한 자연 속에서 사람들은 아주 편안한 삶을 살 수 있었다고 한다. 일부러 공을 들여 경작할 필요도 없고, 울타리를 만들어 가축을 키울 필요도 없었다. 있는 것을 주워먹으면, 혹은 부메랑으로 셀 수 없이 많은 캥거루를 잡으면, 불편도 고생도 없이 매일 먹고살 수 있었다. 바꿔 말하면, 악착같이 **진화할 필요성이 없었던** 것이다. 석기 시대의 생활 방식으로 부족함 없이 살 수 있었다. 실제로 원주민의 생활수준은 당시 유럽의 일반 시민보다 높았다고 한다.

어쩌면 나중에 들어온 백인 오스트레일리아 사람들도 그런 대륙적인 성향을 자연스럽게 이어받았(어쩌면 그에 순응해 흡수되었)을 지도 모른다.

그러나 최근 들어 끝없이 계속되리라 믿었던 행운에도 약간 그늘이 드리워지기 시작했다. 지하자원 개발 기술이 발전하면서 제3세계에서 광맥이 잇따라 발견되어 갖가지 '희소광물'의 가격이 조금씩 하락한 이유도 있다. 아무리 열심히 일본이나 한국에 지하자원과 식량을 수출해도, 사들이는 품목이 더 많아 무역 적자가 눈덩이처럼 불어났다. 게다가 기존에 진 빚의 이자조차 갚지 못하게 됐다. 단언컨대 비상사태 한 걸음 직전이다. 일반인으로 치면, 사채업자가 돈을 받으러 언제 집에 쳐들어와도 이상하지 않은 상태이다.

그런데 오스트레일리아 사람들의 '어떻게든 되겠지' 하는 느긋한 체질은 갑자기 바뀌지 않는다. 보고 있자면 '아아, 이건 바뀌지 않겠는데'라는 생각이 든다. 그리고 실제로 어떻게든 되기 때문에 진지하게 걱정했던 사람이 웃음거리가 될지도 모른다.

어쨌든, 17일 동안에 걸친 시드니 올림픽('빵과 서커스'에서 서커스 부분)은 오지들의 기분을 밝게 해주었다. 설령 단기간이라 하더라도 머리 위의 먹구름을 휙 날려주었다. 다 함께 야단법석을 치고 맥주를 마시고, 〈왈칭 마틸다〉를 오십 번쯤 합창했다.

〈시드니 모닝 헤럴드〉라는 신문에 미국의 칼럼니스트 빌 브라이슨이 에세이를 썼다. 그는 오스트레일리아 사람 친구에게 들었다는 이야기를 소개했다.

'마치 수돗물에 약이라도 탄 것 같은 느낌이더라고. 출근 전철을 탔는데, 오스트레일리아 여자 수구팀이 우승했다는 뉴스가 전해진 거야. 그러자 갑자기 전철을 탄 모든 사람이 〈왈칭 마틸다〉를 합창하지 뭐야. 만약 6개월 전에 자네가 내게 조만간 여자 수구팀이 우승해서 출근 전철에 탄 승객 전원이 〈왈칭 마틸다〉를 부를 거라고 말했다면, 나는 정신과 의사한테 가보라고 권했을 거야. 아주 이상한 느낌이었지만, 그래도 역시 멋있더군.'

나는 이 에피소드를 읽고 웃음보가 터졌다. 그러나 웃을 일이 아니다. 이런 상황에서 현실로 복귀하려면 정말 힘들 것 같다.

카메룬이 축구에서 우승한 기사도 실렸다. 오스트레일리아에서 치러진 경기 중에 가장 멋진 축구 경기였다는 내용이었다.

카메룬 인구는 천오백만 명으로 그중 40퍼센트는 '여기서부터는 가난함'이라는 선 아래쪽에서 생활한다. 남성 평균 수명은 오십일 살. 전국에 통틀어서 TV가 총 오십만 대 있는데, 9월 30일 이른 아침에 국민 대부분이 이 TV 앞에 모여 있었다.

카메룬 국민이 애호하는 스포츠라면 축구뿐이다. 올해도 아프리카 선수권에서 우승해, 온 나라가 들끓었다. 하물며 올림픽이니 그 흥분은 이루 말할 수 없었을 것이다. 이날 아침, 카메룬 수도 야운데의 도로에는 사람 그림자가 완전히 사라졌다. 그때까지 카메룬은 올림픽에서 단 한 번도 금메달을 딴 적이 없었다.

승부차기로 드디어 승리가 확정됐을 때, 카메룬의 모든 도로에는 자동차 경적이 울려퍼졌고, 사람들은 춤을 추며 눈물을 흘렸다. 맥주 양조로 성공한 어떤 사업가는 감격해서 선수에게 68,000달러의 보너스를 지급하겠다고 했다. 물론 아무도 이의는 없었다.

내가 읽은 브루스 채트윈의 책에 그가 우연히 카메룬에 갔을 때의 이야기가 있다. 현재 카메룬의 일부는 한때 독일령이었다고 한다. 그래서 히틀러가 정권을 장악한 뒤, 현지에서는 흑인들의 나치당이 탄생했다. 흑인들이 그 나치 제복을 입고 하켄크로이츠 완장을 차고 "하일, 히틀러!"라고 했다는 거다. 이상하다.

산불에 관한 추가 정보.

유칼리 잎

뉴사우스웨일스 주 북부에서 계속되는 산불(이건 우리가 브리즈번에 가는 도중에 목격했다)은 대략 1만 헥타르의 토지를 태우고 지금도 계속 불타고 있었다. 1만 헥타르라면, 이즈오 섬이 전부 타고도 아직 더 탈 게 남은 넓이다. 뉴사우스웨일스 주는 일요일에 산불 경보를 발령했다. 이 시기부터 3월 말까지 산불 계절이 이어진다. 숲지대에 사는 사람들은 산불 발생을 막기 위해 도랑을 청소하고 쓰레기를 바지런히 치우고, 낙엽을 쓸어내는 작업을 해야 했다. 여름에는 모든 것이 바싹 마르기 때문이다. 일요일에는 서풍이 너무 강해서(시속 5킬로미터에 달했다), 시드니 근교에서만 스무 건의 화재가 발생했다. 풀이나 나무가 자연 발화했다. 다행히 크게 번지기 전에 진화해서 피해는 거의 없었다.

신문 일면에 산불로 화상을 입어 새까맣게 된 코알라 사진이 실렸다. 정말 안쓰러웠다. 유칼립투스 잎을 먹느라 정신이 팔려 도망칠 시기를 놓친 걸까, 얼마나 뜨거웠을까. 코까지 까매졌다. 그런데 사진의 검게 탄 코알라는 여전히 유칼립투스 잎을 열심히 먹고 있었다. 유칼립투스를 어지간히도 좋아하나 보다.

굿바이, 시드니

2000년 10월 3일 화요일 짐을 택시에 싣고 3주가량 묵었던 피트 스트리트의 로열가든 호텔을 뒤로했다. 아쉬우냐고? 음, 그리 아쉽지는 않다.

숙명적일 만큼 빛바랜 커튼을 보는 것도 조금 질렸다. 노트북 도난 방지 체인을 일일이 벽에 연결하는 생활에도 지쳤다. 매일 아침 신문을 사러 나가 근처 편의점 점원의 우울한 얼굴을 보는 것도 더는 사양이다. 목욕할 때마다 양말과 속옷, 운동복을 빠는 것도 절대 유쾌한 작업은 아니었다.

이층 말레이시아 레스토랑의 볶음국수 냄새도 이제 충분히 맡았다. 408호실 열쇠를 받으려고 "포 오 **아이트**"를 몇 번 더 말했다가는, 앞으로 영원히 '에이트' 발음을 못 하게 될지도 모른다. 매일 방에 틀어박혀 서른 장 가까운 '일지'를 쓰는 생활에도 슬슬 작별을 고할 필요가 있었다. 그런 속도로 계속 쓰면 한 달에 책을 두 권씩 내겠지. 3주 동안 음악을 전혀 듣지 못했는데(그리고 그것은 내 인생에서 지극히 특수한 일인데), 그조차 거의 인지하지 못했다.

　이런 여러 가지 개인적이며 혹은 또 보편적인 이유로 나는 시드니를 떠나는 것이 별로 아쉽지 않았다. 십자성을 보는 것도 깜박했는데, 그것도 별로 아쉽지 않았다. 십자성이 내 셔츠를 빨아주는 건 아니다.

　시드니 국제공항은 귀로에 오른 일본 미디어 관계자로 붐볐다. 올림픽 산업이 얼마나 거대한 규모인지, 방송국 관계자가 쌓아올린 기재의 양만 봐도 대충 상상이 갔다. 펠로폰네소스 전쟁도 생중계할 수 있을 것 같은 대량의 기재였다.

　비즈니스석에서 옆자리에 앉은 사람은 JOC의 모 임원이었다. 세상사에 둔감한 나도 일단 얼굴을 아는 유명인. 그러나 대화를 나누지는 않았다. 그저 옆에 앉았을 뿐이다. 도쿄까지 오는 동안, 시드니 선박 박물관 매점에서 산 예의 오스트레일리아 해군 잠수함에 관한 책을 읽었다. 제1차세계대전에서 터키군의 어뢰 공격에 항행할 수 없게 되자, 어쩔 수 없이 자폭해야 했던 안타까운 잠수함(지금도 마르마라이 해저에 가라앉아 숭어의 보금자리가 되고 있다는) 이야기를.

　어쩌면 그리 놀랄 사실은 아닐지도 모르는데, 잠수함을 의도적으로 가라앉히는 일은 여느 함선에 비해 비교적 간단하다고 한다. 욕조의 마개를 뽑듯이 그냥 마개를 쑥 뽑아서 바닷물이 안으로 들어오게 두면 된다. 내버려두면 알아서 가라앉는다.

　잠수함은 고생해서 목숨 걸고 다다넬스 해협을 돌파한 데 비해, 거의 전과를 올리지 못했다. 발사한 어뢰는 목표에 제대로 명중하지 못했다. 순양함을 노린 어뢰가 빗나가 작은 유조선이나 맞히는(그 때문에 불쌍한 터키 병사가 상당수 죽었지만) 정도의 전과밖에 올리지 못했다. 이 책을 읽고 있으면, 전쟁이란 다양한 측면에서 무의미한 소동이라는 것을 알 수 있다. 전체의 목적과 개개의 행위의 방향성이 합치하는 경우는 극히 드물다. 그러나 어떻게 굴러가더라도 그곳에는 영웅적 행위를 필요로 한다. 그것이 전쟁이다.

비행기 창 너머로 산불 연기가 몇 줄기나 보였다. 특히 시드니 근교의 숲에서 거대한 연기가 기세등등하게 솟구쳤다. 그 주변만 하늘이 어둠침침하게 흐렸다. 저래도 내게 속도위반 딱지를 끊은 경찰의 표현처럼 '흔한 산불'에 지나지 않는 걸까. 비행기에서 연기를 보고 있으니 마치 조금 전에 세상의 종말이 시작된 것처럼 보였다. 혹은 시드니 근교가 전쟁터로 변한 것 같았다.

원주민 전설에 따르면, 오래전 이 대륙에는 거대한 캥거루 무리가 있었는데 사람들의 배를 크고 예리한 발톱으로 가르고 다녔다고 한다. 그 흉포한 살인 캥거루가 갑자기 오랜 잠에서 깨어나 마을을 덮치고, 군대와의 사이에서 장렬한 전투를 되풀이하는 게 아닌가 하는 망상이 머릿속에 떠올랐다. 발차기에 장갑차가 넘어지고, 모노레일은 바닥이 찢어지고, 이안 소프도 꼬리치기 한 방에 애들레이드까지 튕겨나간다. 오스트레일리아에서는 어떤 일이 일어나도 이상하지 않다. 왜냐하면 바로 얼마 전까지 이 땅은 깊은 드림 타임 속에 있었으니까.

여기에서 다시 처음의 주제로 돌아가자.
올림픽만큼 지루한 것은 없는가?

나는 창밖을 멀뚱히 바라보며 그 문제를 잠시 생각했다. 그러나 생

각할 것도 없었다. 정답은 예스다. 예스, 예스, 예스. 올림픽은 **정말로**
지루했다. 이게 일이니까 매일 전철을 타고 경기장에 다니며 눈을 부
릅뜨고 열심히 관전했지만, 그렇지 않았다면 하품을 참느라 아주 애
먹었을 것이다(내가 왜 러시아 대 스웨덴의 핸드볼 경기 따위를 진
지하게 봐야 하느냐고?). 그러니 앞으로 굳이 내 돈 내고 올림픽을
보러 가는 일은 두 번 다시 없을 것이다. 설령 장소가 아테네든, 오사
카든, 베이징이든, 팀북투든. 이 자리에서 큰 소리로 단언해도 좋다.

그렇다면 너는 시드니에 간 걸 후회하느냐, 라고 여러분은 물을지
도 모르겠다. 올림픽 따위 보러 가지 말았어야 한다고 생각해? 시드
니에서 보낸 3주는 너한테 완전히 무의미한 나날이었어?

아니, 아니다. 그렇지는 않다. 절대로 아니다. 오히려 오길 잘했다
고 생각한다. 그야 펠로폰네소스전쟁을 보는 편이 훨씬 흥미로웠겠
지만, 그러나 여기에 와서 **이** 올림픽을 본 것은 행운이었다. 누군가
에게 보낸 편지에도 썼지만, 대회 동안 일어난 몇 가지 사건은 내 가
슴 깊이 와 닿았다. 그건 내가 길고 긴 지루함을 참고, 하품을 억지로
죽이며 보지 않았더라면 절대 볼 수 없었을 것이다. 올림픽 따위 아
예 관심도 없이, 가을날 오후에 우리 집 소파에 누워 프란시스 풀랑
크의 피아노 소품을 들으며 한 손에 시원한 맥주를 들고 엘모어 레
너드의 신간이나 느긋하게 읽었더라면(그러지 않았던 것을 몇 번이
나 후회했는지), 절대 경험하지 못했을 것이다.

그러니 내게 시드니 올림픽은 끝까지 지루했지만, 그래도 그 지루
함을 보상받고도 남을 만큼(어쩌면 간신히 보상할 만큼)의 가치가
있는 것이었다. 긴 결혼 생활에 일종의 어두운 측면과 마찬가지로.

베토벤은 (아마) 머리를 쥐어뜯으며 "고뇌를 통한 환희를" 하고 외쳤지만, 그건 아주 오래전, 피가 끓고 가슴이 뛰던 로맨스 시절의 이야기다. 영웅이나 악한조차 긴 단어를 사용해서 사색했던 시절의 이야기다. 그런 시절은 이미 옛날에 지나갔다. 요즘은 '지루함을 통한 감명(같은 것)을' 정도가 그나마 우리가 현실적으로 얻을 수 있는 감상이 아닐까. 그리고 올림픽이란(적어도 내게는), 그러한 **밀도 높은** 지루함의 궁극적인 제전이었다.

우리는 그곳에서 우리 내면의 공격성을 만족시키고, 우리 외부의 영웅을 손에 넣는다. 모험이라는 빛나는 영예를 얻은 영웅을. 물론 우리의 대리인으로서.

스페인 철학자인 호세 오르테가 이 가세트는 모험과 영웅에 관해 이렇게 썼다.

'우리의 동료에게서 모험을 제거할 수는 있으나 노력과 기력(을 제거하는 것)은 무리다. 그러한 모험은 흥분한 뇌에서 뿜어내는 운기雲氣일지도 모르나, 모험을 향한 의지는 현실적이며 진정성 있는 것이다. 말하자면 모험이란 물질계의 탈구이며 비현실이다. 모험을 향한 의지, 노력, 기력에서 신기한 두 가지 본성이 춤을 추며 드러난다. 그리고 이 두 가지 요소는 서로 반대 세계에 속한다. 즉, 의지는 현실이지만, 요구되는 것은 비현실적이다.'•

 호세 오르테가 이 가세트, 《돈 키호테에 관한 사색Meditaciones del Quijote》(겐다이시초샤).

그렇다. 오르테가의 아주 독창적인 표현을 빌리자면, 올림픽이라는 모험은 초대형급 '물질계의 탈구'이다. 운동선수들은 초현실적인 노력으로, 어떤 경우에는 인생 전부를 걸고 신체적 달성에 도전한다. 그러나 욕구하고, (어떤 경우에는) 달성한 것은 무엇인가? 단순한 '물질계의 탈구'이다. 그리고 사람들은 그곳에 있는 비현실성에 대해 현실의 깃발을 흔든다. 사람들이(대중이라는 단어로 바꿔도 좋다) 요구하는 것은 실제로 그 위대한 탈구성이다. 초현실적인 의지나 노력은 그들에게 아무 상관없다. 그런 것은 단순한 각주에 지나지 않는다. 결과적으로 달성한 것이 **얼마나 크게 현실에서 탈구했는가**, 그것이 문제이다.

그리고 싫더라도 인정해야 하는 게, 분명 그 탈구성에는 감명할 만한 것이 있다. 설령 그것을 초래한 것이 상상력이 결여된, 지루한 **현실 의지**의 집적이라 하더라도. '지루함을 통한 감명(같은 것)을'이라고 말한 것은 그런 의미에서였다.

나는 머잖아 비행기에서 내려 도쿄 생활로 돌아간다. **현실 의지**가 집적된 곳으로 돌아간다. 그리고 나 자신의 탈구성을 제법 진지하게 추구할 것이다. 오르테가의 다른 말.

'현실은 무언가 우스꽝스러운 의도를 가졌을 때에만, 심미적 관심을 끄는 것 같다.'

물론 올림픽 대회는 우스꽝스러운 의도로 개최되는 것은 아니다 (라고 생각한다). 그러나 만약 이 과장스러운 시대적 운영에서, 혹은 질리지 않고 모험의 달성을 추구하는 데에서, 혹은 그것을 진지하게 관중석에서 바라보고 있는 나 자신 속에서, 어떤 우스꽝스러움의 한 단면을 느낄 수 없었다면, 나는 분명 시드니에서 **지루사死** 했을 것이다.

"사람들이 경쟁하지 않는, 혹은 투쟁하지 않는 유토피아는 상상할 수 없이 지루할 것이다"라고 앤서니 스토는 말했다. 사람이 투쟁하지 않아도 되는 것은 자궁이나 무덤 속에 있을 때뿐이라고. 그의 이론이 진실인지 아닌지 나는 모르겠다. 그러나 적어도 한 가지는 말할 수 있다. '투쟁도 어떤 경우에는 충분히 지루하다'고.

브루스 채트윈의 《송라인》에 은자와 왈라비 에피소드가 나온다. 나는 이 이야기를 좋아한다. 오스트레일리아 숲에 아일랜드인 승려가 한 명 살고 있었다. 채트윈은 그 암자를 방문했다.

'오두막에서 돌아오는 도중에 왈라비 한 마리가 판다누스 나무에 얼굴을 박고 있다가, 곧 그에게로 뛰어왔다.
"나의 형제 왈라비네." 그는 웃으며 말했다.
그리고 그는 빵을 가지러 오두막으로 들어갔다. 왈라비는 그의 손에 들린 빵을 먹고 그의 허벅지에 머리를 비볐다. 그는 왈라비의 귀를 쓰다듬었다.'

내가 인생이 그다지 지루하지 않다고 느끼는 건요, 스토 박사님, 누군가와 '투쟁하고 있을' 때보다 이런 문장을 읽었을 때입니다만.

어쨌든 올림픽은 이틀 전에 끝났다. 앞으로 4년 동안, 올림픽은 없다. 그리고 나는 올림픽에 관해 이제 깊이 생각하지 않기로 했다. 나역시 일상으로 복귀해야 한다. 길을 물어볼 선남선녀 자원봉사자도 없다. 나는 내 길을 찾아야 한다.

잠수함 책을 덮고(나는 왜 이런 책을 읽고 있었을까?) 한숨을 쉬며 눈을 감았다. 그리고 잠들기 전에, 도쿄 상공에 도착하기 전에 왈라비를 조금만 생각했다.

후쿠시마

2000년 10월 20일

가와노 감독의 시점

24일에 시드니 입성하기 전까지 일본에서 연습을 계속하고 있었는데요. 개막식을 시작으로 TV의 올림픽 보도는 정말이지 엄청났습니다. 그곳 분위기가 살 떨리게 전달되더군요. 아침 뉴스부터 주부 대상 프로그램, 중계방송은 당연하고, 심야 뉴스까지 전부 올림픽이었습니다. 오스트레일리아 TV와는 비교도 안 돼요. 여기 와보고 알았지만, 오히려 현지에서 올림픽 소식이 덜 들리더군요(웃음).

초반부터 이를테면 야와라가 메달을 땄네, 노무라(다다히로)가 메달을 땄네 하는 소식이 줄줄이 들어와서 분위기가 점점 고조되었죠. 연일 메달리스트가 TV에 나오니까요. 그런 걸 보면서 이누부시도 '나도 꼭' 하고, 그 메달리스트들의 이미지에 자신의 모습을 포갰을 겁니다.

그렇게 머릿속으로 이미지만 앞서가면 결과적으로 도움이 되지 않을 텐데, 하고 우려했어요. 그러나 날마다 TV에서 올림픽 보도를 하니 저절로 보게 되겠죠. TV전원을 꺼버릴 수는 없으니까요.

경기 2주 전에 피로가 최고조에 이르도록 설정하고 있습니다. 그리고 경기 당일까지 서서히 회복하도록 하죠. 평소 같으면 그걸 잘 알고 있으니까 차분하게 보낼 텐데, 이번에는 '지금 몸이 무겁다'라는 사실에 상당히 불안을 느낀 것 같습니다. 침착하고 차분하게 기다려야 하는 상황에서 그러질 못했던 겁니다. 평소처럼 지내려고 애쓸수록 평소 같지 않은 거죠.

그런데 국내에서 올림픽 보도가 이렇게까지 뜨거울 줄은 나 자신도 상상하지 못했습니다. 세상 전부가 온통 올림픽, 그런 느낌이더군요. 그래서 다카하시 나오코도 올림픽 전에는 일본으로 돌아오지 않고 외국에서 곧장 시드니로 향했죠. 우리도 그렇게 하는 게 좋았을 텐데, 지금은 그런 생각이 듭니다. 그러면 잡음 같은 것도 없었을 텐데.

이래서야 선수들도 괜한 생각들만 자꾸 하게 되겠구나 싶었어요. 나도 메달을 따야지, 죽을힘을 다해야지. 머릿속이 그런 생각으로 가득한 겁니다. 각종 정보를 다 듣고, 기대를 잔뜩 등에 짊어진 채, 진짜 올림픽 마지막 날인 저녁에 마라톤 출발선에 서는 것은 쉬운 일이 아니었습니다. 저도 다소 가볍게 본 부분이 있습니다. 올림픽이라봐야 어차피 국제 경기의 연장선에 있는 거라고.

남 얘기지만, 아사히카세이의 선수는 이누부시보다 훨씬 힘들지 않았을까 생각합니다. 그들은 다카하시 나오코가 우승했을 때의 어마어마한 소동을 일본에서 속속들이 목격한 뒤에 시드니로 왔으니까요.

복통도요. 평소라면 그쯤은 가볍게 넘어갔을 겁니다. 괜찮아지겠지, 하고. 그런데 그러지 못했습니다. 그런 점이 요컨대 올림픽인거죠.

다카하시 나오코가 24일에 금메달을 딴 순간부터 이누부시 안에 있던 '금메달을 따고 싶다'라는 마음이 '금메달을 따야만 해' 하는 마음으로 바뀌었습니다. 그런 의미에서 남자 마라톤 선수들은 다카하시 나오코의 우승을 마냥 기뻐할 수만 없었던 것이 아니었을까요.

시드니에 입성해서 연습을 해도 최고의 컨디션이란 느낌이 없었습니다. 뭐랄까요, 마음이 딴 데 가 있다고 해야 할까요. 빨리 승부를 보고 싶다는 마음이 강했습니다. 발이 땅에 닿지 않으니, 지금 자신이 해야 할 일에 집중하지 못하는 거죠. 평소에는 그러지 않습니다. 여느 때 같으면, 내일 큰 시합이 있어도 평소와 다를 것 없다는 얼굴로 침착합니다. 시합이 있긴 하느냐는 분위기로.

그러나 스포츠는 결과가 전부입니다. 아무리 긴장하고 얼어 있었더라도, 그 긴장 속에서 메달을 따면 그건 "긴장하는 게 좋은 거지, 잘했어, 잘했어"로 끝납니다. 뭐가 좋고 뭐가 나쁜지, 한마디로 판단할 수 없습니다. 이기면 뭐든지 옳은 것이 되니까요.

이번 올림픽 마라톤에서는 세계 랭킹 상위 선수들이 전멸했습니다. 마음이 앞선 선수는 모두 그 코스에서 튕겨나갔다고 할까요. 그런 **내가 누군데**, 하는 자부심이 있는 선수보다 한 발자국 물러난 곳에 있던 선수들이 좋은 결과를 냈습니다.

예를 들어 승산이 있는 선수라면 25킬로미터의 언덕에서 과감하게 뛰어나갈 생각을 못 합니다. 실적이 있는 선수일수록 후반에 대비해 조금이라도 편하게, 체력 낭비 없이 가려고 하죠. 그러나 애초에 속 편하게 뛰는 선수는 밑져야 본전으로 처음부터 뛰어나갑니다.

예를 들어 와이나이나는 물론 애틀랜타에서 동메달을 땄지만, 이번에는 그리 욕심이 없었다고 봅니다. 최고기록이 2시간 10분인 선수니까요. 그런 선수가 적극적으로 앞서나갔습니다. 와이나이아는 처음부터 아주 여유로웠어요. 시작 직전에 그렇게 여유로운 선수를 본 적이 없습니다.

그에 비해 이누부시를 비롯한 일본 선수는 누가 봐도 긴장해 있었죠. 생각이 너무 많았던 겁니다. 바람, 급수, 주요 코스…… 그런 여러 가지 것을요. 자신에 대한 기대가 높아지면 높아질수록 이누부시 마음은 **실패하면 안 된다**는 방향으로 흘러갔겠죠. 감정이 공격보다 방어가 되어버렸어요. 그 결과 평소의 자신의 모습을 잃어버린 것 같습니다.

일본 선수는 그렇게 난리를 치고 어마어마한 돈을 들여 선수를 잔뜩 보내면서 목에 건 금메달은 겨우 다섯 개였죠. 면적도 좁고 인구도 적은데 더 많은 메달을 딴 나라도 있는데요. 일본도 좀더 많이 딸 수 있었을 겁니다. 그런데 왜 따지 못했는가, 역시 압박이 심했기 때문이 아닐까요. 등에 짊어진 것이 너무 많아서가 아닐까요.

저도 일본 선수권 대회 해설도 가고, 어제까지 전국체전 시찰도 갔습니다만, 다들 저를 보자 시선을 피했습니다. 뭐 몹쓸 것이라도 본 것처럼(웃음). 얘기를 해도 버벅거리고 말이죠. 내가 범죄를 저지른 것도 아니지 않느냐고 말하고 싶어지더군요. 대화도 "많이 낙담한 것 같네"나 "힘들었지"로 시작합니다. 낙담할 것까지야. 승부니까, 질 수도 있는 거죠. 목숨을 잃은 것도 아닌데.

감독으로서 이번 올림픽에서 얻은 가장 큰 것? 그건 역시 **굴욕**입니다.

남자 마라톤 시상대는 보통 시상대가 아닙니다. 폐막식 일부에 포함된 엄청나게 대단하고 훌륭한 자리죠. 거기에 와이나이나가 서 있는 것을 보니까, 저 녀석에게 지면 안 되는 건데, 하는 생각은 들더군요. 분했습니다. 솔직히 말해서요. 진 사람이 이런 소리를 하면 지질하다는 건 잘 알고 있습니다. 그렇지만 그런 생각이 드는 건 어쩔 수 없더군요.

시합을 마치고, 이누부시한테 취재진에게 제대로 대답하라고 일렀습니다. 승자와 비교하려고 패자를 취재하러 오는 사람도 있을 것이다. 그러나 도망치지 말고 정면으로 맞서라, 하고. 얼굴을 가리고 도망치면 그야말로 범죄자가 되어버리잖아요.

개중에는 "수고했어요, 푹 쉬세요"라고 위로해주는 사람도 있었습니다. 그러나 그건 아니죠. 경기자로서 동정 어린 말은 듣고 싶지 않답니다. 굴욕을 발판으로 다음 시합의 동기를 높이는 것이 가장 옳은 것입니다. 진 것은 진 거고 안 되는 것은 안 되는 겁니다. 수고했다, 푹 쉬어라? 그건 아닙니다.

지금까지도 실패의 연속이었고 무수히 고민하면서 달려왔습니다. 이누부시는 별 볼 일 없다는 말을 계속 들으면서도 그걸 이겨내고 여기까지 왔습니다. 올림픽이어서 그랬을 수도 있지, 라는 건 없습니다. 그런 말로 정리할 일이 아닙니다. 이누부시가 곧 은퇴할 선수라면 그래도 괜찮습니다. 그러나 **지금부터** 뛸 선수니까요. 4년 후에 또 한 번 도전할 선수입니다. 동정은 필요 없습니다. 후배 선수들도 자라고 있고, 중거리 선수도 마라톤으로 들어오고 있습니다. 그걸 이겨내고 세계 최고 수준으로 싸우는 게 그리 쉬운 일은 아니겠죠.

　이누부시가 도중에 포기했다는 사실을 안 것은 시간이 한참 지난 뒤였습니다. 선수는 모두 칩을 지니고 달리니까, 포인트를 통과한 시간이 전부 컴퓨터에 나옵니다. 그런데 아무리 기다려도 이누부시의 40킬로미터 기록이 들어오지 않았습니다. 시간상으로 말이 안 됐죠. 그래서 '아아, 이누부시는 달리기를 포기했구나' 하고 추측했습니다. 추측은 할 수 있지만 무슨 일이 있었는지는 몰라 걱정이 됐습니다. 대체 어떻게 된 건지.

　그래서 휴대전화로 전화를 걸었습니다. 가방에 휴대전화를 넣고 전원을 켜두라고 이누부시에게 지시했거든요. 무슨 일이 생길지 모르니까요. 몇 분 간격으로 계속 전화를 걸었습니다. 그러다가 겨우 연결되어, 경기장 의무실에서 링거를 맞고 있다는 것을 알았어요. 그때는 목소리도 제대로 안 나오는 상황이었죠. 목소리가 자기 목소리가 아니더군요.

　그래서 탈수를 일으켰다는 것을 알았습니다. 1리터짜리 링거를 맞고 1시간 뒤에야 어느 정도 회복했습니다. 체온도 35도 7분까지 올라갔습니다. 목소리도 나오고. 그래서 한시름 놓았습니다. 그때 본인은 아마 잘 몰랐겠지만, 사실 상당히 위험한 상태였습니다. 달리기를 포기한다고 바로 차가 와주는 게 아닙니다. 저 뒤쪽에서 수송용 차량이 오니까 그걸 한참 기다려야 해요. 기온도 점점 내려가서, 한때 체온이 33도까지 떨어졌습니다. 32도까지 내려갔더라면 생명이 위험할 뻔했습니다.

사실 이누부시는 아직 40킬로미터 부근을 헤매고 있습니다(쓴웃음). 아직 골에 도착하지 못했어요.

얼마나 시간이 걸릴지 나도 모릅니다. 앞으로 4년은 걸릴지도 모르죠. 선수라면 무슨 일이 있어도 골인을 하고 싶은 거니까. 설령 결과가 나쁘다고 하더라도 말이죠. 그러니 도중에 포기했다는 사실은 고통입니다. 골인하겠다는 마음가짐이 없었다면 더 일찍 포기했을 겁니다. 그러니 그 정도로(자칫하면 생명이 위험할 정도로) 아슬아슬한 시점까지 간 거죠. 이제 육체적 후유증은 없습니다. 육체적으로는. 그러나 또 **시합을 뛰겠다**는 마음이 들려면 조금 시간이 걸릴지도 모르겠습니다.

이번 충격은 지워지지 않겠죠. 아마 평생 지워지지 않을 겁니다. 그걸 떠안고 살아가야 합니다. 만약 지우고자 한다면, 4년 후에 원하는 만큼의 결과를 내서 지울 수밖에 없습니다. 물론 나는 이누부시가 아니니까 느끼는 게 다를지도 모르겠지만요. 지금까지 계속 이누부시라는 사람과 함께 해온 입장으로서, 그의 그런 마음을 긍정적인 방향으로 바꿀 수 있도록 돕고 싶습니다. 그게 내가 할 수 있는 전부입니다.

악몽과의 레이스

이누부시 선수와의 인터뷰는 도쿠시마 현 나루토 시 교외에 있는 오쓰카 제약 육상부 부실에서 진행했다. 10월 20일, 오전 10시. 밖은 비. 비는 아침 일찍부터 쉬지 않고 계속 뿌렸다. 금요일 아침의 비. 이 대로 영원히 내릴 것 같은 생각마저 들었다. 이따금 출입하는 기자 같은 사람이 나타나 이누부시에게 조심스럽게 말을 걸었다. 가끔 전화가 울렸다. 매니저가 수화기를 들었다. 그러나 그 이외의 세계는 움직이지 않았다. 소리다운 소리도 들리지 않았다. 벽에는 우승패가 걸려 있고 이누부시 포스터도 붙어 있었다.

이누부시는 평소와 마찬가지로 감정을 드러내지 않도록 주의하면서 나직하게 말했다. 억제한 목소리는 크지도 작지도 않았다. 이쪽이 하는 말에 동의하는지 반대하는지는 잠깐 사이를 두는 시간의 길이로 알 수 있었다. 이것도 평소와 마찬가지였다.

그러나 일종의 초췌함이 엷은 그림자처럼 그의 얼굴에 새겨져 있다. 마치 상대를 감정하는 것 같은 평소의 날카로운 눈빛이 약해졌다. 그 눈은 어딘가 다른 곳을 보고 있었다. 가와노 감독이 지적한 것처럼 그의 영혼 일부는 아직 시드니 교외의 마라톤 코스 위를 어슬렁어슬렁 헤매는 것처럼 보였다.

우리는 모두-좋든 싫든- 자기 내면의 악령과 함께 산다. 이 악령은 때때로 악몽이라는 형태로 우리 인생에 나타난다. 누구나 살면서 몇 번은 이 악몽을 만나고 어떻게든 이겨냈다. 내가 이 인터뷰를 마친 뒤에 생각한 것은 이누부시도 한 사람의 인간으로서 이 악몽과 마주하고 살아가야 한다는 것이다.

그리고 그는 그것을 혼자 해내야 한다. 물론 쉬운 일은 아니다. 그러나 그렇게 따지면, 3분에 1킬로미터를 뛰는 속도로 42킬로미터까지 달리는 것은 절대 쉬운 일이 아니다.

개인적인 소감. 저 냉철하고 뻔뻔한 이누부시의 강렬한 달리기를 다시 한 번 보고 싶다. 그는 선수로서 독창적인 스타일을 갖추었고, 나는 그 스타일을 좋아한다.

"9월 24일. 여자 마라톤 날 시드니에 들어갔습니다. 숙박한 곳은 마라톤 출발 지점 바로 근처였어요. 노스시드니 럭비구장 부근이요. 선수촌에 머물러도 됐지만, 붐벼서 독방도 얻을 수 없었고, 선수촌에 있다고 딱히 이점도 없을 것 같아서 그냥 편리하게 출발 지점 근처에 묵기로 했습니다.

올림픽 1달 전에 30킬로미터를 조금 빨리 달렸습니다만, 그때는 굉장히 컨디션이 좋았습니다. 완벽했습니다. 홋카이도의 베쓰카이에서 했는데, 그때 느낌이 정말 좋아서 앞으로 이 느낌을 어떻게 유지할지가 관건이었습니다. 그 상태로 유지할 것인가, 아니면 다시한 번 몸을 지치게 해서 새로 조정할 것인가. 저 자신도 한 번 더 조정하고 싶었습니다. 좋은 상태를 유지하기에 1달은 좀 긴 시간이니까요.

그래서 원래라면 이미 조정 기간에 들어갔을 시기지만, 다시 한 번 힘든 연습을 시작했습니다. 그렇게 몸을 한 번 더 지치게 해서 더 위로 올라가려고요. 그런데 그게 잘되고 있다는 확신이 조금도 들지 않더군요.

생각보다 빨리 최고의 컨디션이 되었던 것은 한시라도 빨리 최상의 상태를 만들고 싶다는 마음이 강했기 때문이겠죠. 어떻게든 나쁜 상태를 만들고 싶지 않았습니다. 설령 연습 중이라 하더라도 나쁜 상태이고 싶지 않았어요.

저는 원래 긴장이 겉으로 드러나는 타입은 아닙니다. 그런데 올림픽 개막식 시점부터 저 자신도 초조해하는 것을 느꼈습니다. 마음은 들떠 있고, 몸 상태는 따라오지 못했어요. 제 자신이 초조해하는 걸 느낄 정도이니 주변 사람들은 분명 큰일이라고 생각했겠죠. 계속 집에도 돌아가지 않고 홋카이도 합숙소에 머물렀습니다. 감독님과 다른 선수와 함께. 집에 돌아간 것은 시드니에 가기 직전, 며칠 동안이었습니다.

여자 마라톤은 보지 않았습니다. 시드니에 도착해서 TV를 켜니 경기 후반이었는데, 거기 TV는 중간에 다른 경기로 바뀌거나 해서 경기 과정을 거의 볼 수 없었습니다. 중요한 시점에서 보트 경기로 바뀌기도 하고. 그러니 보지 않은 거나 다름없습니다. 대충 '줄거리'만 훑은 정도죠.

물론 여자 마라톤과 남자 마라톤은 경기 성격이 다르니까 본다고 참고가 되는 것도 아니지만, 전개를 보면 다카하시 나오코 씨의 방식이 옳구나, 하는 생각이 들었습니다. 처음부터 하위 입상을 목표로 한다면 몰라도, 선두 3위 이내를 노리고 달린다면 선두 그룹을 따라가지 않으면 얘기가 안 되죠. 코스를 봐도 어지간한 일이 없는 한, 뒤에서 추월해 선수를 따라잡는 것은 무리였어요.

4월에 올림픽 코스를 시험 삼아 뛰어보면서 생각한 것은 먼저 최초의 승부 포인트는 안자크 브리지 바로 앞이라는 것이었습니다. 다리 바로 앞에서 내리막이 나오니까, 누군가가 치고 나가겠다고요. 그리고 다음 포인트가 34킬로미터 부근의 언덕길입니다. 한 번 더 시도한다면 아마 이 부근이 되겠죠. 그러나 여기에서도 간단히 떨쳐낼 수는 없겠죠. 그러니 결과적으로 40킬로미터 이후, 어쩌면 마지막 트랙이 승부가 되겠다고 생각했습니다.

언덕이 많은 코스지만, 별로 신경 쓰이지 않았습니다. 요컨대 평지에서 달릴 때와 마찬가지로 동작이 바뀌지 않도록, 부담이 가지 않도록 내리막과 오르막에 대처하면 되니까, 원리적으로는 같습니다. 물론 힘들기는 하지만요. 우승 기록은 평지 경기에 3분을 더해 2시간 10분 전후가 되겠다고 생각했습니다. 그러니 경기 자체는 예상했던 대로 흐른 셈입니다(쓴웃음).

경기 당일은 건조했습니다. 습도가 20퍼센트 정도였나. 낮에는 기온도 올라갔습니다. 급수만큼은 제대로 해야겠다고 생각했습니다. 바람도 강했고요. 풍속 10미터 정도. 바람이 불면 괜히 더 건조하죠.

모자를 쓴 것은 초저녁에 서쪽을 향해 달리니까, 노을에 눈이 부시지 않을까 하는 걱정 때문입니다. 선글라스를 써도 됐지만, 저는 선글라스를 끼면 위화감이 있는 편이어서, 그보다는 모자가 낫겠다 싶었죠. 경기하며 모자를 쓴 것은 처음인데, 연습 때는 자주 쓰니까 문제는 없었습니다.

아아, 그렇죠. 출발 지점에서부터 평소와 인상이 달라 보였다는 말을 많이 들었습니다. 모자를 쓴 모습도 익숙하지 않고, 유니폼 바지도 평소와 달리 빨간색이었고. 평이 나쁘더군요(웃음)."

모자와 바지도 그렇지만, 왠지 전체적으로 평소와는 다르다는 인상이 강했다. 평소에는 좀더 뻔뻔한데(웃음). 역시 긴장했기 때문이 아닌가?

"음(조금 유감이라는 말투). 제 안에 그런 감정은 없었습니다. 출발하기 전에는요. 그런데 나중에 주변 사람들에게 물어보니 역시 평소와 달랐다는 소리를 많이 하더군요. TV화면으로 봐도 달라 보였다고요."

"처음 내리막까지는 자제했습니다. 첫 5킬로미터에서 15분 30초 정도였으니까 자제했던 거죠. 역시 후반을 고려하면, 거기에서 속도를 냈다가는 나중이 걱정되니까 다들 자제합니다. 특별히 의식했던 상대는 없었습니다. 다만 사토가 컨디션이 좋으니까 일단 그는 견제하려고 했습니다. 그래서 자연스럽게 비슷한 위치에서 달렸습니다.

바람은 강했습니다. 어디나 바람이 강해서 달리기 힘들더군요. 춥지는 않았어요. 오히려 따뜻했습니다.

달리기 시작하고 바로 옆구리에 가볍게 찌르는 느낌이 왔습니다. 통증의 전조라고 할까요. 오른쪽 옆구리에요. 승부 초반에 본격적인 통증이 와버리면, 아예 승부가 불가능합니다. 그래서 찌르는 느낌이 사라질 때까지 물 섭취를 자제하기로 했습니다. 20킬로미터쯤까지는 아예 물을 마시지 않았습니다. 물을 일단 들긴 했지만, 입을 적시기만 하고 목으로 넘기지는 않았어요. 물을 마셔야 한다는 건 알고 있었지만, 통증이 있다가 사라졌다 해서, 물이 들어가면 본격적으로 통증이 시작될까봐 무서웠습니다. 위에 물이 들어가서 움직이면 공연히 자극이 강해지거든요. 도중에 달리지 못하게 되는 것이 가장 두려웠습니다.

통증이 긴장 때문에 왔느냐고요? 음, 글쎄요(생각한다), 그럴지도 모르겠네요. 어쨌든 20킬로미터 직전에서 '왠지 몸이 이상하다, 평소와 다른데' 하는 걸 느꼈습니다. 지금 생각해보면, 그때부터 탈수증상이 나타난 거였어요."

"27킬로미터 부근, 안자크 브리지에서는 몸이 마음대로 움직이지 않았습니다. 다리 바로 앞의 내리막에서 역시 그룹의 속도가 전체적으로 올라가더군요. 그때까지 자제하면서 왔으니까, 이 부근에 와서는 그룹 전체가 속도를 높였습니다.

탈수증상이 오면 자기 뜻과는 반대로 몸이 움직이지 않습니다. 체내 순환이 제대로 되지 않아 움직임이 나빠지고, 그러다가 경련이 옵니다. 자기는 똑바로 달리는데, 비틀비틀 갈지자가 됩니다. 그런데 본인은 깨닫지 못하죠. 탈수일지 모른다는 생각도 없었습니다. 몸이 몹시 괴롭다고만 느꼈어요. 그래서 슬슬 물을 섭취해야겠다고 생각했죠.

그렇지만 25킬로미터 지점에서도 여전히 물을 자제했습니다. 입에 머금고 조금만 삼켰을 정도로. 결국, 본격적으로 물을 마신 것은 30킬로미터 지점에서였습니다. 이러다가 위험하겠다 싶어서, 그때는 당연히 물을 제대로 마셨어요. 그러나 거기까지 가면 이미 늦은 것이었습니다. 끝인 거죠.

그다음부터는 정말로 힘들었습니다. 의식도 흐릿했고요. 그래도 어떻게든 다리를 움직여 계속 달렸습니다. 바람이 강해서, 그룹에서 뒤처지면 이제 승산이 없어요. 필사적으로 앞을 쫓아갔습니다. 35킬로미터 지점에서는 아직 일본 선수 중 제일 앞에 있었어요. 가와시마 씨와 사토에게 추월당한 것은 36킬로미터 지점이었을 겁니다.

30킬로미터쯤부터 몸이 전혀 말을 듣지 않아서, 이쯤에서 그만 달릴까 하는 생각도 했습니다. 그러나 역시 결승선까지 기어서라도 가고 싶었어요. 그래서 계속 달렸죠. 38킬로미터까지는 어떻게든 도달했지만, 거기까지였습니다. 그보다 더 멀리는 갈 수 없었습니다."

그때 탈수임을 알고 있었는지?

"그런 생각을 할 만한 능력 자체를 잃었습니다. 사고 능력 자체가 없어졌어요. 그러다가 이거 진짜로 위험하구나 싶어서 달리기를 포기했습니다. 관계자에게 말하고 그 자리에 주저앉아 들것이 오기를 기다렸죠. 고속도로에 들어선 뒤 얼마 안 됐을 때였는데, 조금만 더 가면 경기장이었지만 한계였습니다.

구급차로 경기장 의무실에 실려 갔어요. 일어서지도 못하는 상태였습니다. 어쩔 수 없었죠. 체온도 떨어졌습니다. 혼자 물도 마실 수가 없었어요. 링거를 맞았습니다. 1리터 정도. 손이 부들부들 떨려서 바늘을 몇 번이나 다시 꽂았습니다(쓴웃음). 덕분에 팔이 멍투성이가 됐어요.

경기장 의무실이어서 누워 있는 동안 폐막식이 진행되는 소리가 들리더군요. 아아, 뭔가 하고 있구나 싶었어요. 링거 1리터를 다 맞으니까 소변도 나오고, 일단 순환은 됐다고 해서 안심했습니다. 아직 내장 쪽은 지친 상태였지만 어쨌든 회복했어요. 8시 반쯤에 돌아가도 된다는 말을 들었습니다."

"시드니에 갔어도 올림픽 관련된 것이나 거리는 전혀 구경하지 못했습니다. 아침에 일어나 달리고, 밥 먹고, 산책하고, 점심 먹고, 오후에 달리고, 저녁 먹고 그리고 자고, 그것뿐이었어요(웃음). 숙소 주변만 봤습니다. 올림픽이라고 해도 여느 합숙 때와 다르지 않아요. 경기 다음 날에는 이제 일본 선수단의 일원이 되어 나리타행 비행기를 탔습니다. 10월 3일에는 도쿄에서 해단식이 있으니까 그에 맞춰서 귀국해야 했죠. 가족도 시드니에 왔는데 만날 여유도 없었습니다.

육상 선수가 다 같이 귀국했는데, 남자 마라톤은 형편없었으니까요, 눈치가 보이기도 하고 주변에서 냉랭하게 쳐다보는 시선도 없지는 않았어요. 그건 당연하겠죠. 뭐든 이겼나 졌나로 완전히 달라지니까요. 여자 마라톤 선수도 비행기를 같이 탔는데, 취재가 정말 대단했습니다. 그길 옆에서 지켜봐야 했죠."

기권한 것이 충격이었나?

"그렇습니다. 아무래도 절대 해서는 안 되는 거니까요. 저는 지금까지 두 번 기권했으니까 기권에 익숙하다면 익숙하지만(웃음), 가장 하기 싫은 시점에서 해버린 겁니다. 기권할 줄은 상상도 못 했어요. 골인하는 것이 제가 했어야 할 최소한의 일이니까요."

그렇지만 모 아니면 도, 괜찮지 않나?

"그러네요(웃음). 뭐, 여자 마라톤도 다카하시 나오코가 금메달을 땄으니까, 저도 사토도 머릿속에는 금밖에 없었을 겁니다. 메달을 따겠다가 아니라, 반드시 금을 따겠다고 생각했어요. 여자 선수도 땄고, 제 상태도 절대 나쁘지 않았으니까 당연히 노렸어요."

일본에 돌아온 뒤에는 어땠나?

"이런저런 심한 말을 많이 들었습니다."

어떤?

"으음, 뭐, 여러 가지요(쓴웃음). 그래도 우리는 육체적으로 표현하는 것 말고는 자신을 보여줄 수 없으니까, 다시 하는 수밖에 없겠죠. 이기면 만사 옳은 것이 되니까요.

앞으로 한동안은 국제 경기에서 기록을 노리고 싶습니다. 국내 경기에 나가는 것보다 외국의 정상급 선수와 겨뤄보고 싶습니다. 아직 우승한 적이 없으니까 한 번은 해보고 싶고요. 다음 올림픽이요? (잠시 생각한 뒤) 아직 한참 남은 일이어서, 잘 모르겠습니다."

뉴욕

싸늘한 11월 아침이었다. 핼러윈이 지난 일요일. 해는 내리쬐는데 바람이 정말이지 강했다. 얼어붙을 듯한 바람이었다. 뉴욕 마라톤에 참가하는 것은 이번이 세번째인데, 따뜻했던 적이 없다. 언제나 마녀의 마음처럼 추운 일요일이다. 마라톤은 10시 45분에 시작했지만, 집합 시간 때문에 우리는 아침 7시부터 한데에서 떨어야 했다. 추위가 유독 힘겨웠다.

출발하고 바로 나오는 베라자노 내로스 브리지에서는 왼쪽에서 불어대는 세찬 강풍 때문에 몸이 휘청휘청 흔들릴 정도였다. 나는 행복해 보이는 시민 선수들에 섞여 그 거대한 다리의 긴 오르막을 킬로미터당 5분에서 5분 30초 정도의 속도로 느긋하게 달리면서, 지금 저 앞쪽에서 아마 킬로미터당 3분대의 속도로 달리고 있을 아리모리 유코를 생각했다. 그녀는 분명 선두 그룹에 있을 것이다.

그녀가 이 경기를 잘 달릴 수 있을까? 잘해내기를 바랐다. 진심으로 바랐다. 그러나 동시에 상황이 그리 잘 풀리지 않을지도 모른다는 불안 비슷한 무언가가 의식 어딘가에 있었다. 일정한 형태가 없는 불안이었다. 6월에 콜로라도 주의 볼더에서 아리모리 유코와 만나 대화를 나눈 이래, 마음 한구석에 막연하게 느껴왔던 불안이었다.

다음 날 저녁, 셰러턴 호텔 라운지에서 그녀와 만나 대화를 나누며, 나는 그 불안의 형태를 비로소 머릿속에서 구체화할 수 있었다.

경기 다음 날 아침, 나와 아리모리 유코는 그녀가 머무는 힐튼 호텔 레스토랑에서 함께 아침을 먹었다. 남편 가브리엘 씨와 내 아내, 다른 몇 명과 함께였다. 그리고 저녁 6시에 7번가 셰러턴 라운지에서 만나기로 했다. 미리 둘만의 인터뷰를 요청해두었다.

그녀는 약속 시각보다 한참 늦게 왔다. 나는 딱히 급한 용건이 없었기에 캘리포니아 메를로 와인 잔을 기울이며 책(그날 낮에 빌리지의 '12번가 북스토어'에서 산 《일할 때의 글렌 굴드Glenn Gould at Work》)을 읽으며 느긋하게 그녀를 기다렸다. 저녁 무렵에 맨해튼 도로가 얼마나 붐비는지는 잘 알고 있고, 애초에 나는 남을 기다리는 것을 지겨워하는 성격이 아니다. 적어도 남을 기다리게 하는 것보다는 훨씬 편했다.

그녀가 도착한 시각은 6시 45분이었다. 몸에 딱 맞는 이세이 미야케의 까맣고 우아한 스웨터와 빨간 바지를 입고 라운지로 달려왔다. 굉장히 미안해했다. 신경 쓰지 마세요, 하고 나는 말했다. 그렇게 미안해하면 이쪽도 미안해진다. 성실한 성격인 것은 알고 있다. 그런 사람이 늦는다면 늦을 만한 이유가 있었을 것이다.

그녀는 자리에 앉아 지각한 이유를 설명했다. 오클라호마 시골에 사는 남편의 할머니가 뉴욕에 처음 와서, 그날은 종일 엠파이어스테이트 빌딩이며 자유의 여신상을 안내했다. 그런데 할머니는 다리가 안 좋아서 모시고 다니는 데 시간이 걸렸다. 돌아올 때는 택시를 탔으나, 도로가 막혀서 시간이 너무 걸렸다. 그래서 지하철로 갈아탔는데, 할머니를 모시고 계단을 오르내리는 것이 큰일이었다. 나는 그 광경을 상상할 수 있었다. 마라톤 경기를 달린 그다음 날에 엘리트 선수가 할 일은 아닌지도 모른다. 그러나 그녀에게는 그녀의 생활이 있다.

젊은 흑인 웨이트리스가 와서 뭘 마실지 물었다. 그녀는 "물이면 돼요"라고 대답했다. 웨이트리스는 생긋 웃으며 바로 얼음이 담긴 물을 가져왔다. 나는 반으로 준 레드와인을 계속 마셨다.

저녁 시간의 셰러턴 바는 붐볐다. 우리는 기둥 옆의 이인용 테이블에 앉았다. 왼쪽에는 목소리가 큰 독일인 여행자 그룹이 진을 치고 있었다. 뒤에는 스페인어로 차분하게 대화를 나누는 연배의 부부가 앞에는 물방울무늬 넥타이에 멜빵 차림의 증권회사 직원으로 보이는 두 사람이 있었다. 전형적인 미드타운 칵테일 라운지의 풍경이었다. 피아니스트가 와서 빌리 조엘의 그리운 히트송을 연주하기까지는 아직 조금 시간이 있었다.

나는 쉰한 살의 소설가이고 그녀는 서른세 살의 마라톤 선수였다. 나는 앞으로 두 달이면 쉰둘이 되고, 그녀는 앞으로 한 달이면 서른 넷이 된다. 말할 것도 없이 우리에게는 각자 생각해야 할 것이 있다. 나는 지금 쓰고 있는 시드니 올림픽 책을 어떻게 구성할지 생각해야 했고, 조금씩 쓰기 시작한 장편소설도 생각해야 했다. 아리모리 유코

뉴욕

는 앞으로 경기 계획과 가정을 생각해야 했다. 나이를 고려하면 아마 나보다 그녀가 생각할 것이 더 많으리라.

그녀는 10위로 골인했다. 2시간 31분이라는, 그녀로서는 기대에 어긋난 성적이었다. 아리모리 유코에게 경기는 23킬로미터 지점에서 끝났다. 남은 20킬로미터는 이미 희망이 없는 몸을 '제대로 된 시간'에 어떻게든 결승선까지 끌고 가는 것뿐이었다. 고생은 많이 하지만 보상이 적은 작업이다. 나폴레옹의 러시아 원정군이 눈보라 속에서 철수할 때, 일부러 후위를 맡은 장군처럼.

마지막 골인 직전에 케냐 선수에게 추월당했다. 그 선수는 헉헉 숨을 몰아쉬며 당장에라도 죽을 것 같은 표정으로 비틀비틀 달리고 있었다. '이런 선수에게까지 추월당하다니' 하고 그녀는 아연했다. '나는 여기서 대체 뭘 하는 거지?'

일본은 여전히 다카하시 나오코의 시드니 금메달로 들끓었다. 그녀는 국민영예상을 받았고 수많은 잡지 표지를 장식했으며, 일본 시리즈 1차전에서 시구를 던졌다. 고이데 감독의 저서 《너라면 할 수 있어君ならできる》는 전국 서점에서 베스트셀러 1위에 올랐다.

아리모리 유코는 평소처럼 생글거리며 고개를 꼿꼿하게 들고 말했다. 그렇지만 그녀는 역시 괴로워했다. 눈은 평소처럼 가만히 한 곳을 보지 않았다. 시선은 거의 무의식적으로 차분해질 수 있는 조그맣고 편안한 장소를 찾고 있었다. 그러나 그런 곳은 그 어디에도 없었다. 적어도 저녁 7시의 맨해튼, 미드타운의 칵테일 라운지에는.

아리모리 유코는 왜 뉴욕 마라톤에서 우승하지 못했을까? 내가 보기에도, 혹은 그녀가 보기에도 이유는 명백했다. 한마디로 말해서 연습이 부족했다. 여름에 장거리 달리기 연습을 충분히 하지 못했다. 그러니 나중에 아무리 속도 연습을 거듭하고 체력을 완벽하게 다졌어도 긴 구간을 고속으로 달리지 못했다.

마라톤에 대비한 연습 원칙은 대부분 상황에서 엘리트 선수든 (나 같은) 시민 선수든 기본적으로는 대략 비슷하다. 목표를 설정한 단계에서 최대한 장거리 달리기 연습을 반복한다. 경기 두 달쯤 전부터는 속도를 붙이는 연습을 한다. 2-3주 전부터는 연습량을 줄여 최종조정에 들어간다. 장거리 달리기 연습을 할 때는 조금이라도 장거리를 달리는 것이 좋고, 속도 연습을 할 때는 최대한 빠른 것이 좋다. 그뿐이다. 원리로는 간단하다. 그러나 실제로 실행해보면 절대 간단하지 않다.

그리고 아리모리 유코는 아쉽게도 그 '장거리 연습' 부분을 원하는 만큼 하지 못했다. 어째서? 대답은 하나. 집중력이 부족해서 – 라는 것이 내가 받은 인상이었다.

왜 집중력이 부족했을까? 아마 그녀 안에 망설임이 있었기 때문이리라. 왜 망설임이 있었을까? 그건 특정할 수 없다. 나와 아리모리 유코는 몇 번인가 만나서 오랜 시간 다양한 이야기를 나누었지만, 그런 부분까지 파고들지는 않았다. 나는 기자가 아니니까 깊숙이 파고들어 이야기를 캐묻는 것은 전문이 아니다. 할 수 있는 것은 그 상황의 분위기를 느끼고 기분을 파악하는 것뿐이다. 그리고 나는 대충 파악했다.

그녀는 망설이고 있었다.

예를 들어 그녀는 아이를 낳을지 고민하고 있었다. 지금이 가장 아이를 낳기 적절한 시기임은 알고 있었다. 지금이라면 출산한 뒤에도 마라톤 선수로서 경력을 쌓아갈 수 있다. 그러나 지금보다 늦어지면, 출산은 선수 생활에 부담을 줄지도 몰랐다. 그녀는 그것을 진지하게 생각하고 있었다. 그녀는 아이를 좋아했고, 아이를 낳고 싶어했다. 탄탄한 가정을 원했다. 그렇게 함으로써 자신의 세계를 더 넓히고 싶다고 생각했다. 그건 물론 - 내가 생각하기에는 - 건전한 사고방식이었다.

그리고 남편 가브리엘 씨가 지금 콜로라도 주 볼더 교외에 세우려는 댄스 학교도 생각해야 했다. 상당한 대규모 사업이 될 것이고, 비즈니스로서 제대로 성공을 거둘지의 여부가 그녀에게는 중대한 문제였다.

그것은 이십대 때는 전혀 생각하지 않아도 됐던 종류의 문제였다. 그저 감독의 지시에 따라 묵묵히 달리기만 하면 됐다. 남보다 빨리 결승선에 도달하는 것만 생각하면 그만이었다. 사랑을 할 여유조차 없었다. 그러나 그런 시기는 좋든 싫든 이미 과거가 되었다. 그녀는 한 사람의 사회인으로서, 여성으로서, 최고의 운동선수로서 그에 상응하는(때로는 그 이상의) 책임을 지고 살아가야만 했다. 그러한 생활은 당연하게도 그녀에게 상당량의 시간과 에너지를 빼앗아갔다. 바다에서 불어오는 차가운 바람이 시시각각 체온을 빼앗아가는 것처럼.

망설임이 생기고 의지가 흔들려서 집중력이 떨어졌다고 해도, 누가 그걸 비난할 수 있을까?

그런데도 그녀는 이겨야만 했다. 무슨 일이 있어도 이겨야만 했다. 설령 세상 모든 사람이 '그건 어쩔 수 없어'라고 위로해주더라도(위로해줄 리도 없지만). 변명은 그것이 아무리 정당한 것이었어도 그녀를 납득시키지 못했다. 자신의 삶이 얼마나 정당한지 증명해주는 것은 어디까지나 **이기는 것**뿐이었다.

코치가 없어서 불리한 점이 있는지 물었다. 물론 전속 코치를 두지 않고 연습하는 여자 마라톤 선수는 그녀 외에도 꽤 있다. 특히 외국인 선수는. 그러나 대부분의 경우, 그녀들의 남편이 늘 붙어 다니며 돌봐준다. 예를 들어 리디아 시몬의 남편은 코치이며 반려자이며 요리사이자 매니저이다. 그는 생활의 거의 100퍼센트를 아내의 승리를 위해 바쳤다. 그러니까 연습에 집중할 수 있다.

그러나 아리모리 유코는 그렇지 않다. 댄서인 가브리엘 씨는 달리기에는 완전히 문외한이었다. "유코는 매일 매일 정말 잘 달려, 도저히 믿기지 않아"라고 감탄하지만, 아무리 칭찬을 해도 연습에는 도움이 되지 않는다.

전속 코치가 없어서 발생하는 폐해는 아리모리 자신도 절대 부정하지 않았다. 그녀는 연습 일정을 쓴 노트를 늘 소중히 들고 다녔다. 왼쪽에는 매일 달성해야 할 목표가 적혀 있고, 오른쪽에는 실제로 한 연습이 적혀 있다. 그것이 로르샤흐 테스트의 도형처럼, 좌우 대칭이 완벽하게 맞아야 이상적이다. 그러나 경우에 따라서는 그녀가 이상에 맞추기 전에 이상 쪽이 다가올 때도 있다.

"평소에는 왼쪽 목표를 볼펜으로 써요. 그런데 올해는 연필로 썼어요. 언제든 지울 수 있게. 그러니까 상태가 별로 좋지 않으면, 지우개로 왼쪽 숫자를 벅벅 지우고 다른 숫자를 쓰게 됐어요. 혼자 하면 그런 점이 물러지는 것 같아요."

이 바보, 무슨 속 편한 소리를 하는 거야. 무슨 일이 있어도 이만큼은 해야 한다고! 이렇게 큰 소리로 화를 내며 엉덩이를 걷어차주는 사람이 지금 그녀에게는 없었다. 한계에 가까운 연습이 필요한 최고의 운동선수에게 그것은 치명적이진 않더라도 아주 힘든 환경이다. 나 같은 일반인 선수도 그 어려움을 어느 정도는 이해할 수 있었다. 혼자 매일 묵묵히 계획한 대로 연습을 지속하는 것이 얼마나 어려운지, 조금이라도 달려본 적이 있는 사람이라면 이해할 것이다. 옆에서 나란히 달려줄 파트너조차 그녀에게는 없었다.

물론 남에게 기대지 않고 혼자서 자신을 냉혹하게 몰아가는 사람도 세상에는 있을 것이다. 많지는 않을지 몰라도 조금은 있겠지. 그래도 한 가지만큼은 자신 있게 말할 수 있다. "자신에게 변명하는 것은 남에게 변명하는 것보다 간단하다"라는 것이다.

새로운 코치를 찾을 생각은 없나?

그녀는 살포시 웃었다. "어렵겠죠"라고 대답했다. "이 나이가 되면 저만의 방식이 어느 정도 완성된 상태인데, 그 방식을 이해하고 존중하면서 동시에 적절한 지시를 해줄 코치를 찾긴 힘들 거예요. 물론 그러고 싶은 마음은 있지만, 한편으론 무섭기도 해요."

그게 어려운 것은 나도 충분히 이해한다. 특히 고이데 감독처럼 이른바 카리스마적인 능력을 갖춘 코치 아래에서 오랜 세월에 걸쳐 훈련을 쌓아온 선수에게는.

그러니 좋고 싫고의 문제를 떠나 적어도 당분간 그녀는 혼자 외국 땅에서 고독한 훈련을 계속하게 될 것이다. 그리고 역시 일반론이긴 하지만, 대체로 고독은 사람의 마음을 좀먹는다. 나는 작가니까 고독이란 것이 갖는 힘 있고 빛나는 가치와 그 이면의 위험한 독성을 잘 알고 있다. 거기에 약속된 가치를 손에 넣으려면, 우리는 그 독과 함께 살아갈 기술을 배워야 한다. 긴장과 집중력이 필요하다. 조금이라도 방심하면 그 독은 금방 우리를 덮친다. 교활한 뱀처럼.

그런데도 그녀는 자유롭게 있는 것을 행복이라고 느꼈다. 그녀는 자신이 선택한 삶을 사는 것이 무엇보다도 멋진 일이라고 생각했다. 그것은 하나의 달성이라고 믿는다. 이제 남은 것은 이기는 것뿐이다.

그렇다, **이기는 것**뿐이다.

또 일반론. 계속 이기고 있을 때는 이기는 것이 아주 쉬워 보인다. 손만 뻗으면 승리는 언제나 그곳에 있다. 그러나 일단 이기지 못하면, 몸을 던지고 뼈를 깎아도 아무리 손을 길게 뻗어도 승리는 저 먼 곳에 있다.

"지도자가 없어서 제일 힘든 점은 자신감을 잃는 거예요." 그녀가 차분한 목소리로 말했다. "내가 지금 어디에 있는지, 그게 옳은 자리인지, 그렇지 않은지, 항상 스스로 판단을 내려야만 한다는 거죠."

물론 이따금 그녀는 막막해한다.

나는 이 책-시드니 올림픽에 대한 책-의 마지막을, 말하자면 **어쨌든 싸움에 진** 두 선수에 관한 이야기로 끝내려 한다. **그들의 실의**에 대해 쓰면서 이 책을 끝내려 한다.

어쩌면 나는 좀더 빛나는 성적을 올린 선수들을 이 자리에 데리고 와야 할지도 모른다. 그런 사람들이 느끼는 고양감이나 그들을 둘러싼 영광에 관해서, 좀더 강력한 문장을 써야 할지도 모른다.

그러나 나는 이 책 마지막 장에 이누부시 다카유키와 아리모리 유코라는 두 선수를 일부러 등장시키는 것에 일말의 주저도 망설임도 없었다. 그들이 이 자리에 어울리는 사람들이라고 느꼈다. 그들은 뛰어난 재능을 가진 운동선수이고 높은 곳을 갈망하며 이 악물고 힘든 연습을 견뎌왔다. 각자 생활방식과 꿈과 야심을 가지고 있다. 그리고 각자 약점이 있다. 그렇다, 나와 여러분처럼.

우리는 모두—**거의 모두**라는 뜻이지만— 자신의 약점을 안고 살아간다. 우리는 그 약점을 지울 수도 없앨 수도 없다. 그 약점은 우리를 구성하는 일부로 기능하기 때문이다. 물론, 어딘가 남의 눈에 띄지 않는 곳에 슬쩍 감춰둘 수는 있으나, 장기적으로 보아 그런 것은 아무 도움도 되지 않는다. 우리가 할 수 있는 가장 옳은 행동은 약점이 우리 안에 있다는 사실을 적극적으로 인정하고 정면으로 받아들여 약점을 자신의 내부로 잘 끌어들이는 것뿐이다. 약점에 발목 잡히는 것이 아니라, 반대로 디딤돌로 새로이 구성해 자신을 좀더 높은 곳으로 끌고 가는 것뿐이다. 그리하여 결과적으로 우리는 인간으로서의 깊이를 얻는다. 소설가에게도, 운동선수에게도, 어쩌면 여러분에게도 원리적으로는 마찬가지다.

나는 당연히 승리를 사랑한다. 승리를 평가한다. 승리는 두말할 필요 없이 기분 좋은 것이다. 그러나 그 이상으로 깊이 있는 것을 사랑하고 평가한다. 사람은 때로는 이기고, 때로는 진다. 그러나 그뒤에도 사람은 계속 살아가야 한다.

아리모리 유코는 9월에 시드니로 가서 여자 마라톤 TV중계의 해설을 맡았다. 시드니에 간다는 이야기를 6월, 볼더에서 본인의 입을 통해 들었을 때, 솔직히 고개를 갸웃거렸다. 그녀는 현역 선수이고 시드니 올림픽은 무슨 일이 있어도 나가기를 갈망했던 대회였다. 그런 자리에 얼굴을 내미니 세상의 잡음을 피해 볼더에서 차분하게 뉴욕 마라톤을 앞두고 진득하니 연습에 매진하는 것이 좋다고 생각했다. 시드니에 가도 얻을 것은 없지 않을까. 물론 이런 말은 하지 않았다. 그녀에게는 그녀의 인생이 있고 생각이 있다.

"저도 시드니에는 별로 가고 싶지 않았어요. 처음에는 대회 기간 내내 와달라고 하더군요. 그래서 그럴 수는 없다고 거절했어요. 그랬더니 여자 마라톤 때만이라도 와서 해설을 맡아달라고 하더라고요. 그래서 '아니요, 저는 제 경기가 있으니까'라고 말하며 거절하는 것도 왠지 옹고집을 부리는 것 같아서 받아들였죠. 저도 일단 프로니까 어느 정도는(그다지 마음이 내키지 않는) 일도 해야 해요.

다카하시가 금메달을 딸 것은 알고 있었어요. 어지간한 일이 없는 한, 그녀의 승리는 확실했죠. 고이데 감독과 다카하시의 의사소통은 그 정도로 완벽했어요. 정말 보통 수준이 아닐 정도로 대단했어요. 그렇게까지 한 사람에게 깊이 빠질 수 있나 싶을 정도로. 그러니까 뭐, 막바지에 크게 탈이 나지 않는 한, 절대 금메달을 놓치지는 않겠다고 생각했어요."

다카하시 나오코가 금메달을 따도 진심으로 축하하지는 못한다는 것도 알았다. 자신은 현역 선수니까. 대놓고 상대의 승리를 축하할 수 있을 리 없다. 질투심과는 다르다. 투쟁심이다. 우리는 투쟁심을 양식 삼아 산다. 만약 경기자가 투쟁심을 잃는다면, 싸우기를 그만두겠다는 것이다.

물론 겉으로 연기는 할 수 있다. 생글생글 웃으며 TV카메라에 대고 '정말 잘했어, 나오코 축하해'라고 말할 수는 있다. 그렇게 말해두면, 이 세상 대다수 사람은 만족하리라는 것을 안다. 자신의 평판이 좋아진다는 것도 잘 안다. 그렇지만 그건 자신이 바라는 인생이 아니다. 마음에도 없는 말은 할 수 없다. 그러는 편이 현명한 줄 알아도 거짓말은 할 수 없다. **그것이 나다.** 그렇게 살아왔고 앞으로도 그렇게 살 수밖에 없다.

"저는 감독이 지시를 내려도 이해가 안 되는 점이 있으면 이해가 될 때까지 집요하게 캐물었어요. 그러고도 이해가 안 되면, 이해할 수 없다고 분명히 표현했죠. 그렇게 말하면 항상 너는 제멋대로라는 소리를 들었어요. 너는 그렇게 말을 듣지 않으니까 금메달을 따지 못하는 거란 소리를 들었어요. 그래도 그런 말을 들을 때면 저는 곰곰이 생각했어요. 금메달이란 게 대체 뭘까. 금메달을 따기 위해서 나 자신을 그렇게까지 버려야만 하는 걸까. 한 사람의 인간인 자신을 그렇게까지 지워야만 하는 걸까.

예를 들어서 여자 마라톤 선수는 최고가 되려면 남자와 사귀면 안 된다는 말을 해요. 애인이 있으면 곤란하다고요. 그런 존재가 있으면, 선수는 괴로운 일이 생기면 그쪽으로 도망친다고요. 궁지에 몰렸을 때 여린 부분을 바로 내보일 수 있는 사람이 곁에 있으면 당연히 그쪽으로 도망치겠죠. 그러니까 감독으로서는 어떻게든 도망칠 곳을 만들지 못하게 하려는 거죠. 자신이 100퍼센트 상대를 조종할 수 있어야 하니까요. 그게 효율적이에요.

그런데 그게 정말 옳을까요? 그렇게 열의만으로 달릴 수 있는 나이는 인생에서 정말로 한정되어 있잖아요. 그래서 그 나이가 지나면 제대로 달리지 못하게 되죠. 그게 지금 일본 마라톤 선수의 현실이에요. 저는 그게 옳다고 생각하지 않아요. 결혼하고 가정을 만들고, 인생의 흐름과 함께 자연스러운 형태로 오래오래 경기와 함께하는 것이 사실은 중요하지 않을까요. 제가 하고 싶은 말은 그거예요. 제가 되길 바라는 것도 그런 선수고요.

그렇지만 그런 건 아무래도 상관없겠죠. 저는 선수가 인간으로서의 삶을 우선해야 한다고 주장하지만 잘못된 생각일지도 모르겠어요. 선수에게 인간적인 부분을 요구하는 사람은 그리 없을지도 모르죠(웃음). 올림픽에서 금메달을 따는 것, 어쩌면 그게 가장 중요할 테니까요.

아시다시피 이 세상은 이기면 정의예요. 저는 그걸 뭐라고 지적하는 건 아니에요. 저도 **그 정의**에 어느 정도 편승해왔던 인간이니까 잘난 척 남을 지적할 순 없죠. 그렇지만 그건 그거고, 저는 제가 바라는 선수 모습에 조금씩 가까이 다가가고 싶어요. 지금은 혼자가 된 지 아직 2년째로 제게 맞는 방식을 차분히 모색하는 중이에요. 확실한 것을 얻을 때까지 앞으로 2년이 더 걸릴지도 모르죠. 그래도 작은 대회에 꾸준히 나가서 태세를 갖추면 다시 한 번 대규모 경기에 도전하려고 해요."

아직은 잠자코 물러날 수 없다. 그것이 아리모리 유코가 하려는 말이었다. 그러나 그녀가 진정한 의미로 불타오르려면, **또 한 가지 무언가**가 필요하게 될지도 모른다. 나는 그렇게 직감했다.

나는 여기서 아리모리 유코의 시점이 옳은지, 아니면 다카하시 나오코의 선택이 옳은지를 논하려는 것은 아니다. 그건 단순한 흑백 문제가 아니다. 여러 가지 복잡한 문제가 얽혀 있다. 순수한 논리 전개로 결론을 내릴 수 없다. 또한 정서를 주고받는 것으로 모든 것이 정리되지도 않는다. 물론 결과가 중요하지만, 어느 시점을 기준으로 삼는가에 따라 결과는 달라진다. 그렇기 때문에 우리는 그곳에 있는 다양한 요소를 하나하나 주의 깊게 나누어야 한다. 논리는 논리대로, 정서는 정서대로, 결과는 결과대로.

두 선수는 자신이 옳다고 생각하는 것을 각자 진지하게 추구해왔을 뿐이다. 설령 어떤 길을 걷더라도 올림픽에서 금메달(혹은 은메달)을 따는 것은 어지간한 노력으로는 불가능하다. 그런 의미에서 나는 일개 일반인 선수로서 다카하시 나오코에게도 무한한 경의를 표하고, 마찬가지로 아리모리 유코에게도 무한한 경의를 표한다. 내가 본 바로 다카하시 나오코에게는 그녀 나름의 아주 굳건한 강인함이 있다. 만만치 않은 지성이 있다. 다만 그것은 적어도 지금 시점에서는 정면 돌파하는 아리모리 유코가 쉽게 받아들일 수 없는 강인함과 지성이다. 혹은 이해하고 싶지 않은 종류의 강인함과 지성이다. 나는 그걸 이해한다. 한 사람, 한 사람의 인간이 세계를 어떻게 도려내는지는 옳다, 그르다 할 차원의 문제가 아니다.

그리고 또 한 가지 중요한 일반론. 영원히 이길 수 있는 사람은 그 어디에도 없다.

인터뷰를 마치고, 그녀는 데리러 온 가브리엘 씨와 함께 메트로폴리탄 극장으로 오페라를 보러 갔다.

"오늘 메트로폴리탄에서는 뭘 하죠?" 나는 순수한 호기심에서 물었다.

그러자 그녀는 살짝 얼굴을 붉혔다. "사실 잘 몰라요. 오페라에는 무지해서요."

　생각해보면 당연했다. 바로 어제까지 그녀의 머릿속에는 앞으로 닥칠 경기뿐이었다. 경기가 끝난 뒤에는 또 생각할 것이 무수하게 많았을 것이다. 오늘 밤 메트로폴리탄에서 어떤 오페라를 하고, 연출은 누구이고 지휘는 누구이며 누가 주인공으로 노래하는지, 그녀에게는 먼 나라 이야기였다. 내기해도 좋다. 오페라가 상연되는 동안에도 그녀의 머릿속은 분명 어제 경기로 가득할 것이다.

　그녀와 헤어지고 나도 생각했다. 승리에 관해. 그리고 그걸 얻기 위해 치러야 하는 대가에 관해.

　정의가 어디에 있는지 나는 전혀 흥미 없다. 무엇이 옳은가. 결국 모든 것은 상대적인 것에 지나지 않는다. 누가 무엇을 어떻게 생각하든, 시간이 지나면 모든 저울은 기울어야 할 곳으로 기운다. 세상사 대부분은 사람 손이 닿지 않는 곳에서 결정된다. 내가 흥미를 느끼는 것은 **그래서 무슨 대가를 치렀는가**, 이다.

　아리모리 유코는 자신이 치른 것을 거의 정확하게 이해하고, 그 대차대조표를 최대한 공정하게 만들려고 노력하고 있다. 마치 그녀의 연습 일정 노트에서 왼쪽과 오른쪽 페이지를 완벽하게 맞추듯이 아주 성실하게. 그것이 잘될지 어떨지 물론 나는 모른다. 그렇게 하는 것에 얼마나 **실질적인** 의미가 있는지, 솔직히 말해 그것도 잘 모르겠다. 그러나 어찌 됐든 그녀는 고집스럽게 그 작업을 계속할 것이다. 쉽게 포기하지 않을 것이다. 누가 무슨 말을 해도 귀를 기울이지 않을 것이다. 자신이 충분히 이해할 때까지는. 그것이 바로 아리모리 유코다. 모든 가치가 태양 아래에서 선명하고 명확하게 바른 장소를 찾는 것, 그것이 그녀에게 진실한 결승점이다.

나는 시드니 올림픽 공원의 정경을 문득 떠올렸다. 폐막식 다음 날 오후의 올림픽 공원. 텅 빈 경기장은 장대한 연극 소품처럼 보였다. 갈매기들이 제 세상인 양 사람 없는 건물 옥상에 앉아 거만하게 주위를 흘겨보고 있었다. 모든 깃발은 어딘가로 사라졌고, 모든 불은 꺼졌다. 그런 새로운 첨단기술의 폐허 한가운데에 홀로 서 있자니, 그곳에서 이루어진 모든 달성이 한순간의 덧없는 꿈처럼 느껴졌다. 교묘하게 현실과 비슷하게 만든 영화 촬영장 세트처럼.

그러나 물론 꿈은 아니었다. 어디까지나 현실이다. 적지 않은 수의 사람이 호불호와 관계없이 그 현실의 무게를 짊어지고 앞으로의 삶을 살아갈 것이다. 그럼에도 그것은 사람들이 어떤 종류의 꿈을 꾸기 위한 그로테스크한 장치처럼, 그리고 그로테스크한 장치일 수밖에 없는 것처럼 느껴졌다.

솔직히 털어놓자면, 나는 처음부터 끝까지 이 올림픽이라는 장치에 공감하지 못했다. 너무도 거대하고 너무도 권위주의적이었다. 수많은 의지는 너무도 효율적이었고 너무도 많은 승리가 각종 중독성에 의해 곡해되었다.

하지만 그런 사실이 내가 그곳에서 본 몇 가지 사건을 사랑하는 데 방해가 되지는 않았다. 나는(우리는) 어떤 경우에는 승자를 사랑하고 어떤 경우에는 패자를 사랑했다. 그것도 때에 따라서는 아주 깊이 사랑했다.

어쨌든 나의 시드니 올림픽은 11월 뉴욕의 저녁놀에서 간신히 끝난 것 같다. 최소한 그곳에서 일단락을 지었다. 나는 메트로폴리탄으로 향하는 그녀의 뒷모습을 배웅한 뒤, 머플러를 목에 두르고 거리로 나섰다. 거리 불빛에 둘러싸여 택시의 날카로운 경적을 들으며 싸

늘한 바람을 맞고 있으니, 올림픽은 느닷없이 아주 멀리 있는 것처럼
느껴졌다. 먼 과거의 역사적 사건처럼 느껴졌다.

새삼스럽게 말할 것도 없지만, 우리는 이 일상 속에서 땅에 달라붙
어 살아가야만 한다. 내일, 내일, 그리고 또 내일. 우리는 투쟁을 계속
하고 때로는 갈 곳을 몰라 당황한다. 그러나 단 한 가지 분명한 것이
있다. 만약 선수가 투쟁심을 잃는다면 그건 싸움을 포기하는 것이다.
  그런 의미에서 올림픽은 우리에게 하나의 거창스러운 메타포다,
라고 말할 수 있을지도 모른다. 만약 우리가 세상 어딘가에서 이 메
타포와 실체와의 연결고리를 발견할 수 있다면, 바꿔 말해 그 거대한
풍선을 지면에 붙들어놓을 수 있다면 그건 아마 가치 있는 일이 될
것이다. 그러나 만약 그 메타포가 또 하나의 다른 메타포로서 연결되
었을 뿐이라면, 요컨대 또 하나의 풍선이 다른 풍선하고만 연결되어
있다면 우리는 어디로도 갈 수 없다. 우리가 도달하는 곳은 아마도
기묘하게 생긴 대중매체의 놀이공원이리라.
  나는 시드니 교외의 야생동물원에서 단잠에 빠졌던 왈라비를 불
현듯 떠올렸다. 내가 만졌던 녀석의 크고 두꺼운 꼬리를 떠올렸다.
나는 그 감촉을 아직도 생생하게 기억하고 있다. 그것은 어떤 메타포
도 아니었다. 순수한 왈라비의 꼬리였다. 그리고 생각해보면 좀 기묘
하지만, 나는 그 왈라비의 도움으로 지금 이 순간 올림픽이라는 메타
포를 어떻게든 땅에 붙들어 맸다.
  왈라비의 꼬리. 내게는 부적 같은 것이다.

  내일 아침, 센트럴파크를 달릴 건데 함께 달리지 않으실래요, 하고

그녀가 내게 권했다. 정말 함께하고 싶었지만, 아쉽게도 내일 아침 일찍 호텔을 나와 공항으로 가야 했다. 다음 기회에, 하고 나는 대답했다. 그렇게 우리는 헤어졌다. 세계 어딘가와 세계의 또 다른 어딘가로.

　우리는 앞으로 계속 서로 다른 장소에서 서로 다른 길을 달리게 되리라. 내가 할 수 있는 것은 그저 각각의 행운을 비는 것뿐이다.

작 가 의 말

이 책을 완성하는 데 많은 분의 도움을 받았다. 먼저 바쁜 와중에도 시간 내어 취재에 응해준 아리모리 유코 씨와 이누부시 다카유키 씨에게 진심으로 감사한다. 두 사람의 도움이 없었더라면 이 책은 또 다른 형태가 되었을 것이고, 아마도 그건 내가 바라는 형태가 아니었을 것이다. 앞으로 두 선수의 활약을 기원한다.

장기간에 걸친 올림픽 취재를 현실로 가능하게 해준, 그리고 자세한 취재를 위해 여러모로 애써준 〈스포츠 그래픽 넘버〉 편집부에도 감사드린다. 특히 젊은 편집자, 야나기바시 간 군에게는 현지에서 신세를 많이 졌다.

솔직히 이렇게 단기간에 이만큼 대량의 원고를 쓴 것은 작가가 된지 20년하고도 몇 년 동안 처음 있는 일이다. 젊은 시절의 헤밍웨이까지는 안 가더라도(당연하다) 매일 다양한 장소에서 키보드를 두드리며 기관총처럼 따다다다 글을 썼다. 본 것, 들은 것, 느낀 것, 생각한 것을 하나부터 열까지 전부 다 글로 옮겼다. 버드나무 아래에 구 멍을 파고 말을 퍼부었다는 이발사처럼. 여기에 실린 글은 어디까지 나 그 일부이다(그 나머지 일부를 〈넘버 플러스〉라는 잡지에 실었 다). 처음에는 '이렇게 단기간에 책 한 권 분량의 원고를 쓸 수 있을 까' 하고 나도 의심했지만, 막상 해보니 나름대로 즐거웠다. 곁눈질 하지 않고 일에 몰두한 3주였다. 또 한 번 하겠느냐고 묻는다면, 이제 하고 싶지 않다고 대답하겠지만.

시드니에서 있었던 일은 책에 자세히 적었으니 더는 언급하지 않 겠다. 다만 한 가지 말해두고 싶은 것이 있다. 도쿄로 돌아와서 바로 비디오로 녹화한 올림픽 중계를 봤더니 전혀 다른 것으로 보였다는 사실이나. 똑같은 경기를 다른 관점에서 봤다는 단순한 이야기가 아 니라, 애초에 전혀 다른 경기 같아 보였다. 그래서 비디오는 조금 보 다가 말았다. 그런 걸 보면 머리가 혼란스러워서 뭐가 뭔지 모르게 될 것 같았다.

나는 그 사실에 정말 경악했다. 이거야 원, 나는 대체 시드니에서 뭘 본 거지? 진지하게 생각했다. 나는 경기의 진정한 모습을 완전히 놓쳐버린 걸까?

그런데 생각해보면 참 이상한 이야기다. 그렇지 않나. 누가 뭐래도 나는 일부러 남반구까지 가서 **실물을 보고 왔으니까!**

그러니 만약 이 책을 읽고 '이런 건 올림픽이 아니잖아'라고 생각 하는 분이 계신다면 그 부분은 정말 죄송하게 생각한다. 진심으로 사 과드리겠습니다. 결국 우리는 투하 자본과 거대 미디어 시스템이 만 들어낸 '이상한 나라'에 살고 있는 것이다. 그리고 아마도 올림픽은 그중에서도 정점에 있는, 월등하게 친절하고 고상한 해설과 반복 재생이 첨부된 공동 환상일 것이다. 그러나 그 환상의 복합성이 만들어 낸 것 중에는 우리의 실재와 분명하게 연결된 **무언가**가 있다. 환상의 실재성과 실재의 환상성이 어딘가에서 교차한다. 그것이 올림픽이라는 거대 장치를 통해 내가 지켜본 풍경이었다. 그러나 어디까지나 내 개인적인 원근법인지도 모른다.

나는 어쨌든 본 그대로를 썼고 느낀 그대로를 썼다. 그것만은 보장한다. 그게 과연 누구에게 어떤 도움이 될지는 모르겠지만.

2000년 11월 12일
무라카미 하루키

지금은 2004년 4월, 시드니 올림픽이 열리고 3년 반이 지났다. 그리고 이번 여름에는 아테네 올림픽이 열린다. 문고판 출간을 앞두고 이 원고를 오랜만에 다시 읽었더니, 바로 어제 있었던 일을 쓴 것 같기도 하고, 아주 오래전에 있었던 일을 쓴 것 같기도 했다. 3년 반 동안 꽤 여러 가지 일이 일어났지만, 돌이켜보면 일어난 일 전부가 미리 예정된 것처럼 느껴지기도 한다. 이상한 느낌이다.

이누부시 선수의 동향은 그후로 주의 깊게 지켜보고 있는데, 아쉽게도 현재 시점에서는 아직 좋은 결과를 내지 못한 것 같다. 건투를 빈다. 아리모리 유코 씨는 현역에서 은퇴했다. 도쿄에서 만나 식사한 적이 있는데 아주 건강해 보였다. 앞으로도 좋은 결실이 있길 바란다.

다카하시 나오코 씨는 아시다시피 아테네 올림픽 대표 선수로 뽑히지 못했다. 시드니에서 그녀의 달리기를 직접 본 입장에서 도저히 믿을 수 없는 소리이다. 다리를 다쳐서 제대로 뛰지 못한다거나 말도 안 되게 성적이 형편없다면 몰라도, 지난 올림픽에서 금메달을 딴 선수를 대표에서 제외하다니, 기탄없는 의견을 말하자면 역시 이해가 안 가는 처사이다. 실제 결과가 어떻게 나올지는 별개로 하고, 그녀는 정말 뛰어난 능력을 가진 선수니까.

아테네 올림픽에 흥미가 있는가 하면 솔직히 별로 없다. 올림픽은 시드니에서 평생 볼 걸 다 보았다, 그만 됐다. 이게 솔직한 마음이다. 내가 올림픽에서 가장 쓸쓸하게 느낀 것은 획득한 메달 숫자만 날마다 화제가 되는 것, 다소 일그러진(내게는 그렇게 느껴졌다) 국가주의의 고양, 그리고 점점 더 돈으로 뒤범벅이 되는(이렇게 생각할 수밖에 없다) 대회 운영이다. 본문에도 썼지만, 이건 어떻게든 해야 한다. 그러지 않으면 세계는 점점 일그러진다. '평화의 제전'이라는 표현이 예전부터 널리 사용되었지만, 긴 역사를 통해 올림픽은 평화에 아무런 기여도 하지 않았다는 것이 나의 하찮은 생각이다.

그러나 올림픽 기간 중 오스트레일리아에서 보낸 3주는, 지금 즐거운 추억이 되었다. 사람들도 굉장히 친절해서, 나는 오스트레일리아에 완전히 홀딱 반해서 귀국했다. 오스트레일리아 역사와 풍토에도 꽤 박식해졌다. 그때부터 와인도 오스트레일리아산을 즐겨 마시게 되었다. 이건 분명 올림픽을 통해 개인적으로 이룬 몇 가지 '성과'일 것이다. 스포츠와는 별로 관계없지만.

이 책을 읽고, 그런 시드니에서의 나날을 독자 여러분이 조금이라도 생생하게 체험해주신다면, 나는 무엇보다 기쁠 것 같다.

2004년 4월
무라카미 하루키

옮긴이 **권남희**

일본문학 전문 번역가. 《샐러드를 좋아하는 사자》를 비롯한 '무라카미 라디오' 시리즈, 《더 스크랩》 등 다수의 무라카미 하루키 작품과 우타노 쇼고의 《봄에서 여름, 이윽고 겨울》, 미우라 시온의 《배를 엮다》, 덴도 아라타의 《애도하는 사람》, 온다 리쿠의 《밤의 피크닉》, 마스다 미리의 《뭉클하면 안 되나요?》 등을 우리말로 옮겼고, 《길치모녀 도쿄혜매記》《번역에 살고 죽고》 등을 썼다.

시드니!

1판 1쇄 발행 2015년 12월 1일 **1판 3쇄 발행** 2023년 6월 1일
지은이 무라카미 하루키 **옮긴이** 권남희
펴낸이 고세규
편집 장선정 **디자인** 정지현

발행처 비채
주소 경기도 파주시 문발로 197(문발동) 우편번호 10881
등록 1979년 5월 17일(제406-2003-036호)
구입 문의 전화 031)955-3100 **팩스** 031)955-3111
편집부 전화 02)3668-3295 **팩스** 02)745-4827 **전자우편** literature@gimmyoung.com
비채 블로그 blog.naver.com/viche_books **인스타그램** @drviche **트위터** @vichebook
ISBN 978-89-349-7221-1 03830 책값은 뒤표지에 있습니다.

비채는 김영사의 문학 브랜드입니다.
이 도서의 국립중앙도서관 출판예정도서목록(CIP)은 서지정보유통지원시스템 홈페이지(http://seoji.nl.go.kr)와 국가자료공동목록시스템(http://www.nl.go.kr/kolisnet)에서 이용하실 수 있습니다.
(CIP제어번호: CIP2015030047)